芭蕉外伝

十七文字の刺客

徳久和正

東京図書出版

はじめに

「荒海や　佐渡に横たふ　天の河」

僕はこの松尾芭蕉の句にとても興味があります。名句としてあまりに有名なこの句は、それでいながら、
芭蕉はどんな状況でこの句を詠んでいたのか？

芭蕉はどんな気持でこの句を詠んでいたのか？

芭蕉はこの句に、いったいどんな意味を込めようとしていたのか？

こういった事がいまだによく分かっていない、謎が多い名句です。

僕は、この「十七文字の刺客」の作品の中に、七人の女性と三人の男性を登場させました。そして、それぞれの人物に、それぞれの芭蕉を与えて、この名句の謎解きをさせてみました。この十人の人物にそれぞれの芭蕉を語らせながら、僕が考えていたのが、
人が生きるのに大切なものは何か？

人はどんな生き方をすればいいのか？

でした。

「第二話」の芭蕉は、我が道を行く、反骨精神旺盛な生き方をした芭蕉です。

「第三話」の芭蕉は、これとは真逆で、周囲に振り回されたり、周囲に気を使ったり、金策に明け暮れたりで、人生の綱渡りをしながら生きていた芭蕉です。

又、「第九話」の芭蕉は、思い通りに行かない自分の人生を、悔やんだり、嘆いたりしていた芭蕉です。競争や利己主義に重きを置いた芭蕉でもあります。逆に、「第十話」の芭蕉は、苦難を上手に乗り切って、充実した人生を送った芭蕉です。協力や利他主義に重きを置いた芭蕉でもあります。

そして、「第四話」の芭蕉は、正義感の強い芭蕉です。人間社会の暗部に切り込み、不条理に立ち向かう、そんな生き方をした「第四話」の芭蕉に、僕は憧れています。

ただ、現実の僕は、「第三話」の芭蕉のように、周囲に振り回されたり、周囲に気を使ったり、金策に明け暮れたりして生きてきたのではないかと思っています。

僕のイチオシは、芭蕉が人間社会の暗部に切り込み、不条理に立ち向かう、「第四話」です。お暇な折に、この「第四話」だけでも読んでいただければ幸いです。

「奥の細道」行脚図

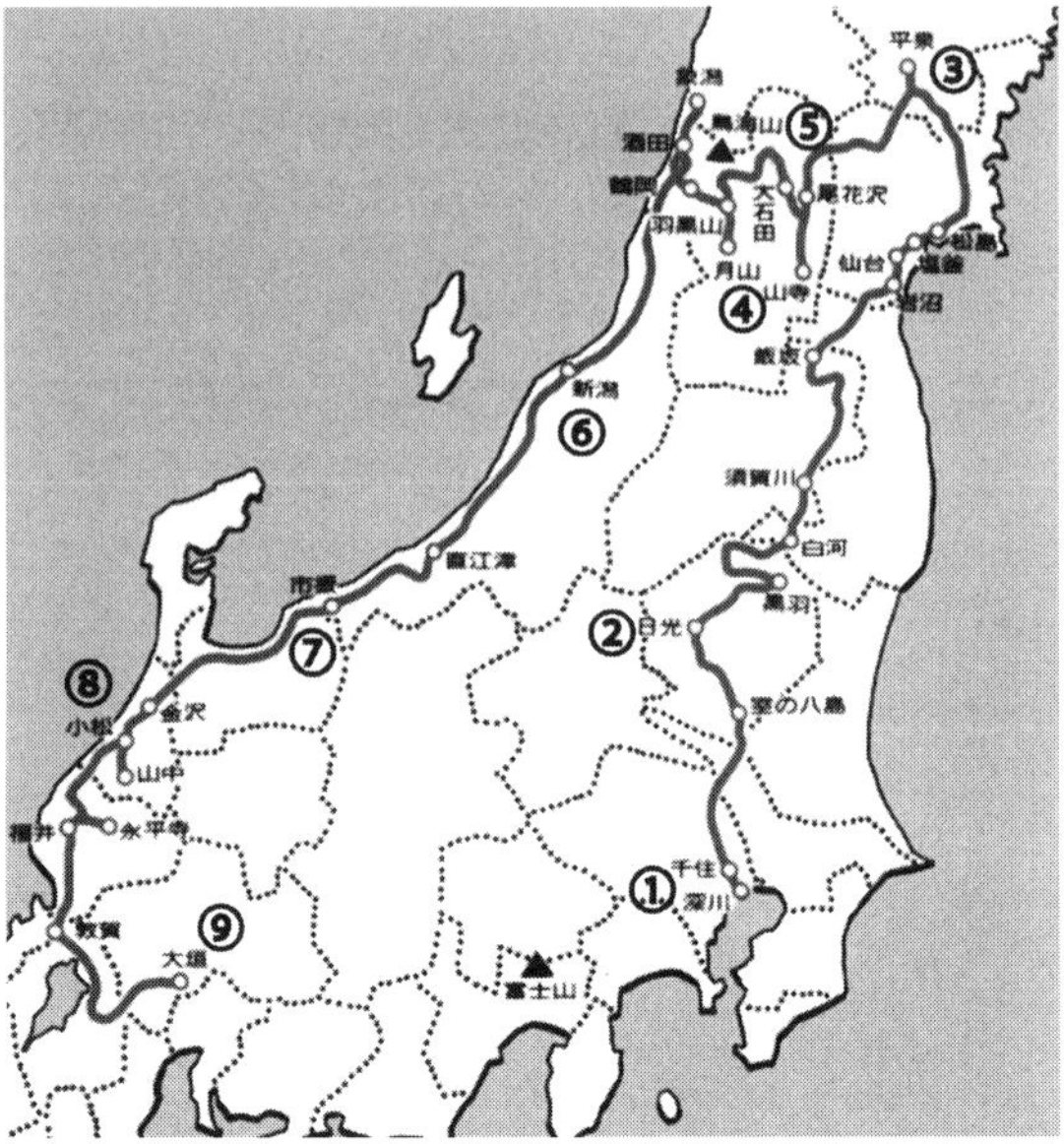

①「行く春や　鳥啼き魚の　眼は泪」　江戸（三月二十七日）

②「あらたうと　青葉若葉の　日の光」　日光（四月一日）

③「夏草や　兵どもが　夢の跡」　平泉（五月十三日）

④「閑かさや　岩にしみ入る　蟬の声」　立石寺（五月二十七日）

⑤「五月雨を　あつめて早し　最上川」　大石田（五月二十八日）

⑥「荒海や　佐渡に横たふ　天の河」　出雲崎（七月四日）

⑦「一つ家に　遊女も寝たり　萩と月」　市振（七月十二日）

⑧「むざんやな　甲の下の　きりぎりす」　小松（七月二十五日）

⑨「蛤の　ふたみに別れ　行く秋ぞ」　大垣（八月下旬）

上

麻衣と千夏と優花の三人は、同じ大学の文学部、国文学科に在籍している大学生だ。クラスが同じ三人は、仲が良くて、いつも一緒にいるので、周囲からは仲良しスリーピースと呼ばれている。

大学四年生の三人は、就職活動でそんなに苦労する事も無く、二〇一九年の春から夏にかけて、それぞれ希望していた就職先からの内定を得た。以前は、文学部は就職先を見付け難い学部と言われていた。しかし、少子化の影響か、景気回復による人手不足の影響か、或いは企業側が多種多様な人材を求めるようになった結果か、二〇一九年度の就職状況に限れば、そこまで悪くは無かったようだ。

こうして内定を得て、重圧から解放された三人は、学生生活最後の夏期休暇を思い切り楽しもうよ、とグループ旅行を計画した。グループ旅行にしたのは、この際だから卒業旅行も兼ねようよ、と誰かが提案したからだった。三人は話し合って、東北地方から北陸地方にかけての日本海側の観光スポットを、三泊四日で巡る旅行計画を立てた。

こうして、新型コロナウイルスの影響が及ぶ前年の、令和元年（二〇一九年）七月上旬のある日、三人は目的地の一つである新潟県の佐渡島を訪れた。三人は、世界文化遺産に登録されるのではないかと話題になっている、佐渡金山遺跡などを観光して回って、その夜は佐渡島の小木港の海岸近くにある古民家風の宿に泊まった。三人は、この宿の経営者夫婦から笑顔で迎え入れられた。

三人は夕食を済ますと、外出はしないで、ここの宿の一階の共同スペース内にいた。共同スペースは十二畳程の静かな和室だった。隅に置かれたテレビでは、ローカルニュースが放映されていた。三人はここで、昼間スマートフォンで撮った画像を見せ合ったり、おしゃべりをしたり、知人とメールのやり取りやオンラインゲームをしながら、くつろいだ時間を過ごしていた。

宿にはこの夜、泊まり客は他に誰もいない様子だった。三人は、共同スペースでくつろいでいるうちに、宿のオーナーやおかみさんとも親しくなって、他愛ない雑談なども交わすようになった。

このように共同スペース内は賑やかな雰囲気だった。しかしその最中に、宿のオーナーの穏やかな表情が変わった。今夜の泊まり客の三人グループが、関西の大学の文学部に在籍している大学生らしいと聞き知ってから、宿のオーナーはなぜか急に真顔になった。そして暫くして彼は、意を決した様子で、この大学生達にある質問をした。それは、芭蕉の名句の、

「荒海や　佐渡に横たふ　天の河」

には、いったいどんな意味が込められているのだろうか？　芭蕉はどんな状況でこの句を詠んだのだろうか？　芭蕉はどんな気持でこの句を詠んだのだろうか？——といった質問だった。これは、三人にとっては、全く予期していなかった、突拍子も無い質問だったが、宿のオーナーにとっては、後述する事情があって、この「荒海や——」の句についての詳しい情報を、どうにかして集めようとしていたのだ。

麻衣と千夏と優花の三人はまず、宿のオーナーに、芭蕉のこの句の意味をどうして詳しく知りたいのかの訳を尋ねた。彼はその事情を話した。三人はその説明に納得した。

三人の内から、真っ先に麻衣が宿のオーナーの前に進み出た。そして麻衣は、芭蕉の「荒海や——」の句にはどんな意味が込められているのかなどを、彼に丁寧に話して聞かせた。麻衣が話し終えると、彼は納得した顔になって、これで大いに助かりました、と麻衣にお礼を述べた。

この件はこれで収まったかにみえたが、意外にも、仲間である千夏が、今の麻衣の話に、ちょっと待ってよ、と物言いを付けた。千夏は、麻衣が話している間はおとなしく耳を傾けていたが、麻衣が話し終えると、その麻衣の話全体に異を唱えたのだ。共同スペース内がにわかに騒がしくなった。

こうして話をいったん振り出しに戻した千夏は、麻衣と交代して、今度は千夏が知っている、「荒海や——」

の句に込められている意味などを、宿のオーナーに話して聞かせた。この千夏の話は、先程の麻衣の話とは全く異なっていた。宿のオーナーはここで困ってしまった。

ところが、話はこれで終わらなかった。千夏が話し終えると、今度は三人目の優花が、又してもこの千夏の話にまで、真っ向から異を唱えた。千夏ばかりでは無く、優花までが話を振り出しに戻したのだ。千夏と交代した優花も、彼女が知っている、芭蕉の「荒海や――」の句に込められている意味などを、宿のオーナーに話して聞かせた。

いやはや、このように麻衣と千夏と優花が、三人三様、てんでばらばらの話をして、折り合いを付かなくさせて、話を更にややこしくさせてしまうとは……。いったい誰の話が真実で、誰の話が嘘なのか？　いや、それよりも、三人で妥協点や共通点を上手く見付け出して、この芭蕉の話を一つにまとめてくれれば、こちらとしては迷わないですむのに――と、宿のオーナーは、すっかり途方に暮れてしまった。

この芭蕉の句にまつわる、三人三様の異なった話は、宿のオーナーが、麻衣と千夏と優花に相談事を持ち掛けた時点にさかのぼって、もう少し詳しく述べるとする。

＊＊＊

「私はここの宿を経営していますが、その一方で、佐渡島観光協会の役員も兼ねています」

と、宿のオーナーは自己紹介してから、「佐渡島にとって観光は大切です。観光で成り立っている島と言ってもいいでしょう。ですから、今以上に多くの観光客にこの島へ来ていただく為には、今ある観光資源に頼ってばかりいては駄目で、島の魅力をもっと情報発信しなければいけないのです。その為にいろいろな方策があるでしょうが、そのひとつとして、佐渡に埋もれている観光資源を掘り起こして、これを新たな観光資源として育てるというのも、良い方策です。こうして育てた観光資源は、うまくいけば、将来、佐渡島の観光の目玉になるかもしれませんしね」

と、意気込んで話を切り出した。

「ところが、その新たな観光資源を掘り起こす企画に関して、最近困った問題が起こりました」

と彼の顔が急に曇った。「芭蕉の句碑を建てても良いか、それとも、建てるのは良くないかで、今、観光協会内がもめているのです」

「芭蕉の句碑を……ですか？」

と、麻衣・千夏・優花は相談者の顔を見た。相談者は三人に、サービスで出している番茶や笹ダンゴを勧めながら、続きを話し始めた。

「芭蕉の句碑は、近畿地方から東北地方までの東日本の広範囲に数多く建てられているそうです。芭蕉が旅で立寄ったとされている神社仏閣や観光地などがその主なものだそうです。その句碑の数は、現在二百基あるとも三百基あるとも言われています。そこでです。ある俳句好きの観光協会員の発案で、ここ佐渡島も天下の松尾芭蕉の名声にあやかろうではないか、という話が持ち上がったのです。つまり、あの多くの人が知っている名句、『荒海や　佐渡に横たふ　天の河』、の句碑を、佐渡島の玄関口にもなっている、ここ小木港辺りに建てようではないか、という提案です。悪くない提案です。句の中に佐渡という地名が入っている訳ですから、佐渡島にその句碑を建てるというのには、とりたてて問題は無いでしょう。これこそ、佐渡に埋もれている観光資源のひとつ、と言えるかもしれません。この名句の句碑に魅せられて、佐渡島へまでわざわざ足を運んでくれる俳句好きの方々が増えてくれれば、こんな有難い事はありませんからね」

と言ってから、宿のオーナーの声が急に低くなった。

「ところが、話はそんなにうまくいかないもので、せっかくのこの提案に、地元の郷土史研究家の堀氏から反対意見が出たのです。

『水をさすようで悪いが、問題の句は、佐渡島ではなく、対岸の新潟の出雲崎近辺で詠まれた句である。芭蕉翁は、対岸の出雲崎近辺で、はるか遠方の佐渡島を眺めながら、あの句を詠んで、そのまま通り過ぎたという、ただそれだけの話である。芭蕉翁は佐渡島へ渡ってもいないし、佐渡島をかすめもしていない。芭蕉翁と佐渡島とを結び付けるものは、何一つ無いのである。これが事実である以上、問題の句碑を佐渡島内に建てようという企画にはそもそも無理がある』

と、まあこれが堀氏の反対理由です。

『まあそこまで堅苦しい事を言わずに、これも地域振興の一環と考えて……学術的にはそうかもしれないけど……せっかく芭蕉の名句に佐渡の地名がしっかり記されているのだから、これを活用しない手は無いのでは……』

と、賛成派は弁解に努めまして、この企画を何とか実現させようとしますが、堀氏は聞く耳を持ちません。

『いやいや、建てたりすれば、公費や寄付金の無駄使いになるだけでは済まなくて、末代まで佐渡島民の無知を晒す結果になりますぞ。末代までの恥となりますぞ』

と、このように賛成派を脅すのです。そのうち、反対派、つまり堀氏の意見に同調する協会員も増えてくる始末ですから、我々役員としては、この案件をどう処理したらいいものかと、現在考えあぐねているところなのです」

宿のオーナーの話はここで途切れた。

「……で、若いあなた達はこの問題を……どう思われますか？」

と彼は、いきなり麻衣と千夏と優花に矛先を向けた。

「句碑を建てた方がいいのか、建てない方がいいのか、ですか？」

と麻衣が問い返した。

「いいえ、そういった最終判断は我々地元の人間がしますのでご心配なく。あなた達にここでお聞きしたいのは、この堀氏が言っている内容の真偽です。芭蕉と佐渡島とを結び付けるものは一切無い、との彼の話は、本当にそうなのか、それとも、そうでないのか、です」

「まあ、その郷土史研究家が言われた事は、大筋では間違っていませんね。芭蕉は、『奥の細道』の旅で、確かに佐渡島へは行っていませんから」

と麻衣が軽い口調で答えた。

「でも芭蕉は、『荒海や　佐渡に横たふ　天の河』、と佐渡の地名を、確かに句の中に組み入れていますよ」

と宿のオーナーは、納得がいかない様子で立ち上がると、三人に背を向けて、別室に引っ込んだ。三人が、缶ジュースを口にしたり、茶菓子の皿に手を伸ばしたりしていると、彼は一冊のノートを手にして戻って来た。

「柄にもなく少し勉強してみたのですが……」

と彼は照れ臭そうに笑いながら、そのノートをめくった。「『荒海や――』の句そのものの現代語訳ですが……高校の古文の参考書によりますと、ですね……えーっと、ですね……『日本海の荒海の彼方に佐渡島があり、その上空には天の川が横たわっている』となっています。たったこれだけの記述です。続いて書かれている、この句の解説文も、もっぱら文法とやらが中心で、現代語訳そのものは、今のと似たり寄ったりの内容です。何なのだろう、これは……と、つい首を傾げたくなります。どうしてこれが名句とあがめられているのだ……と、ド素人《しろうと》の私としては、つい文句のひとつも言いたくなります。説明として、これでは物足りない。これだけで納得出来るものではない。そもそも芭蕉は、この句でいったい何を言おうとしていたのでしょうか？　私は俳句に関して何の知識も無い、風流とは無縁の男ですから、こんな私が言うのは筋違いで、人様から笑われるかもしれませんが、それでも勇気を出して申しますと……この『荒海や——』の句の中には、芭蕉の佐渡に対する、何か特別な思いが込められているような気がするのです。芭蕉は、何か理由があって佐渡へ渡らなかったものの、本心では佐渡へ渡りたがっていたのではないのか、とまで私は勝手に想像しています。そうした芭蕉の強い思いが、この句の中に込められているのだとすれば、ですよ、芭蕉が佐渡へ実際には渡らなかったとしても、佐渡島に『荒海や——』の句碑があったとしても、それはそれでちっともおかしくは無いのではありませんか？　どう思われますか、私のこの考え、間違っていますかね？」

と彼は、三人の顔をゆっくり見回しながら尋ねた。

「おやじさんは、賛成派なんですか？」

と麻衣が、話に乗り気になっている様子で聞いた。

「私は、個人的には、句碑を建てても良いのではないか、と思っているのですが……」

と宿のオーナーは真面目な顔で答えた。

「『荒海や——』の句の中には……」

と麻衣がもったいぶった口調で言った。「芭蕉の並々ならぬ想いというものが、確かに封印されているんだろうな……とは私だって感じていますよ」

この麻衣のひとことで、宿のオーナーの表情がぱあっと明るくなった。

「それそれ、それです。今あなたが言われた、封印されている……その、芭蕉のなんとかかんとか、とやらを、今ここで……この私にぜひ教えて下さいよ！」

宿のオーナーは、待っていましたとばかりの勢いで、麻衣に詰め寄った。

「芭蕉のなんとかかんとか、ではありません。芭蕉の並々ならぬ想い、です」

と麻衣は冷ややかに言ってから、

「俳句にも俳諧にも、十七文字しか許されない、という約束事があります。そのたった十七文字の中に、どこかの地名を入れるという事は、これは大変意味のある事です。詠み手がその地名に並々ならぬ想いを抱いているのだ、と考えてみるのが自然です。又同時に、詠み手が十七文字の中にその地名を入れなければならない必然性も、ここでしっかり問われます。その暗黙の決まり事を軽視して、詠み手がどこかの地名を軽々しく詠んでしまうのを、俳句の教本では『うごく』と言いまして、これはタブー視されているのです」

と、宿のオーナーに教え諭すように言った。

それから麻衣は、暫くスマートフォンを指先で操作したり、その画面にじっと見入ったりしていたが、やがて顔を上げた。真面目な顔をしている。宿のオーナーは慌てて、隅に置かれているテレビのスイッチを切った。室内が急に静かになった。麻衣は、スマートフォンに時々視線を落としながら、話し始めた。

「そうですね……。何はさて置き、まず、原文の問題の箇所を読んで一応確かめて置きましょうか。俳諧紀行文『奥の細道』の越後路の段です。言うまでも無く、この中にはあの問題になっている『荒海や――』の句が入っています。その原文を読んだ後で、この句の最も一般的な解釈、常識的な解釈を、おやじさんにお伝えして置きましょう。その後で、私が正しい解釈……正解と呼べるものをお伝えしましょう。『荒海や――』の句碑を佐渡島に建てるべきか建てるべきではないかで、観光協会の皆さんは今お困りの様子です。でも、『荒海や――』の句は実は難解で一筋縄では行きません。一般的な解釈、常識的な通りいっぺんの解釈だけでは、とても皆さんの助け船にはなれないでしょう。皆さんの助け船になれるとすれば、きっと、これから私が話す正しい解釈、名付けて、そうですね……『理想を追求した芭蕉』……いいえ、『新境地を目指した芭蕉』……でも無くて、『高みを目指した芭蕉』、としましょうか。もったい振るのはこのくらいにして、では始めます。まず原文の問題箇所を読んでみますね。

『鼠の関を越ゆれば、越後の地に歩行を改めて、越中の国市振の関に至る。この間九日、暑湿の労に神を悩まし、病おこりて事をしるさず。

文月や　六日も常の　夜には似ず
荒海や　佐渡に横たふ　天の河』

原文は以上です。このように、越後路の段は僅か数行の短い記述なのです。情景描写は全く無し。旅のエピソードも一切無し。土地の人との交流も何一つ記されていません。鼠の関から市振の関までの、越後路での九日間は、蒸し暑さに悩まされて、又病気にもなって、旅の記録を取らなかった、と芭蕉はもっともらしい言い訳をしています。そして、謎めいた二句を詠んだ後に、さっさと次の段、市振の段へと進んでいます。

では問題となっている『荒海や――』の句の一般的な解釈に移りましょう。

『芭蕉が旅をした当時、佐渡島には徳川幕府の財政を潤す金山があった。佐渡は黄金の島であった。又同時に、流人の島、罪人の島でもあった。だから、佐渡は世間からひどく怖れられていた。佐渡は、人間の欲と業、弱さと醜さの象徴であった。その佐渡島の上空には、今、美しい天の川が横たわっている。美しさと醜さ、明と暗、喜びと悲しみが同居しているこの厳しい現実。芭蕉はこの厳しい情景をまのあたりにして、身が引き締まる思いでこの句を詠んだ』

これが一般的な解釈です。

そうですね……ここでもう一つ、七夕を念頭に置いての別の解釈も紹介して置きましょうか。

『日本海の荒波に隔てられて、遥か彼方に佐渡島が見える。佐渡島は古《いにしえ》には、順徳院・日野資朝《すけとも》・京極為《ため》兼《かね》・日蓮・世阿弥《ぜあみ》などの名だたる文人達が流された、忌まわしい島、遠流の島である。そして今も多くの罪人達がうめき苦しんでいる罪人の島でもある。織女と牽牛の二つの星が、天帝の許しを得て、年に一度だけ逢えるという七夕の夜に、古の文人達は、どんな思いで天の川を仰ぎ見ていたのであろうか。そして今夜の七夕でも、家族や恋人や故郷に思いを馳せている罪人達は、どんな思いで天の川を仰ぎ見ているのであろうか。そんな諸々の悲哀を呑み込みながら、眼下の海はどこまでも荒れていて、頭上の天の川はどこまでも輝いている』

これが、七夕を念頭に置いての、もう一つの解釈です。

この『荒海や――』の句は、数々の資料から、実際には、元禄二年（一六八九年）の七月七日、越後の直江津でのある句会の席で詠まれたものとされています。ですから当然、七夕という年中行事を織り込んだ挨拶句だ、との見方もある訳ですね。一般的な解釈についてはまだまだありますが、このくらいで留めて置きましょう。

では、私の話をさせていただきますが、本題に入る前に、この『荒海や――』の句を詠むに至るまでの、芭蕉の前半生について、ここで少しだけ触れておきます。

松尾芭蕉は、正保元年（一六四四年）、伊賀国上野赤坂、現在の三重県伊賀市で生まれました。本名は松尾忠右衛門。生家の松尾家は郷士の家系。郷士は武士と農民の中間のような身分だそうで、名字帯刀を許されていたようですから、下級武士と言えなくもないけど、実際のところは、ほとんど農業を生業としていたようです。芭蕉十三歳の時に、父の与左衛門が亡くなって、兄の半左衛門が家督を継ぎます。次男だった彼は、伊賀上野にあった津藩（伊勢津藩）の支藩（分家）、藤堂新七郎家の藤堂良精に召し抱えられます。表向きは武家奉公人という身分だったものの、最初の主な仕事は台所用人（台所の使用人）だったみたいです。ただ幸運にも、十九歳頃に、藤堂家嫡子（次期当主）である藤堂良忠の近習役（身の回りの世話をする役）を仰せつかります。この頃から芭蕉は松尾宗房と名乗るようになります。そして主君である藤堂良忠が、京都の貞門派の俳人・北村季吟《きぎん》から俳諧の指導を受けていた縁で、いつしか芭蕉も貞門俳諧に親しむようになりました。良忠の俳号は蟬吟、芭蕉の俳号は宗房でした。良忠の影響で、次第に俳諧に熱を上げつつあった芭蕉でしたが、寛文六年（一六六六年）、芭蕉二十三歳の時に、突然彼に試練が襲いかかります。良忠が二十五歳で病没したのです。この良忠の死去によって、芭蕉の前途は暗転します。彼は藤堂良精家を去ります。その後彼は、京都へ上って、北村季吟から貞門俳諧や古典を学んで、俳諧師として身を立てる為の修業を積みます。寛文十二年（一六七二年）、二十九歳の時に、彼は一念発起して、江戸に下ります。当時の江戸は談林俳諧が隆盛を極めていました。彼は談林俳諧の俳人達と親交を結ぶうちに、自由で軽妙洒脱な彼等の作風の影響を受けるようになります。延宝三年（一六七五年）五月、彼は談林俳諧の句会の席で、その指導者、西山宗因と出会います。これが契機となって、彼はますます談林俳諧にのめり込みます。この頃彼は、俳号を宗房から桃青と改めて、その二、三年後の三十五歳の時に俳諧宗匠（師匠）として立机（独立）します。宗匠となってからの彼は、順調そのもの、まさに飛ぶ鳥を落とす勢いでした。江戸の一等地である日本橋小田原町に住居を構えて、後援者や弟子をどんどん増やします。其角・嵐雪・杉風などの頼もしい才能ある弟子達のグループ、蕉門が誕生したのも、ちょうどこの時期でした。やがて蕉門は江戸俳壇に一大勢力を確立します。ところが……ところがです。延宝八年（一六八〇年）の冬、彼の身に一大転機がありました。彼は、何を思ったのか、突然、賑やかな日本橋からうら寂しい深川の草庵に移り住んだのです。三十七歳の時でした。その翌年、彼は俳号を桃青から芭蕉へと改めています。私達が一般にイメージしている、いかにも芭蕉らしい芭蕉が、この頃になってようやく形作られたのです……」

麻衣はここまで語ると、スマートフォンから目を離して、それをバッグの奥にしまい込んだ。それから背筋を伸ばして、宿のオーナーに向かって居住まいを正した。宿のオーナーは、持っていたノートを慌てて尻の後ろに置いてから、傍らにあった真新しい座布団を麻衣に差し出した。麻衣はその座布団にゆっくり座り直した。麻衣は歯切れの良い口調で語り始めた。

第一話　高みを目指した芭蕉

大学生　麻衣の話

それにしても、深川の草庵に移り住んだ、芭蕉の行動には、どうにも理解に苦しみます。せっかく日本橋で俳諧の師匠としての安定した生活を手に入れたというのに、あっさりそれを投げ出して、当時へんぴだった深川の草庵に引き籠もって、隠居じみた生活を送るなんて……。繰り返しますけど、若い頃の芭蕉は苦労の連続でした。家を継ぎたくても継げませんでした。武家奉公人にはなれたけど、俳諧好きの主君が亡くなってからは、居辛くなって、その屋敷を飛び出しました。俳諧師として身を立てようと一念発起しました。でもこれは、いちかばちかの大冒険。コネもない、カネもない、経験も乏しい、伊賀上野の田舎からぽっと出てきたばかりの若者に、世間の風当たりは強かったでしょう。随分辛い体験もしたでしょう。食べて行くだけでも大変だったかもしれません。でもその苦労の末、どうにか世間から認められるようになれたのです。まずまずの地位や名声を手に入れたのです。それなのに、こういったもの一切を捨て去ったというのは、なんだかとても勿体無い気がします。現代に例えれば、せっかく猛勉強して、必死に就職活動をして、念願だった一流企業に就職出来たのに、何年かであっさり辞めて、田舎に引き籠もるようなものです。

でも、こんな彼の経歴によって、彼の人間性とか価値観というものが垣間見えてきます。そうです。彼は理想家だったのです。妥協を許さない理想主義者だったのです。

彼は俳諧宗匠としての生き方に疑問を抱くようになりました。宗匠という仕事は、表向きは立派な肩書ですが、その実態は、威張る武士や裕福な町人にぺこぺこして、おべんちゃらを言って、ご機嫌をとって、彼等の下手な句でも褒めちぎる事によってどうにか生計を立てる、そんな仕事だったのです。お座敷の太鼓持ちとあまり変わりのない、卑俗な仕事だったのです。だから彼は、こういう生活にどうにも我慢出来無くなっていたのです。それでも大抵の人は、自分が食べる為や、家族を養う為に、じっと我慢するものですけどね。でも、そこがやはり、現実よりも理想を重視していた、理想家、芭蕉なのです。

彼は深川の草庵に、まるで世捨て人のように移り住みました。日本橋の賑わいとは距離を置きました。威張る武士や裕福な町人とも距離を置きました。そして、お座敷遊びの座興に過ぎない当時の俳諧を、和歌など他の言語文化と肩を並べられるレベルにまで高められないものだろうか、言語芸術と呼ぶにふさわしいレベルにまで高められないものだろうか、と真剣に考えていました。彼の理想主義、ここまでこだわると凄くありませんか？

でも、言うは易く、行うは難しで、彼がいばらの道を歩むようになるのはそれからです。俳諧の理想を追い求めての、又、俳諧の新境地を目指しての、彼の人生後半の苦しい旅が始まります。俳諧で身を立てよう、宗匠になろう、とただがむしゃらに一つの目標に向かって突っ走っていた若い頃とは全く異質の苦しみです。目標が、着地点が、はっきり見えていないからです。到達するべき着地点が見出せない状況ですから、ただ暗中模索しているばかりで、それこそ精神的な、「漂泊の旅」です。いいえ、決して皮肉を込めて言っているのではありません。「風雅の誠」から始まって、「わび」・「さび」・「しをり」・「ほそみ」・「かるみ」などと、蕉風俳諧のキャッチフレーズをめまぐるしく変えてみせて、弟子達や多くの芭蕉ファンを右往左往させます。この芭蕉の精神的漂泊について行けずに、離反する弟子達も出てきます。ただ、彼もその打開策は分かっているのです。高邁な理念やキャッチフレーズを次々と並べるよりも、まず何よりも実践が大事。俳諧師なのですから、自分の理想や理念に合致した秀句を詠みさえすればいいのです。そんな画期的な秀句を詠みさえすれば、それで彼が目指す高みに、一歩でも二歩でも三歩でも近付けるのです。

ところがここで、彼にはひとつ問題がありました。当時四十代半ばの彼は、本人さえも気が付いていない、ある悪い癖を持っていました。彼には思わぬウィーク・ポイントがありました。彼は、人生前半での苦労続きが祟《たた》ったせいでしょうか、句を詠む際に、まるでパンチ・ドランカーとなった往年の名ボクサーのように、どうしても無意識に、ある悪い癖を出してしまうのです。ただ、周囲は勿論、彼自身も、その悪い癖に全く気付いていませんでした。

悪い癖とは何でしょうか？　よく注意してみると、芭蕉の句には、視線を上から下へとさげながら詠んでいる句が実に多いのですが、お分かりになりますか？　この例は、大舞台である、この「奥の細道」の中にも、随所に見られます。

「あやめ草　足に結ばん　草鞋の緒」　仙台の段
「這ひ出でよ　飼屋が下の　蟾の声」　尾花沢の段
「五月雨を　あつめて早し　最上川」　最上川の段
「雲の峰　幾つ崩れて　月の山」　月山の段
「暑き日を　海に入れたり　最上川」　酒田の段

「むざんやな　甲の下の　きりぎりす」　小松の段
「月清し　遊行のもてる　砂の上」　敦賀の段
注目してみますと、これらの句は全部、視点を上から下へとさげながら詠んでいます。ご丁寧にも、わざわざ「下」という文字が書き添えられた句さえあります。「あやめ草　足に結ばん　草鞋の緒」の句は、仙台で、ある後援者から紺の染緒が付いた草鞋を餞別としてもらった時に、しゃれて詠んだ挨拶句です。あやめ草と同じ色の紺の染緒が付いた草鞋は、マムシ避けにもなっていて、当時としては高級な実用品でした。お礼を述べながら、頭をさげている彼の視線の先には、もらって履いている高級草鞋があるのです。この例のように、句を詠む際についつい、視線を上方向から下方向へと移動させながら、対象物を詠んでしまう、という癖が、彼にはいつの間にか身に付いていたのです。
彼は、唐の詩人、李白を敬愛していました。その李白の五言絶句「静夜思」に、「頭をあげて山月を望み、頭をたれて故郷を思う」、という一節があります。あげていた頭をたれるという一連の動作には、内省的で、謙虚で、奥ゆかしいという、作者の内面を演出する効果があります。この李白の巧みな技法を、彼も最初は、何気無く、意識したりしなかったりして使っていたと思われます。でもそのうちに、この技法を多用するようになります。特に、挨拶句で多用するようになります。これが私（麻衣）の指摘している、芭蕉の悪い癖なのです。
こういう悪い癖が付いてしまったのには、理由があります。彼のうわべの性格は、日本橋などで威張る武士や裕福な町人にぺこぺこしているうちに、かなり卑屈なものになっていました。ヨイショがうまい、リップ・サービスにたけた営業マンになっていました。平身低頭を地で行っていました。同業者からは、挨拶句の達人と揶揄《やゆ》されるまでになっていました。そして、この彼のうわべの性格が、うわべだけに留まらず、いつの間にか、彼の内面までむしばんでいたのでした。これが彼の句作にまで歪な影を落として、その悪い癖が出た、卑屈な句を多く詠んでしまう結果となっていたのでした。

さて、そこでいよいよ問題になっている、

「荒海や　佐渡に横たふ　天の河」

の句の謎解きに入りますが、この句は、その当時の彼の悪い癖に照らし合わせてみると、全く彼らしくない、まるで別人が詠んだかのような句なのです。彼に、今指摘した悪い癖が出ていれば、この句はたとえば、

「天の河　佐渡に横たふ　荒海や」

或いは、

「天の河　横たふ佐渡に　荒海や」

などと本来詠まれるべき句だったのです。これでも変ではありません。意味は十分に通じます。これが、それまでの芭蕉の、いかにも芭蕉らしい詠み方だったのです。ところが、出雲崎（越後）の海辺に立ったこの瞬間、突然どうした訳か、彼は、海面から天上へと視線を持ち上げながら詠んでしまうという、それまでとは全く違った、それまでの彼らしさが微塵も無い、極めて不思議な詠み方をしてしまったのです。横に立っていた弟子の曾良も、「あれっ、今日の師匠は普段とは違うなあ。どうしたのかなあ？」、と不審に感じていたかもしれません。詠んだ本人さえも、詠んでしまってから、あれっ、と一瞬毛筆が止まっていたかもしれません。どうしてでしょう？　どうして彼は、この時に限って、この句の時だけに限って、対象物を、いつもとは全く違う、逆方向に、下から上へと視線を上げながら詠んでしまったのでしょうか？　ちなみに付け加えておきますと、この句については、「叙景句だ。つまり実際の景色、実景を詠んだものだ」、とか、「いや、実景では無く、心に描いた景色、心象風景を詠んだものだ」、と昔から論争になっていますが、私は、芭蕉が実景を見ながら

詠んだのに間違いは無い、と言い切れます。もし、彼が眼を閉じて、心象風景だけに頼って、頭の中か心の中で言葉をこね回して詠んだのだとすれば、必ず例の悪い癖が出てしまって、つまり、上から下への詠み方をしてしまって、下から上へという、逆方向の詠み方はしていなかった筈ですから。

話を進めましょう。どうして彼は突然、この句の時だけに限って、それまでの彼らしくない詠み方をしたのでしょうか？　繰り返しますけど、彼は世間に気配りばかりしていました。先程の仙台の段のあやめ草に限らず、最上川の段の、「五月雨を　あつめて早し　最上川」、のあの名句にしてもそうです。いかにも大自然を詠んでいるかのようにみえますが、実際はそうではありません。舟遊びにわざわざ招待してくれた大石田の豪商達への、「いやあ、涼しかったですよ、楽しかったですよ、有難うございました」といった、そつのない挨拶句でした。「あらたうと　青葉若葉の　日の光」の句も、実際は、幕府へのゴマすり句でした。こんなゴマすり上手で、世渡り上手で、挨拶句の達人と揶揄されていたのが、うわべの彼の姿でした。芭蕉庵に移り住んだ当初の彼が切望していた、自分の理想としていたものとは程遠い姿、似ても似つかない姿でした。俳諧を、和歌など他の言語文化と肩を並べられるレベルにまで高められないものだろうか、言語芸術と呼ぶにふさわしいレベルにまで高められないものだろうか、とした彼の思いは、むしろ日が経つにつれて色褪せていました。錆つきかけていました。ぼろぼろになりかけていました。そしてお気の毒にも、彼自身でさえも、こんな高みを目指していた崇高な精神の劣化・退化を自覚しなくなっていました。

そんな折に突然、芭蕉は雄大な越後の海をまのあたりにしたのです。荒海と、佐渡島と、佐渡島の上空に横たわる天の川を、彼は実際に自分の眼で見て、その自然のスケールの大きさや、何もかも呑み込んでしまう、その見えない力に圧倒されたのです。と、同時に、人間の世界が小さく見えたのです。彼自身も小さく見えたのです。そこに気付いた瞬間、卑屈な挨拶句の達人は、どこかへ吹っ飛んでしまいました。

芭蕉は背筋をしゃんと伸ばして、夜空を仰ぎ見ました。それまでちぢこまっていたもの、それまで抑圧されていたもの、そして彼が本来目指していたものが、この時初めてちらりと見えました。これをきっかけに彼の魂は呼び覚まされました。激しく揺さぶられました。次の瞬間、一気に解き放たれました。解き放たれた彼の魂は、「荒海や――」の十七文字の雄叫びをあげて、彼の指先から毛筆を伝わって、一挙にほとばしり出たのでした。

当時の佐渡島は、島流しとなった罪人達が、死ぬまで金を掘り続けている、業苦の島でした。金は又、人間の世界の通行手形でもありました。罪に苦しみ、煩悩に苦しみ、金の呪縛に苦しむ「佐渡」。金を得る為に、汚れて傷付いている「佐渡」。芭蕉は、自分自身をも、この救いの無い「佐渡」のようなものである、自分は「佐渡」そのものである、と直感したのです。

その一方で、どこまでも清らかで美しく、天上で永遠に輝き続ける「天の川」。そして、ここで無視出来ない存在が、人間の世界の象徴でもある、「荒海」。

更にここでどうしても見落としてはいけないのが、この「佐渡」と「天の川」と「荒海」を結び付けている言葉、「横たふ」です。古典文法上、使い方が間違っているこの動詞は、自動詞のつもりで使った彼の造語なのか、他動詞のつもりで使った彼の造語なのか、それともただの書き間違いなのか、と昔から国文学者達の間で論争になっています。これについて私（麻衣）は、再帰動詞、即ち、「天の川が自らの意志によって自らを横たえる」、という解釈を取ります。彼は恐らく、佐渡に救いの手を差し伸べてくれる、佐渡を優しく包み込んでくれる、佐渡に寄り添ってくれる、そんな慈悲深い、神々《こうごう》しい天の川をイメージして、天の川が佐渡に「横たふ」、と表現したかったのではないか、と私は考えています。

天の川が佐渡に救いの手を差し伸べてくれる、佐渡を優しく包み込んでくれる、佐渡に寄り添ってくれる――まるで見果てぬ夢か幻の世界です。彼は、自分が俳諧の高みを目指そうとするからには、何よりもまず、これまでの自分自身を変えなければいけない、そして、より高みを目指さなければいけない、とは自覚していました。でも、自己変革・自己浄化は、それほど簡単に出来るものではありません。まず自分の生活態度から改めねばと、深川の草庵に移り住んで、隠遁生活をしてみました。尊敬する先人、西行《さいぎょう》や宗祇《そうぎ》などの真似をして、流浪の旅にも出てみました。仏教にも傾注してみました。それでも雑念が多いからか、努力が足りないからか、周囲の雑音が多いからか、何をやってもどこか中途半端でした。挨拶句の達人からなかなか脱却出来ませんでした。自分の納得出来る域には到底達しませんでした。

ところがです。彼は、越後の出雲崎の海辺に立って、荒海と、佐渡島と、そこに横たわる天の川をまのあたりにして、突然目覚めたのです。彼は、佐渡島がそうしてもらっているように、天の川に、この自分も救ってもらいたいという衝動、天の川にすがりたいという衝動に駆られました。それでも敢えて、その衝動をぐっと抑え込んで、自分の持てる力を駆使しての自己変革・自己浄化の達成を、天の川に誓ったのです。

このように「荒海や――」の句は、自分が抱いていた理想や自分が歩むべき道を見失いかけていた芭蕉が、それに気付かされて、自らの力による自己変革・自己浄化の決意を新たにして詠んだ、彼の渾身の一句だったのでした。

以上です。これで私の話を終わります。

＊　＊　＊

麻衣は紅潮した顔で話し終えた。ラウンジ風の和室が急に静かになった。麻衣は、話している間に無意識に脱いでいた宿の紺絣の羽織を、落ち着いたしぐさで再び身にまとった。宿のオーナーは、眠りから覚めたばかりのような焦点の定まらない目で、まだぼうっとした顔でいた。その横に座っていた宿のおかみさんは、オーナーとは対照的に、にこにこしながら、麻衣に拍手を送った。オーナーの方も、ようやく我に返った顔をして拍手を送った。宿の夫婦は、良いお話を聴けました、と満足そうに麻衣にお礼を言った。

ところが、話を横で聴いていた千夏と優花は、麻衣が話し終えても、拍手もしないし、笑みも浮かべないで、黙ったままでいた。紺絣の羽織姿の千夏は、団扇を握ったまま籐椅子に座っていた。優花は座椅子に座っていて、膝を崩していた。二人共、何か言いたそうな、物足りなさそうな顔をしていたが、それでもまだ黙りこくったままでいた。賛同する風でも無かったし、反対する風でも無かった。麻衣はちょっと拍子抜けした顔をして、目の前の茶菓子に手を伸ばした。その麻衣に、

「今、佐渡について……めちゃ悪く言ってなかった？」

と優花が、横から声を潜めて言った。「確か……罪に苦しみ、煩悩に苦しみ、金の呪縛に苦しむ、とかさ……。これじゃ、いくらなんでも、今佐渡に住んでいる人達に悪過ぎやしないかしら？」

優花はこう言ってから、宿の夫婦の方をちらっと見た。

「あら、そんなつもりで言ったんじゃないわよ。あくまで比喩表現よ。そのくらい分かるでしょう？　変なところで揚げ足を取らないで！」

と麻衣は小声で言い返した。宿のオーナーは、二人のひそひそ話などは眼中に無い様子で、

「そうですか。芭蕉は、自分は『佐渡』そのものである、と考えた訳ですか……。なあるほど。そこまで芭蕉に佐渡への親近感や思い入れがあったのだとすれば……この佐渡の土地に『荒海や――』の句碑を建てる件については、問題となるものはどうやら無さそうですねえ……」

と満足そうに両手を組み合わせた。

「このように芭蕉は、自分が抱いていた初心を忘れずにいて、それをジャンプ台にして、より高みを目指そうとしました」

と麻衣は、引き締まった顔で言った。「こんな生き方をした芭蕉を、私もしっかり見習わなければ、と考えています」

「それは又、見上げた心掛けですね」

と宿のおかみさんが心を動かされた様子で言った。

「ちょっと待ってよっ！」

と突然、この感動的な空気を破る声がした。皆が声の主の方を向くと、団扇を持ったまま片手を挙げている千夏がいた。皆の視線が千夏に集まった。

「問題の『荒海や――』の句について、ここで結論を出してしまうのは、ちょっと早過ぎないかしら？」

と千夏は不満顔で言った。そして、今の麻衣の話を自分に言い聞かせるかのように、

「麻衣は、『荒海や――』の句について、それまでの句とは逆に、視線の向きを、低い位置から高い位置へと移しているところに着目したのよね。そしてその点を掘り下げてみたのよね。その結果、芭蕉はこの句をきっかけにして、忘れかけていた自分のあるべき姿や自分の目指すべき方向に気付いたのよね。それに加えて芭蕉は、この句に更に、自分自身による自己変革・自己浄化の決意を込めようとしていた――と、こう麻衣は結論付けた訳よね。こんな見方で良いのよね？」

と、千夏は麻衣に念を押した。

「まあ……そ、そうよ……その通りよ」

と麻衣は、何度もうなずきながら答えた。

「ところが……目の付けどころがどこか変なのよね、これが……」

と千夏は、籐椅子からゆっくり身を乗り出した。「麻衣の目の付けどころは、どこか変。どこかで勘違いしている。どこかで見当違いしている」

「目の付けどころが変、目の付けどころが変、って、くどくどと。いったいどこが変なのよ。どこが見当違いしているのよ！」

と麻衣は、むきになって千夏に迫った。興奮気味に顔を赤らめている麻衣に向かって、千夏は人差指を立てて、首を横に振りながら、

「麻衣は芭蕉という男をどこかで読み間違えている。そもそも芭蕉は、麻衣が話しているような切磋琢磨する男では無いのよ。生真面目な努力家でも無いのよ。芭蕉は反骨精神に満ちあふれた男なのよ。自己中心的で、自由奔放で、世間の常識などどこ吹く風って男なのよ。そんな男である証拠なら、いくらでも挙げられるわ」

と自信たっぷりに言った。「そもそも麻衣は、芭蕉を持ち上げ過ぎている。偉人扱いしている。聖人扱いしている。教科書に載っている偶像をただなぞっているだけの、無難な評価しか下していない。でも、芭蕉の正体はそんな生易しいものでは無いのよ。芭蕉の表向きの顔だけを見て判断するのは、チョー危険ね！」

千夏は、ちゃぶ台の上の茶菓子に手を伸ばした。そして相手の反応を楽しむかのように、茶菓子を口に頬張ったままで、

「もう一度言うけどさ、芭蕉という男は、世間を騒がすような問題句を平気で詠んでしまう、俳諧師らしからぬ男なのよ。挑戦的で危なっかしい男なのよ。その上、何事にもくじけない、打たれ強い男でもあったのよ。まあそこが彼の魅力でもあるんだけど。そんな一筋縄でいかない芭蕉を、生真面目な麻衣にちゃんと理解出来るかな？」

「その点では私もだいたい似たような意見よ」

　と優花が、座椅子の背もたれに寄り掛かったままで、千夏を援護射撃した。「芭蕉は、若い頃に苦労した分、世情に敏感で、世渡り上手で、人付き合いが上手くて、自己PRが上手くて、自分の派閥である蕉門のPRも上手かったの。それから今、千夏が指摘した通りで、たくましくて、打たれ強くて、転んでもただでは起きない、実にしたたかな男だったのよ。だから、江戸深川での隠遁生活にしても、旅での僧衣姿にしても、どれもこれも芭蕉自らのアイデアによる演出と睨んでもいいんじゃないかな？　そのあまりに巧みな演出に、当時の世間の人も、後世の人も、それから、素直で生真面目そのものの麻衣も、すっかり騙されていたのよ！」

「なあるほど。したたかな男か……。巧みな演出か……。優花も見掛けによらず、鋭いところをじゃんじゃん攻めるわね」

　と千夏は、優花にエールを送った。

「素直で悪かったね。生真面目で悪かったね」

　と麻衣はふくれっ面をした。「友達だったら、私をしっかりフォローするべきでしょうが？　なのに、反対に二人でぐるになって、私の足を引っ張ろうだなんて……。この裏切り者が！」

　このように相談者そっちのけで言い合っている三人を、宿の夫婦はあっけにとられて眺めていた。そんな宿の夫婦に構わず、麻衣はボルテージを上げた。

「千夏も優花も、よくもまあ、日本文学史に輝く芭蕉に、俳聖とまで言われている芭蕉に、そんなとんでもないレッテルを貼って、こきおろせるわね。国文科の学生として恥ずかしくないの？　ほら、宿のおやじさんもおかみさんも、呆れ顔でこっちを見ているじゃないの！」

「私だって呆れているわよ。麻衣の勉強不足と読みの浅さにね。この私だって、最初は麻衣をフォローしたかったんだよ。横槍を入れるつもりなんて無かったんだよ。でも、これだけ不勉強で読みが浅いとくれば……」

と千夏は、やれやれといった表情で立ち上がって、宿の紺絣の羽織の裾をぱんぱんとさばいた。団扇が畳の上に落ちた。

「よーし、麻衣に代わって、今から私が、芭蕉の本当の姿をあばいてみせますからね。そして、ここで問題になっている、『荒海や──』の句の本当の意味をしっかり説明しますからね。皆さーん、耳の穴をかっぽじって、よーく聴いてよねっ」

と千夏は言い放って、何か言いかけた麻衣を押し退けて、宿のオーナーと向き合う位置にぺたんと座った。優花も何か言おうとしたが、それを千夏は腕を横に上げて制止した。麻衣も優花もあきらめた表情で引き下がった。こんな千夏のむちゃぶりを、宿の夫婦はあっけにとられた顔で見詰めていた。千夏は構わずに続けた。

「今から話す内容は、句碑の建立で迷っておられる観光協会の皆さんの助け船になれるかどうかは、正直分かりません。でも真実を隠したままでいるのは良くない事です。だから私は、この場で知らん顔は出来ません。真実は何よりも大事ですからね。これから話す私の話は、名付けて、そうですね、『我が道を行く、反骨精神旺盛だった芭蕉』……では長過ぎるし、『ちょいワルおやじだった芭蕉』……も悪くないけど、ここでは、『天邪鬼《あまのじゃく》だった芭蕉』、として置きましょうか。では始めますが……その前に、芭蕉の後半生についても、ここで少しだけ触れて置きましょうね。彼の後半生も、あの句を理解する上での重要な手掛かりになりますから」

と千夏は、手にしたスマートフォンに視線を落としながら話し始めた。

「延宝八年（一六八〇年）の冬、彼は日本橋から深川の草庵に移り住みました。時に芭蕉三十七歳でした。それから四年ほど経ったあたりから、元々新奇探索傾向が強かった彼に、放浪癖が出るようになりました。白衣《びゃくえ》・黒衣《こくえ》姿に、頭には茶人帽、首から下げた頭陀袋《ずだぶくろ》、手にしているのは網代笠という、あのおなじみのスタイルで、彼はひっきりなしに放浪の旅に出るようになりました。

貞享元年（一六八四年）八月、江戸を発った彼は、名古屋・伊勢・伊賀上野などを経て京都まで行って、翌年、京都を出発して、又あちこち歩き回りながら江戸に戻りました。この九ヶ月間の旅は『野ざらし紀行』の旅と呼ばれています。貞享三年（一六八六年）の春、彼は江戸の芭蕉庵で、『古池や　蛙飛び込む　水の音』というあの名句を詠みます。この句によって、彼は一躍江戸の有名人となります。その後、再び彼は放浪の旅に出ます。貞享四年（一六八七年）八月には、江戸から鹿島までの『鹿島紀行』の旅へ、又同年十月には、江戸から伊勢・大和・吉野・須磨・明石を経て京都までの『笈の小文』の旅へ、そして貞享五年（一六八八年）八月には、名古屋から長野を経て江戸までの『更科紀行』の旅へと、旅から旅の日々が続きました。そしていよいよ、元禄二年（一六八九年）三月、四十六歳になった彼は『奥の細道』の旅に出立しました。二千四百キロもの道程を、百五十日もかけて踏破した、彼の生涯最大の旅でした。この『奥の細道』の旅を終えてからも、彼の放浪癖は収まりません。その後何度も旅に出ています。それは死の床に臥すまで続いています。元禄七年（一六九四年）十月十二日、彼は、旅の途中の大坂でその生涯を閉じます。享年五十一歳。彼の辞世の句は、『旅に病んで　夢は枯野を　かけめぐる』、でした。辞世の句の中にまで『旅』という文字を入れちゃうなんて……彼は相当な旅好きだったようですね。

これが芭蕉のおおまかな後半生です。以上を踏まえて、いよいよ本題に入りましょうか」

千夏は、背筋を伸ばして、宿のオーナーに向かって居住まいを正した。宿のオーナーも慌てて正座した。彼女は落ち着いた口調で話し始めた。

第二話　天邪鬼《あまのじゃく》だった芭蕉

大学生　千夏の話

延宝八年（一六八〇年）の冬、芭蕉は賑やかな日本橋から静かな深川の草庵へと移り住みました。麻衣は彼の事を、世捨て人とか、引き籠もった生活なんてマイナーな言い方をしていましたけど、これはとんでもない誤解です。自由気まま、やりたい放題、我が道を行く、のライフスタイルをようやく手に入れて、まさに中年パワー全開の頼もしい芭蕉でした。

貞享元年（一六八四年）の夏に彼は、俳諧の新境地を切り開くべく、俳諧師としての最初の旅に出ます。その門出の際に詠んだ句が、

「野ざらしを　心に風の　しむ身かな」

です。この句を耳にした見送りの人達の心中は、穏やかではありませんでした。野ざらしとは、山野で風雨に晒されている頭蓋骨を意味しています。門出の句にいくらなんでも野ざらしはないだろう、縁起が悪い、いったい何のつもりだ、非常識にもほどがある、旅の無事を祈ってわざわざ見送りに来た我々をからかっているのか——なーんてね。でも彼は、周囲のこんな反応にも全くお構いなし。それどころか、この旅の俳諧紀行文に、「野ざらし紀行」という、これを現代風に訳せば、「頭蓋骨紀行」という、なんともグロテスクな、不気味な表題まで付けてしまいました。かなりの肝っ玉おやじですよね。

そういえば、この野ざらし紀行には、

「山路来て　何やらゆかし　すみれ草」

という、当時かなり物議をかもした句が入っています。一見のどかそうな句ですよね。うららかそうな句ですよね。この句のいったいどこに問題があったのでしょうか？

「古来、すみれの花は、野に咲いているのを愛でて詠むものである。それを、野ではなく、山にすみれが咲く、とはどういう了見なのだ。伝統の軽視も甚だしいではないか」と、こう手厳しく批判したのは、当時の貞門派の重鎮、北村湖春です。この批判に対しては、芭蕉の一番弟子の去来が防戦に努めましたが、事態を収拾させるのは大変だったようです。同じ貞享元年（一六八四年）に、芭蕉は又、俳諧の初心者を煙に巻くような句を詠んでいます。

「冬牡丹　千鳥よ雪の　ほととぎす」

無季の句を詠んではいけない、重季の句を詠んではいけない、と口をすっぱくして教えている俳諧の師匠達をあざ笑うかのように、十七文字の中に、これでもかとばかり季語や季節を指す語句をちりばめています。ちなみに、牡丹の季語は夏、千鳥は冬、ほととぎすは夏、ですよね。同業者である俳諧の師匠達のバッシングをものともしない、ちょいワルおやじ芭蕉の真骨頂といえる一句です。更に、貞享三年（一六八六年）の春、いよいよ彼は、深川・芭蕉庵での句会の席で、

「古池や　蛙飛び込む　水の音」

という世間を大いに騒がせたあの有名な句を詠みます。この短い十七文字の中で、彼は平安朝から脈々と続く古典の決まりごとを、なんと二つも壊してしまいました。

もともと蛙というものは、どこかで鳴いているだけの「物」であり、風物の一つであり、情景の添え物の一つに過ぎませんでした。これが古典文学の決まり、和歌の決まりでした。それなのに、物である筈の蛙が、生命を吹き込まれて、池に飛び込む、ときっぱり言ってのけたものですから、人々は驚いたのです。彼の伝統無

視に驚いたのは当然ですが、その感性の斬新さに対しても驚いたのです。

もう一つ、この句で彼が壊した決まりごとが、「取り合わせ」です。「二物衝撃」とも言います。一見無関係にみえる二つの語句を、一句の中で並べたり比較したり結び付けたりする俳諧の技法の事を取り合わせといいます。例えば正岡子規の、

「風呂敷を　ほどけば柿の　ころげけり」

という句がこれです。一見無関係にみえる「風呂敷」と「柿」の二つの語句が、ここでの取り合わせになっています。作者の着想の冴えや洗練された感覚が要求されるのが、この取り合わせの技法です。ところで、芭蕉の時代には、取り合わせには決まりごとがありました。風雅な味わいがより厳しく求められていたからでした。「蛙」とくれば、取り合わせの語句としては、「山吹」とほぼ決まっていました。ですから、「古池や——」ではなく、「山吹や　蛙飛び込む　水の音」、とでも当たりさわりなく詠んでおけば、それほど問題視されなかった句でした。ところが彼は、この古典の決まりごとをも無視して、「古池や——」と詠んでしまったから大変です。人々は首を傾げます。古池と蛙とでは、全く取り合わせになっていません。俳諧の技法上、取り合わせではないとすれば、残るものとしては、「一物仕立て」でしかありません。一物仕立てというのは、一つの事象をずばりと冒頭から言い切ってしまう、俳諧のもう一つの技法の事です。例えば、同じく正岡子規の、

「いくたびも　雪の深さを　尋ねけり」

というのが、一物仕立ての模範的な句です。この一物仕立ては、感情や行動を直接表現出来ますので、作者の思いの深さやひたむきさはアピール出来ますが、一方で、その剝《む》き出しになってしまった感情や行動が裏目に出てしまう危険性もあります。

「古池や　蛙飛び込む　水の音」——取り合わせの雅やかで奥ゆかしい句から、一物仕立ての直情的な句へと、

一挙に変貌させてしまった芭蕉。恐るべき男と言ってもいいでしょう。人がやらない事にあえて挑戦する、伝統をあえて無視する、世間を騒がすような問題句を詠んで痛烈に批判されても少しも動じない。これをただのあまのじゃくだ、ひねくれおやじだ、ちょいワルおやじだ、と言い切ってしまっていいものでしょうか？　いったい彼の頭の中はどうなっているのでしょうか？　結論を出す前に、このあまのじゃくな芭蕉の言動を、もう少し追ってみましょう。

元禄二年（一六八九年）三月、いよいよ彼は「奥の細道」の旅に出ます。所要日数約百五十日、総移動距離二千四百キロの旅です。当時、江戸庶民の旅の人気観光地と言えば、富士山や、「お伊勢参り」の伊勢神宮や、「金毘羅参り」の金毘羅宮（讃岐）などでした。この時代、江戸を出立する旅人は大抵、西の方角をめざしたものでした。それがあたりまえでした。ですから、北の方角、みちのくをめざして、仙台・平泉・尾花沢・酒田を歴訪して、日本海沿いに北陸方面を通り過ぎて、大垣（美濃）にまで行き着く、という『奥の細道』のコース設定そのものが、当時の江戸庶民にはほとんど理解出来ない、誰も考えつかない、奇妙なものでした。とりわけ旅の終点を大垣に設定したのは奇妙でした。あまのじゃくで、へそまがりで、ちょいワルおやじの芭蕉。右と言えば左、左と言えば右。人が行かないところばかりに行きたがる——これでは、同伴者でマネージャーで弟子でもある曾良は、もう大変ですよ。「奥の細道」の道中、曾良は気苦労が絶えなかったでしょうね。

二人は、日光では、有名な華厳の滝には行かずに、あまり世間に知られていない裏見の滝というところを訪れています。小松（石川県）では、源義経ゆかりの、有名な安宅の関跡には行かずに、安宅の関の近くの多太神社という古い神社を訪れています。ちなみに、この神社で詠まれた句が、

「むざんやな　甲の下の　きりぎりす」

です。有名な白河の関跡はとりあえず訪れてはいますが、彼はここで句を詠んでいません。天下の名勝、松島でも同様で、一句も詠んでいません。なぜ詠まなかったのでしょうか？　対象の名所旧跡があまりに有名過ぎるので、あまのじゃくの芭蕉には面白みがなくて、詠む気になれなかったのでしょうね。

この当時の彼は四十六歳でした。蕉門十哲に象徴される多数の優秀な弟子達に囲まれて、俳諧の師匠としては申し分のない地位にいました。「芭蕉翁　ぽちゃんといふと　立ち止まり」という、当時の古川柳が残されています。先程の「古池や――」の句が大評判となって人気が高まった芭蕉を、江戸庶民がやっかみ半分でからかった川柳です。この川柳から、「古池や――」で更に知名度を上げた彼をうかがい知る事が出来ます。彼は当時の江戸では名だたる有名人だったのです。先程麻衣は、表向きの彼を評して、卑屈だったとか、媚を売っていたとか、よいしょの達人だったとか、さんざんいやしめていましたが、実際は真逆でした。功成り名遂げた四十六歳の彼は、もう前途には何も怖いものなしで、残りの人生は自由気まま、言いたい放題、詠みたい放題で、誰にも気兼ねなどする必要はなかったのです。

「奥の細道」の尿前の関の段で詠まれた一句が、

「蚤虱《のみしらみ》　馬の尿《しと》する　枕もと」

ノミやシラミはまあ許せるとしても、「尿」という言葉は、風流人を自負する俳人なら、普通使ったりはしないでしょう。「しと」と読むべきか、「ばり」と読むべきかで、研究者の間で論争になった句ですが、そんな枝葉の問題ではないと私は思います。

「五月雨を　あつめて早し　最上川」　最上川の段
「暑き日を　海に入れたり　最上川」　酒田の段
彼は急流の最上川がずいぶん気に入ったらしくて、「奥の細道」の中では、二句も詠んでいます。その一方で、「奥の細道」のコース上の、信濃川・北上川・阿武隈川といったよく知られた大河については、間違いなく通過した筈なのに、一句も詠んでいません。

彼は、「奥の細道」の旅の終点を美濃の大垣にしましたが、実は大垣で旅を終えたわけではなくて、大垣に何日か滞在した後、名古屋を経て、あの伊勢神宮まで行っていました。

もしも彼が、周囲に気を使う男だったら、どうでしょうか？　あるいはもしも彼が、「奥の細道」という本を元禄のベストセラーにしたかったのだとすれば、どうでしょうか？　華厳の滝や安宅の関へは必ず行っていたでしょうね。通過した筈の信濃川や北上川では一句詠んでいたでしょうね。旅の終点は、大垣ではなく、伊勢神宮か京都にしておいたでしょうね。

自分が行きたいところへ行って、見たいものを見て、そこが気に入ったなら一句詠んでみようかな、くらいの自由気ままな、自然体の旅が、彼が「奥の細道」でめざしていた旅でした。そして、その気構えを最後まで貫き通した旅でもありました。

この「奥の細道」の旅を終えた翌年、元禄三年（一六九〇年）の正月に彼は、

「薦を着て　誰人ゐます　花の春」

の歳旦（正月を祝う句）を詠んでいます。めでたい正月に、薦を着る、つまり乞食になる、とは何事か、縁起が悪い、非常識も甚だしい、と又世間から非難されてしまいます。あまのじゃくでちょいワルおやじの芭蕉は、「奥の細道」の旅を終えてからも相変わらず健在でした。

それにしても私は、芭蕉を凄い男だと思います。ちょいワルおやじなんて失礼な言い方をしていますけど、正直、感動しています。繰り返しますが、彼は、人生前半の頑張りによって、功成り名遂げた男です。蕉門十哲をはじめとする多数の弟子達を獲得して、俳諧の世界では全く申し分のない最高の地位を獲得した男です。

一説によれば、蕉門は二千人以上いたとも言われています。弟子達の中には、上級武士、例えば森川許六のような彦根藩の家老級の重臣や、杉山杉風のような裕福な江戸の大商人もいたのです。だから彼は、その揺るぎない地位にいつまでも安住していてもよかったのです。羽振りのよいお師匠さんとして、守りの姿勢で、波乱のない後半生を送ってもよかったのです。それなのに、体力的に難しい年齢であったにもかかわらず、長い旅に出たり、俳諧の師匠らしからぬ問題句を詠んで周囲を騒がせたりと、自ら望んで苦難の道ばかりを歩み続けた、そんなエネルギッシュで、若者みたいに行動力があった彼の後半生の生き方に、私は脱帽します。元禄七年（一六九四年）十月、彼は永眠します。享年五十一歳でした。

「旅に病んで　夢は枯野を　かけめぐる」

これが先程も紹介した彼の辞世の句です。彼が息を引き取る間際に見た夢って、いったいどんな夢だったんでしょうね？

ここでついでですから、彼の臨終にまつわる話をしておきましょうか。彼は臨終の床で、「墓は木曾殿の隣に……」と集まった弟子達に遺言したそうです。弟子達は遺言通りに、木曾義仲（源義仲）が葬られている義仲寺に、彼を手厚く葬りました。ですから彼の墓は、今も滋賀県大津市の義仲寺にあります。それにしても、よりによって、どうして義仲寺なの、とちょっと不思議ですよね。江戸か京都の有名寺院にしておけばいいのに、いったいどうしてなの、と思いますよね。実は彼は、義仲を崇拝していたのです。それも、自分の墓を義仲の墓のすぐ近くに建てさせたくらいですから、いかに義仲を崇拝していたのかは想像出来ます。ちなみに先程、芭蕉が多太神社で、「むざんやな――」、の句を詠んだと言いましたが、この多太神社も木曾義仲ゆかりの神社なのです。

平家を滅ぼした真の功労者は、源義経でも源頼朝でもなく木曾義仲である――と芭蕉はかたく信じていました。彼はこう嘆きます。

「あの義経が何をしたというのだ？　追討軍を指揮していただけではないか。弱体化して瀬戸内海を西へ向かって逃げていた平家を、壇ノ浦にまで追い詰めて、その息の根を止めただけではないか。これで功労者と言えるのか？　義仲こそが源平合戦での真の功労者なのだ。倶利伽羅《くりから》峠の戦いで平家の大軍に勝利して、平家を京から追い出して、源氏と平家の力関係を一変させた義仲こそ、真の功労者として賞賛されるべきだったのだ。それなのに今日に至っても、大衆に人気があるのは、源義経や源頼朝や源為朝などで、木曾義仲については乱暴者でアウトローといった悪者のイメージばかりが付いてしまっている。義仲へのこの差別的な、屈辱的な扱いはどうした訳だ？」

このように彼は、木曾義仲の業績を正しく評価していない世間を嘆きます。源平合戦の史実を正しく理解していない世間に不満をつのらせます。実績はあったのに、実力はあったのに、最期まで報われなかった不運な武将への鎮魂の念が、かたくなに芭蕉を義仲びいきにさせていたんだろうな、と私は芭蕉の心情を受け止めています。だから、自分の墓所を決める際にも、その義仲びいきがこうじて……。いや、ちょっと待って下さい。もっと深読みさせてもらえば、芭蕉は、自分の境遇と木曾義仲の境遇を重ね合わせていたのかも——と、こう読み取れなくもありません。彼は、そのくらい自分というものに自信と誇りを持っていたのです。鼻持ちならないくらい自尊心が強かったのです。だから、既に彼に対する世間の評価は相当なものだったにもかかわらず、彼の本心はそれでもまだ満足していなかったのです。もっと高い評価を、もっと高い名声を、と心待ちしていたのです。その熱い思いは息を引き取る間際であっても……。ですから、「墓は木曾殿の隣に……」の彼の遺言は、自分に対する評価がまだ十分とまではいえない、この元禄の世に対する、きつーい面当てだったのかもしれません。

このように、扱いにくくて、反骨精神旺盛で、自己中心的で、時勢には逆らうし、周囲の空気を読もうとしない、問題だらけの芭蕉です。世間から嫌われても少しもおかしくない芭蕉です。なのに、なぜ彼の言動は、そしてなぜ彼の句は、逆に、意外に、多くの人をひきつけて、多くの人の支持を集めていたのでしょうか？　奇妙ですよね。注目すべき点は、実はここにあったのです。

彼が表舞台に登場したのは、徳川幕府が成立して八十年ほど経った元禄時代でした。戦国の乱世は遠退き、幕藩体制は盤石なものとなり、封建制度が確立された時代でした。大藩も小藩も、上級武士も下級武士も、武家諸法度などの決まりごとでがんじがらめにされていました。商人も職人も、士農工商の厳しい身分制度によって、上からしっかり押さえつけられていました。戦乱の時代とは違って、下からの変革や現状打破はとうてい望めない時代でした。個人の自由なんて皆無に近くて、立身出世など不可能で、重く息苦しい空気ばかりが漂っていました。こんなどうしようもない閉塞感が漂っていた時代に、芭蕉が華々しく登場したのです。彼の句は、彼の言動は、保守的な人々からの容赦ない非難を浴びましたが、その一方で、重く息苦しい現状に疲弊していた多くの人々からの共感も得ていたのです。支持も得ていたのです。彼は、そういった人々の勇気ある先導者であり代弁者でもあったのです。

私（千夏）に言わせれば、芭蕉という男は、貞門派ではありません。談林派でもありません。矛盾しているようですが、思い切って言えば、蕉門派でもありません。しいて言えば、彼は根っからの自己中心派と言っていいでしょう。自分のものさしが唯一絶対だと信じている、孤高の男でした。己《おのれ》が見る事、聞く事、感じる事これらは決して間違ってはいないと確信している男。世間の常識とのずれなど、どこ吹く風。平安朝から脈々と続く古典の常識から掛け離れていようがいまいが、全く意に介さない男。古典の美意識なるものも、問題があるのはそちらの方だと言わんばかりに、容赦なく切り捨ててしまう男。……と、これが芭蕉の実像です。そして、重苦しい元禄の世に生きていた人々の大多数は、こんな芭蕉に陰で拍手喝采を送っていたのです。

話はそれますが、西洋美術史で、十九世紀のフランスに、印象主義という芸術活動がありました。モネ、セザンヌ、ルノワールなどの印象派の画家達は、それまでの画家達がやらなかった手法を独自に考案して、斬新で独創的な絵画を描きました。その中に、戸外での絵画制作活動というものがありました。絵画は室内で、アトリエで描くものだというそれまでの固定観念を打ち破って、外へ飛び出して、空の下で直接対象物を描こうではないか、というのが、この戸外での絵画制作活動でした。

型破りで抜群の行動力を持つ芭蕉は、この印象派の画家達の活動に相通ずるような考え方をしていました。印象派の画家達が屋外でカンバスを立てて絵を描いたように、彼は紙（短冊）と毛筆を握って、リアルタイムで、未知の山野を歩き回って、句を詠んでみたのでした。それまでの古典文学の担い手達、例えば吉田兼好や鴨長明などが、狭い庵に引き籠もって、自分の過去の記憶と、手元にある文献と、限られた周囲の風景に頼って執筆していたのとは、これは大きな違いでした。

芭蕉は老体に鞭打って、自然の中をくたくたになるまで歩き続けました。その体験から彼は、自然界には、古人が見落としていた美しいものが、まだまだいっぱいあるのだという事に気づいたのでした。例えばそれは、「星」であったり、「海」であったりです。星そのものを詠んだ和歌は、古今和歌集では三首、小倉百人一首ではわずかに一首しかありません。海そのものを詠んだ和歌も、古今和歌集、小倉百人一首にそれぞれ一首ずつです。浜辺や打ち寄せる波を詠んだ句も含めれば、少しは数が増えますが、それでも全体としては多くはありません。星や海は、古典文学で見落とされていた、あるいは軽視されていた、自然界の美しいものの代表格と言ってもいいでしょう。反骨精神旺盛な彼は、ここで大いに憤ります。

「京都に安住していた昔の文人達は、自然のどこを眺めていたのだ。自分の庭先で、雪や月や花や鳥ばかりを眺めていて、なかには、眺めながらちゃっかり女房の尻を追いかけ回している野郎もいて、これで、風流でござる、雅やかでござる、とよくもまあぬけぬけと言えたものだ」――なんてね。

花鳥風月といった紋切型の美意識、固定観念に凝り固まった美意識、こういった古典の美意識に大いに疑問を抱いて反発したのが芭蕉でした。そして彼がそれ以上に反発したのが、こんな美意識にいまだに囚われたままでいる、旧態依然とした、彼と同時代を生きている元禄の世の文人達でした。

これから私（千夏）の話は核心部分に迫ります。よく聴いて下さい。

約百五十日かけて二千四百キロを歩き通した、「奥の細道」の長く困難な旅。これは又、手つかずの大自然と直接長く向き合っていられるという、貴重な旅でもありました。この旅で彼は、星空とはすばらしいものだ、大海原とはすばらしいものだ、と幾度も痛感します。そして、和歌などの古典文学ではもちろん、俳諧においてもまだほとんど関心が向けられていなかった、星の魅力や海の魅力にもっと迫ってみたい、つまり、星や海を題材にして秀句を詠んでみたい、という思いに駆り立てられます。その熱い思いがかなえられるビッグチャンスが到来したのが、「奥の細道」の旅の後半においてでした。象潟（秋田県）を発って、出羽・越後の長い海岸線を歩いていた折に、彼は、その自分の思いにしっかり応えてくれる、星の風景と海の風景に出会えたのでした。

「荒海や　佐渡に横たふ　天の河」

「奥の細道」を代表するこの句は、このようにして誕生したのでした。海の風景と星の風景、しかもその両者が共に存在している雄大な風景をまのあたりにした芭蕉が、己の美意識、己の感受性のみに頼って、彼の心をとぎ澄ませて詠んだ句でした。そしてこの時、彼がもう一つ重なり合わせた、忘れてはならないものが、そう、佐渡です。佐渡が昔から世間に怖れられている島だとは、彼も承知していました。和歌で詠まれるどころではなく、順徳院・日野資朝《すけとも》・京極為兼《ためかね》などの名高い歌人達が流された、又日蓮・世阿弥《ぜあみ》なども流された、文人達にとっては、口にするのも汚らわしい、忌まわしい島である事も知っていました。それでも彼は、こういった佐渡に対する先入観やマイナスイメージをすべて排除して、今自分が目にしている佐渡島を、ああ美しい島だ、と素直に感動したのです。佐渡島は、伊豆半島周辺の島々や、松島や象潟に浮かんでいるこぢんまりとした豆粒のような島々とは違っています。彼が生まれて初めて目にする長大な島です。越後の海岸から見通せる、その佐渡の島影の全貌は、うっすらとなだらかです。まるで大海原に天女が寝そべっているかのようです。

後年、蕉門十哲の一人である森川許六が、「本朝文選」という俳文集を編集しました。その俳文集の中に、「銀河の序」という、芭蕉自身が綴った俳文が収められています。この「銀河の序」には、「奥の細道」には記されていなかった、出雲崎辺りで佐渡島を初めて目にした時の、芭蕉の率直な感想が綴られています。とても貴重な文献です。参考になりますから、その「銀河の序」の冒頭部分を、今ここで読んでみましょう。

「佐渡島は、海の面十八里、滄波を隔てて、東西三十五里よこほり伏したり。峰のけん難、谷の隅々まで、さすがに手にとるばかり、あざやかに見渡さる。

(佐渡島は、海面十八里の所に、荒波を隔てて、東西三十五里にわたって、横たわっている。峰の険しさも、谷の隅々までも、手に取るように、鮮やかに見渡される)」

佐渡島を、海面に「よこほり伏したり（横たわっている)」と、言い表している点に注目して下さい。大海原に天女が寝そべっているようだ、と先程私が言ったのは、この表現を引用しています。更にこの「銀河の序」には、『奥の細道』には記されなかった、芭蕉の佐渡に対する所感まで綴られています。そこを読んでみましょう。

「……この島は、黄金多く出でて、あまねく世の宝となれば、限りなきめでたき島にて侍るを、大罪朝敵のたぐひ、遠流せらるるによりて、ただおそろしき名の聞こえあるも、本意なき事に思ひて……
（この島は、黄金を多く産出して、幕府を支える宝の島なのだから、限りなくめでたい島であるのに、その一方で、大罪を犯した人や、朝敵の類《たぐい》の人が流された島でもあるところから、世間では恐ろしい島だという評判の方がまさっているのが、残念に思えて……）」

この記述から芭蕉は、佐渡が金を産出する島である事や、佐渡が昔から人々に怖れられていた流人の島である事を十分知っていたものと読み取れます。又彼は、世間が佐渡島のプラス面を見ないで、マイナス面ばかりを見ているのを、「本意なき事に思ひて」、つまり、不本意である、残念である、ともコメントしています。先入観に囚われたりせずに、客観的な視点で佐渡を見詰め直してみよう、と彼が思考していたのは、この記述から明らかです。

佐渡を忌まわしいものにしたのは、流刑制度を考え出した人間界です。もともと佐渡そのものは、太古の昔から今日に至るまで、日本海に浮かぶ美しい島なのです。美しいものは美しい。美しいものを美しいと言ってどこが悪いのか――このように芭蕉は、この「荒海や――」の句を通して、俳人にとって、又俳諧を志す者にとって、何よりも大切なのは、先入観や思い込みを捨てて、固定観念を打ち破って、美しいものを素直に美しいと感じ取ろうとする自分自身の感性なのだ、と訴え掛けていたのです。又、その感じ取ったものを、何も恐れたりせずに、手垢の付いたありきたりの表現に頼ったりもせずに、五・七・五の十七文字の自分の言葉でしっかり表現する気構え、これこそが大切なのだ、とも訴え掛けていたのです。

芭蕉が「荒海や――」の句に封じ込めていた想いについて、長々と述べてきましたけど、以上で私の話は終わりとします。

＊＊＊

話し終えた千夏は、遠くを見ているような眼差しで、暫く黙っていた。ラウンジ風の和室が再び静かになった。どこか遠くで波の音がしていた。宿のオーナーが、満足そうにうなずきながら、真向かいに座っている千夏に拍手を送った。

「いやあ、結構なお話でした。それに、とっても参考になるお話もありました。ここ佐渡島は、確かに今、あなたが言われた通りの、実に美しい島です。本土からは、近過ぎても遠過ぎてもいない、程良い距離にあります。晴れた日には、きっと、うっすらと島影が見える事でしょう。その島影も、あなたが言われた通りで、どことなく気品がただよっています。『大海原に天女が寝そべっている』、ですか？　それ、私、すごく気に入りましたので、来年の観光ポスターのキャッチフレーズにするように、関係機関に働き掛けてみますよ。いやあ、それにしても、あなたの今のお話は、これからの佐渡島観光協会の助け船になりそうです。ありがとうございました」

と宿のオーナーは、千夏に、丁寧に頭を下げた。横に座っていた宿のおかみさんも顔をほころばせて拍手を送った。

千夏は神妙な顔をして、

「年を重ねても、自分自身の知性や感性を信じ続けて、あえて困難な道を突き進もうとした、こんな芭蕉を、私もしっかり見習いたいと思っています」

と言った。

「心を打たれるお話ですね。私達もぼやぼやしていないで、しっかり見習わなければ、ねえ、あんたっ」

と宿のおかみさんが、自分の夫の肩をポンと叩いた。彼は照れ臭そうに、ぎこちなくうなずいた。

「こんな芭蕉のような、我が道を行く、反骨精神旺盛な、強い大人に、私もなれるといいけど……」

と千夏は、飲みかけの缶ジュースを握り締めて呟いた。

「もう、なっているじゃない」

と、麻衣が横から茶化した。千夏が麻衣に拳を振り上げた。麻衣はすかさず、両手で頭を覆ってうずくまった。

「でも……やっぱり、ちょっと違うんじゃないかな……」

と、優花が首をかしげて言った。

「そうそう、私もそう感じていたところ」

と麻衣も頭を上げて、優花に同調して言った。「ちょっとどころか、どこかで軌道を外れてしまって、とんでもないところへ芭蕉を連れて行ってしまって……私が抱いている芭蕉の全体像とは相当かけ離れてしまっているよ」

優花は座椅子の背もたれに寄り掛かった姿勢のままで、

「さっきの、『古池や——』の句の説明にしたって、それから今話題になっている『荒海や——』の句の説明にしたって、そのどちらも、千夏はどうもひとりよがりの間違った解釈をしているみたい。そもそも芭蕉って人物は、絶対に、千夏が言っているような人物ではないよ。芭蕉の全体像については、千夏も認識不足みたいだね」

と、千夏の話に横槍を入れた。

千夏の話にすっかり心酔している宿の夫婦とは対照的に、麻衣も優花も、不満顔をしていた。この二人の水を差す発言に、千夏はむっとした表情に変わった。

「ちょっと、ちょっと、二人共。何よ、その上から目線。この私が認識不足で悪うございましたわね。ひとりよがりで悪うございましたわね。私の話が間違っているとそこまで言い切る以上は……」

と千夏は、しゃくにさわったように言った。「優花には私の話をくつがえすだけの自信があるんでしょうね？『古池や――』の句や『荒海や――』の句に、別の意味があるとでも言うのなら、この際、ぜひ聴いてみたいものだわ。それから、優花が抱いている芭蕉の全体像とやらもね。さあさあ、話してごらんなさいよ。遠慮なさらずに、どうぞ、どうぞ」

優花は、背もたれに上体を預けたままで、落ち着いた声で、

「今の千夏の話にしても、さっきの麻衣の話にしても、どちらも芭蕉をストイックに捉え過ぎているよ。求道者扱いしているよ。超人扱いしているよ。二人とも、そんな部分だけを過大評価しているから、彼の全体像を見誤っている。彼の全体像はもっと人間臭いものよ。例えて言えば、生臭坊主ってとこかな。したたかで、計算高くって、打たれ強くって、世慣れている男で……それでいて、弱い部分もあって、みっともない部分もあって、それでもやっぱり、たくましくて……。あれっ、これでもまだ、芭蕉を悪く言っているように聞こえたかな？」

と、おどけたような顔になって、首をすくめた。そんな優花に向かって、麻衣は身を乗り出して、

「ひどいなー。芭蕉は計算高くって、世慣れている男なんかじゃないよ。彼の全体像を見誤っているのは、優花の方だからねっ」

と、優花の顔に自分の顔をくっつくくらい寄せて言った。

「麻衣、誤解されないように、断っておくけどね」

と、優花は負けずに言い返した。

「したたかで、計算高くって、などとは言ったけど、私には芭蕉をけなす気なんてさらさらありませんよ。むしろ、褒めているんだからね。私は、ある意味、彼には敬意だって払っている。尊敬だってしている。彼のたくましい世渡り術を私もしっかり見習わなければ、なんてマジで考えているの。まあ、彼は、一言で言えば、そうね……聖なる俗人、聖なる凡人、それとも、偉大なる凡人……いえいえ、非凡なる凡人ってとこかな……」

と優花は、煙に巻くような言い方をした。

「優花、悪ふざけはいいかげんに止めてっ。芭蕉に対してそんな評価はあんまりじゃないの？」

と、千夏も、なじるように言った。

「そうかしら。私は芭蕉を褒めているつもりよ。特に、打たれ強いというのは長所なのよ。美徳なのよ。分かってくれないかなあ」

と優花は、千夏に向き直った。

雲行きがどんどん怪しくなってきた。彼女達は、相談者をほったらかしにして、又内輪もめを始めそうだった。予想していなかった展開に、宿の夫婦は、この場をどう取りなせばいいものだろうかと、慌てて腰を浮かせた。

「皆さん、いつもは仲が良いんでしょう？　ここで足の引っ張り合いはみっともないですよ」

と宿のおかみさんが、皆をなだめて言った。「せっかくのご旅行中なんですから、皆さん、なごやかにね」

彼女達は仕方なさそうに、とりあえず笑い合った。

「じゃあ、ここまでお騒がせてしまったのだから……」

と優花は首をすくめて、いたずらっぽい目をしてみせた。「千夏の話に異を唱えるのを兼ねて……ここで、私の話をさせてもらっちゃおうかな。私の話に皆さんが納得してくれれば、このとげとげしくなった空気も少しは和らぐでしょうし……」

「その言葉を待っていたのよ。私達の話が間違っていると駄目出しする以上、優花は、自分の話にかなり自信があるみたいだからね。これはとっても楽しみだわ」

と千夏は、少しも楽しみではなさそうな顔で、わざとらしく腕組みをして言った。「ただし、納得出来ない話だったら承知しないからね。覚悟しなさい！」

そんなおかんむりの千夏に取り合わずに、優花は、それまで座っていた座椅子を壁際に片付けて、膝を折って、座布団に行儀よく座った。そしてスマートフォンを膝の上に置いて、背筋を伸ばして、コホンと咳払いをした。

「ここにいる皆さんにぜひ知っておいて欲しい、貴重な資料がありますので、まず、その資料の事から話させて下さい。それは実は、私達の今までの論争を決着させるくらいの重みのある歴史的資料なのです。その資料というのは……」

皆の視線が、いっせいに優花の口元に集まった。

「麻衣が先程の『高みを目指した芭蕉』の中でも取り上げていた、『荒海や――』の句が、実際の景色を目の前にして詠んだものか、それとも心象風景を詠んだものか、という問題に関係する重要な資料です。長年研究者達を悩ませ続けていた、このやっかいな問題を、いっきに解決させた資料でもあります。

芭蕉は、この句を詠んだ時に、現地で荒海と佐渡島と天の川を本当に同時に見ていたのだろうか――という疑念は、昔から指摘されていました。芭蕉は実際にはこういった風景を見てはいないのではないのか、心象風景、つまり彼の心の中か頭の中でこしらえた想像上の風景ではないのか、と昔から疑問視され続けていました。

ところが、これから話す資料が決定的証拠となって、実はこの問題に関しては、現在では既に解決済みとなったのです。『荒海や――』の句は、心象風景を詠んだ句である、というのが、今では定説となっているのです。ここは重要な点です。芭蕉は実際には、越後の海辺で、荒海と佐渡島と天の川を同時に見てなんかいなかったのです。これが事実である以上、実際の景色を見て詠んだ事を大前提に話を進めて結論を出していた、先程の麻衣の話も、千夏の話も、実にお気の毒だけど、土台から崩されたと言ってもいいでしょう。ではどうして芭蕉は、景色を実際には見てはいなかった、心象風景を詠んでいた、と言い切れるのでしょうか……」

優花はここまで話してから、急に黙って首を垂れて、暫くの間、手にしていたスマートフォンを指先で操作したり、その画面にじっと見入ったりしていたが、やがて自信ありげに顔を上げた。優花は全員を見渡しながら再び話し始めた。

「『奥の細道』の旅では、曾良というひとりの実直な弟子が芭蕉に随行していました。そして曾良自身も、『曾良随行日記』という旅の記録を残していました。この曾良の記録には、いつ、どこへ行った、誰と会った、何があった、この日はこんな天気だった、などがこと細かく書き記されていました。ですからこれは、『奥の細道』の旅の謎だった部分が解明出来る貴重な資料になる筈でした。ところが残念な事に、この『曾良随行日記』は、二百年以上も所在不明になっていました。ところがです。なんと、この資料が、昭和十八年に発見されたのです。ちなみに発見のきっかけは、太平洋戦争末期の米軍による空襲だったそうです。空襲で焼失してしまうのを恐れたある古美術収集家が、この資料を世に出したのだそうです。そしてこの大発見によって、新たに分かった事があります。俳諧紀行文『奥の細道』には、いつ、どこへ行った、などの記述に、かなりの間違いがあったという事です。

芭蕉の『奥の細道』と曾良のこの『曾良随行日記』とを読み比べてみますと、一致しない箇所が、約八十箇所ありました。そこで、他の資料と照合するなどの地道な研究が専門家によって進められた結果、曾良の記述の方がほぼ事実に忠実だった事が判明しました。芭蕉の記述には、うっかり書き間違えたのか、彼の記憶違いか、それともわざと嘘を書いたのか、いずれにしてもフィクションが多かった事が判明したのでした。

そこで注目してみたいのが、『荒海や――』の句が詠まれた可能性が高い期日、元禄二年（一六八九年）七月四日の出雲崎から、八日の直江津までの、『曾良随行日記』における記録、特に天候の記録です。その記録によれば、四日の夜から八日の朝までの天候は、『雨降ル』、『雨強ク降ル』、『風雨ハナハダシ』ばかりでした。つまり、連日連夜雨続きだったようなのです。これが事実だとすれば、この間の夜空は当然雨雲に覆われていて、天の川は見えなかった筈です。これで芭蕉は、いったい、どうやって天の川を見たのでしょうか？　どうやって『荒海や――』の句を詠んだのでしょうか？

それでも百歩譲って、ここでは仮に芭蕉が正しくて、曾良の記録が間違っていたとしてみましょう。それでもやはり、芭蕉が天の川を見るのには、実際には無理がありました。それは方角に問題があったからでした。佐渡島は、出雲崎からだと、北北西、直江津からだと、ほぼ真北の方角に当たります。旧暦七月に、出雲崎や直江津の海岸から、佐渡島の上空に天の川が横たわっているように見える、というのは、天文学上あり得ない事なのです。佐渡に横たわらない天の川、というのが事実なのです。これは多くの専門家が指摘している点です。又よく考えてみますと、荒海という表現も少し変です。荒海とは、見渡す限り海面が荒れている海を意味します。季節風が吹き荒れる冬の日本海でしたら、これは日常的な風景でしょうが、夏の夜の日本海は、おおむねいつも穏やかで、海が荒れるというのは、台風でも通過しない限り、まれな自然現象です。それでも仮に、海が荒れていたのだとしてみましょうか。それでも変です。海が荒れている自然現象は悪天候とも言えますので、当然、夜空の方も多少暗雲に覆われていてしかるべきです。海が荒れていながら、その一方で天の川が見渡せるくらい全天の星が輝いているというのは、あまりに現実離れしていて、この点からでも、天の川が見えたという説明には信憑性が欠けています。

更にここで、実景を見て詠んでなんかいない、という決定的な証拠を出しましょう。出雲崎と佐渡島、又は直江津と佐渡島の隔たりの問題です。出雲崎と佐渡島の間は直線距離にして約三十五キロメートルあります。直江津と佐渡島の間は約四十五キロメートルあります。海岸の波打ち際から沖の水平線を見た場合、一般的には、約五キロメートル先までしか見通せない、といわれています。もちろん立ち位置が、海岸の高い崖の上だったり、灯台だったりすれば、もっと先まで見通せますが、それでも二十キロメートル先あたりまでが見通せる限界、とされています。ですから、出雲崎から佐渡島が見えた、又は、直江津から佐渡島が見えた、という話には最初から無理があるのです。佐渡島は見えていなかった筈だからです。もっとも、蜃気楼なら話は別ですが……。又例外として、空気が澄んだよく晴れた日なら、佐渡島の山頂付近あたりでしたらかすかに見えたかもしれませんが……。ちなみに断っておきますと、逆に、佐渡島から越後方向でしたら、確かに、時々見えるようです。本州である越後には高い山々が連なっているからです。

これらの状況証拠から、麻衣と千夏にはお気の毒だけど、『荒海や――』の句は、ありのままの景色を見て詠まれたものではなくて、心象風景として詠まれたもの、つまり、芭蕉の心の中か頭の中でこしらえて詠まれたもの、という事は明白なのです。では、なぜ彼は実際には見てもいない景色の句を詠んだりしたのでしょうか？　しかも彼は、『奥の細道』の中だけでなく、それを補完する役割をした『銀河の序』の中でも、この嘘を貫き通していたのです。どうしてでしょうか？　ここは大事なポイントです。この芭蕉の不可解な言動を解き明かしながら、これから私がイメージしている芭蕉の世界に皆さんをご案内します。私の話は……そうですね……『凄腕の興行師だった芭蕉』、と名付けさせてもらいましょうか。だって芭蕉は、たぐいまれな、凄腕の興行師だったのですから。

　では、始めますが……その前に、ここでもう一度、『奥の細道』という旅そのものを、ここで簡単におさらいしておきましょう。

　元禄二年（一六八九年）三月、芭蕉は、弟子の曾良を伴って、『奥の細道』の旅に出ました。四十六歳の時でした。三月二十七日に江戸を発ちました。四月一日には日光、四月二十日には白河の関、五月九日に松島、五月十三日に平泉、五月二十七日に立石寺、六月十六日に象潟、六月二十七日に鼠の関、この鼠の関あたりが旅の中間地点でした。そして七月六日には直江津、七月十二日には市振の関、七月十五日が金沢、その後、福井、敦賀を経てゴールの大垣に到着したのが八月二十一日頃でした。この日付は、曾良の日記、『曾良随行日記』に基づいています。七月十五日の金沢以降の日付がはっきり分かっていませんが、それは、芭蕉が旅の途中の金沢（山中温泉）で、記録係だったこの曾良と別れて、曾良とは別行動だったからです。

『奥の細道』の旅はこのように、芭蕉が約百五十日かけて、本州の東半分を大きく反時計回りして、約二千四百キロを歩き通した、彼の人生最大の旅でした。元禄七年（一六九四年）春に、芭蕉はこの体験を元にして、俳諧紀行文『奥の細道』を完成させました。その中に収められた句が全部で五十一句。そのいくつかは、今日でも多くの日本人が知っている名句です。お待たせしました。では、非凡なる凡人である芭蕉の話を始めましょうか」

　優花は落ち着き払った声で話し始めた。

第三話　凄腕の興行師だった芭蕉

大学生　優花の話

元禄二年（一六八九年）三月、芭蕉は弟子の曾良を伴って、「奥の細道」の旅に出ました。その二年前の貞享四年（一六八七年）に、幕府から「生類憐みの令」という厳しいお触書が出されました。「生類憐みの令」とは、生き物を殺したり、食べたり、いじめたりするのを禁ずる、という前代未聞のとんでもないお達しでした。世間は大騒動でした。その対策におおわらわでした。取り締まりは、年々厳しくなる一方でした。そしてこの「生類憐みの令」は、元禄年間ずっと、五代将軍徳川綱吉が死去するまで出され続けました。この「生類憐みの令」と、芭蕉の「奥の細道」の旅とは、一見無関係にみえますが……いえいえ実は、これが大いに関係があったのです。

世相に敏感で、御上のご意向にはもっと敏感で、世渡り上手の芭蕉は、ちょうど「生類憐みの令」が出された頃から、「不易流行」という言葉を使い始めます。聞き慣れない言葉なのは当然で、これは芭蕉が考え出した言葉です。「生類憐みの令」による取り締まりが厳しさを増すにつれて、芭蕉はこの「不易流行」という言葉を多用するようになって、これはやがて蕉風俳諧の基本理念になります。蕉風俳諧の金看板、トレードマークにまでなります。

不易流行の、「不易」は永遠に変わらないものを指しています。「流行」は、文字通り、流れ行くもの、時間の経過と共に移り変わるものを指しています。本来、この正反対の、相容れない、対立する二つの概念（コンセプト）が、一つの句の中で混ぜ合わされれば、それまで曖昧で見えにくかったものが見えてくる。ぼんやりとしか見えていなかったものが見えてくる――これが、芭蕉が唱えた「不易流行」論です。この手法が取り入れられた彼の名句は多くて、

「古池や　蛙飛び込む　水の音」

「夏草や　兵どもが　夢の跡」

「閑かさや　岩にしみ入る　蟬の声」

なども これに当てはまります。分かりやすく説明しますと、この三句においては、「古池・夢の跡・岩」の概念が、永遠に変わらないもの、つまり「不易」に相当します。又、「蛙・夏草・蟬」の概念が、流れ行くもの、つまり「流行」に相当します。蛙・夏草・蟬も、不易ではないかと勘違いされそうですが、よく考えてみれば、変わらないものは生物学上の種であって、一つ一つの個体は、いやでも生死と向き合っていなければならない、種を次の世代へ繋ぐに過ぎない短い命です。昨年や一昨年鳴いていた蟬と今年鳴いている蟬は、蟬は蟬でも別の個体です。だから、蛙・夏草・蟬、いやそればかりではなく、すべての他の生き物も、人間も、やはり皆、流れ行くもの、「流行」なのです。違いがあるとすれば、生存期間が長いか短いかだけの違いです。もう一度繰り返しますと、人間も他の生き物と同じで、種を次の世代へ繋ぐだけの命で、流れ行くもの、「流行」なのです。

「不易流行」は、先程千夏が話していた「取り合わせ」のひとつという見方だと言えなくはありません。無関係にみえる二つの語句を、一句の中で並列させたり、比較させたり、結び付けたりするのが「取り合わせ」でしたよね。ですから、千夏には悪いけど、やはり芭蕉は、「古池や――」の句を、千夏が話していた「一物仕立て」ではなく、「取り合わせ」の句として詠んでいたのです。ただし、古典を念頭に置いた陳腐な「取り合わせ」なんかではありませんよ。不易流行という蕉門の金看板を前面に出しての、「取り合わせ」だったので

す。永遠に変わらない古池と、明日をも知れぬはかない命の蛙とを、一つの句の中に混ぜ合わせた「取り合わせ」、これこそが、「古池や――」の句の核心部分だったのです。

それでは、この「古池や――」の句の「取り合わせ」で、いったい彼は何を訴えたかったのでしょうか？何を表現したかったのでしょうか？　風雅ですか？　違います。思いの深さですか？　違います。「流行」が抱える生命のはかなさや姿形の移ろいやすさを、短い命の蛙に託して、嘆いたり悲しんだりしたのでしょうか？　つまり、そう、吉田兼好や鴨長明などが好んで使っていた、あの古典の模範的な考え方である「無常観」を指していたのでしょうか？　少し近いけど、やはり違います。

生命のはかなさや姿形の移ろいやすさという「流行」が置かれている厳しいこの世の現実を、彼は確かに正面から見据えています。直視しています。ぼんやりとしか見えていなかったものが見えてくる――と、彼が言おうとした現実は、確かにこれです。でも、この現実を直視していながらも、彼は、吉田兼好や鴨長明のようにそこで立ち止まってはいません。諦めてばかりはいません。嘆いてばかりはいません。悲観してばかりはいません。そこが吉田兼好や鴨長明と違って、芭蕉の芭蕉らしいところです。彼は実行力のある男です。たくましい男です。立ち止まったりせずに、足をしっかり前方へ踏み出しています。蛙がいるのだ、ではなく、「蛙飛び込む」という、個の活き活きとした、力強い、リアルな描写が、その証拠です。明日をも知れないという厳しい現実に直面していても、生あるものは、気落ちする事なく、押し潰される事なく、今日の生を謳歌しようではないか――と、彼は蛙を通して訴え掛けていたのです。

「ほら、あの小さな蛙をごらんなさい。飛び込んで、泳ぎ回って、岩に這い上がって、又飛び込んで、あんなにもはつらつと生きているではないですか。我々もあの蛙を見習わなければいけないんだよね」――と彼は、「古池や――」の句を通して、私達にこのように訴え掛けていたのです。彼の姿勢は一貫して前向きなのです。

未来志向なのです。
又それと同時に、彼の一句一句には、けなげに生を全うしようとする、か弱い生き物達への、優しい眼差しがあります。その優しい眼差しで、彼等を見守り、かつ励ましています。寂しい古池で、蛙に向かって、力一杯飛べ、と彼は呼び掛けています。夕暮れの山寺で、蟬に向かって、思う存分鳴け、と彼は呼び掛けています。このように、「古池や——」や「閑かさや」の句には、まぎれもなく生命を賛美する、生命讃歌の側面もあったのです。
「木啄《きつつき》も　庵はやぶらず　夏木立」　雲巌寺の段
「野を横に　馬ひきむけよ　ほととぎす」　殺生石の段
「蚤虱《のみしらみ》　馬の尿《しと》する　枕もと」　尿前の関の段
「這ひ出でよ　飼屋が下の　蟾《ひき》の声」　尾花沢の段
これらの句もすべて、「奥の細道」の中で詠まれている句です。どれも古池の蛙のように、生き物が活き活きと描写されています。俳諧紀行文「奥の細道」に収められている芭蕉の句五十一句のうち、実に半分近くの二十四句で、動植物が詠み込まれています。それにしても半分近くとは……。又、ずいぶん生き物を登場させたものですね……。
ここで、皆さん、そろそろお分かりになりましたか？　芭蕉の手の内が。なかなかのやり手でしょう。なかなかの切れ者でしょう。
冒頭で申し上げましたように、彼が「奥の細道」の旅に出立する二年前、貞享四年（一六八七年）、五代将軍徳川綱吉によって、生類憐みの令が出されます。生き物を殺したり、食べたり、いじめたりするのを禁ずる、という前代未聞のお達しです。世間は大騒動です。取り締まりは、年々厳しくなる一方です。世情に敏感で、御上のご意向にはもっと敏感で、世渡り上手の彼が、この大騒動に無関心でいる筈がありません。彼は知恵を絞ります。策を練ります。その結果として、「奥の細道」は、生類憐みの令の影響をもろにかぶった、生き物を数多く詠み込んだ俳諧紀行文になってしまったのです。「奥の細道」というタイトルに、「生命賛歌句集」、又は「動物愛護句集」といったサブタイトルが付け足されていてもおかしくないくらいにね。

芭蕉は、世情に敏感で、世渡り上手で、人付き合いがよくて、自己PRがうまくて、更に自分の配下である蕉門のPRもうまくて、打たれ強くて、転んでもただでは起きない男です。そして芭蕉は、したたかな興行師でもあります。企画・制作から、更に主演まで引き受けてしまうのですから、今日のマルチタレントかエンターテイナーと言ってもいいかもしれません。

「奥の細道」の旅は、この「生命賛歌」や「動物愛護」が出し物であったのに加えて、実はもう一つの大きな出し物がありました。それは平安時代末期の武将、源義経をヒーローとした出し物、即ち「義経もの」でした。「奥の細道」の旅は、芭蕉自らが企画・制作・主演した、義経を追悼する一大イベントだったのだ――と聞けば、皆さん、どうでしょうか？　信じてくれるでしょうか？　先程千夏は、「仙台・平泉・尾花沢・酒田を歴訪して、日本海沿いに北陸方面を通り過ぎて、大垣（美濃）にまで行き着く、という『奥の細道』のルート設定そのものが、当時の江戸庶民にはほとんど理解出来ない、誰も考えつかない、奇妙なものでした。とりわけ旅の終点を大垣にしたのは奇妙でした」、と言っていました。確かにその通りです。ただその理由は、彼があまのじゃくだったからではありません。彼がしたたかで計算高かったからです。凄腕の興行師だったからです。特に彼が旅のゴールを大垣に決めたのは、奇妙どころか、彼にとっては、どうしてもここにしなければいけない、重要な理由があったからです。このゴール地点の大垣を含む、「奥の細道」のルート設定には、これから私が話す、義経の逃避行が大きく関わっていたのですから。

悲劇の武将として名高い、源義経は、文治五年（一一八九年）閏《うるう》四月三十日、奥州平泉の衣川館《ころもがわのたて》で自刃しています。それからちょうど五百年後にあたる、元禄二年（一六八九年）五月十三日、芭蕉はこの平泉の古戦場を訪れています。そしてあの名句を詠みました。

「夏草や　兵どもが　夢の跡」　平泉の段

訪れたこの日は、義経が自刃してから五百年の節目になっていますが、これは偶然でしょうか？　いえいえ、偶然なんかではありません。これは彼の周到な計画によるものなのです。閏四月下旬は、実質的には五月中旬です。彼は、元禄二年五月中旬には、何があっても平泉に到着しておかなければ、というしっかりした目標を立てて、それから逆算して、「奥の細道」の出発日を決めて、日程まで組んだのです。平泉の段は、紀行文「奥の細道」の序の段から最後の大垣の段までの、ちょうど真ん中の段に当たります。この構成によって、彼が平泉の段を、「奥の細道」の旅の折り返し点と位置付けていた事が分かります。又、平泉を旅の重要な目的地にしていた事も分かります。

芭蕉が生きていた江戸時代初期に、江戸庶民の娯楽は種々ありましたが、その中でも人気があったのは、読み物でした。特に、絵入りで短くて女子供でも気軽に読める読み物、御伽草子《おとぎぞうし》は人気がありました。御伽草子の中でとりわけ人気があったジャンルが、「御曹子島渡」・「弁慶物語」・「浄瑠璃物語」、といった英雄・豪傑が活躍する軍記物。そんな軍記物の主人公の中で、最も人気者だった武将が、牛若丸こと源義経でした。義経は、江戸庶民の間では、知名度抜群、人気断トツのヒーローでした。そして、この義経人気がピークに達した時期が、元禄二年でした。この元禄二年は、ちょうど義経没後五百年に当たっていたからでした。当時の江戸では、この没後五百年を記念した、「義経もの」が、ちょっとしたブームになっていました。

世相に敏感で世渡り上手の芭蕉が、しかも凄腕の興行師でもある彼が、この義経ブームに無関心でいる筈がありません。これにあやかろうと思い付かない筈がありません。

「さても、義臣すぐつてこの城にこもり、功名一時の叢となる。国破れて山河あり、城春にして草青みたりと、笠うち敷きて、時の移るまで涙を落としはべりぬ……」

旅の重要な目的地、衣川館（平泉の古戦場）でのひとこまを、彼は、「奥の細道」の中でこう書き記していますが、彼が涙を落としたというのは本当だったのでしょう。「道中いろいろあったけど、何はともあれ、筋書き通りに、今日という日に、衣川館にたどり着けてよかった、よかった」、という嬉し涙だったのでしょうね。あっ、ごめんなさい。ちょっと意地悪な見方をしてしまいましたね。この「涙を落としはべりぬ」は、平泉の古戦場へは行きたくても行けない、江戸に住む多くの義経ファンを代行するかたちで、興行師芭蕉が演じてみせた、義経鎮魂の最大の儀式だったとしておきましょうか。

義経鎮魂のイベントは、興行師芭蕉にとっては重要なものでした。この平泉の段ばかりではなく、よく注意して読み進めますと、それは「奥の細道」の随所に仕掛けられています。

飯塚（飯坂）の里は、軍記物語「義経記」の舞台にもなっている、義経ゆかりの地の一つです。ここを通過した際に、芭蕉は、義経の太刀や弁慶の笈を宝物として保管している寺を訪れています。これらを拝観した折に、一句詠んだ、という筋書きになっています。ところが、曾良随行日記によれば、「佐藤庄司ノ寺アリ。寺ノ門へ入ラズ、西ノ方へ行ク……」と、このようにその寺の門前までは確かに行った記述がありますが、肝心の宝物の拝観に関する記述がどこにもありません。実際には拝観を断られていたのかもしれません。薄汚れた僧衣姿の二人を見た寺の住職は、うさん臭い連中とみたのでしょうかね。それでも芭蕉はめげていません。「奥の細道」の文中では、「寺に入りて茶を乞へば、ここに義経の太刀・弁慶が笈をとどめて什物とす」、と言い切っています。どうやら、義経ファンを強く意識しての、芭蕉がひねり出した涙ぐましいフィクションだったみたいです。

「笈《おい》も太刀《たち》も　五月《さつき》にかざれ　紙幟《かみのぼり》」　飯塚の里の段

「奥の細道」の旅は、このように、義経鎮魂の旅を兼ねていました。義経ゆかりの地巡り、とサブタイトルが付いてもおかしくない旅でした。その根拠となるものは、先程も少し触れましたが、芭蕉が踏破した「奥の細道」のルートにありました。平泉・尾花沢・酒田を歴訪して、日本海沿いに北陸方面を通り過ぎて、大垣（美濃）にまで行き着く、という「奥の細道」の旅の後半のルート、この不可解なルートそのものに動かぬ証拠がありました。芭蕉がこのルートを選んだのは、五百年前の義経の逃避行が大きく関わっていたのでした。

この「奥の細道」の旅の後半のルートを、旧国名で詳しく検証してみましょう。芭蕉は、陸奥・出羽・越後・越中・加賀・越前と、本州を左回りに弧を描くように歩き続けていました。ところが、ゴール間近となった越前から先では、越前・若狭・近江・美濃へ、更に美濃から、尾張・伊勢・京都という、左回りから一転して右回りへ、と弧を描くように歩き続けました。その結果、越前から先のルートは、S字カーブを描いたようなルートになっていたのです。これはいったいどういう事でしょうか？　「奥の細道」の旅の実質的な到着先は、大垣ではなく、京都の向井去来宅でした。ではどうして、芭蕉は近江から京都へとそのまま真っ直ぐに進もうとしなかったのでしょうか？　近江付近といえば、旅の終わり近くでしたから、精神的にも肉体的にも疲れ切っていた筈です。しかも随行していた曾良とは加賀で別れてしまっていたので、更に疲労は蓄積していた筈です。それに、江戸が出発地、京都が到着地、と決めておいた方が、江戸庶民には分かりやすいではありませんか？　実際、後年、江戸で大ヒットした、戯作者、十返舎一九の「東海道中膝栗毛」では、そんな江戸から京都への旅という設定になっています。それなのに、どうして彼はわざわざ遠回りをしてまで、美濃の大垣に足を運んだのでしょうか？　どうしてそこを「奥の細道」の旅のゴールとしたのでしょうか？　この謎は、芭蕉は五百年前の「義経の逃避行」を逆に歩き通そうとしていたのだ、と気づく事によって説き明かせます。

「吾妻鏡」や「義経記」によれば――兄頼朝が差し向けた追っ手の軍勢に追われた義経主従は、京都を脱出して、奈良・吉野・伊勢・美濃へと逃げ延びて、その後態勢を立て直して、あのおなじみの山伏姿に変装して、美濃を発ってから、若狭・越中・越後を経て、最上川をさかのぼり、奥州平泉の藤原氏を頼ってどうにか落ち延びた――とこのように記されています。これが、江戸庶民の涙を誘った、「義経の逃避行」です。

鎌倉時代末期に書かれた「吾妻鏡」は、平安末期から鎌倉時代にかけての貴重な歴史的資料として、江戸前期に、徳川光圀や林羅山などによって研究されていた書物です。又、室町時代初期に成立した「義経記」は、民間に散らばっていた義経伝説を集大成した書物です。芭蕉がこういった書物を実際に読んだのかどうかまでは分かっていませんが、若い頃北村季吟から古典を学んでいた彼の事ですから、義経が平泉へ落ち延びた経緯については、おおよそ知っていたと思われます。あるいは、義経の最期にまつわるこういった話は、江戸庶民の間ではもはや常識だったのかもしれません。

「吾妻鏡」や「義経記」などに記されている、義経主従の美濃から平泉までの逃避ルートが、史実通りだったかどうかは、ここでは問題ではありません。ここで重要なのは、「吾妻鏡」などに記されている逃避ルートを、史実であると芭蕉が信じていた事です。ちなみに、京都を脱出した義経主従が、実際にどういったルートで平泉にたどり着いたかは、それを裏付ける歴史的資料がほとんど残されていないので、現在でも謎のままです。鎌倉幕府が必死で探し続けても、それをかいくぐって平泉にたどり着いた義経主従です。逃避行の痕跡など残していなかったのです。「吾妻鏡」や「義経記」は後世になって書かれたものなので、聞き伝えが多く、実は信憑性が低い資料なのです。

それはともかく、「吾妻鏡」によれば、義経主従の逃避ルートは、美濃・若狭・越中・越後・最上・奥州平泉の順序でした。これを史実であると信じていた芭蕉は、この逃避ルートを逆方向にたどろうとしたのです。この逃避ルートを逆方向にたどって、奥州平泉・最上・越後・越中・若狭・美濃（大垣）の順序で歩いてみようとしたのです。興行師芭蕉の思惑は、うかばれない義経の魂を、自害した奥州平泉から、出立した美濃の地まで送り届けようとしたところにあった訳です。芭蕉が、最上川や、美濃の玄関口である大垣に、あれほどこだわっていた理由がこれだったのです。

無念の最期を遂げた源九郎さま（義経）の魂を、自刃された衣川館から、再起をかけて出立された美濃の地まで、五百年の時空を超えて、この芭蕉が戻して差し上げましょう、源九郎さまの大勢のファンに成り代わりまして——と、これが興行師芭蕉の旅立ちの際の挨拶でした。このように、「奥の細道」の旅の後半ルートそのものが、「義経鎮魂のイベント」になっていたのでした。だからこそ彼にとっては、旅の前半よりも、平泉の段から開始される旅の後半の方が重要でした。そして、この旅の後半の大きな見せ場で詠まれた句が、

「荒海や　佐渡に横たふ　天の河」

でした。これは、義経主従の魂を鎮める目的で詠まれた、芭蕉渾身の一句でした。

私の話はこのまま、この「荒海や——」の句の解読に進んでもいいのですが、その理解を深めていただく為に、ここでもう少し、この句の背後に潜む、俳諧師芭蕉の真実に迫ってみたいと思います。

芭蕉は、野越え、山越え、川越え、谷越えの数々の苦難を乗り切って、「奥の細道」の旅を完結させました。生命賛歌の句はいくつも詠めたし、義経ゆかりの地巡りも達成出来ました。よかったですよね。この紀行文、つまり旅行記を執筆して、「東海道中膝栗毛」のように出版すれば、芭蕉の評判は又上がるでしょうね。好感度アップは間違いないですよね。めでたし、めでたし。やはり彼は、当代屈指の策士で、凄腕の興行師でした。

ところでここで問題です。芭蕉は源義経のファンだったのでしょうか？　たぶん、違うでしょうね。では、

か弱い生き物達は好きだったのでしょうか？　たぶん、これも違うでしょうね。彼は一貫してクールです。義経にも、生き物にも、そこまでのめり込んではいません。うかばれない義経の魂を、奥州平泉から美濃まで送り届けましょうというのは、もちろん本心からではありません。義経没後五百年や生類憐みの令といったビジネスチャンスに、うまく乗っかろうとしただけでしょう。彼自身はたぶん、先程千夏が言っていたように、源義経よりも源義仲（木曾義仲）のファンだったでしょう。

それにしても、あまり好きでもない、そんなに興味もない事に、彼が体を張ってでも取り組まなければいけない理由は、いったい何だったのでしょうか？　ありきたりの答えで申し訳ないのですが、その理由はやっぱりお金だったのです。芭蕉にはお金が必要だったのです。

俳諧の師匠になると、気楽で、自由気ままで、波乱のない人生を送れる——なんて、先程千夏は楽天的な見方をしていましたが、これはとんでもない誤解です。江戸前期の俳諧の師匠達は、老後の生活まで保障された気楽な商売ではありませんでした。芭蕉も、俳諧の師匠となってからも、暮らし向きは以前と少しも変わりませんでした。周囲に対する気苦労ばかりが増えて、台所事情は厳しいままでした。そもそも、俳諧の師匠というのはお金の苦労が尽きない稼業でした。参考までに申しますと、当時の俳諧の師匠の主な収入源は、句の添削料と、出張して指南する際の出張料でしたが、一句の添削料の相場は、現在の金額で千円位、そして出張料の相場は一万五千円位だったみたいです。

俳諧の師匠達は、お金の苦労が尽きないのに加えて、今の日本と同じで格差の問題にも悩まされていました。いいえ、芭蕉が生きた元禄時代は士農工商が確立された時代です。もしかすると今とは比べものにならない超格差社会だったかもしれません。歌舞伎役者でも、陰では河原乞食と蔑まれていました。俳諧の師匠も、おもらい坊主と陰口を叩かれていました。

俳諧の師匠という仕事は、威張る武士や裕福な町人にぺこぺこして、おべんちゃらを言って、ご機嫌をとって、彼等の下手な句でも褒めちぎる事によってどうにか生計を立てる、卑しい仕事——と、先程麻衣は言っていましたが、間違いなくその通りだったのです。

芭蕉のライバルに、あの井原西鶴がいました。西鶴はもともと俳諧師でした。制限時間内に詠む句数を競う、「矢数俳諧」を得意としていました。西鶴一人だけで一晩に千句詠むという記録を残したほどの並外れたパワーと才能がありました。芭蕉は、こんな西鶴のあまりの乱作ぶりに呆れて批判した事さえありました。そんな名前通りに才覚あふれていた西鶴でしたが、それでもどうしても俳諧では食べていけなくて、戯作者に転向しました。戯作者としていちおう成功を収めましたが、それでも晩年は本が売れなくなって、生活は困窮していました。そして多額の借金を残したまま、元禄六年（一六九三年）、死去しました。「世間胸算用」や「日本永代蔵」など、現代風に言えば経済小説を次々とヒットさせて、いかにも裕福そうで、いかにも抜け目なさそうにみえた西鶴でしたが、その彼でさえも晩年はこんな有様でした。

このかつてのライバルの死に、芭蕉はかなりショックを受けたようです。翌年の元禄七年（一六九四年）十月、芭蕉も彼の後を追うように亡くなります。そういえば、芭蕉は亡くなる前年の二月に、弟子の曲翠（曲水）から、「御取替なされ下され候はば、かたじけなかるべく候」と、一両二分（約十五万円）のお金を借りています。又、亡くなる直前の九月には、愛弟子の去来から二歩（約五万円）のお金を借りています。去来へ宛てた最後の手紙では、この借金は返せないかもしれない、迷惑を掛けてまことにすまない、という意味の文言でひたすら詫びています。芭蕉はどうやら、死の直前まで、お金の工面で苦労していた様子です。

話は横道にそれますが、時代が下った江戸後期でも、文学者達を取り巻く環境は厳しいものでした。先程の戯作者、十返舎一九は、あれだけの売れっ子だったのに、晩年は極貧生活だったと伝えられています。「江戸生艶気樺焼」などの山東京伝は、同じように売れっ子の戯作者でしたが、それでも物書きだけでは食べていけずに、副業として煙管や煙草入れを売る店を開いていました。そんなつつましい京伝でしたが、天保の改革の最中では、風紀を乱す本を書いたと捕らえられて、手鎖五十日の刑を受けました。柳亭種彦や為永春水も、やはり天保の改革で、風紀を乱したとして、処罰されました。「金々先生栄花夢」などの恋川春町は、出身が武家だっただけに、幕府からの厳しい迫害を受けて、自害にまで追い込まれました。江戸時代にはこんな例はまだまだありました。近世文学の担い手達は、俳諧の師匠に限らず、皆大変だったのです。

以上でお分かりのように、元禄時代の俳諧の師匠達は、老後の生活まで保障された気楽な商売ではありませんでした。幕府の取り締まりにおびえながら、お座敷遊びの一つである俳諧の手ほどきで、どうにかこうにか日々の生計を立てていたのが、彼等の生活の実態でした。その師匠同士のみっともない争いごとだってありました。それはなわばり争いだったり、富裕な生徒の引き抜き合戦だったり、でした。これが俳諧の師匠達を取り巻いていた厳しい現実でした。

「秋深き　隣は何を　する人ぞ」

という芭蕉の有名な句はご存知ですよね。秋のひっそりとした雰囲気が出ている秀句と言われています。でも実はこれは、芭蕉にとっては、悔やんでも悔やみきれない悔恨の一句だったのです。気配り上手の彼にしては、珍しい失敗作だったのです。

元禄七年（一六九四年）九月、彼は大坂へ向かっていました。之道《しどう》と洒堂《しゃどう》（珍碩）という、彼の二人の弟子の間のもめごとを仲裁するのが目的でした。之道と洒堂は、どちらも大坂に拠点を置く蕉門俳諧の師匠でした。之道は、洒堂が自分の生徒を引き抜いている、と芭蕉に訴え出ました。芭蕉はその訴えを放っておく訳にもいかず、仲裁の為にしぶしぶ、病身を押して大坂へ出向いたのでした。このように、同じ蕉門であっても、一枚岩とはいかず、江戸でも尾張でも、どこの土地でも、同門同士のいざこざは絶えませんでした。彼は之道宅にも洒堂宅にも分け隔てなく滞在しました。滞在して、両者の言い分にじっくり耳を傾けました。と、ここまでは組織のトップらしい冷静な対処で、これでいざこざが収まるかに見えたのですが、彼が失敗したのはこの後でした。

九月二十九日、この日洒堂宅に滞在していた彼は、下痢などがひどかったので、その夜予定されていた句会を欠席する事にしました。そこで、この「秋深き――」の句を、挨拶代わりに、句会へ届けさせました。

ところがこの挨拶句が、その後予想外の波紋を呼びます。他の弟子達からの、洒堂に対する非難、バッシングが巻き起こったのです。蕉門のトップで、しかも病身である芭蕉翁を、隣家に近い、壁一枚隔てただけのような、粗末な一室にほったらかしにするとは何事だ、と洒堂を責めたのです。病に伏していた芭蕉翁が、句に託して、暗に介護に対する不満を訴えていたのではないのか、全く気が利かない奴だ、と責めたのです。そのくらい多くの弟子達は、蕉門トップの体調の異変は、蕉門が消滅するかもしれない一大事、と受け止めていたのです。そう思わせるほど、芭蕉は蕉門のカリスマ的存在だったのです。このように、芭蕉の病気を心配する余り、「秋深き――」の句を深読みして、客扱いがいかにも悪そうな洒堂に難癖を付けたのでした。芭蕉にしては珍しく、貧乏な一人暮らしをしている洒堂への配慮が欠けていた一句でした。

芭蕉も洒堂も、双方深く傷付いて、又後悔もします。たくましくて、打たれ強くて、転んでもただでは起きない、したたかな芭蕉でしたが、寄る年波にはどうしても勝てません。洒堂宅での下痢は快復しないどころか更に悪化して、体もますます衰弱して、この「秋深き」の句が詠まれてから約半月後の十月十二日、花屋仁右衛門という商人の屋敷で芭蕉は息を引き取ります。この芭蕉の死は、弟子達にとっては、本当に蕉門が消滅しかねない大事件でした。洒堂は、蕉門の仲間達に顔向け出来ないとでも思ったのでしょうか、とうとう芭蕉の葬儀には顔を出しませんでした。

俳諧の師匠達が、一見羽振りがよさそうに見えても、裏では皆大変だったのだというのが、これで少しは理解していただけましたでしょうか？

生類憐みの令や義経ブームといった世の中の動向をしっかり見極めて、それにうまく乗っかる——これが、元禄時代の俳諧の師匠が生き残れる条件でした。又、師匠自らが手掛けるさまざまな催し、例えば当時流行した、「万句合興行」や「矢数俳諧」、といったイベントも、一門の繁栄や弟子の獲得の為には、必要悪でやむ得えないものでした。第一線で飛び回る俳諧の師匠は、今で言えば、小さな芸能プロダクションの社長みたいなものでした。

彼が人生の後半に、「鹿島紀行」の旅、「笈の小文」の旅、「更科紀行」の旅など数多くの旅に出ていた最大の理由は、この蕉門勢力の維持・拡大にありました。最初の旅となる「野ざらし紀行」の旅で、彼は尾張地方で一挙に弟子を増やす、という予想以上の成功を収めました。蕉門の一大拠点、尾張蕉門が誕生したのは、この旅がきっかけでした。その後の旅でも、まるで大相撲の地方巡業のように、訪問した先々で弟子や後援者を増やすという成果を収め続けました。又、地方の蕉門の結束を固める効果も上げていました。ですから彼は、こんな波及効果が大きい「旅」を、止めたくても止められなかったのです。たとえ老体に鞭打ってでも、旅を続けなければいけなかったのです。俳諧の師匠達は大変でしたが、それを統括する立場であった芭蕉はもっと大変だったのです。

波及効果が大きい旅という見方でいえば、「奥の細道」の旅も全く同様でした。「奥の細道」の旅は実にうまみのある旅でした。この旅のおかげで、蕉門勢力は、北関東から東北地方全体へ、更に日本海に沿って北陸方面へまで、間違いなく拡大したのですから。もっともこの成果は、行った先々で蕉門のＰＲをする、つまり、こまめに句会を催したり、土地の豪商と交流したり、といった芭蕉と曾良の涙ぐましい地道な営業活動に負うところが大でしたが……。

「駒に助けられて大垣の庄に入れば、曾良も伊勢より来り合ひ、越人も馬をとばせて、如行が家に入り集まる。前川子・荊口父子、そのほか親しき人々、日夜訪ひて、蘇生の者に会ふがごとく、かつ喜びかついたはる。

（馬に乗って大垣の町に入れば、曾良も伊勢から来てくれていて、越人も馬を飛ばして来てくれていて、如行の家に、皆集まってくれた。前川子、荊口父子、その他親しい人々が、昼も夜も訪ねて来て、まるで生き返った人にでも会うかのように、無事を喜んだり、労をねぎらったりしてくれた）」

これは、「奥の細道」の最後、大垣の段の原文です。このように多くの弟子達や蕉門の関係者達が、旅を無事に終えた芭蕉を賑やかに出迎えています。そういえば、江戸を出立する際にも、芭蕉は多くの弟子達や蕉門の関係者達から見送られていましたよね。芭蕉は「奥の細道」の旅を漂泊の旅と言い表していましたが、それはあくまで建前であって、その実体はやはり、蕉門勢力拡大を目指した一大イベントだった訳です。だからスタート地点とゴール地点で、このように派手なセレモニーが繰り広げられたのです。

ここで私（優花）が抱く芭蕉のイメージをまとめておきましょう。

芭蕉という人物は、麻衣が話したような、しゃにむに理想を追求していた人物、自分だけが新境地を目指そうとしていた人物ではありませんでした。又、千夏が話したような、挑戦的で、自己中心的で、天邪鬼な人物でもありませんでした。もし芭蕉が、麻衣や千夏が考えているような人物だとしたら、蕉門を江戸俳諧の最大勢力には出来無かったでしょうね。蕉門十哲を含む、蕉門二千人の大組織を束ねる事など、とても出来無かったでしょうね。芭蕉は人間関係をとても大切にしていた人でした。人間関係で人一倍苦労した人とも言えました。そして「奥の細道」の旅の最大の目的は、蕉門勢力を関東地方北部から東北地方一円へ、更には北陸地方へと拡大する事にありました。又、紀行文「奥の細道」の執筆の目的は、この旅行記を出版する事によって、東日本での蕉門勢力の活躍の様子を天下に広くＰＲする事にありました。お分かりいただけましたか？

お待たせしました。ここで問題になっている、「荒海や――」の句の謎解きに話を進めましょう。

「奥の細道」の旅の最大の目的が、蕉門勢力の一層の拡大にあった事は、今述べた通りですが、同時に、表向きの目的がありました。そうです。先程触れていた、江戸庶民の受けを狙っての「義経ゆかりの地巡り」です。俳諧紀行文「奥の細道」の中で、義経ゆかりの段として登場するのは、平泉の段と飯塚の里の段ですが、もう一つ重要な義経ゆかりの段があります。それが越後路の段です。越後の直江津といえば、義経ファンでしたら、大抵ピンとくる地名なのです。

軍記物語「義経記」を読みますと、山伏姿の義経主従は、奥州平泉へと落ち延びる途中、幾度か海を利用した、と記されています。頼朝が差し向けた追っ手からのがれる為に、又、北陸路や越後路のいたるところにある悪路を避ける為に、舟は好都合だったのです。「義経記」によれば、義経主従は、直江津（新潟県上越市）の今町湊から数隻の舟を出して、寺泊（新潟県長岡市）にたどり着いています。この今町湊から舟を出した義経主従は、もともとは佐渡島へ渡るつもりであった、と「義経記」では記されています。佐渡島に実際に上陸した、との民間伝承まであります。これがいわゆる、義経の佐渡伝説です。

おちぶれても義経は武将です。幼時に恩を受けた奥州藤原氏を、再度頼って転がり込むというのは、藤原氏にとっては正直迷惑な筈でしたし、義経本人だって決して望むところではありませんでした。義経主従は、とにかく追っ手から逃げ延びたかったのです。奥州平泉だけにこだわってはいなかったのです。この窮地を抜け出せるのであれば、どこでもよかったのです。そこで義経主従は佐渡島に注目しました。義経は考えました。兄の怒りを買って追われている身なのだから、流人の島に自らが引き籠もって、兄への従順の証《あか》しを示せば、月日が経つうちに兄の怒りが解けるかもしれない、と。又弁慶など従者達も考えました。たとえ頼朝の怒りが解けなくても、佐渡島で時間稼ぎをして、こちらの劣勢を立て直して、時運がこちらに傾くまで待つ、という戦法だってある、と。又、たとえ追っ手がやって来て一戦交える事態となっても、海が障害となって、追っ手の数はそう多くはないだろうから、我々だけでなんとか防戦出来るかもしれない、と。こうして、義経主従の考えは一致して、佐渡島へと向かった——これが、義経の佐渡伝説です。

もし奥州平泉へは行かずに、佐渡島に上陸していれば、義経は、平泉で非業の最期を遂げずに済んだかもしれません。奥州藤原氏も滅亡しなくて済んだかもしれません。その後の日本史が変わっていたかもしれません。でも「義経記」によれば、外海が大しけだったのと、「あやかし」の妨害によって、義経主従は、結局佐渡行きを断念せざるを得ませんでした。「あやかし」とは海の亡霊の事です。「義経記」によれば、壇ノ浦で入水した平家の亡霊達が、波間から次々と現れ出て、舟の行く手をさえぎったそうです。こうして義経主従は、佐渡島へ向けていた船首を、やむなく越後の寺泊方向へと変えたのでした。

「荒海や　佐渡に横たふ　天の河」

佐渡島へ渡りたかったであろう、さぞや無念だったであろう、そんな義経主従の魂に向けて、芭蕉が捧げた鎮魂の句がこれでした。この句は、七月七日の夜、直江津での句会で初めて披露されました。日時にしても場所にしても、これ以上は望めない、絶妙のタイミングでした。直江津といえば、落ち延びていた義経主従が再起をかけて舟を出した、義経ゆかりの地。そこへもってきての七月七日です。

「今宵は七夕だ。直江津と佐渡島の間に広がる海の真上を、天の川が横切って輝いている。五百年前、佐渡島へ渡ろうとして渡れなかった義経主従の魂を、今、渡してあげようとしているかのように、今宵の天の川は、直江津と佐渡島の間に架けられた幻の橋と化して輝いている」

これが、「荒海や――」の句に込められている意味です。芭蕉が義経ファンの鎮魂の想いをしっかり受け止めて、彼等の想いを代弁した句なのです。しかもこの句は、七夕の句会の際に詠まれる、いわゆる七夕句にもなっています。それと同時に、この句は直江津の豪商達への挨拶句にもなっています。江戸時代の直江津は、北前船の寄港地として、又それ以上に、佐渡金山から運び出される金塊の荷揚げ地として大いに繁栄していました。直江津の豪商達にとって、佐渡は大切な宝の島でした。直江津と佐渡が天の川によって結ばれていると述べているこの句は、そんな直江津の豪商達のプライドをも、上手にくすぐっていたのです。

このように「荒海や――」の句は、義経ファンの鎮魂の想いを代弁した句であり、同時に、直江津の豪商達の郷土愛、職業愛に敬意を表した挨拶句でもあります。ですからこの句は、間違いなく、凄腕の興行師、芭蕉の真骨頂をあますところなく発揮した句と言えるでしょう。

以上で、私の話は終わりです。

＊＊＊

話し終えた優花は、安堵した表情に変わっていた。ラウンジ風の和室が、又ひっそりと静まり返った。遠くで波の音がしていた。突然、麻衣がキャーッと小さい悲鳴を上げて、隣に座っている千夏の肩にしがみついた。

「今さあ、外の……海の方向から……何か変な……呻き声のようなものがしなかった？」

「脅かさないでよ。私には聞こえなかったよ、何も……」

と、麻衣にしがみつかれて畳に手をついた千夏が、気味悪そうな声で応じた。

「確か……人の呻き声みたいだった……でも、まさか、いくらなんでも……平家の亡霊ではないよね……」

と、麻衣が周囲を見回しながら言った。

「なるほど、そういう事だったのですか……」

と宿のオーナーは、正座をしたまま前かがみになって、ちゃぶ台の上で指を組み合わせて、なんども大きくうなずいた。「佐渡島へ行けなかった義経主従の魂は、五百年後、直江津と佐渡島の間に架けられている橋、『天の川』を渡って、佐渡島へ悠然と向かっていた訳ですか……。いやあ、なかなか幻想的ですねえ。ＳＦ映画のクライマックス・シーンを観ているようですねえ……」

宿のオーナーは感極まった様子で、どこか遠くの方を見ているように目を細くしていた。暫くして彼は、優花の顔に視線を戻すと、

「今、ふと気づいたのですが……もしかしてですよ……芭蕉は、この句を詠んだ時に、自分自身の魂も、義経主従の魂と一緒に、その幻の橋、『天の川』を渡っていたのではないだろうか？　彼の魂も、義経主従の魂を追っ掛けて、佐渡島へ向かっていたのではないだろうか？　ふと、そんな気がしたのですが……」

と尋ねた。そう言っている間に、宿のオーナーの顔は、元の落ち着いた顔に戻っていた。冷茶を飲んでいた優花は、すぐには返答しなかった。そんな優花に向かって、彼はたたみ掛けて尋ねた。

「つまりですね、芭蕉の本心は、佐渡へ渡りたかったのではないでしょうか？　私にはどうもそんな気がしてならないのです。もしそうだとしたら、それを理由にして、『荒海や――』の句碑をこの佐渡の地に立てても全く問題はない気がしますがね。だって、芭蕉の魂は、義経主従の魂と一緒に佐渡へ渡っていたのですから」

「芭蕉の本心がどうであったかまでは、私には分かりません」

と優花は素っ気なく答えた。それでも彼は引き下がらなかった。

「私は俳句の事は何も知らない男ですが、それでも俳句を詠む人の心理はなんとなく分かります。句の中に、ある土地の名前、ここでは佐渡ですが、そういった地名が入っているという事は、それを詠んだ人が、その地

名になんらかの特別な感情を注ぎ入れていた、という証拠にはならないでしょうか？」

「なんらかの特別な感情、ですか？」

「ほら、例えば、愛着とか……郷愁とか……です」

「分かりました。芭蕉が佐渡をどのように思っていたかを知りたいのですね。手掛かりを探してみましょうか」

と優花は軽くうなずいてから、スマートフォンに視線を落として、画面に指先を滑らせた。

「『奥の細道』の原文で、『荒海や――』の句の前後の記述を、もう一度確認しておきますと……『鼠の関を越ゆれば、越後の地に歩行を改めて、越中の国市振の関に至る。この間九日、暑湿の労に神を悩まし、病おこりて事をしるさず』と、たったこれだけの短い記述です。この後、何の予告もなく、

『文月や　六日も常の　夜には似ず』

『荒海や　佐渡に横たふ　天の河』

の二句を詠んでから、すぐに次の市振の段へと移っています。市振の段はもう北陸路です。このように、『奥の細道』では、越後に関しての記述がすごく短いのです。と言うよりも、記述がほとんどないのです」

「佐渡についても何も書かれていないのですよね」

と宿のオーナーは、あきらめ切れないような顔をした。

「はい、残念ですけど、何も書かれていません。佐渡はもちろん、越後路についても、今読み上げたのがすべてです。情景描写はありませんし、旅のエピソードもありません。土地の人との交流も何一つ記されていません」

と優花は腰を浮かして、片手を伸ばして、宿のオーナーに自分のスマートフォンの画面を見せた。彼はそれ

をちらっと見ただけで、黙って腕組みをした。優花は、スマートフォンの画面を向けた姿勢のままで続けた。

「ちなみにですが……『荒海や――』の句のひとつ前に、『文月や――』という句があるでしょう？　文月は陰暦七月の事ですから、この句は間違いなく七月六日、七夕の前日に詠まれた句なのです。意味は言葉通りです。七夕を待ち焦がれている気分を率直に表しています。この事からも、『荒海や――』の句がまぎれもなく、七夕句である、つまり七夕の句会で詠まれるべき挨拶句である事が分かります」

　優花は座布団に座り直して、

「芭蕉が越後についてほとんど書かなかった理由としてまず挙げられるのは、彼が文中で言い訳している通りで、越後での九日間の蒸し暑さと、彼自身の体調不良によるものでしょう。『病おこりて事をしるさず（病気になったので日誌をつけなかった）』と、本人がわざわざ書いているのですから、その通りだったと信じてあげましょう」

　と言って、バッグからハンカチを取り出して、額の汗を軽く拭いてから続けた。

「それ以外の理由としては、越後路という場所に問題があったのかもしれません。越後路は、『奥の細道』の旅の折り返し点を過ぎたあたりで、全行程の半分以上を踏破したと判断してもよいあたりですが、それでもゴールはまだまだ先でしたから、この越後路での彼は、肉体的にも精神的にもかなり疲労が溜まっていたのでは、と考えられます。マラソンに例えれば、彼にとってのこの越後路は、心臓破りの丘だったのです。

　更に、越後路の悪路の連続に、芭蕉もかなりてこずったとみられます。越後路の悪路は、先程の義経の逃避行の話でも触れましたが、昔は最悪だったようです。安土桃山時代の越後の沿岸についての記録が残っています。秀吉に領地を与えられたある武将が、初めてこの地を訪れて、『見渡す限り、潟（泥炭湿地帯）が広がっていたので、呆然とした』、との所感を書き残しています。又、江戸初期には、『潟の干拓を何度も試みたものの、どうしてもうまくいかなかった』、とある藩の記録に残されています。これらの資料から、芭蕉が歩いた当時の越後、特に信濃川・阿賀野川の河口一帯、現在の新潟市付近は、どうやら、どこまでも湿地帯が広がっている、悪路続きの土地柄だったようです。又、『曾良随行日記』で、曾良はこう書き記しています。『鼠の関から市振の関までは、十四日を要した。この間、雨が降らなかった日は五日だけだった』、と。これでは雨が降らない日でも、雨上がりの道はぬかるみだらけだったでしょうね。この悪路続きと悪天候続きが、彼の肉体をかなり痛めつけたのではないか、と私は推理しています。

又、それに加えて、越後人が彼の精神を痛めつけたのではないか、とも考えられます。越後人の言動が、彼を苦しめたらしい事は、それを裏づける証拠が、やはり『曾良随行日記』の記述にあります。それによれば……七月五日、柏崎の宿で芭蕉と曾良は宿泊を断られています。又翌日の六日の直江津でも、宿泊を断られています。どちらもある人の紹介状を持参していたのですが、それでも断られています。柏崎では門前払いされたあげく、雨が降りしきる中、次の宿場町の鉢崎までの約十キロメートルを歩き通した、と記されています。惨めだったでしょうね。不愉快だったでしょうね。腹立たしかったでしょうね。だからと言って、愚痴をこぼしてみたって仕方がありません。越後人を悪く言ったって仕方がありません。そんな厭な体験はすべて自分の胸の内にしまっておこう、と我慢した結果が、ほとんど記されなかった越後路、空白の越後路だったのだ、と私は推理しています。

ここで越後人の名誉の為に、ちょっと補足しておきましょう。芭蕉達が越後人から好意的な扱いを受けなかった理由は、蕉門の勢力がほとんど及んでいない場所柄という事情がありました。越後の一般人は、芭蕉も蕉門も知らなかったのです。それと、芭蕉達の外見にも多少問題がありました。その外見は、おなじみの僧衣姿でした。つまり僧侶に近い格好でした。旅の前半ではこの外見は問題なかったのですが、出発して三ヶ月も過ぎた旅の後半ともなりますと、問題が発生しました。僧衣姿の外見は、ボロをまとった乞食行脚と見間違えられても仕方がない、薄汚れた怪しげな姿と化していました。越後人が芭蕉達を、素性の分からない他国者と警戒したのも、無理ではない外見でした。その後もずっと同じ格好だったではないか、どうして越後だけが、という疑問を持たれるかもしれません。これについても答えておきましょう。北陸路、今の北陸三県に入れば、状況は一変、芭蕉達を見る周囲の目はがらりと変わりました。北陸三県は伝統的に仏教が盛んな地域でした。たとえ薄汚れた格好であっても、僧衣姿の芭蕉達は、この地域では好意的に受け入れられていたのでした。

『奥の細道』の旅は、全体を通して読んでみますと、その土地その土地の人々の善意に支えられた旅だった側面があります。例えば、那須野の段では、道に迷っていた芭蕉達に、快く馬を貸してくれた農夫がいました。曾良が、農夫と一緒にいた小娘の名前の優雅さを褒めて、

『かさねとは　八重撫子の　名なるべし』

と詠んでいます。あの堅物の曾良でも、よっぽど嬉しかったんでしょうね。他の段でも、人情味溢れる人との出会いばかりが記されています。薄情な人間、性悪な人間は、全く登場していません。印象が良かった出会いはしっかり書き留めておこう、厭な出会いは書かないでおこう、さっさと忘れてしまおう――このように何事にも前向きでプラス思考の芭蕉の性格が、紀行文『奥の細道』全体の雰囲気から読み取れます。

ところで、越後路での彼は、不快な体験が多かったようですが……では彼は、佐渡に関してはどうだったか、ですよね。佐渡をどのように思っていたか、ですよね。そこで、先程千夏が資料として取り上げた、芭蕉の『銀河の序』に、再び注目してみましょうか。これには、紀行文『奥の細道』には記されなかった、芭蕉の佐渡に対する所感が綴られている筈です。先程千夏が読んだ箇所を、もう一度読んでみますね。

『……この島は、黄金多く出でて、あまねく世の宝となれば、限りなきめでたき島にて侍るを、大罪朝敵のた

ぐひ、遠流せらるるによりて、ただおそろしき名の聞こえあるも、本意なき事に思ひて……

（この島は、黄金を多く産出して、幕府を支える宝の島なのだから、限りなくめでたい島であるのに、その一方で、大罪を犯した人や、朝敵の類《たぐい》の人が流された島でもあるところから、世間では恐ろしい島だという評判の方がまさっているのが、残念に思えて……）』

この記述から、佐渡が、金を産出する島である事や、昔から人々に怖れられていた流人の島である事を、彼が十分承知していたものと読み取れます。又彼は、世間が、佐渡島のプラス面を見ないで、マイナス面を見ているのが、『本意なき事に思ひて』、つまり、不本意である、残念である、ともコメントしています。この記述によって、彼が佐渡島を、先入観に囚われずに客観的な目で見詰めようとしていたのは明らかです。又、残念な事だ、という表現の裏には、佐渡はそんなに恐ろしい島ではないのに、世間は偏見の目で見ている、と佐渡に若干同情しているようにも聞こえます。するとどうやら彼は、佐渡にある程度の好感を示していたようではありますが……。でも冷静に読めば、これは佐渡に対する所感を、芭蕉が幕府に気を使いながら、無難に述べたに過ぎないのかもしれません。なにしろ佐渡は、幕府にとっては宝の島、財政を潤すとっても大切な天領でしたからね。だから、この『銀河の序』の記述からも、彼が佐渡へ渡りたがっていたのか、そうではなかったのか、までについては、やはり読み取れません。

芭蕉が佐渡をどのように思っていたかについて、私が答えられるのはこの程度です。参考にならなくてごめんなさい」

優花は軽く頭を下げて、ハンカチを握り締めて続けた。

「私は芭蕉の事を、凄腕の興行師だと言いました。世情に敏感で、世渡り上手で、しなやかで、打たれ強くて、転んでもただでは起きない、したたかな男だと言いました。何があっても前向きでプラス思考の男だと言いました。偉大な凡人だとも言いました。これは聞きようによっては、彼の人格を傷付け、彼を低く評価しているように受け取られるかもしれません。でも、私の真意は違います。私はこんなにもたくましい、生きる事に前向きであった芭蕉を、とても尊敬しています。お手本にしたいと思っています。お手本にして、私はこれからの長い人生を、芭蕉のようにたくましく、どんな苦難にもめげないで、常に前向きに生きて行くつもりでいます」

優花は居住まいを正して、話を締めくくった。

「まだお若いのに、立派な信念をお持ちなんですね」

と宿のおかみさんは、恐れ入ったという表情をしていた。宿のオーナーもしんみりとした口調で、

「ここだけの話ですが、宿の経営は苦しい時もありまして……泊まり客がいない日が続くと、気分も落ち込んでしまって……いっそのこと宿をたたもうか、と夫婦で話し合う事だってあるんですが……でも、今のあなたのお話で勇気づけられました。私共も、愚痴ばかりこぼしてないで、これから先どんな苦難があっても、めげないで、頑張らないと」

と自分に言い聞かせるように言ってから、背筋を伸ばした。

「……でも、引っ掛かる……どうしても引っ掛かる……」

と千夏が下を向いたままつぶやいた。優花はそれを聞き逃さずに、

「今の私の話に……どこか問題があった？」

と、千夏の横顔を見た。千夏は釈然としない顔つきで、

「『佐渡へ』ではなくて、『佐渡に』なのは、どうしてなのよ？」

とスマートフォンのストラップをいじりながら言った。千夏は、優花の表情を見ないで、まるで自問自答す

るように、

「問題の句が、『荒海や　佐渡へ横たふ　天の河』、だったとすれば、優花の説明に納得しなくもないよ。でもね、問題の句は、『荒海や　佐渡に横たふ　天の河』、だよね。『佐渡へ』ではなくて、『佐渡に』、だよね。これはどうしてなのよ？　優花はどうやら、『天の川』を越後と佐渡の間の海に架けられた橋、と見立てているようだけど、もし芭蕉が、優花が見立てたように、『天の川』を越後から佐渡へと渡れる橋になぞらえて詠んでいたのだったら、きっと彼は、『佐渡に』ではなく、方向を示す格助詞の『へ』を使って、『佐渡へ』と詠んでいた筈なんだよ。……だから私はやっぱり、問題の句を詠んだ時の芭蕉は、ごく普通に、ごく分かりやすく、『天の川』が佐渡島の真上の空高くに、ぱあーっと広がって輝いている、と言い表したかったから、『佐渡に』、と詠んでいたと思うんだ……」

と、両腕を高く挙げて広げる仕種をしてみせてから、優花に顔を向けた。

「それは違う！」

と優花は、きっぱりと言い返した。「それは違うよ、千夏。『佐渡へ』では、想いはそんなには伝わらない。だから芭蕉は、『へ』ではなく、あえて『に』を使って、『佐渡に』と詠む事によって、句になんらかの感情を込めていたのよ。この『に』も、格助詞のひとつだけど、もともとは『にまで』だったのを縮めた、帰着点を示す格助詞で、現在だって私達もよく使っているよね。例えば、『駅に着く』とか『家に帰る』とか。このように、帰着点を示す格助詞の『に』は、方向を示せると同時に、『へ』よりも、あいまいさを込められる、内に秘めたものを込められる、感情移入させやすい助詞なのよ。『家へ帰る』と言うよりも、『家に帰る』と言った方が、帰った後のやすらぎの気持まで込められるでしょう？　『故郷へ帰りたい』と言うよりも、『故郷に帰りたい』と言った方が、より強い望郷の念を込められるでしょう？　このように、帰着点を示す格助詞は、英語、中国語などの主な外国語には全く存在しない、日本語特有の便利な言葉なのよ。この事を知っていた芭蕉は、この日本語特有の言葉、帰着点を示す格助詞『に』を使って、『佐渡に』と詠む事によって、ある特別な感情を込めていたのね。ある特別な感情とは、ここではたぶん願望ね。なんとかして佐渡にたどり着きたいという、義経主従の願望かもしれないし、なんとかして義経主従を佐渡に行かせてあげたいという、詠み手、芭蕉の願望かもしれない。これらのひそかな願望は、帰着点を示す格助詞、『に』の助けによって、『荒海や――』の句の中にしっかり包み込まれていたのよ」

「ひそかな願望を包み込むために使われた『に』、か……そうかなあ……」

と、難しい顔をして、首をかしげる千夏。

「そうよ！　絶対にそうよ！」

と、強く言い切る優花。二人は、落としどころを探るように互いを注視していた。

「ちょっと待って！　そうではないって！」

と突然、それまで黙り続けていた麻衣が、二人に割り込んできた。二人は驚いた顔で、身を乗り出している麻衣に視線を移した。

「二人とも忘れているんじゃない？　格助詞の『に』には、もうひとつ、別の大切な使い方があるって事を！」

と、麻衣は強い口調で言った。「ほら、思い出して。動作・作用の及ぶ対象を示す時に使われる、『に』の事よ」

佐渡島の宿内の共同スペースが、まるで大学の文学部国文学科の研究室のような雰囲気に変わってきた。麻衣はそもそもの相談者、宿のオーナーはそっちのけで、二人に向かって、

「例えば、『君に伝える』、『君に見せる』、『君に逢いたい』、『君に寄り添う』などの時に使われる、若い恋人達にとってはとても便利な格助詞、『に』の事よ。この動作・作用の及ぶ対象を示す格助詞の『に』も、あいまいさを込められる、内に秘めたものを込められる、感情移入させやすい、日本語特有の助詞なのよね。『佐渡に』、と詠んだ時の芭蕉は、この動作・作用の及ぶ対象を示す格助詞、『に』の役割を強く意識していたに違いないのよ。だから、二人には悪いけど、やっぱり最初に私が話した、『高みを目指した芭蕉』、が正しい解釈なのよ。これが正解なのよ」

と言った。麻衣は自信に満ちた表情で続けた。

「私が先程話した事を、もう一度繰り返すよ。天上界に輝く聖なるものの象徴としての、『天の川』でしょう。それから、人間の欲と業、卑しさと弱さ、醜悪と怨念にまみれている、『佐渡』でしょう。そして、こんな『佐渡』と『天の川』を結びつけている動詞の『横たふ』でしょう。

この『横たふ』は注目点よ。古典文法上、使い方が間違っている、この『横たふ』という動詞は、昔から学者達の間で論争になっていて、今も決着していない問題だけど……つまり、『横たわる』と、自動詞のつもりで使った芭蕉の造語だったのか、それとも『横たえる』と、他動詞のつもりで使った彼の造語だったのか、でなければ単なる書き間違いだったのか、という問題だけど……この問題について、私はこう確信しているの。天の川が自らの意志によって自らを横たえる――とね。芭蕉は、なんとしてもこう伝えたかったから、間違った使い方なのはじゅうぶん承知の上で、わざと『横たふ』と詠んだのよ。この『自らが』『自らを』どうする、は文法上では、フランス語などでよく使われる再帰動詞という用法だけど、こんなもの芭蕉はよく考えついたな、とつくづく感心する。

芭蕉が考えついた、この再帰動詞『横たふ』によって、佐渡に気丈に寄り添ってくれる、佐渡に救いの手を差し伸べてくれる、佐渡にやさしく横たわってくれる、そんな天の川が、芭蕉のイメージ通りに私達の心に伝わってくるのよね。

ここで私の結論。芭蕉は、『佐渡に横たふ』、『天の河』、と詠んでいた。だから私達は、『佐渡に　横たふ天の河』は、余計な詮索《せんさく》はしないで、その言葉通りに受け止めてあげて、『佐渡に横たわってくれる天の河』、と読み解くべきなのよ」

と麻衣は言って、上半身を傾けて、両腕で何かをやさしく抱きかかえるような仕種をしてみせてから、千夏と優花に顔を向けた。

「言葉通りに受け止めて……なんてさ。まるで禅問答みたいな結論……」

と、それでも納得していない様子の千夏と優花。

＊＊＊

このように、自分達の会話に夢中になっている若い三人には、各人の見解を見直して、どこかに共通点を見つけ出して、そこに歩み寄って、結論を導き出そう、という冷静さに欠けていた。『荒海や――』の句の見解は、三人三様、てんでばらばらのままだった。ラウンジ風の和室内に、ぎすぎすした、とげとげしい空気が流れ始めようとしていた。そんなやばい空気を払拭しようとして、宿のおかみさんが、わざと間延びした声で、

「皆さーん、明日はご出発が早いんでしょう？　もうこの辺でおひらきにしてはいかがですか？」

と、三人の会話に割り込んできた。三人は顔を見合わせた。腕時計を見た一人が、「あら、いやだ、もうこんな時間……」と、立ち上がろうとした。空気はがらりと変わった。もう一人が、ちゃぶ台に散らかった物を片づけようとして手を伸ばすと、宿のおかみさんが、「そのままにして置いて下さい。私達がしますから」、と

笑顔で止めた。

「いやあ、今夜は夜遅くまで、為になるお話、有難うございました」

と宿のオーナーは、中途半端に腰を上げた格好で、三人に礼を言った。

「少しは参考になりましたか？」

と三人の内の一人が、おそるおそる尋ねた。

「終わり近くは、皆さん、話に熱中していましたね。難しい言葉がぽんぽん飛び出していて、正直、何を話されているのか私にはよく理解出来なかったんですが……でも、そうそう……『君に逢いたい』、『君に寄り添う』などの時に使われる、恋人達にとっては役に立つなんとか助詞、のお話はなかなか面白かったですよ」

と宿のオーナーは、嬉しそうな顔をしてみせて、答えた。

「日本語の格助詞って、不思議で、複雑怪奇ですから……分かりにくかったかも……。私達だってまだまだ勉強不足です」

と三人の内の一人が応じた。夜は更けていた。三人は、宿の夫婦と挨拶を交わして、にぎやかに自分達の部屋へと戻って行った。三人はいつの間にか、いつもの仲良しスリーピースに戻っていた。

中

詩織と七海は共に教員だ。二人は同じ中学校に勤務している。二人はいつも仲が良い。専門教科が共に国語だし、二人共、独身生活を満喫しているし、共にボランティア活動には熱心だし、おまけに共通の趣味があるからだ。二人の趣味は旅行だ。特にパワースポット巡りが好きだ。休暇の時には、度々二人は誘い合って、一緒に旅行に出掛けている。

「旅で日本を元気にしよう」、という観光キャンペーンが、令和二年（二〇二〇年）七月から開始された。新型コロナウイルス感染症によって大打撃を受けた観光業を救う目的で設けられた、この観光キャンペーンを、旅行好きの彼女達は早速利用させてもらおうと考えた。二人はあれこれプランを練った末に、行先を世界文化遺産に登録されるかもしれないと話題になっている佐渡金山に決めた。

こうして令和二年七月上旬のある日、詩織と七海は佐渡島を訪れた。二人は目当ての佐渡金山遺跡を観光して、その夜は佐渡島の小木港の海岸近くにある古民家風の宿に泊まった。そこはちょうど一年前、大学生の麻衣と千夏と優花の三人が宿泊した宿だった。詩織と七海は、あの時と同じ経営者夫婦から温かく迎え入れられた。

二人は夕食を済ますと、外出はしないで、ここの宿の一階の共同スペース内にいた。共同スペースは十二畳程の和室だった。ここで二人は、テレビのニュース番組を観たり、マスクをつけたままでおしゃべりしたり、知人とメールをやり取りしながら、くつろいだ時間を過ごしていた。

宿にはこの夜、泊まり客がもう一人いた。翔太という若い男だ。翔太は、共同スペースと隣り合った土間で、何か作業をしていた。彼はどうやらスキューバダイビングのダイバーらしく、シュノーケル等の見馴れない器材のメンテナンスをしていた。この日の仕事の片付けか、翌日の仕事の準備をしているようだった。その作業の様子に興味を惹かれた詩織と七海は、土間にいる翔太に近付いて、スキューバダイビングに関してあれこれと尋ねた。翔太は、ロングブーツ姿のままで、冗談を交えながら、面白おかしく受け答えしていた。こうして彼女達は、初対面の翔太と親しくなった。彼女達は既に、宿の経営者夫婦とも親しくなっていて、この夫婦とも他愛ない雑談などで盛り上がっていた。

このように共同スペース内は賑わっていたが、泊まり客のこの女性達が、どこかの県の中学校の国語教師らしい、と聞き知ってからの宿のオーナーの態度が変わった。宿のオーナーは、急に真顔になった。そして彼は、意を決した様子で、彼女達にある質問を投げ掛けた。それは、芭蕉の名句の、

「荒海や　佐渡に横たふ　天の河」

には、どんな意味が込められているのだろうか？　芭蕉はどんな状況でこの句を詠んだのだろうか？　芭蕉はどんな気持でこの句を詠んだのだろうか？　そして、芭蕉はいったいどんな人物だったのだろうか？——という質問だった。これはちょうど一年前、宿のオーナーが三人の大学生にしてみた質問と同じものだった。

宿のオーナーがこの質問をした時、あの時の一人目の大学生（麻衣）が教えてくれた芭蕉は、それまでの自己を変えて、より高みを目指そうとしていた芭蕉だった。二人目の大学生（千夏）が教えてくれた芭蕉は、我が道を行く、反骨精神旺盛な生き方をした芭蕉だった。そして、三人目の大学生（優花）が教えてくれた芭蕉は、周囲に振り回されたり、周囲に気を使ったり、金策に明け暮れたりで、人生の綱渡りをしながら生きていた芭蕉だった。

このように、一年前の学生達は、三人三様、てんでばらばらの話をした。この三人の学生達の話が、宿のオーナーは、未だに頭の中で整理出来ていなくて、どうにもならずに困っていたのだ。そこで、現役の国語教師なら、もっと説得力のある、もっと明快な話をしてくれるに違いない、これはめったにないチャンスだぞ、と宿のオーナーは、気さくそうな彼女達に密かに期待してみたのだった。

詩織と七海は、予期していた通り、なぜ自分達にそんな質問をするのか、とまず宿のオーナーに尋ねた。彼女達には、宿のオーナーが芭蕉の「荒海や――」の句についてあれこれ知りたがっているのが、どう考えても不可解だったからだ。宿のオーナーは、これまでの経緯を話した。

――自分が佐渡島観光協会の役員をしている事。

――その佐渡島観光協会内では、二年程前から、芭蕉が詠んだ「荒海や――」の句碑を、観光用として島内の観光地のどこかに建てよう、いや、建てるのには反対だ、と役員間で揉《も》めていて、未だにこの問題で決着が付いていない事。

――ちょうど一年前の七夕の頃に、芭蕉に詳しそうな大学生三人のグループが、偶然、この宿に泊まってくれた事。

――これはラッキーな巡り合わせだ、句碑を建てる是非の参考になる話が聞けるかも、と自分は考えたので、思い切ってその三人に、「荒海や――」の句の意味を問うてみた事。

――幸い、皆、快諾してくれて、その人が知っている限りを話してくれた事。

――三人の話は、さすがに文学部国文学科に在籍しているというだけあって、どれも目からうろこが落ちる話ばかりで、自分はすっかり感心して聴き入ってしまった事。

――こうして三人から、芭蕉の人物像と、「荒海や――」の句の意味を懇切丁寧に教えて貰った事。

――ところが、その三人が話してくれた事は、芭蕉の人物像にしても、「荒海や――」の句の意味にしても、三人三様、各々違っていたので、自分の頭の中がこんがらがってしまって、最初の期待に反して、更に分からなくなってしまった事。

――こうして結局、芭蕉の人物像も、「荒海や――」の句の意味も、未だによく分からないままで今日に至っている事。

詩織と七海は納得した。次に詩織と七海は、その大学生三人のグループが、いったいどんな話をしたのかも尋ねた。宿のオーナーは、三人が話したそれぞれの話の内容を、覚えている限り細かく話した。

宿のオーナーが話し終わると、二人はそっと目配せして、席を外した。二人は部屋の隅で、自分達だけで小声で話し合っていた。暫くして席に戻った二人は、申し合わせたように、「その三人の大学生が話してくれた事は、どれも間違っていますね、残念ですけど」、と言った。「どれも間違っている、ですって？　本当ですか？」、と宿のオーナーは顔色を変えた。

＊＊＊

詩織はバッグからペンとメモ用紙を取り出して、「こんなものかな？」、と言いながら、下描きの絵のようなものを三枚描いた。その三枚のメモを、座ったままの姿勢で、宿のオーナーに差し出した。

「どうやら、三人の大学生は、天の川の位置がどうだった、こうだった、に随分こだわっていたようですね。一人目の学生さん（麻衣）は、天の川が佐渡島を優しく包み込むように、でしょう？

詩織メモー１　麻衣が思い描いていた天の川

二人目（千夏）は、天の川が佐渡島の上空高くに、ですか？

そして三人目（優花）は、義経一行の魂が渡れるように、天の川（銀河）を、佐渡島と本土との間に架かる星の帯と見立てて、となりますかね……。なあるほど……。彼女達が言いたい事も分からなくはないんですけど……」

詩織メモー２　千夏が思い描いていた天の川

詩織メモー３　優花が思い描いていた天の川

と詩織は、真剣にメモに見入っている宿のオーナーに向かって言った。詩織の隣にいる七海が、メモを一瞥してから、

「どんな文学作品でも、読んでいる途中では、その作品に込めようとした作者の思い、というものは伝わりません。これは短い作品か長い作品かには関係ありません。ジャンルも関係ありません。文学作品は、優れた文学作品になればなるほど、最後の最後まで読んでみてはじめて、作者の思いは伝わるものなのです。つまり大事なのは、何はさておいても読了する事です。当然と言えば当然ですよね。これは俳諧紀行文であっても同じです。古典の名作と言われる『奥の細道』であればなおさらでしょう」

と、いかにも国語教師らしく、教え諭すような口調で言った。彼女に続いて、更に詩織が、

「ですから、私達が言いたいのは、作品の中のごく一部分だけにこだわるのでは無く、作品全体までをしっかり読むという心掛けが大事だ、という事です」

と、追い打ちを掛けるように言った。

メモから目を離した宿のオーナーは、二人にどう返答をすればいいのか分からずに、困惑した顔のままでいた。二人は誘い合わせたように、マスクを外して、すまし顔でカップを持ち上げて、コーヒーをゆっくりと飲み始めた。気さくそうに見えた彼女達だが、なかなか手ごわかった。

「『荒海や――』の句のところばかりに注目していては駄目だ、と言いたいのですね？　もっと時間をかけて、『奥の細道』の全部を読んでみなさい、と言いたいのですね？」

と、宿のオーナーは二人に、泣き出しそうな顔で尋ねた。

「俳諧紀行文『奥の細道』は、原稿用紙に換算しますと、三十五枚程度の比較的短い作品です。それに、古典とは言っても、そう難解な文ではありません。……こんなアドバイスしか出来無くてごめんなさい」

と、詩織は冷たく答えた。

「『奥の細道』の全部を読んでみろ、なんて今更言われましても……なにしろ、ほら、昔の言葉で書かれているじゃないですか。だから私達中年には、やはりハードルが高過ぎます。お願いですから、意地悪言わないで、今ここで、『荒海や――』の句の本当の意味を教えて下さい。『奥の細道』を読んでいない私達でも分かるように教えて下さい。中学生に教えるような気持で。是非、お願いしますよ」

と、宿のオーナーは、拝むようなポーズをして懇願した。詩織と七海は顔を見合わせた。

「確かに、その方が手っ取り早いでしょうね」

二人はそう言ってから、再び席を外した。二人は部屋の片隅で、自分達だけで小声で話し合っていた。二人の話し合いはなかなか終わらなかった。次第に険しい表情になっている二人を、宿のオーナーは落ち着かない様子で見守っていた。ようやく二人は、元の席に戻って来た。

「去年の大学生のグループに対して、私達があれこれ言える立場ではありませんでした。私達も同類です。同じ穴のむじなですよ」

と、七海が座布団に座りながら、神妙な顔をして言った。

「二匹のむじなが、みっともないくらい渡り合っていました」

と、詩織が自嘲気味に言った。「私達、いつもは気の合った同士なのに、どうしてなのか、今夜は話を一つにまとめられなかったんです。『荒海や――』の句や、芭蕉という人間に対する見方が、私達の間でこんなにも大きく食い違っているなんて、正直、今までお互いに気付いていませんでした。これはちょっと予想外でした。それで……見通しが外れてしまいました」

「意見を一つにまとめて、一致した話を導き出せない以上、私達の口から『荒海や――』の句の意味などを語るというのは、あまりに無責任で軽薄な行為です。それでこの際、私達の話は止めさせていただこう、と今話し合ったばかりなんです。それと……せっかくの旅行中ですから、内輪揉めだけは避けたいですし……」

詩織と七海はこのように言い繕って、宿のオーナーの要望に添えられそうもない点を詫びた。

それでも宿のオーナーは諦めなかった。

「お互いの見方や考え方がそれぞれ違っていても、それはそれで良いのではありませんか？　こちらだって、そこまで気にしません。それに今は、個性なり多様性なりが尊重される御時世ですからね」

と、彼はどうしても引き下がらなかった。

「どちらかの話が正しくて、どちらかの話が間違っているのですよ。それでも構いませんか？」

「私達の方は全然構いません。お二人にお願いします。それぞれの見方や考え方に従って、何物にも縛られずに、それぞれの『荒海や――』の句のお話をして貰えませんか？　私はもっと知って置きたいのです。芭蕉は何を考えて、『荒海や――』の句を詠んだのか？　この句には、いったいどんな意味が隠されているのか？もう、この際、とことん追求してみたいのです」

彼はこのように熱心に拝み倒した。

＊＊＊

結局、宿のオーナーの熱意に押し切られる形で、詩織と七海は、それぞれ全く別々の、「荒海や――」の句の話をする運びとなった。まず詩織が話をして、次に七海が話す、という話の順番まで決まろうとしていた。この順番が決まりかけていた時、突然、思わぬ方向から新規参入者が現れた。皆、その大きな声に驚いて、一斉に土間の方を向いた。声の主はダイバーの翔太だった。どうやら翔太は、器材のメンテナンスをしながら、これまでの会話を漏れ聞きしていた様子だった。翔太は、「おじゃまでしょうが、今、盛り上がっている芭蕉の話の輪に、この僕も入れてくれませんか?」、と言いながら、近付いて来た。翔太は、土間と共同スペースの仕切りの上がり框に、どかっと腰を下ろすと、詩織と七海に向かって、「厚かましいお願いですが、『荒海や――』の句に何か深い意味があるというのなら、ここにいる僕にも教えてくれませんか?」、と単刀直入に頼んだ。更に、首にかけた手拭いで額を拭きながら、「僕は知りたいのです。あなた達のお話は、今困っている僕を助けてくれそうな気がします」、と、彼がこのように謎めいた言葉を放ったものだから、皆、再度びっくりした。

＊＊＊

宿のおかみさんが翔太の前に番茶を差し出した。翔太は、自分がどうして彼女達の話を聴きたいのかの訳を話した。

「断って置きますが、僕はマリンレジャーを楽しむ為にダイブしているのではありません」、と翔太は切り出した。「こう見えても、僕はある目的があって、ダイブしているのです」、と翔太は言った。「その目的は秘密なので、今まで誰にも話してはいませんが、今夜は思い切って、あなた達にだけ、こっそり打ち明けましょう」、と翔太はもったいぶった口調で言った。皆、固唾を呑んで、翔太の口元を見詰めた。

――江戸時代、佐渡金山と江戸との間には、金の輸送ルートがあった。佐渡の御金荷（金塊）は、まず、相川（佐渡島の北西部）の佐渡奉行所から佐渡島南端の小木湊（小木港）まで、人馬で運ばれた。そこで御金荷は佐州御用船に積み替えられた。そして、御用船で対岸の出雲崎湊まで海上輸送された。ここで陸揚げされた御金荷は、再び人馬で、柏崎宿・鉢崎宿・潟町宿と宿継ぎをしながら、厳重な警戒の下、輸送され続けた。こうして相川を発って十三日から十六日目に、ようやく御金荷は、江戸城内の御金蔵に到着した。これが、相川から江戸までの、佐渡の御金荷の輸送の流れだ。

輸送ルートの大部分を占めている北国街道や中仙道は、街道の整備が行き届いていた。又、御金荷輸送の際には多くの宰領役（運送に従事する役人）もいたので、警備の方でも抜かり無かった。だから輸送の途中で、御金荷を盗まれたり、紛失したり、という不祥事は皆無に近かった。ただし、全く無かった訳では無くて、江戸幕府統治下の二百数十年間には、ごく稀ではあったが、御金荷を紛失してしまう不祥事があった。

それは、主に荷役作業中、即ち、佐渡の小木湊で御金荷を船に積み込む際と、越後の出雲崎湊でそれを下ろす際に起こっていた。荷役作業では、船と桟橋の間に架け渡されている歩み板の上を、二人一組で金箱を担いだ人足（作業員）が、大勢せわしく行き来する。その際、ごく稀に、歩み板の上で足を滑らせたり、バランスを崩したりして、金箱もろとも海中に落下する人足がいた。

こんな場合でも、出雲崎湊では大事に至らずに済んだ。出雲崎湊は遠浅なので、浅い海底に沈んだ金箱は、たやすく引き揚げられた。しかし、小木湊ではそう簡単ではなかった。小木湊は外海に突き出た地形をしているので、海底が深くて、しかもその海底には岩礁や海藻も多いのだ。落下した重い金箱は、どこに金箱が沈んでいるのかさえ特定出来ない場合もあった。又、特定出来たとしても、深過ぎて、又、海水温が低過ぎて、素潜りでの引き揚げは不可能、という場合もあった。特に季節風が吹き荒れる冬期は、金箱の引き揚げ作業はほぼ絶望的だった。

このようにして沈んだまま止む無く放置された金箱が、江戸時代の小木湊の海底には幾つも転がっていた。そして、その金箱は、実は、今も手付かずで海底に眠っている――

と、このように翔太は大真面目な顔で話してから、更に続けた。

――何年か前、この情報を偶然入手した時、僕は興奮した。それ以来、僕はこの失われた佐渡の御金荷に魅せられている。僕はこの情報を更に詳しく調べてみた。特に知りたかったのが、御金荷の積み込み作業が、小木湊のいったいどの付近で行われていたのか、だ。しかしそれは極秘事項だったらしくて、記録には一切残されていなかった。こうなると、もう直接、自分で潜って確かめてみるしかなかろう、と僕は覚悟して、小木港付近のあちこちの海中で、たった一人で御金荷の捜索活動をするようになった。しかし、探す範囲は、想像していた以上に広い。沈んだ御金荷をピンポイントで見付け出すのは、至難の業だ、と最近ようやく気付いた。

それでも僕は諦めてはいない。この小木港付近の海底のどこかに金は眠っている、という夢を捨ててはいない。だから僕は、冬以外、仕事が休みの時には、佐渡島へと渡って、小木港付近の海中を、寸暇を惜しんでダイブしているのだ。

こうして今夜も、僕は明日のダイブの準備をしていた。その時、あなた達が芭蕉の話で盛り上がっていたので、つい、その会話に聞き耳を立ててしまった――

と、翔太は妙に嬉しそうに言ってから、更に続けた。

――あなた達の間で盛り上がっている芭蕉の話は、どうやら僕のこの御金荷探しの役に立ちそうだ。乱暴な言い方かもしれないが、芭蕉が、「荒海や――」の句の中で、「佐渡に横たふ天の河」、と詠んだのは、芭蕉が、「佐渡に横たふ天の河」、に強い関心があったから詠んだのではないか、と僕は睨んでいる。では、「佐渡に横たふ天の河」、とはいったい何だ？　どうもこの判じ物は怪しい。「佐渡に」、「横たふ」、「天の河」、と詠んだ芭蕉は、これらの言葉を組み合わせていったい何を言おうとしていたのだ？　どう考えても怪しい。夜空に輝く本物の「天の河」を、芭蕉がそのまま真面目に詠んでいた筈が無い。この時の「天の河」には、何か特別な意味が隠されていた筈だ。

あなた達には悪いが、僕は、芭蕉を挙動不審のうさん臭い人物だと勝手に見定めている。芭蕉が謎の多い人物で、どうやら彼の正体は公儀（幕府）の隠密だった、という話もどこかで耳にした覚えがある。

いつも僕が御金荷の事を考えているせいかもしれないが、僕は、芭蕉の「天の河」と、「荒海に沈んだままの御金荷」とには、何か強く結び付いているものがあるのではないか、と思っている。もっとはっきり言えば、芭蕉の「天の河」は、もしかすると、「佐渡の御金荷」を指しているのではないか、との狙いを付けている。なぜなら、天の河は銀の川、銀河、とも呼べるではないか。又、銀と金は、財宝としては似たようなものではないか。ついでながらここで思い切って言わせてもらえば、「荒海や――」の句には、「御金荷」の在り処の手掛かりのようなものが隠されているのではないか、と僕は睨んでいる。だから僕は知りたい。「荒海や――」の句の秘密をなんとかして解き明かしたい――

と、翔太は言って、一呼吸置いてから皆の顔を見渡した。

＊＊＊

詩織と七海は、この翔太の話に強い関心を示した。俳句を判じ物と断じたり、俳聖芭蕉を評して、うさん臭い人物だとか、挙動が怪しい人物だとか、そんな言いたい放題の翔太に、彼女達は興味をそそられたようだ。彼女達は、あなたの今の話をもっと聴きたいので、このまま話を続けて欲しい、と翔太に頼んだ。しかし翔太は、自分が話す事は、もうこれ以上無いし、それよりも、そもそも話を聴きたいのはこちらの方だから、あなた達の話の方を早く聴かせて欲しい、と譲らなかった。そして自分の、一攫千金を狙う、うさん臭い話で、今の貴重な時間をつぶすのは賢明ではない、と彼女達の要請を牽制した。

宿のオーナーが双方の間に立った。そして、翔太の今の話に続きがあるのであれば、彼女達の話の後に回しても良いのではないか、という妥協案を示した。こうして、詩織、七海、翔太の順番で、それぞれの話をしようではないか、と全員で決めた。

＊＊＊

共同スペース内が、ここでようやく静かになった。遠くの波の音が聞こえた。詩織は座布団に座り直して、おもむろに皆を見回して、コホンと軽く咳払いをした。

「私がこれから話す事は……実は、中学生にはちょっと話し難い、人間の恥部に関わる、残酷とも受け取れるような内容が含まれています。ですから、学校の授業でこの話をする事は絶対にありません。良識がある皆さんが相手だから、こうして思い切って話してみるのです。どうかご承知置き下さい」

詩織はこのように前置きすると、胸を張って、強い視線で虚空を睨んだ。皆、誘い込まれるように、詩織の顔を注視した。詩織は、歯切れの良い口調で語り始めた。

第四話　芭蕉は戦場カメラマンだった！

国語教師　詩織の話

「奥の細道」のジャンルは俳諧紀行文です。俳諧紀行文を読む際には、一つ注意しないといけない点があります。俳諧紀行文は、そこらの旅行記や随筆集とは大きく違っています。俳諧紀行文では、決まり事として、大抵、句の前か後のどちらかに、その句の鑑賞を手助けする文が添えられているものなのです。この前か後に添えられた文というのは、その句を鑑賞する上での大きな助けになります。ですから、こういった文に着目するのは、とても大切です。

例えば、「奥の細道」の「旅立の段」では、

「行く春や　鳥啼き魚の　目は泪」

の句の後に、

「これを矢立の初めとして、行く道なほ進まず。人々は途中に立ち並びて、後ろ影の見ゆる迄はと見送るなるべし（この句を旅行日誌の一句目として書き記して、歩き始めてはみたものの、後ろ髪を引かれる思いで、足の運びはいっこうにはかどらない。見送りの人々は、沿道に立ち並んで、自分達の後ろ姿が見えなくなるまで見送ってくれているようだ）」

と、句を補完して、これから旅に出る心境などを伝えています。

また「平泉の段」では、

「夏草や　兵どもが　夢の跡」

の句の前にある、

「国破れて山河あり、城春にして草青みたりと、笠うち敷きて、時の移るまで涙を落としはべりぬ（国破れて山河あり、城春にして草青みたりと、杜甫の有名な詩を口ずさみながら、笠を敷いて腰を下ろして、長い時間、懐旧の涙にくれていました）」

という文が、句に先立って付記されています。詩人、杜甫の戦乱体験と義経の最期とに共通している悲劇性が、この句の背景にあります。句の前に付記されているこの文は、そんな古《いにしえ》の悲劇に思いを馳せて、感傷的になっている、芭蕉の心情を上手く伝えてくれています。

このように、俳諧紀行文で句を解釈する為には、句の前後の文にしっかり目を通す必要があります。それが、句の背後にある作者の内面まで読み取る上での大事な一歩になります。

さあ、そこで改めて、この「荒海や――」の句に注目してみますと、なんと、この句の前にも後にも、句を補完する文などが見当たりません。彼の心情をうかがわせる文など一切ありません。「奥の細道」に挙げられている五十一句の中で、実は、こういう例はどこにも見当たらないのです。

唯一、「荒海や――」の句を補完するような役目をしているものが、隣り合わせに並んでいる直前の句、

「文月や　六日も常の　夜には似ず」

です。「文月や――」と「荒海や――」の、この二つの句は、見方によっては、ワンセット、つまり連句仕立てになっています。「文月や――」によって、次の「荒海や――」の句が七月七日に詠まれた句だと分かります。どちらの句も、そもそも七夕を連想させる句なのです。それにしても、どうして彼は、「荒海や――」の句の前か後に、補完する文を書き添えなかったのでしょうか。不思議ですね。いいえ、よく読めば、実は彼はちゃんと書いているのです。この句の後に続く、「市振の段」の全文がそれに当たります。

「市振の段」は、一見「荒海や――」の句とは全く無関係のようです。ところが芭蕉は、この「市振の段」で、「荒海や――」の句の中に込めている思いの深さを、念入りに、より具体化させて書いているのです。その思いの深さを推察させてくれる、ある出来事、ある体験を語る、という技法を用いて。

前置きはこのくらいにして、この「市振の段」に注目してみましょうか。

「今日は親知らず・子知らず・犬戻り・駒返しなどいふ北国一の難所を越えて疲れはべれば、枕引き寄せて寝たるに、一間隔てて表の方に、若き女の声二人ばかりと聞こゆ。年老いたる男の声もまじりて物語するを聞けば、越後の国新潟といふ所の遊女なりし。伊勢参宮するとて、此の関まで男の送りて、明日は故郷にかへす文したためて、はかなき言伝などしやるなり」

越後と越中の国境にある市振の関で、偶然、芭蕉と曾良は、新潟の遊女達と同じ宿に泊まりました。遊女達は、抜け参りをして伊勢へ行く途中のようでした。遊女達はふすまを隔てた隣の部屋にいました。深夜、話し声が聞こえます。芭蕉は聞き耳を立てました。

「白波の寄する汀に身をはふらかし、あまのこの世をあさましう下りて、定めなき契り、日々の業因いかにつたなし」

と遊女達は、自分達の身の不幸を嘆き悲しんでいる様子です。

翌朝、芭蕉と曾良が宿を出ようとしていると、思いがけず、その遊女達が芭蕉に近付いて来ました。

「行方知らぬ旅路の憂さ、あまり覚束なう悲しくはべれば、見えがくれにも御跡を慕ひはべらん（伊勢への行先がよく分からないので、心細くてなりません。見え隠れしながらでも、あなた方の後について行きたいのですが）」

と、見ず知らずの芭蕉に、旅の道連れを願い出ました。更に続けて、ここは絶対に聞き逃せない所ですが、

彼女達は涙をこぼしながら、

「衣の上の御情けに、大慈の恵みをたれて、結縁せさせ給へ（僧衣をお召しのお坊さまのお情けによって、御仏の広い慈悲の心をお恵み下さって、私達に仏縁を結ばせて下さい）」

と、芭蕉に願い出ました。何を願い出たのでしょうか？　実は彼女達はここで、実際の旅の苦労や心細さ以上に、もっと深刻な心の不安や苦しみを彼に訴えていたのです。彼女達は、剃髪した僧衣姿の彼を旅の修行僧だと思い込んでいました。それで、彼女達が願っていたのは、彼女達が今抱えている、「定めなき契り、日々の業因いかにつたなし」、の苦しみからの解放でした。「定めなき契り」とは、知らない男との金銭を伴った性交、つまり売春の事です。この売春の苦しみを和らげてくれそうな慰めの言葉を、旅の修行僧の口から言ってもらう事が、彼女達の一番の願いだったのです。その慰めの言葉とは、その代表例を一つ挙げるとすれば、「煩悩即菩提（煩悩こそがそのまま菩提なのだ。現世ではどんなに汚れた身の上であっても、来世では菩薩になれるのだ）」

でしょうか。こういった有難い言葉が、僧衣姿の芭蕉の口を衝いて出てくれれば、どんなに救われるだろうか、と彼女達は願っていたのです。「衣の上の御情けに、大慈の恵みをたれて、結縁せさせ給へ」は、そうした意味が含まれていたのです。

「煩悩即菩提」という言葉を、芭蕉が知らない筈がありません。彼がお手本にしていた、西行の「撰集抄」の中にも、西行が江口の遊女とこれとよく似たやりとりをしている場面があります。西行を含めて世の多くの汚い男達は、こういう気休めに過ぎない言葉、「現世では救われないけれども、来世では救われるから、心配しなくてもいいんだよ」、といった言葉を、遊女達によく投げ掛けたものでした。この言葉を免罪符にして、もっと稼げ、と迫る姑息な女衒もいたかもしれません。ただ、ここで念の為に言って置きますけど、「煩悩即菩提」という仏教用語は、元来こんな意味ではありません。煩悩があればこそ、それを踏み台にして、菩提（仏の悟り）を求める心が芽生えるのだ、というのが正しい意味です。煩悩があればそれだけで菩提になれる、との解釈は、「即」の意味をはき違えた、短絡的な解釈です。

彼女達のこの懇願に対して、芭蕉の態度はそれでもどこか煮え切りません。

「ふびんの事には侍れども、我々は所々にてとどまる方多し。ただ人の行くにまかせて行くべし。神明の加護、必ずつつがなかるべし、と言ひ捨てて出でつつ、哀れさしばらくやまざりけらし（『お気の毒にとは思うのですが、私共は途中あちこちに滞在する事が多いので一緒には行けません。誰かが行く通りにその後について行きなさい。神様のお守りが必ずありますから、伊勢へは無事に着けるでしょう』、と言い捨てて、彼女達よりも先に出発してしまったのだが、かわいそうに、と思う気持が暫く収まらなかった）」

このように芭蕉は、彼女達の精神的苦痛が取り除かれそうな、「煩悩即菩提」などといった慰めの言葉を、一切掛けてあげませんでした。彼は冷淡と受け取られても仕方がない、その場しのぎの、当たり障りのない助言をして、彼女達から逃げるようにして立ち去ったのでした。この立ち去った後に詠んだ句が、注目すべき句、

「一《ひと》つ家《や》に　遊女も寝たり　萩と月」

でした。

かわいそうに、と思う気持があるのでしたら、又、彼女達が置かれた境遇に同情するのでしたら、坊主の真似事でもしてあげて、彼女達の心の救いになりそうな言葉を掛けてあげてもよさそうなものです。「煩悩即菩提」の言葉が、一時的にせよ、彼女達の心を救えるのであれば、それを口に出してあげても良いではありませんか。ところが彼は冷淡です。無慈悲です。でも、本当にそうなのでしょうか？　いいえ、違います。彼にはよく分かっていたのです。彼女達にどんな言葉を掛けてあげようが、所詮それはただの気休めに過ぎない事を。

気休めに過ぎない言葉をどんなに並べ立てても、それが現世で苦しむ彼女達を、彼女達の心を、真に救い出す手立てとはならない事を。いいえ、もっと広げて言ってしまえば、言葉というものは、こういう時には全く無力なのだと……。そして、言葉を生活の基盤にして生きている、この自分も、こういう時には無力な人間なのだと……。口先が達者なだけの、ただの老いぼれに過ぎないのだと……。

言葉は無力だ、言葉は助けにならない――こう芭蕉を痛感させるに至った、厳しい事例を、ここでもう一つ挙げてみましょう。

貞享元年（一六八四年）八月に、芭蕉は「野ざらし紀行」の旅に出ています。この旅の途中で、彼はいたいけな捨て子と出会います。

俳諧紀行文「野ざらし紀行」では、「富士川のほとりを行くに、三つばかりなる捨子の哀れげに泣くあり」、と書かれています。彼はしくしく泣いている、その捨て子に語り掛けます。

「いかにぞや、汝、父に憎まれたるか、母に疎まれたるか？　父は汝を憎むにあらじ。母は汝を疎むにあらじ。唯これ天にして、汝が性のつたなきを泣け（父親がお前を憎んだせいではない。母親がお前を疎んじたせいでもない。お前がこんな身の上になったのは、ただ天がお前に与えた運命なのだから、お前はこの生まれついての不運を泣け）」

自分を捨てた両親を恨んで泣くな、自分の運の無さを恨んで泣け、と彼はこの富士川の捨て子に諭しています。この言葉が持つ意味を、幼い子には理解出来ないだろうとは、百も承知です。この言葉が、今のその子の一日一日を、一刻一刻を生き抜くのに、何の救いにもならないだろうとは、百も承知です。血も涙も無いように聞こえます。もう少し慰めの言葉があってもよさそうなものです。でも、芭蕉には分かっていたのです。どんなに慰めの言葉を並べてみても、それはただの気休めに過ぎず、言葉の力によってこの捨て子が救われる事など、絶対に無いのです。聞いている相手は三歳の子供です。言葉はただ空虚に響くだけです。だからといって、旅をしている芭蕉がこの捨て子を連れて歩くのも、現実には無理です。

捨て子を目の前にしてどうしてあげようもない自分の不甲斐無さを、彼は心の中で恥じています。恥じていながら彼は、恥の上塗りを承知の上で、その子に向かって、その子にとっては冷酷で、残酷で、理解し難い言葉を、投げ掛けてしまっているのです。捨てた両親を恨んで泣くな、自分の運の無さを恨んで泣け、と……。あまりにも大人気無く、理不尽な仕打ちにもみえますが、この後、芭蕉はどきりとさせる句を詠みます。

「猿を聞く人　捨て子に秋の　風いかに」

ここでの「猿」とは、中国の「世説新語」に載っている故事に登場している猿の事です。「自分の子を奪われて、その悲嘆のあまりに死んだ母猿がいた。その母猿の腹を裂いてみると、腸が細かくちぎれていた」、というこの故事は、「断腸」の語源になっています。又、ここでの「猿を聞く人」とは、中国では詩人という意味ですが、ここでは文化人・知識人・教養人に置き換えてもいいでしょう。その故事を踏まえて、この句は、「貴方は　秋の風に晒されているこの捨て子をどう思われますか？　この捨て子がこれからどうなると思われますか？」、という意味になります。芭蕉が、日本の文化人・知識人・教養人に突き付けた、重い問い掛けになっています。それと同時に、いいえ、それ以上に、彼が自分自身に突き付けた、重い問い掛けでもあります。

誰一人として、この捨て子に救いの手を差し伸べようとはしない、厳しい現実。それを目の当たりにして、彼の心の中を占めているものは、ただただ、世の中と自分に対する失望感です。そして、言葉そのものに対する失望感があります。その言葉によって巧妙に成り立っている、宗教・道徳・法・掟《おきて》などの決まり事に対する、失望感もあります。更に、こういった決まり事を重要視して、有難がっている、宗教人・文化人・知識人・教養人・役人の類《たぐ》いに対する、失望感もあります。

「儒仏神道の弁口、共にいたづら事と、閉口閉口（儒教・仏教・神道の教えは、どれも口先だけの弁舌であり、ほとほと困ったものだ）」

このように芭蕉は、宗教・道徳・法・掟などの決まり事は、現実には、社会の底辺にいる者や修羅場で苦しんでいる者の救いにはなっていない、と断罪しています。世の中に蔓延している、女性蔑視などの不条理の類いも、又、言葉によるごまかしの類いも、彼はしっかり裏まで見抜いています。しかし……。

だからと言って……言葉がごまかしだらけだから、と言って……世の中がごまかしだらけの言葉で成り立っているからと言って……それを口実にして、苦しんでいる人達を、ただ黙って何もしないで、手をこまねいて、見殺しにして、見て見ぬ振りをして、それでいいものだろうか？　自分の心の中が無力感、失望感、虚無感に占められている状態で、果たして、そのままで生きていていいものだろうか？　彼の苦悩は、どうしてもそこに行き着きます。

彼のこの考え方は、あの封建時代にあって、とても人道的で博愛的です。彼をこんな考え方にさせたのは、恐らく彼が崇拝していた荘子の思想、「万物斉同（万物には等しい価値がある）」、の影響が大きかったのではないか、と私（詩織）は考えています。又、彼自身がそれまでに実際に体験した数々の苦労によって、弱い者や苦しんでいる者への共感が人一倍強かったからではないか、とも考えられます。

社会の底辺にいる弱い者や修羅場で苦しんでいる者を、何もしないでただ傍観していていいものだろうか？こう自分自身に問い掛けて、いや、それは人として許されない、と否定した芭蕉。ではこの自分に何が出来るのか？　再びこう自問自答してみて、自分が持っているものは、やはり言葉しかない、と自覚するに至った芭蕉――それならせめて、自分が持っている言葉を武器にして、自分に出来るだけの事をやってみようではないか。自分が見聞している社会の暗部をえぐり出して、広く世間に伝えようではないか――

このように社会の諸問題に正面から向き合って、その問題提起をしていた芭蕉を、私は尊敬しています。当時の文化人や知識人の大多数は、花鳥風月は愛でても、捨て子などの深刻な社会問題に対しては、臭いものには蓋をする、で無関心だったか、或いは無関心を装っていました。こうした社会問題を言葉で訴えようとした文化人や知識人は、ほとんどいませんでした。それが当たり前の世の中でした。そんな中で彼は、身に降りかかるかもしれない危険も顧みずに、社会の暗部を十七文字の言葉の刃でえぐり出そうとしたのですから、その勇気と行動力に私は感動します。彼は、一介の俳人の枠を超えています。彼には、現代の戦場ジャーナリストか戦場カメラマンにも通じるような強靭な反骨精神があった、と私（詩織）は高く評価しています。

しかも彼は、一流の戦場ジャーナリストや一流の戦場カメラマンがそうであるように、厳しい現実の裏に隠された部分までも、しっかり直視しています。河原でしくしく泣いている捨て子。この状況は、その父母にまだ僅かながら愛情が残っていた証拠でもあります。捨て子の父母が本物の鬼畜だったとしたら、既にその子は生きてなんかいなかったのです。我が子を川に投げ込むか、河原で絞め殺していた筈なのです。父母は、どうにもならない事情があって、我が子を河原まで連れ出してみたものの、どうしても、我が子を手に掛けられなかったのでしょう。そこで、この子の命が続く限りは、この河原でなんとか生き延びてくれよな、通りすがりの人の善意にすがってでも、どうか一日でも長く生き延びてくれよな、と泣き泣き置き去りにしていたのでしょう。父母も辛かったのです。父を恨むな、母を恨むな、と言いながら、捨て子を突き放した時の芭蕉の眼差しは、冷たいようですが、実は温かだったのです。

俳諧紀行文「野ざらし紀行」の中での、捨て子との出会いの場面は、本来なら書き入れなくてもいい、余計な記述です。書き入れる事によって、捨て子を邪険に扱った事が、図らずも露呈してしまい、彼のイメージダウンは避けられないところです。又、俳諧紀行文に、旅情や美しい自然の景観を期待している俳諧好きの読者に対しては、幻滅を与え兼ねない、興醒めさせ兼ねない場面でもあります。ですから、捨て子は最初から見て見ぬ振りをするのが、お利口さんだったのです。事なかれ主義に徹して、最初から書かないでおくのが、無難だったのです。それに何よりも、俳諧紀行文では、捨て子は、なじまないテーマだったのです。そもそも、俳諧で歳時記にも無い、「捨て子」を詠む事自体が、まずもって無謀な試みだったのです。それでも、戦場カメラマン芭蕉は黙ってはいません。身を挺して、ぬるま湯につかっている文化人や知識人を含む、世間の人達に、厳しい現実を突き付けて、問題提起をしています。

「猿を聞く人　捨て子に秋の　風いかに」

これと全く同じ構図が、「奥の細道」の「市振の段」です。

「市振の関で、偶然それがしは、伊勢へ行く途中の、新潟の遊女達と、同じ宿に泊まりました。遊女達は、それがしに救いを求めていたようでしたが、遊女達と関わりになれば、あとあと面倒な事になりそうなので、うまく言い逃れて、遊女達とは何事も無くあっさり別れましたよ」と、芭蕉は赤裸々に打ち明けました。

この遊女達との出会いと別れの場面は、芭蕉の人物評価を下げるだけの、思いやりに欠けた場面で、本来なら書く必要の無い、全く余計な記述です。俳諧紀行文に、旅情や美しい自然の景観を待ち望んでいる読者に対して、どうしても幻滅を与え兼ねません。読者は、特に男の読者は、文学作品に遊女、つまり売春婦が登場する事自体は、否定していません。しかしそれは、艶なる女、妖しい女、官能的な女、として登場する遊女に限定されます。人身売買による身の不幸や、自分の身体を切り売りしないと食べて行けない身の不幸を、ただ嘆き悲しんでいるだけの、現実の遊女には、読者は、特に男の読者は、正直戸惑ってしまいます。彼女達の寝間の戯れ言は聞きたくとも、彼女達の不遇な身の上の泣き言は聞きたくないのが本音です。

この「市振の段」はフィクションなのだ、と専門家からよく指摘されます。芭蕉は実際には、市振で遊女達とは出会っていないのだ、彼の作り話なのだ、とも言われています。そうかもしれません。でも、江戸時代の男の読者だったら、この「市振の段」には、内心どきりとした筈です。

「故郷はと　問えば越後の　親知らず」

これは元禄時代の遊郭で流行していた川柳です。遊女のほとんどは、どこかの農村から売られてきた娘達です。客は彼女達の出身地を知りたがるものですが、彼女達は、自分を捨てた親や故郷なんか思い出したくもありません。当然、本当の事は絶対に話す訳がありません。でも、客の問いに対して、忘れました、教えたくありません、などと突っぱねていたのでは角が立ってしまいます。そこで便利で洒落た決まり文句が流行したのです。自分の故郷は「越後の親知らず」という土地だ、と。自分を売り飛ばした親への恨みを込めて、です。嘘に決まっていますが、親知らずという土地が現実に存在しますから、客は、もうそれ以上は問い詰められません。こうして吉原などの遊郭には、自称「越後の親知らず」出身者が増えたのです。「越後の親知らず」は、大勢の不幸な遊女達の魂の故郷なのです。

「市振の段」はフィクションかもしれませんが、そうだとしても、芭蕉はきっと、市振に到着する直前の、あの北陸道随一の難所、「親知らず」で、遊女達の故郷の物語を思い起こしていたのでしょう。いいえ、もしかすると、「親知らず」を通り抜けていた時の芭蕉の耳には、岩礁に打ち寄せる波間から、彼女達の悲痛な叫び声が本当に聞こえていたのかもしれません。

市振の段での遊女達の登場と、それに続く彼女達の身につまされる話は、俳諧紀行文としては、やはり取り扱い難い題材でした。それでも芭蕉は、臆する事無く書き込んで、「遊女」という取り扱い難い言葉も取り入れて、不思議な句を詠みました。

「一つ家に　遊女も寝たり　萩と月」

ここでの「萩と月」は、勿論、自然描写では無くて、象徴的な意味合いを持っています。「萩」の花は、市振の「遊女」を象徴しています。では「月」は何を？　芭蕉でしょうか？　一般にはそのように解釈されているようですが、とんでもありません。彼はそんなに偉そうに構えている人間ではありません。遊女達と同じように、日々苦しんで、悩んで、迷って、地面をはいつくばっている人間だ、と本人は自覚しています。ここでの「月」は、天上に燦然と輝く、人智の及ばない気高い存在、とでも理解して置いてよいと思います。

市振の「遊女」に寄り添ってくれているのは、この気高い存在の「月」です。「萩（遊女）」と「月」の間にある、「と」は、単純な意味のＡＮＤではなくて、両者の距離の近さを暗示させてくれています。日本語の格助詞の「と」は、英語の接続詞ＡＮＤとは違っていて、例えば「あなたと私」といったふうに、結び付けている両者の親密さや一体感を、言外に匂わせているケースがあります。「萩と月」の距離の近さは、「一つ家」という狭い場所を設定させる事によって、より近さが強調されています。

月というのは、「竹取物語」からも想像出来ますように、平安時代以降の日本人にとっては、ファンタジーの世界であり、憧れの世界でした。又、その神秘的な満ち欠けから、月には復活や再生の不思議な力が宿っている、と広く信じられていました。そこで芭蕉は、「萩と月」という、距離の近さや一体感を暗示させてくれる、格助詞の「と」を使う事によって、気の毒な身の上の市振の遊女達の、再生や再起を本気で願いながら、彼なりの精一杯の励ましのエールを、彼女達に送っていたのでした。こうして詠んだ句が、

「一つ家に　遊女も寝たり　萩と月」

でした。月が、降りて来て、横たわってくれて、寄り添ってくれて、包み込んでくれて、そして慈愛を注ぎ込んでくれている。ああ、これでようやく彼女達は、救済されるに違いない。復活出来るに違いない。

嘘に決まっています。救済される筈がありません。復活出来る筈がありません。でも、この句を詠んだ時の

芭蕉は、どうしても、そう思いたかったのです。無理にでも、そう自分に思い込ませたかったのです。そうでもしないと、どうにもやりきれなかったのです。

ここで再確認して置きますと、「一つ家に――」の句の直前の句が、問題になっている、

「荒海や　佐渡に横たふ　天の河」

です。「荒海や――」の句と、「一つ家に――」の句は、離れた配置ですが、実は連句仕立てになっています。どちらもほぼ同じ構成です。五・七・五のうちの、七だけに注目してみますと、それがよく分かります。

「佐渡に横たふ」

「遊女も寝たり」

この「佐渡」と「遊女」、そして「横たふ」と「寝たり」――これらの構成要素は、芭蕉の感性としては、ほぼ同じものです。又、「天の河」と「月」も、ほぼ同じものです。「天の河」も、「月」と同じように、天上に燦然と輝く、崇高な存在なのです。この二句の中で、異質の構成要素といえば、「荒海」と「一つ家」、の場所に関係したものです。場所が違っていますので、どうしても句の印象やスケールに差があります。「一つ家に――」の句よりも、「荒海や――」の句の方が、外へ飛び出した、スケールの大きい、壮大な句になっています。でも、この二つの句に込めようとしていた、彼のひたむきな思いには、甲乙付け難いものがあります。

月と同じように、天上に燦然と輝く、崇高な存在である天の川。その対極に位置している佐渡。この佐渡は、人間の欲と業、卑しさと弱さ、醜悪と怨念にまみれています。そんな人間界の暗部を凝縮したような佐渡に、天上界にある天の川が、降りて来て、横たわってくれて、寄り添ってくれて、包み込んでくれて、そして、慈愛を注ぎ込んでくれている。ああ、これで必ずや、もがき苦しんでいる佐渡の人達は、蘇生出来るに違いない。救済されるに違いない――これも嘘に決まっています。救済される筈がありません。でも、こう詠んだ時の芭

蕉は、どうしても、そう思いたかったのです。無理にでも、そう自分に思い込ませたかったのです。そうでもしないと、やりきれなかったのです。

昨年の学生さん達が、「佐渡に」の、「に」、を話題にしたようですが、私も、動作・作用の及ぶ対象を示す格助詞「に」、の重要性を、ここで取り上げて置きましょうね。

「佐渡に」の「に」には、「天の川」から「佐渡」へと向けられている、何らかの動作・作用が示されています。その動作・作用とは、「横たふ」という、メッセージ性の強い動詞からも連想出来ますように、天上界から降りて来て、横たわってくれて、寄り添ってくれて、包み込んでくれて、そして慈愛を注ぎ込んでくれる――このような「天の川」の慈愛に満ちた一連の動作・作用が、「佐渡に」の「に」、には内在されているのです。

天の川が、降りて来て、佐渡に横たわってくれて、寄り添ってくれて、包み込んでくれて、そして慈愛を注ぎ込んでくれている。ああ、これで必ずや、もがき苦しんでいる佐渡の人達は蘇生出来るに違いない。救済されるに違いない――これが、戦場カメラマン芭蕉が、「荒海や――」の句に込めようとしていた確信でした。いいえ、過信でした。妄想に近い過信でした。

でも、考えてみれば変です。元来、彼はクールな男です。俗にして俗に沈まず、聖にして聖に傾かず、一線を残して踏みとどまれる、冷静沈着な男です。嘘か嘘ではないかをしっかり見極められる男です。そんな男ですから、気休めに過ぎない、一時凌《しの》ぎの言葉など、本来なら信じていません。伝承や迷信の言葉など、軽々しく信じていません。ですから、彼のこの妄想に近い過信は、いつもの彼とは違っていて、不自然で、やはりどこかに無理があります。

それでも、社会の底辺で這いずり回っている弱い者や修羅場でもがき苦しんでいる人間を現実に目の当たりにした時、芭蕉は、そうした言葉に頼る以外での、別の方法を見出せなかったのです。伝承や迷信にすがる以外での、別の方法で、彼等を、彼等の魂を、そして彼自身の魂をも、救い出せる方法を、どうしても見出せなかったのです。

彼は再び夜空を見上げました。

中空に架かって輝く天の川。その雄大さとその輝きに、彼は圧倒されて、立ちすくんでいました。その眼下には、小さな存在、はかない存在、哀れな存在、汚れた存在でしかない佐渡がありました。あの天の川が佐渡に慈愛を注ぎ込んでくれて、それによって救済された佐渡が、いつか天の川と同質のものに変わってくれないだろうか――こんな幻想を彼に抱かせてしまう程、天の川はきらきらと輝いています。天の川の輝きは彼の胸先にまで迫り来ます。救済された佐渡が同質のものに変わってくれないだろうか、との願いは、そのうちに、同質のものに変わってくれる筈だ、自分がこんなに願っているのだから、変わってくれない筈がないではないか、との妄想に近い信念へと変わります。いつもなら冷静沈着な彼が、この時、そんな妄想に駆り立てられたのは、燦然と輝く天の川の人智を超えた働き掛けがあったのかもしれません。

「荒海や　佐渡に横たふ　天の河」

この句を詠んだ時の彼の目には、天の川が佐渡に慈愛を注ぎ入れている、その一瞬の奇跡が見えていたのでしょうか？　それとも、天の川と佐渡が混ざり合って、一体化して、天上界の天の川に向かって、佐渡が吸い上げられている、その一瞬の奇跡が見えていたのでしょうか？　芭蕉の魂の慟哭は、これによって鎮まったでしょうか……。

＊＊＊

詩織の話は終わった。皆、押し黙っている。室内は静まり返っている。再び、遠くの波の音が聞こえて来る。

次に話す順番は七海だ。しかし七海は、上を向いたり横を向いたりと、そわそわと落ち着かない様子をしていて、自分の話をなかなか切り出そうとしなかった。傍らにいる詩織に肘で小突かれて、やっと七海は口を開いた。

「これから私が話す内容も、今の詩織さんの話と同じで、中学生や高校生の前で話すのには抵抗があります。ただ……詩織さんとは違っていて、別の理由からですけど……。まあ、そういう事情ですので、学校の授業で私がこの話をする事も絶対にあり得ません。節度ある大人の皆さんが相手だから、こうしてお話しするのです。どうぞご了承下さい」

と、七海はここまで話すと、何から話そうかと思案している風で、又、口を閉じてしまった。皆、辛抱強く待っていた。暫くして七海は、ようやく話し始めたが、今の詩織の話にどこか引っ掛かるところがあるらしく、歯切れが悪かった。

「どうして中学生や高校生に話すのに、抵抗感があるのか？　それは、セックスが大きなテーマになっているからです。今の詩織さんの話では、遊女と呼ばれている売春婦の悲惨さがクローズアップされていましたよね。私の話も、セックス抜きでは、話が前に進みません。いいえ、実は、日本の古典文学というものは、元々性描写まみれなんです。異常性愛だって、ごくごく日常茶飯なのです。子供相手の国語の授業では、そこの部分をいかに上手にすり抜けたり、ごまかしたり出来るかが、国語教師の腕の見せ所なんです」

と前置きしてから、七海は、意を決した顔付きで話し始めた。

第五話　芭蕉だってツライのよ、許されない愛は

国語教師　七海の話

「荒海や　佐渡に横たふ　天の河」
表記だけに注目してみますと、この句はどこか変なのです。どこが変なのかといいますと、「天の河」という表記です。江戸時代では、「あまのがわ」は、いかにもやまと言葉らしく、「天の川」と表記されるのが通例でした。たとえば、

「菊川に　公家衆泊けり　天の川」　――与謝蕪村
「うつくしや　障子の穴の　天の川」――小林一茶

と、このようにです。この通例に逆らって、どうして芭蕉は、わざわざ「天の河」と表記したのでしょうか？　ただの書き間違いでしょうか？　いえいえ、芭蕉が「天の河」と表記するのには、彼なりの意図があったからなのです。ここは重要な点です。「川」と「河」のたった一文字の違いですが、ここを見落としていては、「荒海や――」の句の解明は遠退くでしょうね。

「あまのがわ」を「天の河」と表記していたのは、平安時代でした。

「天の河　浅瀬白波たどりつつ　渡りはてねば　明けぞしにける」――紀友則（古今和歌集）
「いつしかと　またく心を脛にあげて　天の河原を　今日や渡らむ」――藤原兼輔（古今和歌集）
「秋風に　夜の更けゆけば天の河　河瀬に浪の　立ち居こそ待て」――紀貫之（新撰和歌集）

これらの和歌のように、平安時代には、「天の河」と表記されるのが通例でした。これは中国（唐代）で、

「あまのがわ」が天河と表記されていた事に由来しています。

　表記ばかりではなく、江戸時代の「天の川」と、平安時代の「天の河」とには、もう一つ大きな違いがありました。それは「あまのがわ」に対する詠み手の認識そのものの違いでした。江戸時代の「天の川」は、大抵実景を指していました。つまり夜空の情景のひとこまでした。一方で、平安時代の「天の河」は、恋の歌を構成するアイテムの一つでした。平安貴族にとっては、実際に夜空に輝いている「あまのがわ」なんかどうでもよかったのです。年に一度「あまのがわ」を渡って牽牛が織女に逢いに行くという、ロマン溢れる古代中国の七夕伝説――これを自分の和歌に巧みに織り込む事によって、異性の心をまんまと射止めさえすれば、後はどうでもよかったのです。「あまのがわ」は、逢瀬を重ねて恋を成就させる為の重要なアイテムだったのです。先程の紀友則・藤原兼輔・紀貫之の和歌には、そんな下心が見え隠れしています。このように、江戸時代と平安時代とでは、「あまのがわ」という言葉の使い方や、その言外に含ませた意味には、大きな違いがあったといえます。

「天の川」と表記するのが通例であるのに、それに逆らって、わざわざ平安時代に使われていた「天の河」を使った芭蕉。なぜでしょうか？　この謎を解く前に、私が気になる、芭蕉のもう一つの謎もここで挙げておきましょう。これら二つの謎を解く鍵は、同じものだからです。

　もう一つの謎とは、彼の旅にまつわる謎です。

　芭蕉が旅好きなのは、誰でも知っていますよね。「奥の細道」の「門出の段」の冒頭でも、旅好きである事を、ご丁寧にも、芭蕉自ら告白しています。

「月日は百代の過客にして、行きかふ年もまた旅人なり。舟の上に生涯を浮かべ、馬の口とらへて老いを迎ふる者は、日々旅にして、旅を栖とす。古人も多く旅に死せるあり。予も、いづれの年よりか、片雲の風に誘はれて、漂泊の思ひやまず、海浜にさすらへ、……」

と、冒頭の数行だけで、旅という文字がいくつも出ています。旅に出たい、との願望をしつこく書き込んでいます。よほどの旅好きだったみたいですが……さあ、実際のところはどうだったんでしょうか？

こう疑いたくなるのも、本人が旅好きだと明言していたにしては、不可解な行動があるからです。

実は芭蕉は生涯で、一人旅というものをほとんどしていません。二人旅か三人旅、あるいはそれ以上のグループ旅が、彼の旅の基本スタイルでした。ここは注目すべきところです。

「野ざらし紀行」の旅では、弟子の千里を伴っています。「鹿島紀行」の旅では曾良・宗波の二人を伴っています。「笈の小文」の旅では杜国が随行していて、「更級紀行」の旅では越人が随行しています。この旅のスタイルは、「奥の細道」の旅でも全く同じです。「奥の細道」の旅の後半、加賀の山中温泉で、彼は随行者の曾良と別行動を取りますが、曾良と別れた後の彼は、一人で旅を続けた訳では無くて、他の弟子達が、曾良の後釜として、芭蕉をしっかりサポートしています。まず、山中温泉から加賀の国境までは、金沢在住の北枝が、次に敦賀までは、福井在住の等栽が、そして敦賀から終点の大垣までは路通が、と弟子達が次々とバトンタッチしながら、芭蕉に随行しています。つまり、「奥の細道」の旅は、彼は常に誰かと一緒にいたのです。「奥の細道」の旅を終えてからも、彼のこの旅の基本スタイルは変わっていません。彼は晩年、病に伏す直前までなんども旅に出ていますが、そのすべてが一人旅ではなく、何人かの弟子を伴っての旅、すなわちグループ旅です。

こういった彼の旅のスタイルは、冷静に考えてみれば奇妙です。

もう一度、「奥の細道」の「門出の段」の冒頭に注目してみて下さい。彼は、「古人も多く旅に死せるあり。予も、いづれの年よりか、片雲の風に誘はれて、漂泊の思ひやまず」、と旅に対する情熱を語っていましたよね。ここでの「古人」とは、彼がお手本にしていた平安時代末期の西行や、室町時代中期の宗祇を指している、と一般には解釈されています。又、盛唐の詩人、李白や杜甫を指している、とも言われています。

ところがよく考えてみますと、西行・宗祇・李白・杜甫に共通している旅の基本スタイルは、一人旅なのです。これは奇妙です。彼等四人をお手本にしたい気持があれば、芭蕉は、迷う事なく一人旅を志していた筈なんですが……。

西行・宗祇・李白・杜甫など多くの詩人や歌人が、なぜ一人旅をしたのかは、容易に納得出来ます。彼等文人達にとっては、一人旅には大きなメリットがあるからです。他人に邪魔されない自分だけの時間を持てるメリットがあります。美しい景観に心行くまで堪能出来るメリットがあります。思索にふけったり感性を研ぎ澄ませたり出来るメリット。自己の内面と、とことん向き合えるメリット。詩歌などの創作活動に没頭出来るメリット――こういったもろもろのメリットが得られる一人旅は、文人達にとっては、かけがえのない魅力なんです。

にもかかわらず、芭蕉は一人旅をしなかった。グループ旅ばかりしていた。駆け出しの若い頃には、経済的な理由で一人旅をしていたようですが、俳諧の師匠になってからは、一人旅を全くしていません。これはどういう事でしょうか？

防犯上の理由でガードマンのような人間が必要だったからでしょうか？　介添えが必要なくらい、健康上の不安を抱えていたからでしょうか？　でも、せめて、壮年期の「野ざらし紀行」の旅あたりでは、一人旅をやろうと思えば出来た筈なのですが……。しかし、彼は、体力のある壮年期であっても、決して一人旅はしませんでした。なぜでしょうか？　孤独が苦手だったからでしょうか？　ひとりぼっちでいるのが苦手で、寂しがり屋だったからでしょうか？　弥次さん喜多さんみたいにワイワイガヤガヤの旅が好きだったからでしょうか？　全部違います。

芭蕉が、グループ旅というスタイルにこだわっていたのには、わけがありました。

驚かれるかもしれませんが、芭蕉は、自分こそが日本古典文学の正統な継承者なのだ、と自負していたのです。ここでの日本古典文学とは、清少納言や紫式部などが活躍した、平安時代をピークとした王朝古典文学の事を指しています。私（七海）は話の冒頭で、芭蕉は平安時代に使われていた、「天の河」という表記にこだわっていた、と言いましたが、そのわけも、実はここにあったのです。自分こそが王朝古典文学の正統な継承者だ、と彼は思い込んでいたのです。

どうして彼が、こんな途方もない思い込みをするようになったのか――この理由については、長くなりそうですので、後で述べる事にしましょう。

自分こそが王朝古典文学の正統な継承者である、と思い込んでいた彼は、その一途さゆえに、平安時代の表記を真似るだけにとどまりませんでした。平安時代の文学に登場する主人公達の行動様式や考え方までも、そっくり真似ようと心していました。そのうえ、動き回る事が好きだった彼は、旅の文学、というジャンルにも強い関心を持っていて、平安時代の旅の文学までも、同じように、そっくり真似してみようと心したのです。私（七海）からみると、滑稽で時代錯誤のような感じもしますけどね。

平安時代の旅の文学で、その代表的な作品といえば、やはり、紀貫之の「土佐日記」でしょうか。「土佐日記」は、紀貫之が、赴任地の土佐国から京都の自宅までの五十五日間の旅を、日々記述した旅日記です。ところが、この「土佐日記」には、旅の文学らしからぬ、ある特徴がありました。五十五日間もの長い旅を続けていながら、遠く離れているある場所を恋しがったり、遠く離れているある人を恋しがったり、とそんな記述ばかりで占められていたのが、この作品の特徴でした。旅の途中の景色や、いろんな出来事や、その土地その土地の人々との交流などの記述は、あるにはありますが、そんなに多くではありません。主人公がいつも心を傾けていたものは、やはり、遠く離れている、ある場所を恋しがったり、遠く離れている、ある人を恋しがったり、だったのでした。

　平安時代の旅の文学を話題にする上で欠かせない作品が、この「土佐日記」と並んで、もう一つあります。「伊勢物語」です。「伊勢物語」は、平安時代初期に成立した歌物語で、二百九首の和歌を中心とした百二十五段の短い物語で構成されています。作者は不詳ですが、原型部分については在原業平《ありわらのなりひら》か女流歌人の伊勢ではないかと言われています。在原業平の一生に仮託した日記とも読み取れますので、「在五中将物語」、「在五中将日記」とも呼ばれています。

　在原業平は、平城天皇の孫に当たる高貴な身分の人物で、イケメンで、女性に優しくて、おまけにプレイボーイとしても名を馳せていました。源氏物語の主人公、光源氏は、この業平がモデルだったと言われています。又、業平は和歌の才能もあって、平安時代を代表する歌人、いわゆる六歌仙の一人としても知られています。

「世の中に絶えて桜のなかりせば　春の心はのどけからまし」

「ちはやふる神代もきかず竜田川　からくれないに水くくるとは」

　このような才知にたけた和歌を、業平は多く詠んでいます。そんな平安時代のスーパースター、在原業平の一代記を綴った「伊勢物語」の中で、特によく知られている段が九段です。「あづま下り」とも呼ばれている、在原業平とみられる主人公が旅をしている段で、高校の古文の教科書には大抵載っています。

「あづま下り」には、都落ちした主人公が、京の都から東国へ向かう途中の旅で体験したらしい、いくつかの話が収められています。原文の冒頭は、

「昔、男ありけり。その男、身をえうなきものに思ひなして、京にはあらじ、あづまのかたに住むべき国求め

にとて、行きけり。もとより友とする人ひとりふたりして行きけり。道知れる人もなくて、まどひ行きけり」です。この冒頭の記述によって、「あづま下り」の旅が、主人公を含めた二、三人の少人数の旅である事が分かります。道案内人がいない事も分かります。目的地までの道筋がはっきり定まっていないようでもあります。この「あづま下り」の主人公の旅と、その約七百年後の芭蕉の旅とは、旅のスタイルがどうもよく似ていますね。芭蕉がグループ旅にこだわっていたわけが、どうやらこのあたりにありそうですね。

先を読んでみます。

「三河の国、八橋といふ所にいたりぬ。そこを八橋といひけるは、水ゆく河の蜘蛛手なれば、橋を八つわたせるによりてなむ、八橋といひける。その沢のほとりの木のかげにおりいて、乾飯食ひけり」

三河国の八橋（愛知県知立市）というところで、都落ちしている主人公達が弁当を食べるという場面なのですが、読んでいて気になるのは、作者のあまりにも淡々とした語り口です。木陰がある水辺に腰を下ろして弁当を食べているシーンですから、周囲には見応えのある景観が広がっている筈です。それなのに、八橋という場所の地名の由来に触れているだけで、目の前の景観描写は全くありません。語り手や主人公達は、まるで下を向いたままでいるかのように、景観への反応は示さないままで食事をしています。続きを読みます。

「その沢に、かきつばたいとおもしろく咲きたり。それを見て、ある人のいはく、『かきつばたといふ五文字を句の上にすえて、旅の心をよめ』、と言ひければ、よめる。『から衣着つつなれにし妻しあれば　はるばる来ぬる旅をしぞ思ふ』、とよめりければ、みな人、乾飯の上に涙落としてほとびにけり」

食事中の主人公達は、傍らで咲いている、かきつばたの花には、さすがに注目しました。「おもしろく咲きたり」と、花に対して短くおざなりの所感を述べました。でも、花そのものへの関心はこれでおしまいです。主人公はかきつばたという言葉を、か・き・つ・ば・た、と折句にして和歌を詠みます。この和歌の文言が引き金となって、主人公達の心は、たちまち都に残した妻や恋人達のもとに飛んでしまっています。せっかくの美しいかきつばたの花も、周囲の景観も置き去りにしたままです。旅の文学として読んでいる人の立場からみれば、これでは不満が残ります。旅好きの私達（詩織と七海）だったら、「チョー、キレイー」とか「カワイイー」とか言い合って、はしゃいでしまいそうな場面ですが……。

「あづま下り」の後半部分も、似たような筋立てです。

「さるをりしも、白き鳥の、はしと脚と赤き、鴫の大きさなる、水の上に遊びつつ魚を食ふ。京には見えぬ鳥なれば、皆人見知らず。渡し守に問ひければ、これなむ都鳥、と言ふを聞きて、『名にし負はばいざこととはむ都鳥　わが思ふ人はありやなしやと』とよめりければ、舟こぞりて泣きにけり」

主人公達が隅田川を渡っている時に、見馴れない鳥がいました。その鳥の名前を船頭に尋ねてみました。船頭は、都鳥だと教えてくれました。すると主人公は、都鳥という鳥の名前から、都を連想して、都に残した女性を思い出しました。そこで、主人公は和歌を詠みました。「都という名を持っているのなら、さあ尋ねてみよう、都鳥よ。私の想う人は、都で無事に暮らしているだろうか、と」この和歌に、船に乗り合わせていた人達は皆、泣いてしまいました。

――こんな筋立てです。ここでもやはり、都鳥という鳥の名前が引き金となって、主人公の心は、都に残した女性のもとへ飛んでしまっています。都鳥そのものや隅田川の風景などは、主人公の眼中にありません。

このように、九段の「あづま下り」では、語り手や主人公達は、景観というものに関心を払っていません。厳密に言えば、地方の景観というものに関心を払っていません。関心を払っていないのですから、当然、地方の景観を描写して、それを読者に伝えようという気なんか起こしていません。

「土佐日記」や「伊勢物語」に登場する主人公達がいつも心を傾けていたものは、都であって、都の景観であって、都に残してきた女性達や家屋敷などの財産だったのです。すなわち都至上主義だったのです。そしてこれは、当時の読者の大部分である、都に住む貴族達にも相通じています。都に住む貴族達も、地方の景観などにはさほど関心がありませんでした。彼等の心を占めていたものも、やはり都至上主義でした。京の都が最高なのだ、という差別的な考え方でした。

都に住む貴族達にとって、地方というものは、ひなびた地であり、都の文化から取り残された地であり、何が潜んでいるか分からない野蛮な地であり、権力闘争に敗れた時や落ちぶれた時に泣く泣く行く地でした。「都落ち」という言葉がこの心情をピッタリ言い当てていました。地方に対してこんなひどい偏見を持っていた彼等ですから、彼等が体験する旅でも、彼等が構築する物語の世界でも、当然、都至上主義の価値観が貫かれていました。大抵の場合、都への愛着心と、地方に対する偏見や蔑視が露骨に表現されていました。地方の景観描写は、しないままでいるか、したとしても、淡々とした表現、説明的な表現、感情や感動を伴わない表現、ひどい時には侮蔑的な表現となっていました。地方の景観を褒める事など、めったにありませんでした。

例を一つ挙げましょう。この「あづま下り」に、富士山についての興味ある記述があります。世界文化遺産にも登録されている、誰もが称賛する日本一の山ですが、「あづま下り」では、この山に対しても容赦ない評価が下されています。

「富士の山を見れば、五月のつごもりに、雪いと白う降れり。『時知らぬ山は富士の嶺いつとてか　鹿の子まだらに雪の降るらむ』その山は、ここにたとへば、比叡の山をはたちばかり重ねあげたらむほどして、なりは塩尻のやうになむありける」

これだけです。比叡山の二十倍の高さだ、といった説明的な表現です。しかも、「なんて季節感のない山だろう。五月末というのに、山頂には雪があるではないか。それに形もどこか変だぞ。まるで塩尻のようではないか」、とやや侮蔑的な感想を述べています。塩尻とは、塩田の浜にあった、塩を作る為に円錐形に盛り上げている塩の山の事です。あの気高い富士山でも、「伊勢物語」の語り手にかかってしまえば、地方のいっぷう変わった風景の一つにすぎなかったようです。

王朝古典文学の最高峰、「源氏物語」の作者、紫式部にしてみても、地方の景観描写に関しては、「伊勢物語」などと同じようにそっけない扱いをしています。地方を舞台にした、十二帖の「須磨」や十三帖の「明石」で、光源氏の心の大部分を占めていたものは、都に残してきた女性達や友人達でした。彼等に逢えないのはとても辛いと、都落ちした光源氏はこぼしてばかりの毎日でした。須磨や明石の景観などはどうでもよくて、京の都から届く便りだけが彼の心の支えでした。ちなみに、朱雀帝から光源氏召還の宣旨が下りるや、光源氏は、待っていましたとばかり、妊娠中だった明石君を置き去りにしたままで、さっさと都へ戻ってしまいました。都落ちしていても、地方で、地方の女に、したい事だけはしておいて……ずいぶん身勝手な男ですよね。腹が立ちません？

話を戻します。

それにしても、「土佐日記」や「伊勢物語」のように、旅先では説明的な表現にとどめる、感情や感動を伴わない表現にとどめる、あるいは景観描写そのものまで省いてしまう、そんな記述ばかりの文学を、はたしてこれで、旅の文学と呼べるものでしょうか？　旅の文学なら旅の文学らしく、景観に対して主観的な感情や感動をもっともっと書き込んでもいい筈ではないでしょうか？　そこで私は、この平安時代の「あづま下り」などの景観描写のスタイルを、あえて皮肉を込めた言い回しをさせてもらって、景観描写をしないスタイル、と呼びたいと思います。

話を江戸時代の芭蕉へと進めます。

実は、この「土佐日記」や「伊勢物語」のような、旅先での説明的な表現、感情や感動を伴わない表現、あるいは景観描写そのものまで省いてしまう表現方法を、芭蕉もけっこう真似していたのです。俳諧紀行文「奥の細道」の中でも、この表現方法を多く取り入れています。この点に注目して、「奥の細道」を読み進めてみますと、例えば、最上川の段の舟下りでは、

「最上川はみちのくより出でて、山形を水上とす。ごてん・はやぶさなど云ふ恐ろしき難所あり。板敷山の北を流れて、果ては酒田の海に入る。左右山覆ひ、茂みの中に舟を下す。これに稲積みたるをや稲舟と云ふならし。白糸の滝は青葉のひまひまに落ちて、仙人堂岸に臨みて立つ。水みなぎつて舟危ふし」

と、最後の「舟危ふし」以外は、感情や感動を伴っていない説明的な表現ばかりです。まるで観光パンフレットの文面みたいな記述さえあります。

このように芭蕉は、「奥の細道」の旅の途中で、せっかく珍しい体験をしていながら、又、せっかく美しい景観をまのあたりにしていながら、主観的な感情や感動や感想を、あまり書き込んでいません。名勝地である日光、松島、象潟あたりの段では、さすがに心を動かされたらしき表現も、少しはみられます。でもその表現にしてみても、すぐに客観的な説明文にすり替えられているものばかりですので、やはり全体として読めば、説明的な表現の域を出ていません。そして大部分の段では、初めて訪れた土地ばかりなのに、主観的な感情や感動や感想は述べないままで、説明的な表現のみにとどめておいて、さりげなく、時には無関心であるかのように通り過ぎています。

無関心であるかのように通り過ぎる、その極端な例が、鼠の関から市振までの越後路での記述です。この越後路の原文を、ここで読んでみます。ちなみに鼠の関とは、酒田の少し南に位置している、出羽国と越後国の境の関所の事です。

「鼠の関を越ゆれば、越後の地に歩行を改めて、越中の国市振の関に至る。この間九日、暑湿の労に神を悩まし、病おこりて事をしるさず」

——このように、鼠の関から市振までの越後路に関しての記述は、わずか数行というそっけなさです。鼠の関から市振までといいますと、「奥の細道」の旅の全行程約二千四百キロのうちの約五百キロ、すなわち五分の一以上を占めています。約五百キロもの長い移動距離に対しての、このわずか数行のそっけない記述とは、旅の文学としては、あまりにもひどい扱いではないですか？

「暑湿の労に神を悩まし、病おこりて」、の文面通りに、彼が体調不良で書けなかった、と読み取れなくもありません。それでも変です。文面通りに約五百キロをたったの九日間で歩こうとすれば、一日平均五十五キロを歩かないと達成出来ない計算になります。体調不良の人が、はたして一日に五十五キロも歩けたのでしょうか？　歩かずに馬や駕籠を使った、と想像出来なくもありませんが、当時、鼠の関から市振までは、潟（泥炭湿地帯）といった、馬や駕籠を使うのが難しい悪路が続いていました。しかも市振近くになると、親は子を忘れ、子は親を顧みる余裕がないほど、といわれていた断崖絶壁が続く有名な難所、「親不知」、「子不知」もありました。原文でも、市振の段の冒頭で、「親知らず・子知らず・犬戻り・駒返しなどいふ北国一の難所を越えて疲れはべれば……」、と彼は難所を踏破した苦しさを語っています。ですから、やはりここは、彼は越後路の多くを自分の足で歩き通したとみるべきです。従って体調不良で書けなかった、という言い訳は変なのです。

越後路がわずか二、三行という記述となったのは、彼が越後路という土地にそれほど関心がなかったからだ、その結果としてのそっけない記述だったのだ、としか私には説明出来ません。それでは、彼はどうして、それほど関心がない越後路へ、わざわざ出向いたのでしょうか？　どうして関心がない地方のあちらこちらへ、わざわざ出向いたりしたのでしょうか？　ここで、地方の景観にまるで関心がなかった、あの「伊勢物語」に再び注目してみます。

伊勢物語の主人公達は、地方には関心がないのに、地方のあちらこちらへわざわざ出向きました。なぜでしょうか？　伊勢物語百二十五段の中には、地方が舞台となって、地方に住む人々が脇役として登場する段がいくつもあります。でも、これらには共通点があって、地方へは行ってみたけれど、やはり都の方が良かったよ、地方の人と出会ってはみたけれど、やはり都人の方が魅力的だったよ、地方の人は粗野でつまらなかったよ、というパターンばかりです。つまり伊勢物語の世界では、地方は、都の良さ・都の魅力を再認識させる役割で登場しているのです。都文化や都人を引き立てる役割で登場しているのです。地方は都の反面教師に過ぎないのです。伊勢物語に貫かれている、この都の優位性、都至上主義は、主な読者層である都の貴族達の心情に合致しています。都の貴族達の自尊心をくすぐり続ける、この都至上主義が貫かれていたからこそ、伊勢物語は、彼等に支えられて、千年以上も読み継がれて、今日まで生きながらえたと言えるでしょう。

芭蕉の「奥の細道」も、これと構図がよく似ています。彼が踏破した二千四百キロの、みちのくを含む地方のあちらこちらは、都……つまり芭蕉の時代では江戸や上方ですが、この江戸や上方の良さを再認識させる役割をになって登場しています。地方は、江戸や上方の引き立て役に回っています。その結果、「奥の細道」の旅は、そっけない記述ばかりだったのです。せっかく初めて訪れた土地なのに、その土地の景観を褒めたり愛《め》でたりはしないで、説明的な表現のみにとどめておいて、時には容赦なくばっさり切り捨てたりもしたのです。わざわざ伝えるほどのものではありませんよ、と言わんばかりに……。

このように、伊勢物語と同様、芭蕉の筆運びにも、当時の主な読者層である江戸や上方の町人達の自尊心をくすぐろうとする、江戸・上方至上主義が貫かれていました。その甲斐《かい》もあったのでしょうね。彼の渾身の作である、「奥の細道」は、江戸と上方の町人達の間で熱烈に支持され続けて、彼の名声と共に、後世まで残る、江戸時代を代表する作品になれたのでした。

　ところで、ここでやはり私がどうしても気になるのが、ばっさり切り捨てられた筈の、あの越後路で、ぽつんとそそり立っている「荒海や――」、の句の存在です。この句は、越後路の中で唯一、輝きを放っています。

「荒海や　佐渡に横たふ　天の河」

　この句は、彼にとって、いったい何だったのでしょうか？　彼は何の意図があって、この句を越後路の段に入れたのでしょうか？　彼は出雲崎から直江津までを踏破している間に、確かにこの句を詠んでいます。でも彼は、眼前に広がる日本海に、とりたてて関心はありませんでした。地方の一景観だからです。佐渡島にも関心はありませんでした。やはり地方の一景観だからです。唯一関心があったのは、地方の一景観ではない、江戸でもしっかり仰ぎ見える天の川でした。天の川は国境を越えたグローバルな存在でした。「ああ、もうじき七夕なのだなあ……」、と彼は遠い江戸に想いを馳せながら、この「荒海や――」の句を詠んで、それから直江津へと向かったのでした。ちなみに「曾良随行日記」によれば、七月四日は出雲崎に宿泊、七月五日が鉢崎、七月六日と七日が直江津（今町）に宿泊、という旅程でした。

　彼が「荒海や――」の句を詠むに際して、年中行事である七夕を念頭に置いていたのは、間違いありません。なぜなら、彼はわざわざ念を押すように、直前に、

「文月や　六日も常の　夜には似ず」

の句を入れましたから。陰暦七月を指す「文月」という言葉は、もともと七夕の行事を語源にしています。ですから、彼が越後路の段で並べたこの二つの句は、一句目が「文月」、二句目が「天の河」と、そのどちらの句にも七夕にまつわる言葉を含んでいるわけですから、そのどちらの句も七夕を念頭に置いて詠まれた句で

ある事は、間違いようが無いのです。江戸時代の七夕という行事は、一日だけに限ったものではありませんでした。江戸では七月七日の数日前から供え物・飾り物の準備などに追われていました。ですからこの二つの句は、七夕前日や当日の江戸庶民の浮き立った気分を、この時点では江戸から遠く離れた所にいた芭蕉も、分かち合おうとして詠んでいたのは間違いの無いところでした。

ここで江戸時代の七夕行事に注目してみます。

現在の私達にとっても、おなじみの七夕行事ですが、そのルーツをたどれば、もともと、牽牛星と織女星が年に一度再会するという伝説に基づいた、古代中国の星祭りの行事でした。日本にこれが伝わったのは奈良時代でした。ただし室町時代までは、もっぱら五節句の祭祀（神事）の一つとして、宮中や貴族の邸宅などで厳かに催されていました。この祭祀としての行事が、天下泰平の江戸時代になりますと、庶民の年中行事の一つとして普及するようになりました。

もっとも、江戸時代の庶民の七夕行事は、元禄期を中心とした前期と、文化文政期を中心とした後期とでは、若干違いがありました。芭蕉が生きていた頃の前期の七夕行事は、五節句の祭祀としての色合いをまだ濃く残していました。祭祀らしく、まず縁側に棚を設けました。その棚に御神酒・梶の葉・ウリやナスなどの野菜を供えました。庭先には笹竹を立てて、水をなみなみとたたえた洗い桶を置きました。この笹竹は神霊（精霊）が宿る依代《よりしろ》として立てられていて、洗い桶は、穢《けが》れを祓《はら》い清める水浴用として置かれていました。実際にこれで髪を洗ったり、水浴をしたりする人もいました。又、いかにも星祭りの行事らしく、洗い桶の水面に映し出された星々を愛でるという、なんとも風流な「水鏡」の慣習もありました。洗い桶の水面に星々を映し出すなんて、夜間でもビルの照明や車のライトなどの人工光に囲まれた明るい生活している現代人には、ちょっと想像出来ない風景ですけどね。

江戸時代の後期になりますと、この七夕行事は、手習いなどの上達といった、世俗的な願掛けの意味合いを濃くしたものへと様変わりしました。縁側に設けられた棚には、毛筆・糸・布などまで供えられるようになりました。これは言うまでもなく、習字や裁縫などの手習い事の上達を祈願してのものでした。又、神聖な笹の笹竹に、色とりどりの短冊の飾り付けまでするようになりました。

この庶民が主役の七夕行事は、発祥の地が江戸でしたので、この風習が上方や地方の城下町などまで伝播するのには、年月を要しました。地方でも庶民の七夕行事が行われるようになったのは、江戸時代の後期になってからの事でした。つまり、芭蕉が旅をしていた元禄期には、越後の地では、庶民の七夕行事はまだ浸透していなかったのです。当時の越後人の多くは、七夕行事そのものを知らなかったのでした。

これらを念頭に置いてもらえたら、芭蕉が「文月や――」と「荒海や――」の二つの句を詠んだ際に、彼の心によぎった情景が、眼前の越後ではなく、遠い江戸であった事は明らかでしょう。江戸で賑やかに繰り広げられている、七夕行事であった事は明らかでしょう。

直江津を目指して黙々と歩いていた彼は、天の川を仰ぎ見ながら、「ああ、もうじき七夕なのだなあ……」、と遠い江戸に想いを馳せていました。今頃、江戸市中では、あちらこちらで笹竹が立てられている事でしょう。その側には水をたたえた洗い桶が置かれていて、着飾った町娘達が、洗い桶の水面に映っている星を愛でている事でしょう。彼はちょっとホームシックにかかっています。長旅で疲れ切っていた彼にとって、又、変化に乏しい日本海沿いの景色の中を黙々と歩き続けていた彼にとって、天上の天の川は、懐かしい江戸、楽しい江戸、その江戸に住んでいる、恋しい誰かを想い起こさせてくれる唯一と言ってもいいくらい、貴重な存在でした。天の川を仰ぎ見ていた彼は、ふと視線を正面に向けてみました。眼前には大海原が広がっていました。その海面には、天の川の群星が、まるで夜空そのままに映し出されていました。彼は、佐渡島まで見通せる大海原を「水鏡」に見立てました。その水鏡に映し出されてきらきらと輝く群星を、海上にまでちりばめられた天の川に見立てました。

江戸時代は、暦は太陽暦ではなく、太陰暦が使われていました。月の満ち欠けを基準にしている太陰暦では、毎月必ず、三日から六日頃までは、月の形は上弦の三日月となります。上弦の三日月の夜は、月の光は弱く、その逆に星の光は増します。光を増した、おびただしい数の星は、海面に映し出されてきらきらと輝きます。この群星で輝く海面を、七月三日から六日頃にかけて、越後の海岸を歩いていた芭蕉は、水鏡に見立てたのです。海面が、まるで夜空のように群星であふれているなんて……人工光に慣れた現代人にはなかなか想像出来ませんが。

こうして海上にちりばめられた天の川を見渡して、再び天上の天の川を仰ぎ見て、江戸の七夕の行事に想いを馳せて、更に江戸にいる、恋しい誰かに想いを馳せて、「あゝ、今夜はあの人もあの天の川を仰ぎ見ているのであろうか」、と、彼が溜息混じりに詠んだ句が、

「荒海や　佐渡に横たふ　天の河」

でした。

この句は、このように、実は恋の句でした。正確に言えば、「恋呼びの句」でした。恋をちらつかせている句でした。恋をほのめかしている句でした。五・七・五の、たった十七文字しか使えない俳諧では、恋愛感情のような複雑多岐にわたる感情表現がどうしても難しくなります。三十一文字も使える和歌と比べると、十七文字では圧倒的に不利です。そこで俳諧では、恋を匂わせる言葉を一つ、二つ示すだけにとどめておいて、後は読者の想像にお任せしましょう、として詠まれる技法がありました。こうした技法で生み出されたのが恋呼びの句です。「奥の細道」には、こういった恋呼びの句が、「荒海や――」の句以外にもいくつか詠まれていま

す。尾花沢の段で詠まれた、

「這ひ出でよ　飼屋が下の　蟾の声」

「眉掃きを　俤にして　紅粉の花」

は、恋呼びの句です。象潟の段で、曾良が詠んだ、

「波こえぬ　契りありてや　みさごの巣」

も、大胆にも「契り」の言葉を使っている恋呼びの句です。江戸時代の人達は、現代人よりも、言葉が織りなすニュアンスに対してはすごく敏感でした。化粧道具の「眉掃き」や、動詞の「横たふ」や、「這ひ出でよ」にまで、彼等は現代の中学生みたいに想像をたくましくしていました。動物的ともいえる鋭い感性で、エロスの匂いだけはしっかり嗅ぎ取っていたのです。では、「七夕」という言葉はどうだったのでしょうか？　そもそも、七夕を伝説の恋物語、遠く離れた恋人と一年振りに逢える夜、といった見方をしていた彼等の事です。この「七夕」にエロスの匂いを嗅ぎ取っていたのは当然の事でした。ですから、「七夕」がかもし出す雰囲気と、更に挑発的な動詞である「横たふ」が入っている、そんな「荒海や――」の句は、芭蕉にとっても、又読者である江戸時代の人達にとっても、これはもうまぎれもなく恋呼びの句でした。このように芭蕉は、恋呼びの句を、意識的にせよ無意識的にせよ、いくつも詠んでいたのでした。

　もっとも、恋呼びの句は、江戸時代前期の俳諧においても、今日の俳句と状況は似たようなもので、そんなに世間から許容されていませんでした。当時であっても、恋呼びの句は、禁断の句と言われていました。そういう厳しい状況だったのに、どうして芭蕉は、あえて恋呼びの句を詠んだりしたのでしょうか？

　江戸初期の俳諧は、貞門俳諧の影響下にありました。貞門俳諧の創始者は松永貞徳でした。その貞徳の弟子が北村季吟でした。北村季吟は、貞徳の教えを忠実に守りながら、貞門俳諧を継承していました。北村季吟と

いえば、芭蕉の修業時代の師匠。ですから芭蕉は、松永貞徳の孫弟子に当たると言えます。

松永貞徳という人物は、もともと公家の出身で、れっきとした歌人であり歌学者でした。又、当時の王朝古典文学研究の大御所でもあり、その伝承者や教育者でもありました。実直で堅物として知られていました。貞徳は、俳諧に恋呼びの句を導入するのを、子弟教育の妨げになるという理由から、極力避けていました。彼が子弟教育に熱心だった事を物語る句が残されています。

王朝古典文学を代表する女流歌人の伊勢に、こんな「帰る雁」を詠んだ名歌があります。

「春霞立つを見捨てて行く雁《かり》は　花なき里に住みやならへる（もうじき桜が咲く季節になるというのに、それを待たずに雁が去って行く。残念ね。雁は桜がない土地に住み慣れていて、桜には興味がないからかしら？）」

この伊勢の名歌を踏まえて、約七百年後に貞徳が、

「花よりも　団子やありて　帰る雁」

と詠みました。雁が去って行くのは、雁の行先には団子があるからではないのかな——と貞徳は、この名歌にユーモアを交えて答えたのです。これは、「花より団子」という分かり易いことわざを引き合いに出す事によって、庶民が、特に庶民の子供達が、古典文学に少しでも親しんでくれればいいが、という彼の願望から詠まれたものでした。

貞徳は、古典文学を庶民になんとか広めようと心を砕いていた人物でした。貞徳は公家の出身でしたが、和歌などの古典文学を庶民に教える私塾を開いたりもしていました。庶民の子弟教育には特に力を入れていました。古典文学の伝承者・教育者としての仕事にはこのように熱心だった貞徳ですが、貞門俳諧の創始者だったにもかかわらず、実は彼は、俳諧にはそんなに熱心ではありませんでした。俳諧を連歌や和歌への入門コース程度にしか考えていませんでした。俳諧を庶民の子弟の読み書きの補助教材として利用していたくらいでした。

子弟教育の現場では、どうしても健全さが求められます。男女の色恋の話がタブー視されてしまうのは、仕方がない事で、こういった傾向は昔も今も変わりありません。貞徳も、子弟教育の現場では、俳諧そのものから男女の色恋を匂わせる表現をできるだけ遠ざけようと心を砕いていました。また彼は、俳諧の品格を保とうとする立場からも、俳諧から男女の色恋を匂わせる表現を減らそうと尽力していました。更に、せめて自らが率いる貞門俳諧だけでも、男女の色恋を連想させる、どぎつい表現は禁止するべきだ、封印するべきだ、との指導方針を取っていました。貞徳のこの考え、このこだわり、この方針、この理念は、実は今日の俳句にも脈々と引き継がれています。現代俳句に、恋歌がなかなか受け入れられない理由、恋歌が非常に少ない理由は、この貞門俳諧の創始者、松永貞徳の「純潔教育」がルーツとしてあるのかもしれません。

しかし、よくよく考えてみますと、貞徳のこの方針や理念は、間違っているとまでは言い切れませんが、不自然この上ないものです。

王朝古典文学と男女の色恋は、切っても切り離せない関係にあります。なのに、教育上好ましくないからとか、青少年にとって不健全だからとか、品位を落とすからと、遠ざけたり、覆い隠したりする、こういった考え方は、潔癖過ぎていて、あまりに不自然です。小倉百人一首には、男女の色恋を詠んだ和歌が、百首のうちに四十三首もあります。古典文学の代表である、伊勢物語や源氏物語は、ほぼ男女の色恋に貫かれた物語です。その色恋の部分を読み飛ばしながら、これらの物語を理解しなさいというのが、そもそも無理なのです。確かに、これらの文学作品には、映像化すれば目を覆いたくなるような恥ずかしいシーンもあります。口にするのも恥ずかしい和歌もあります。露骨に言ってしまえば、これらの文学作品は性描写まみれです。でも仕方ありません。本来、伊勢物語や源氏物語は、後世の品行方正な老若男女や子供達に安心して読んでもらおうとして執筆された書物では無いのですから。

例えば、伊勢物語の五十九段にこんな和歌があります。

「我が上に露ぞ置くなる天の河　とわたる舟の櫂のしずくか」

これは、瀕死の主人公が、愛する女性の必死の介護によって息を吹き返した直後に、その女性に感謝を込めて詠んだ和歌です。ここでの必死の介護とは、女性が股を広げて、主人公の顔の上に覆いかぶさるようにしてまたがるという、ショック療法に近い介護を指しています。この和歌では、天の河は、実は女性生殖器を意味していて、舟の櫂は男性生殖器を意味しています。これ以上の説明はしませんが、映像にすれば、かなりきわどいシーンです。

この五十九段に限らず、伊勢物語全百二十五段の多くは、学校の授業で取り上げるのが極めて困難な、発禁すれすれの、エロティシズムに満ちた世界が繰り広げられています。でも、それと同時に私達がこれらの作品で見落としてはいけないのは、おおらかな人間賛歌や生命賛歌も垣間見られるところです。芭蕉は、その辺りの実情を良く理解していました。

しかし松永貞徳は、この伊勢物語五十九段のような作品を、いかがわしいものとして一切排除しました。このように「純潔教育」を貫く、生真面目一方の貞徳でしたが、それでも、彼を責めてはいけないでしょうね。彼が古典文学に「自主規制」を設けたのは確かですが、それでも彼を批判するというのはおかど違いです。

貞徳が江戸前期の町人達に与えた影響は計り知れないものでした。それまで貴族や武家などの特権階級だけに独占されていた花鳥風月のみやびな世界を、町人達に分かり易く教え導いたのは、彼だったのですから。又、庶民の子弟の読み書き能力の向上に尽くした彼の功績も、決して小さくはありませんでしたから。ですから貞徳は、やはり高く評価されるべき文学者・教育者だったのです。問題があったのだとすれば、貞徳の指導方針ではなくて教材の方でしょう。子弟教育に向かない王朝古典文学があまりに多過ぎたのが、一番の問題だったのだ――私はこう受け止めています。

＊　＊　＊

ここまで話すと、なぜか急に、七海は下を向いて黙り込んでしまった。暫くして、彼女は顔を上げて、こう言った。

――先程の詩織さんの話はヒューマニズムにあふれていて、世俗まみれの私も、つい引き込まれてしまった。特に、詩織さんの「天の川」にまつわる話には心を打たれた。それにひきかえ、私の「天の川」ときたら、こともあろうに、女性生殖器に例えてしまうなんて……。これではあまりにもギャップがあり過ぎて、この鉄面皮な私でもくじけそうになる。いいえ、ここで、先程の詩織さんの話が正しくて、今話している私の方が間違っている、と言うつもりは更々無い。私にだって自信はある。今話している私の方が、芭蕉の飾らない、等身大の、本当の姿をあぶり出しているのは間違いないと信じているから……。まあ、どちらの話が本当なのかはともかく、それでもやはり、詩織さんの話と私の話とは、ギャップがあるし、真逆の感もある。それでこの先、このまま話を続けるのが苦しくて、そのうち冷静さを失いそうだ。そこで、私からのお願い。ここで少し頭を冷やしたいので、休憩させて欲しい――

皆、七海の要望に快く応じて、ここでブレーク・タイムを取る事にした。休憩時間中、全員にコーヒーが振る舞われた。七海はスマートフォンの画面を見ながら、黙ってコーヒーを飲んでいた。時間をかけて飲み終えた七海は、リフレッシュした顔になって、居住まいを正して、再び話し始めた。

＊　＊　＊

おかげさまでなんとか落ち着けたみたいです。もう一度、スタートラインに立ってみましょうか。

「荒海や　佐渡に横たふ　天の河」

初心に立ち返ってこの五・七・五の句に向き合ってみますと、やはりこの句は変です。「横たふ」に常識的な口語訳を当てはめれば、「横たわる」となります。「横たわる」とは、辞書を引いてみますと、「横になる」、「横に伏す」、「寝そべる」といった意味です。「天の河」の星の集まりが、「佐渡」という海面上の孤島に、「横になる」、などと言い表しているのですが……これは、実景としてとらえてみますと、やはり変です。素直に実景を詠んでいたのなら、七・五の部分は、「佐渡の上なる天の河」とか、「佐渡を見下ろす天の河」、などと言い表すべきなのです。

それを「横たふ」と詠んでしまった芭蕉。……どうしたのでしょうか？　こう芭蕉が詠んでしまったのには、どういうわけがあったのでしょうか？

芭蕉の心の奥に迫るために、ここで視点を変えてみます。

元禄時代を生きた芭蕉には、強力なライバルがいました。元禄文化を象徴する、芭蕉と並ぶもう一人のスーパースター、井原西鶴です。

今から、芭蕉と西鶴の関係について、少し話をさせて下さい。

西鶴は、俳諧の世界では、芭蕉の兄弟子に当たりました。これはどういう事かと言いますと、芭蕉よりも二つ年上の西鶴は、北村季吟の下で修業していた頃の芭蕉の先輩だったのです。二人にとってこれは全くの偶然でした。もっとも、季吟の下での西鶴の修業時代は、六、七年という、芭蕉の約十五年に比べれば、短い期間でした。西鶴は強烈な個性の持ち主で、貞門俳諧ではいつも異端者扱いされていました。西鶴自身も、堅苦しい貞門俳諧は自分の性に合わない、と悟ったからでしょうか、それとも、貞門俳諧は町人達からの支持を失いつつあって将来性はなさそうだ、と見限ったからでしょうか、寛文十一年（一六七一年）、季吟の下を去りました。そして、軽妙洒脱を売りにした、西山宗因が率いる談林俳諧へと移籍しました。この西山宗因の下で、西鶴はめきめき頭角を現しました。当時の江戸では、制限時間内に詠む句数を競う、矢数俳諧というものが流行していました。頭の回転が速い西鶴は、この矢数俳諧が得意で、一夜に千句以上詠んだりもして、世間を驚かせました。これを書き留めた、「西鶴俳諧大句数」、「西鶴大矢数」などの本も刊行しました。

西鶴はその後、更に変身を遂げました。芭蕉が深川の草庵に移り住んだ延宝八年（一六八〇年）頃には、作家デビューにまで漕ぎ着けました。二年後の天和二年（一六八二年）、西鶴は「好色一代男」を世に出しました。芭蕉が野ざらし紀行の旅に出る二年前の出来事です。

芭蕉はこの本に衝撃を受けました。なぜなら、「好色一代男」は、古典の最高峰である源氏物語の元禄バージョンであり、その色恋の部分のみを突出させて、パロディー化したような本だったからです。源氏物語を享楽的描写でアレンジした本だったからです。当然この本は、「純潔教育」を貫く北村季吟や、貞門俳諧の俳諧師達の激しい怒りをかいました。季吟から受けた恩を仇で返したようなものでしたから。

恩を仇で返す——すなわち「好色一代男」は、源氏物語の基礎知識がなければ、とても執筆出来るものではありません。西鶴は大坂の裕福な商家に生まれました。源氏物語とは縁遠い世界で育ちました。つまり、西鶴が王朝古典文学を重視する季吟の下で学んでいなければ、「好色一代男」は生み出されなかった筈なのです。若い頃、季吟の下で古典文学を学んだのは、西鶴にとっては、どうやら無駄ではなかったようです。

このように、貞門俳諧への背信行為によって生まれた、「好色一代男」ですが、それでも巷で大変な評判となりました。西鶴にとって最初のベストセラー小説になりました。

芭蕉はこれに衝撃を受けたのでした。そして芭蕉には、西鶴へのライバル意識が芽生えたのです。北村季吟の下で、西鶴と同じように古典文学の修業を積んだ自分だから、自分だってやれるのではないか、と考えたのです。西鶴のように、自分も古典文学の知識を武器にして、チャレンジしてみてはどうだろうか、と考えたのです。確かに、芭蕉と西鶴の二人には、多くの共通点がありました。二人共、若い頃は貞門俳諧で修業して、その後、時期は少し違いますが、同じように談林俳諧へ乗り替えました。二人共、自分が書いたものを著作物として残す事にこだわっていました。そして二人共、文芸の先駆者・開拓者としての、並外れた才気や力量がありました。

実はこの頃の芭蕉は、自分の将来に悲観的になっていました。芭蕉は、寛文十二年（一六七二年）、京都から江戸の一等地、日本橋小田原町に移り住みました。約八年間の日本橋での俳諧宗匠（師匠）生活を経て、延宝八年（一六八〇年）、深川に移り住みました。この時、芭蕉三十七歳。師匠としての羽振りの良さは、さすがに陰りを見せていました。日本橋での高い家賃が重荷になったので、やむなく深川の草庵に転居したのでした。この草庵（芭蕉庵）は、深川に多くの土地を所有していた、弟子の杉風が、師匠の芭蕉に無償で提供してくれたもので、もともと生け簀の番小屋でした。このように、芭蕉が賑やかな日本橋から寂しい深川に移り住んだわけは、何か深遠な考えがあったからではなくて、実際は生活苦からでした。そういう事情ですから、この頃の芭蕉は、どうしても自分の将来に悲観的にならざるを得ませんでした。俳諧宗匠は、裕福な武士や町人達に俳諧の手ほどきをするのが生業です。いわゆる人気稼業ですから、いつまで続けられるかどうか分かりません。先の見通しが全く立ちません。これから自分はどうやって生きようか、と芭蕉は模索していました。そんな折、西鶴の「好色一代男」の大ヒットが、芭蕉の背中を押したのでした。

この西鶴の大ヒットから二年後、芭蕉は、最初の旅である野ざらし紀行の旅に出ます。それから五年後の元禄二年（一六八九年）、いよいよ芭蕉は「奥の細道」の旅に出ます。

旅をしている芭蕉の頭の中にあったのは、源氏物語と並んで王朝古典文学を代表する、伊勢物語でした。ライバルの西鶴が源氏物語なら、自分は伊勢物語でいこうとの算段です。伊勢物語の主人公は、都から地方へ何度も旅に出ています。しかも、どれもいわゆるグループ旅です。そこで実行力がある芭蕉は、伊勢物語の主人公にならって、まず、旅そのものを実践しようと思い立ったわけです。こうして芭蕉は、四十一歳から四十六歳までの約六年間、野ざらし紀行から始まって、鹿島紀行、笈の小文、更科紀行、奥の細道、と休む暇も惜しんでの、グループ旅を続けます。こうして頑張った甲斐があって、彼の代表作、奥の細道は誕生したのでした。

芭蕉はご丁寧にも、奥の細道を執筆する際にも、伊勢物語を真似ました。旅先での説明的な表現、感情や感動を伴わない表現、あるいは景観描写そのものまで省いてしまう、とても表現とは言えないような表現方法まで真似ました。その結果、奥の細道の大部分の段では、伊勢物語の主人公のように、初めて訪れた土地なのに、主観的な感情や感動や感想はあまり述べないままで、説明的な表現のみにとどめておいて、さりげなく、時には無関心を装いながら通り過ぎたのでした。

このように、西鶴の好色一代男が源氏物語の元禄バージョンにあたるとすれば、芭蕉の奥の細道も、伊勢物語の元禄バージョンと言えなくはありませんでした。ただし、芭蕉の人柄の良さからでしょうか、人間性にまさっていたからでしょうか、彼が伊勢物語で真似ようとしなかった部分がありました。伊勢物語の男女の色恋の部分、愛欲に満ちた部分です。これらには安易に迎合する事なく、距離を置いて、せいぜい恋呼びの句を詠むにとどめました。ここが、色恋の部分のみを突出させようとした西鶴とは、全く逆の方向を進んだと言えました。

芭蕉は、王朝古典文学に心底惚れ込んでいたのではないだろうか、宝物を扱うように、壊さないように大事に大事に扱おうとしていたのではないだろうか――と私は推測しています。その思いがこうじて、彼は自分こそが王朝古典文学の正統な継承者だ、と自覚するに至ったのです。王朝古典文学と男女の色恋は、確かに、切っても切り離せない関係にあります。性描写まみれと言われれば、そうかもしれません。でも、そういった部分ばかりを誇張している、西鶴のやり方は行き過ぎているし、逆に、そういった部分から目をそらしてばかりいる、隠してばかりいる、松永貞徳や北村季吟のやり方も、やはり行き過ぎている――こう芭蕉は、どちらに対しても厳しい見方をしたのです。そして、そのどちらにも片寄っていない、ほどほどの所に、王朝古典文学の本流がある筈で、これこそが正統といえるものだと考えたのです。そこを見失わないようにして、そこを忠実に継承してゆく事こそが、自分に与えられた使命だ――芭蕉はこう考えて、自分は王朝古典文学の正統な継承者、と自覚するに至ったのです。

西鶴は、貞徳や季吟から受けた恩を仇で返した、と先程私は言いましたが、貞徳や季吟の側に立てば、芭蕉だって同罪で、芭蕉も恩を仇で返した、と言えなくもありません。でも、芭蕉本人にはそんな恩義ある貞徳や季吟の教えに逆らおうという意図は、さらさらありませんでした。歌学を含む王朝古典文学と男女の色恋は、切っても切り離せない関係にあります。それが本来の姿です。それなのに、その色恋の部分を故意に切り捨てたり、覆い隠したり、歪めた解釈をしたりしていたのが、貞徳や季吟の指導方針であり、教育理念でした。そして、その方針・理念によって生じてしまった、無理や不自然さや窮屈さが、貞徳や季吟が抱えていた問題でした。壁でした。この、あれも駄目、これも駄目の壁を、芭蕉は取り払おうとしたのです。芭蕉は、貞徳や季吟の教えに逆らうのではなく、彼等が自ら築いてしまった、始末に負えなくなった壁を、なんとかして自分が取り払って、自分が壁の向こうへ踏み出そうとしたのです。その達成の為にと決意したのが、原点回帰です。

歌学を含む王朝古典文学を、自由で、おおらかで、伸びやかだった本来の姿に戻そう。又、歌学から派生した俳諧も、同じように、自由で、おおらかで、伸びやかだった本来の姿に戻そう。たとえそれによって、自分が率いる蕉風俳諧と弟子達を巻き添えにする事態となってでもだ。又、たとえそれによって、予期せぬ混乱を招く事態となってでもだ。それが、王朝古典文学の正統な継承者である自分がしなくてはいけない事だ――と、このように彼の原点回帰の決意は堅いものでした。

原点回帰を決意して、実際に壁を取り払って、壁の向こうへ踏み出してしまった芭蕉。その彼の眼前に強烈に飛び込んで来た世界が、やはり、あの王朝古典文学の原点である、伊勢物語でした。先程私は、西鶴が源氏物語なら、芭蕉は伊勢物語で、という短絡的な言い方をしましたが、彼の心を伊勢物語へと誘わせた動機は、それだけではなくて、もっと違った動機もあったのでした。違った動機とは言っても、考え抜いた末の何々とか、直感的にひらめいた何々とか……ではなくて……実は、この頃の彼は、伊勢物語の主人公と同じように……恋をしていたのです。恋が動機だったのです。分かり易いでしょう？

男女の色恋で占められていながら、どことなく愁いを帯びている、伊勢物語の不思議な世界。これに惹きつけられた芭蕉は、なんと、自分の自信作の紀行文にまで、「奥の細道」という、どこか愁いを帯びている、後ろ向きの表題まで付けてしまいました。そしてこの「奥の細道」の越後路で、愁いを帯びつつ、物思いにふけりつつ、遠くの誰かに想いを馳せて、「あゝ、恋しいあの人も、今夜はあの天の川を仰ぎ見ているのであろうか」、と、溜息混じりに詠んだ句が、問題になっている、

「荒海や　佐渡に横たふ　天の河」

でした。それではいよいよ、この句の解明に挑みます。

彼にとってこの句は、正真正銘、恋の句でした。恋呼びの句とか、恋をほのめかしている句という言い方を、先程しましたが、いずれにしても、本質的に恋の句だった事に間違いありません。恋の句だった、という事は、彼は恋をしていた？　まさか、そんな筈は、などと疑ってはいけません。この句を詠んだ時の芭蕉は、四十六

歳です。独身です。恋をしていても少しもおかしくない年齢ではありませんか。ただ、片思いでも両思いでも、必ず恋には相手がいます。相手は誰だったのでしょうか？　これが気になるところです。彼の身近には、同郷だった寿貞という女性がいました。彼女は時々芭蕉庵を訪れて、芭蕉の身の回りの世話をしていたようですが……。でも、彼女ではないと私は言い切れます。その理由は句の中に見出されます。彼は七月にこの句を詠みました。季節風が吹く冬と違っていて、この季節の日本海は、大抵穏やかです。海が荒れる事などめったにありません。それなのに彼が、

「大海や　佐渡に横たふ　天の河」

「海原や　佐渡に横たふ　天の河」

などとは詠まないで、わざわざ「荒海や」と詠んでしまったのはなぜなのか？　ここが私（七海）には気になります。荒れた海から、私が連想する恋といえば……そうですね……禁断の恋、身分を越えた恋、後ろ指をさされるような恋、絶対に秘密にしなければいけない恋、といったところでしょうか。あるいは、決して成就しない恋、成就したとしても、周囲から猛反発される恋、周囲の誰からも祝福されない恋、かもしれません。そんな障害のある恋を、彼は、「荒海」という比喩を使って表現したかったのだと私は思います。そうだとすれば、身の回りの世話をしていた寿貞という女性は、そんな障害には当てはまらない筈ですので、彼女は芭蕉の恋の相手ではなかった、と私は言い切れるのです。

では、相手はいったい誰だったのでしょう？　もしかして、男でしょうか？　昔も今も、同性愛には障害が伴うと考えられなくもありません。例えば彼には、杜国という、ただならぬ仲の弟子がいた事が知られています。杜国と同じ布団で一緒に寝ていた芭蕉が、杜国のいびきの様子を面白がって書き留めたという、彼の雑記が残されています。相手のいびきをうるさいと感じないで、面白いと感じる所が、いかにも相思相愛って感

じはするのですが……。ただし、そうであっても、この杜国が「荒海や――」の恋の相手ではないでしょうね。男色の癖があった事が知られている芭蕉には、この杜国以外にも、同性の弟子や後援者達と、親密な関係があったようですが、彼等は皆、「荒海や――」の恋の相手ではなかった、と私は断言出来ます。

その根拠になるのは、この句の中にある、「佐渡」、という言葉です。私にはこの言葉の奥から芭蕉のすすり泣きが聞こえます。この恋をしていた時の芭蕉は、自分という存在に全く自信が持てなかったのです。どんなに自分の外見や所作をそれらしく取り繕ってみても、どんなに得意の言葉で自分をそれらしく飾り立ててみても、その自分の中身は、まるであの「佐渡」のように、俗っぽくて、卑しくて、汚れていて、醜くて、ぼろぼろで、「天の河」とは全く正反対の存在ではないか……。だから、どうひいき目に見たって、あの人と自分とは不釣り合いではないか。「天の河」と「佐渡」が全く不釣り合いなように――と彼は、はっきり自覚していたのです。

このように彼は片思いをしていました。相手は、手の届かない所にいる人です。遠い世界に住む人です。彼とは何もかもが違い過ぎている人です。どんなに彼が思い詰めても、どうにもならない人です。同じ布団で一緒に寝ていて、いびきをかきあう人などではありません。

こんなふうに劣等感にさいなまれながらも、思い詰めていた彼に、私は同情します。こちらも悲しくなりそうです。でも、仕方ありませんよね。本気で恋をした人間は、相手が手の届かない所にいればいるほど、ここは諦める以外にない、と自分に言い聞かせるしかありません。でもこの時、陥り易いのは自信喪失です。又、自分を追い詰めがちになりますし、自分のふがいなさを責めがちにもなります。こうなると、かなり危険な心理状態です。

それにしても、芭蕉をそこまで危険な心理状態に陥れた女性は、いったい誰だったのでしょうね？　ますます気になります。おそらく相手の女性は、公家か武家か商家の出で、それもかなり身分が高くて、彼にとっては、天の川か高嶺の花だったのではないのかな、と想像出来そうです。でも、そういった事をうかがわせる資料は、一切残されていませんので、今となっては手掛かりはありません。ですから、もうこれ以上の追及は無理のようですね。すべては芭蕉の胸の内にしまい込まれたままで終わってしまった恋なのでしょう。

公家か武家か商家の出で、高嶺の花で、絶対に手を出してはいけない女性、手を出したりしたら、バチが当たる女性……といえば、私にちょっと心当たりの女性がいますので、ここで私（七海）の個人的意見として、参考までに話しておきましょう。

芭蕉は十九歳頃から二十三歳頃まで、藤堂家嫡子（次期当主）である、藤堂良忠の近習役（身の回りの世話をする役）をしていました。主君の藤堂良忠は、芭蕉をとてもかわいがっていました。主従の身分を越えて、二人は兄弟のような親交を結んでいました。良忠の趣味が俳諧だった事から、芭蕉も俳諧を始めるようになりました。ところが、芭蕉二十三歳の時、良忠が二十五歳の若さで病没します。良忠には、妻と一人息子の藤堂良長（俳号　探丸）が残されました。良長は後年、藤堂家の家督を継ぐようになります。良忠の死去によって、芭蕉はやむなく藤堂家を去りましたが、その後も、良忠の供養などで何度か藤堂家を訪れました。良長が俳諧好きだった事もあって、芭蕉と藤堂家との交流は、その後も途切れなかったようです。この良忠の寡婦であり良長の母である女性が、芭蕉にとっての天の川ではなかったのでは……と、私は睨んでいるのですが、さあ、真相はどうでしょうか……。

最後に言わせて下さい。

「奥の細道」の旅は、実は、芭蕉の傷心旅行、失恋旅行といった側面が隠されていたのではないか、との疑いが私にはあります。伊勢物語九段の「あづま下り」の在原業平の旅は、まぎれもなく傷心旅行でした。伊勢物語六段の、鬼が登場する、「芥川」の段で、在原業平は熱愛する二条の后（藤原高子）を失いました。九段の「あづま下り」は、実は、業平の傷心旅行、失恋旅行でした。原文には、「もとより友とする人ひとりふたりして行きけり。道知れる人もなくて、まどひ行きけり」――とありますが、この「まどひ行きけり」は、漢字で書けば、惑い行きけり、です。辞書では、「惑う」とは、目的を失って途方に暮れる、とか、心が乱れに乱れる、と載っています。つまりここでは、失恋した業平が、現実に行先に迷っている、と言っているだけではなく、もっと深刻な段階である、業平の心が、行先に迷っているのだ、心がさ迷っているのだ、とも言っているのです。そして、二条の后を忘れようとして、旅に出たものの、やはりどうしても忘れられずに、かきつばたや都鳥をきっかけにして、未練たっぷり、未練たらたらの和歌を詠んでしまった、という訳です。芭蕉も全くこれと同じです。「天の河」のように高貴で理想的な女性を忘れようとして……その想いをなんとか断ち切ろうとして、北国や日本海側への漂泊の旅に出たものの、やはりどうしてもその人を忘れられずに、

「荒海や　佐渡に横たふ　天の河」

と、未練たっぷり、未練たらたらの句を詠んでしまったのです。「佐渡に横たふ天の河」という、とても他人に話せない、恥ずかしい想像……と言うよりも、恥ずかしい妄想を抱きながら。

＊＊＊

七海の話は、休憩を挟んだおかげで長くなったが、これでどうやら終わったようだ。

いよいよ今夜の最後を締めくくるのが、翔太の話だ。彼の話には破天荒になりそうな予感があったので、誰もが期待していた。翔太は皆の前へ、悪びれた様子も無く進み出た。翔太はまず、簡単に自己紹介をした。名前を名乗ってから、自分は佐渡島の対岸の直江津（上越市）に住んでいて、仕事は会社員、とだけ告げた。夜

が更に深まっている。翔太は話を急がなければまずいとでも思ったのか、性急に先程の自分の話の続きを立ち上げた。

——いかにも怪しげな、挙動不審の、あの芭蕉が、実際に見えている「荒海」を、そのまま素直に詠んでいた筈が無いではないか。又、実際に見えている「佐渡」を、そのまま素直に詠んでいた筈が無いではないか。そして、夜空に輝く実際の「天の河」も、そのまま素直に詠んでいた筈が無いではないか。「荒海や——」の句の中の、「荒海」にも、「佐渡」にも、「天の河」にも、何か特別な意味が隠されていた筈だ——

と、翔太の話はいきなり核心部分に入っていた。翔太は、先程と同じ話の繰り返しになるかもしれないが、そこのところは大目に見て欲しい、と前置きしてから、意気込んだ様子で話し始めた。

第六話　隠密芭蕉の逃げ口上

ダイバー　翔太の話

この僕は、何時だって御金荷の事を考えています。その所為かもしれませんが、僕は、芭蕉の「荒海や——」の句の中の、「天の河」と、荒海に沈んだままの御金荷とには、強く結び付く何かがあるのではないか、と睨んでいます。もっとはっきり言えば、芭蕉が詠んだ「天の河」は、もしかすると、佐渡の御金荷の事を指しているのではないか、と自分に都合良く考えています。なぜなら、天の河は銀河とも言い換えられますよね。そして、銀と金は財宝としては似たような価値がありますよね。ついでながら、ここで思い切って言わせてもらえば、「荒海や——」の句の十七文字には、御金荷の在り処《あ　か》の鍵となりそうなものが隠されているのではないか——と僕は狙いを付けております。笑わないで下さい。決して妄想なんかで言っているのではありません。立派な根拠があります。

僕は直江津に住んでいますが、長年住んでいながら、佐渡島をいっぺんも見た事がありません。いいえ、出雲崎からでも、柏崎からでも、僕はいっぺんも見た事がありません。佐渡島は、本土からは遠過ぎて見えないのです。ただ、逆の佐渡島からでしたら、天気が良ければ、おぼろげながらですが本土が見えます。もっとも、見えると言っても、越後山脈の高い山々ですがね。だから、芭蕉が出雲崎で詠んだという、「荒海や——」の句は、現実には詠めない筈の句なのです。現実にはあり得ない句なのです。芭蕉は間違い無く嘘をついております。では、なぜ芭蕉は、こんな嘘っぱちの句を詠んでいたのか？　さあ、ここが問題です。芭蕉が嘘をついたのには、何か特別な理由があった筈です。

俳諧師芭蕉には別の顔があったと言われています。公儀（幕府）隠密という顔です。ちょっと考えてみて下さい。彼は伊賀上野で生まれ育った男です。伊賀と言えば、やっぱり伊賀忍者でしょう。芭蕉が忍者と関わりがあったとしても、いや、本物の忍者だったとしても、そう不思議な話では無いでしょう。

ですから、芭蕉の旅にはどうしても、挙動不審や、うさん臭さが付きまとっています。問題になっている「奥の細道」の旅にしても、やはりそれらが感じ取れます。「奥の細道」の旅は、知らない人間には、一見のどかで気楽そうな俳諧行脚に見えます。しかし、それは表向きです。旅をしていた芭蕉には、もう一つ別の任務、それも、かなり危険を伴う重要な任務があったのです。

その任務とは、東北の伊達藩（仙台藩）の内情を探る事でした。だから、例えば、石巻へ行った時の芭蕉は、俳諧などそっちのけにして、殺風景なこの港町のあちこちを入念に偵察して回っていた様子です。石巻港は、東北の米の積み出し港として栄えていた港でした。もし伊達藩がこの石巻港を使えないようにすれば、江戸はたちまち食糧危機に陥って、幕府にとっては大打撃となるのは必至でした。当時の伊達藩は、日光東照宮の膨大な改修費の負担を巡って、幕府とは険悪な関係にありました。伊達藩が、負担増に我慢出来なくなって、幕府と一戦交えるかもしれない、との噂が立っていました。その発端として、伊達藩が石巻港封鎖の暴挙に出るのではないか、との噂もありました。当時の伊達藩は、外様藩の中では最も家臣の数が多い、六十二万石の大藩でした。決してあなどれません。そこで側用人の柳沢吉保を筆頭とする幕府の上層部は、隠密を放って、伊達藩にそんな不穏な動きがないかどうかを逐一探らせていたのでした。芭蕉はその隠密の一人だったのです。芭蕉は石巻以外でも、例えば、伊達藩の重要な金山がある小黒崎へこっそり行っています。又、伊達家の菩提寺である瑞巌寺を、そ知らぬ振りで参拝しています。伊達家の寄進帳でも覗き見したのですかねえ？又、伊達藩の上級藩士数名との対面も首尾良く果たしております。俳諧師であれば、相手はついつい、警戒を緩めたでしょう。作戦としては、これは上出来です。芭蕉という男は、俳諧を隠れ蓑にした、優れた隠密俳諧師でもあった訳です。隠密芭蕉——これが芭蕉の正体です。ちなみに、「奥の細道」という本は、芭蕉が生きている間は日の目を見なかったそうですね。当たり前でしょう。芭蕉はともかく、随行した曾良の方は正真正銘、幕府の隠密だったのです。その二人の言動を表沙汰にするなんて、あり得ない事だったのです。

「奥の細道」の旅には、この伊達藩の内情を探る任務以外にも、実はもう一つ、任務があったと言われています。ある幕府直轄地の内情を探る、という任務です。標的は佐渡奉行所です。佐渡金山（佐渡相川金山）の御目付け役である佐渡奉行所です。芭蕉は幕府の上層部から、佐渡奉行所の内情を密かに探るように、との指令を受けていたのでした。

江戸時代初期の家康（初代）・秀忠（二代）・家光（三代）の時代、幕府の財政は、佐渡金山に支えられていた、とも言われていました。例えば、慶長十八年（一六一三年）から元和八年（一六二二年）にかけての十年間に、幕府の直轄地の全部から集められた年貢米は、年平均二百数十万石でした。これは金に換算して二十数万両でした。一方、同じ時期の佐渡での金銀産出量は、年平均で八万数千両にも達しました。つまりこれは、全直轄地の年貢米の約三分の一に相当していました。又、この佐渡の産出量は、石見大森銀山や但馬生野銀山など、佐渡を除く、他の直轄地の金山・銀山のすべてから集められた金銀産出量の合計にも匹敵していた量でした。ちなみに、初期の佐渡金山は銀も産出していました。このように、佐渡金山は江戸幕府に莫大な富をもたらしていました。

ところが、こうして幕府の財政を支え続けていた佐渡金山の金銀産出量が、家綱（四代）・綱吉（五代）の時代になると、急激に減少に転じました。特に綱吉の時代には、とうとう最盛期の半分以下にまで落ち込んでしまいました。なぜなのか？　なぜ佐渡の金銀産出量が急激に減ってしまったのか？　幕府の上層部はまず、佐渡奉行を筆頭とする佐渡奉行所の運営手腕を疑いました。疑いはそれにとどまりませんでした。金の隠匿や不正取引など、幕府を裏切る違法行為に佐渡奉行所も加担しているのではないのか、と幕府は疑念を抱いていました。そこで幕府は、芭蕉にも佐渡奉行所の内偵調査を命じたのです。

しかし、芭蕉はさすがです。一枚上手です。幕府に踊らされなかったのです。佐渡島での内偵調査は、石巻などの本土の場合とは違っていて、命の危険が桁違いにありました。何かあった時には逃げ場の無い、絶海の孤島だったからでした。しかも当時の佐渡奉行は鈴木重祐という旗本で、悪代官とまでは言えないものの、何を考えているのか分からない、何をするか分からない、凄腕の奉行との評判でした。だから芭蕉は、佐渡島へ渡ったりするのは、あまりに無謀で、あまりに無鉄砲だ、と最初から全く乗り気ではありませんでした。そんな危険な任務は、もっと腕利きのプロの隠密にでも任せておけばいいのだ、と開き直っていました。君子危うきに近寄らず、でした。それに、リスクを冒してわざわざ佐渡島まで行かなくても、御金荷の荷下ろし港である出雲崎ででも、少しは佐渡島の情報収集が出来るのではないか、という目算もありました。

こうして芭蕉は、対岸の出雲崎まで足を運んだだけで、佐渡島へはとうとう行きませんでした。行きはしませんでしたが、芭蕉は、「奥の細道」の中に、あの、「荒海や　佐渡に横たふ　天の河」、の一句を入れたのです。これは何とも解せない句です。先程も指摘しましたが、現実には詠めない筈の句だからです。しかし、何も考えずに、ぼんやりとこの句に向き合っていると、作者である芭蕉が、佐渡島が見渡せる波打ち際か磯辺にでも立って、悠然とこの句を詠んでいる、そんな雰囲気があります。そんな情景が、なんとなく目に浮かびます。ここが注目すべき点です。芭蕉の露骨な作為が感じ取れるからです。即ち、芭蕉はこの句で、こう言おうとしていたのです。

――「それがしは、佐渡島が見える、近くの海岸にまでは行ったので御座います。間違い無く、行くには行ったので御座います。しかしながら、それがしが行けたのはここまでで、荒れる海に妨げられて、目的地の佐渡島へはどうしても渡れなかったので御座います。はなはだ無念で御座います」――

こう芭蕉は言い訳していたのです。誰に対して？　幕府のお偉方に対してです。この句は、幕府のお偉方に対して、自分が佐渡へ行かなかった言い訳をする為に、巧妙に仕組んだ句だったのです。「どうせあの連中は、出雲崎から佐渡島が見えるかどうかまでは知りもしないだろうし、確かめもしないだろう」、と芭蕉がたかをくくって、悪知恵を働かせて、「荒海」という文字を最大限活かして、ぬけぬけと詠んでいた句だったのです。

このように芭蕉は、「荒海や――」の句を逃げ口上に使って、幕府の上層部に嘘をつき通して、佐渡奉行所の内偵調査の責務から逃れていたのでした。

僕が自信を持って話せるのは、ここまでです。

ただ……僕には、この「荒海や——」の句には、まだ腑に落ちない点があります。芭蕉はこの句を逃げ口上に使っていた、とたった今話したばかりですが、これは僕の浅知恵なのかもしれません。芭蕉の方が僕よりも一枚上手で、実は彼は、今、僕が自信を持って話したのとは全く別の……何か別の大切な事を、誰かに伝えるつもりだったのではないのか？……という気がしてなりません。

誰に？　幕府のお偉方に？　それとも別の誰かに？　そして何を伝えたかったのか？　御金荷の在り処か？　それとも……？

落ち着いて考えてみます。

この句から、「佐渡に横たふ　天の河」、を抜き出してみます。そして、「横たふ」の文字を拡大解釈してみます。すると、「天の河」を、富の根源である金脈、つまり佐渡島の地中に埋まっている金の大鉱脈に置き換えられなくもありません。こうして拡大解釈して置き換えてみて、再び読み返せば、

——「佐渡島には今も豊富な金脈が御座います。この島の資源は全然枯渇しておりません。金の産出量を増やせる余地は充分に御座います」——

とも読めます。更に、

——「近年、金の産出量が落ち込んでおりますのは、佐渡奉行所の怠慢か、或いは手抜かりではありますまいか」——

と裏を読めなくもありません。

即ち芭蕉は、この句を使って、佐渡奉行所の内偵調査の結果報告を、それなりに果たしていたのかもしれないのです。

しかし……これを答えにしてしまえば……では、この句の冒頭に置かれている、「荒海や」の言葉にはどんな意図があったのだろうか、という疑問が残ります。芭蕉が、困難や障害の象徴として、インパクトがある荒海という言葉を使ったのではないか、とは一応考えられます。そうであれば、例えば、

――「佐渡島にはまだまだ豊富な金脈が御座います。しかしながら、長年の大規模な採掘などによりまして、坑内設備は老朽化して、切羽も年々遠くなって御座います。近年、産出量が落ち込んでおりますのは、こういった事が原因になっているのかもしれません」――

と、もしかすると芭蕉は、この佐渡金山に立ちはだかる、今後にも影響しかねない大きな問題を、幕府の上層部に伝えようとしていた可能性があります。

確かに、この指摘は的を射ています。

芭蕉が越後を訪れた元禄二年（一六八九年）当時の佐渡金山は、家康の号令の下で採掘を開始してから、約八十年の年月が経過していました。その八十年間で、地下の坑道は四方八方に、複雑に曲がりくねりながら、ぐんぐん延びていました。切羽（金鉱石を掘り取る現場）は坑口からどんどん遠ざかっていました。これによって、切羽と坑口との距離、つまり金鉱石を地上へ運び出す距離は、益々長くなっていました。当然、採掘の作業効率は年を追う毎に下がっていました。これが、家綱・綱吉の時代、佐渡金山の金の産出量が大きく落ち込んでしまった原因の一つだったのです。

ただ僕には、芭蕉がここまで当時の現場の状況を詳しく知っていたとは、どうしても思えません。本当に芭蕉が知っていたのだとすれば、彼は情報収集にかけての天才でしょう。

しかし、それでも……僕にはまだ引っ掛かる点があります。なぜ芭蕉は「荒海」の文字を使っていたのか、です。

困難や障害の象徴として、芭蕉が「荒」という文字を使ったらしいのまでは分かります。ですが、より臨場感を出そうと狙うのであれば、もっと適確な文字が選べた筈です。例えば、もっとリアルに、「荒波」とか「荒磯」といった文字を使って、

「荒波や　佐渡に横たふ　天の河」

或いは、

「荒磯や　佐渡に横たふ　天の河」

と、詠んだ方が、視覚的には臨場感を出せます。佐渡島が見渡せる波打ち際か磯辺で、この句を詠んでいるのだ、というライブ感を、より効果的に演出出来ます。しかし芭蕉は、なぜかここで抽象的な意味合いが強い、「海」を選んで、荒海と表現しました。この「海」という文字を選んだ彼の意図は、いったいどこにあったのでしょうか？

そこで、この「海」を選んだ彼には、もしかするとこんな意図があったのかもしれない、と僕は思い切って、ここで深読みを仕掛けてみます。芭蕉は何でも知っていた、情報収集にかけては天才的だった、と見立てての深読みですがね。

まず、背景となる佐渡金山の歴史を、もう一度振り返ってみましょう。

佐渡金山は、元禄二年（一六八九年）の時点で、採掘を始めてから約八十年の年月を経ていました。その八十年間で、地下の坑道は、金の鉱脈を追い求めて、ぐんぐん延びていきました。と同時に、切羽（金鉱石を掘

り取る現場）も、坑口からどんどん遠ざかっていました。そして地下の坑道は、現場の大多数の人間が気付かない内に、佐渡島の海岸線を越えてしまって、日本海の海底の下にまで延びていました。頭を冷やして考えれば、これは極めて危険な状況です。坑道や切羽の真上は、海底になっています。これら坑道や切羽の天井が突然崩落して、大量の海水が流入して、坑道や切羽が水没する、という大災害が、何時発生してもおかしくありません。そして、現実にこういった大災害は頻発していたのです。それが家綱・綱吉の時代、佐渡金山の金の産出量を落ち込ませていた、もう一つの大きな原因だったのです。

佐渡奉行所は、この頻発する大災害と、これが佐渡金山に与えているダメージを、ひた隠しにしていました。それで、幕府の上層部はこの佐渡金山の危機的状況を知りませんでした。ところがどっこい、情報収集の天才、芭蕉は、これに気付いていたのです。どんな手段で情報を入手したのかは不明ですが、それにしても、佐渡金山が海の脅威に晒されているとまで知っていたとは、まさに驚くべき男です。しかも彼は、こういった佐渡金山の窮状を、佐渡奉行所が隠そうとしていた理由までもお見通しだったのです。その理由は、もしこの事が公《おおやけ》になれば、佐渡金山の存続自体が危ぶまれる大問題だったからです。

しかし、知っていても芭蕉は動こうとはしませんでした。佐渡奉行所がどんなに隠ぺいしたとしても、いずれこの問題は公になるだろう、と彼は予想していました。放って置いても早晩、佐渡金山は閉山の途を辿る、そして、そうなっても仕方が無い、これが海岸近くに位置する鉱山が抱える宿命なのだから、と彼は冷静に見据えていました。

ただ、その引導を渡す役目を自分は負いたくない、と彼は考えていました。だからこの件では自分は動くまい、最後までだんまりを決め込もう、と考えていました。その一方で、この件を幕府の上層部に、遠回しにでも伝えて置いた方が良いのかもしれない、との思いも、彼の頭の片隅にありました。

芭蕉は迷っていました。迷いながら、自分は本来俳諧師なのだから、俳諧師らしく、この思いを句にしたためてみようか、と、ふとひらめきました。そして、その句で自分の本意を汲み取ってくれる人がいるとすれば、そこに望みを託してみるのも案外良策かもしれない、と思い立ちました。こうして詠んだ句が、佐渡金山の脅威となっている、海の文字を入れて詠んだ、あの、「荒海や　佐渡に横たふ　天の河」、でした。

確かに、海は佐渡金山が抱えていた泣き所でした。アキレス腱でした。石見銀山や生野銀山など、有名な金山銀山は、どこも海から遠く離れた、奥深い山間地に位置していました。佐渡金山みたいに、海に近い場所で採掘していた金山銀山は、当時ほとんど例がありませんでした。あったとしても、短い年月の採掘、つまり短命というのが相場でした。かつて伊豆半島にあった土肥金山がその適例でした。海は脅威だけに留まらず、現実に、海に近い鉱山を壊滅へと導く魔物だったのでした。

芭蕉は、誰も助けに来てくれない、絶海の孤島にある、佐渡金山と佐渡奉行所を、心底怖れていました。それでいて敬意も払っていました。評価もしていました。

魔物の海に取り囲まれていながら、佐渡金山は、八十年の長きにわたって、よくもまあ持ち堪《こた》えているではないか、鉱山としては見上げたものだ、佐渡奉行所も、孤軍奮闘で、それなりに頑張っているではないか——と、このように芭蕉は、案外前向きな評価をしていました。そして、自分のような評価を、幕府方も下してやれば、早晩滅び去る運命にある、佐渡金山も、佐渡奉行所も、少しは報われるかもしれないのに、と彼は複雑な気持でおりました。その複雑な気持を抱えたまま、彼は荒波が打ち寄せる出雲崎を何も言わずに立ち去ったのでした。

「荒海や―」の句を、かなり深読みしてしまいました。これで僕の話を終わりとします。

＊＊＊

翔太は席を外そうとした。その立ち上がりかけた中腰の姿勢のままで、詩織と七海に向かって、芭蕉や芭蕉の句に厳しい評価を下した点を改めて詫びた。詩織と七海は、「俳聖芭蕉をよくもボロボロに貶《けな》してくれたわね！」と、わざとしかめ面をしてみせてから、その後、二人で声を上げて笑い崩れた。翔太は面食らった顔をしたが、直ぐに頭を掻きながら照れ笑いをした。

座が和んだところを見計らって、宿のマスターが、「夜もこんなに更けましたので、この辺でおひらきにしましょうか」、と皆に持ち掛けた。その時突然、宿のおかみさんが、トレーを両手で握ったままで、「私も話したい事があるので、ちょっとだけ時間を貰えないかしら？」、と気恥ずかしそうに言った。大人しそうな宿のおかみさんが、何か話したい、と言い出すのは意外だったので、皆、一様に驚いた。それでも皆、彼女の要望を快く聞き入れて、座り直した。

＊＊＊

「実は、私も結婚してこの佐渡島に来るまでは、今話されていたベテランダイバーさんと同じ町の、直江津に住んでいました」、と宿のおかみさんは、トレーを置いて、エプロンを外しながら言った。

「私が多感だった高校生の頃に、芭蕉さんの『荒海や――』の句の意味を教えて貰った事があります。教えてくれたのは、直江津の歴史文化遺産の観光ガイドをされていた、ボランティアの方々でした。その話の内容は、今でもよく覚えています」、と彼女は言った。「場所は確か……直江津の文化ホールの会議室でした。郷土史の学習会か何かだったようです」

そして彼女は皆を見回しながら、「そのボランティアの方々が教えてくれたお話を、今から私はそのまま話すつもりです。そのボランティアの方々のお話は、芭蕉さんの『荒海や――』の句碑を建立する方がいいのか、建立しない方がいいのか、の判断材料にはならないでしょうけど、長い話ではありませんので、まあ、参考までに聞いて下さい」、と言って、コホンと軽く咳払いをした。

「芭蕉さんの『荒海や――』の句には、実は、地元の雁子浜の人魚伝説が深く関わっているのですよ――と、このように私はボランティアの方々から教わったのです」、と彼女は話し始めた。

第七話　人魚の悲恋

宿のおかみさんの話

直江津は、大昔の平安時代から、海路においても陸路においても、重要な交通の要衝として栄えていました。そんな町でしたから、歴史文化遺産が沢山あります。民間伝承も沢山あります。

直江津の有名な民間伝承が、雁子浜の人魚伝説です。雁子浜は直江津の北東に位置している、白砂青松の海岸です。海水浴場として人気がありますが、人魚塚や人魚の像などもあって、ちょっとした観光スポットにもなっています。私の話は、その

雁子浜の人魚伝説から、まず始めましょうね。

皆さんは和ロウソクをご存知でしょうか？　和ロウソクは、かつては越後の特産品でした。特に江戸時代、直江津ではこの和ロウソクの生産がとても盛んでした。佐渡島からの注文が大量にあったからでした。江戸時代、佐渡金山ではロウソクが必需品でした。真っ暗な坑道内では、大勢の坑夫さん達が金鉱石を掘り出す為に、大量のロウソクを必要としていました。佐渡島には和ロウソクの原料となるハゼノキが少なかったので、佐渡金山は、対岸の直江津から大量のロウソクを買い付けていたのでした。

これは江戸初期、寛永年間（一六二四年〜一六四五年）の頃のお話です。佐渡の小木湊のロウソク問屋に一人の娘がいました。今町湊（直江津）のロウソク問屋にも一人の跡取り息子がいました。二人の男女はロウソクの取引に携わっているうちに顔見知りとなり、やがて恋仲となりました。そのうち二人は、仕事以外の場所でも密会を重ねるようになりました。密会場所は、決まっていて、雁子浜の高台にある住吉明神でした。密会を約束した夜に、娘はこっそり小舟を出して、はるばる海を渡って、住吉明神に辿り着いていたのでした。この小舟が行きに頼りにしていたのが、明神様の常夜灯の明かりでした。そして帰りには、夜明けの薄明を頼りにしていました。

船見公園の人魚像

このようにして逢瀬を重ねていた二人でしたが、しかし、その仲は、やがて男側の両親に知れてしまいます。青年には既に両親が決めた許嫁がいました。彼は両親から、佐渡の娘とはきっぱり別れるように、と叱責されました。彼は最初反抗していましたが、両親の度重なる叱責に遂に折れて、佐渡の娘を諦める決心をしました。密会を約束したある夜、青年は、自分のこの決心がぐらつかないようにと、わざと、明神様の常夜灯の明かりを、自分の手で全部消してしまいました。小舟を出した娘の方は、相手のこんな心変わりを全く知りません。娘の乗っていた小舟は、いつもの明神様の常夜灯が見えないので、行先を見失ってしまいました。そして、とうとう小舟は遭難してしまいました。二人が逢えなかった夜の翌朝、雁子浜の浜辺には、あの佐渡の娘が変わり果てた姿で打ち上げられていました。青年は深く後悔しました。そして数日後、佐渡の娘の後を追うように、彼も海に身を投げてしまいました。

雁子浜の村人達は、この若い二人を不憫に思って、住吉明神の傍らに比翼塚を作りました。比翼塚とは、愛し合って死んだ男女を一緒に葬った塚の事です。

この比翼塚は、その後、人魚塚と呼ばれるようになりました。江戸時代中期に、一般大衆の間で一大妖怪ブームが巻き起こりました。享保から天明にかけてが、その全盛期で、この頃、一つ目小僧・傘化け・ろくろ首など、おびただしい数の妖怪が誕生しました。そういった妖怪の多くは、たいてい庶民の怨念や哀惜が生み出したものでした。例えば、産女《うぶめ》

鵜の浜海岸の人魚像

とは、身籠《みご》もったまま亡くなった女が姿を変えた妖怪でした。山姥とは、山に捨てられた老婆が姿を変えた妖怪でした。そして人魚とは、溺死した女が姿を変えた妖怪でした。そんな妖怪ブームが呼び水となって、雁子浜の比翼塚は、江戸中期以降は、人魚塚へと呼び名が変わった、と伝えられています。

後年、この雁子浜の人魚塚と和ロウソクとが結び付いて、日本児童文学史に残る名作が生まれました。大正十年（一九二一年）に発表された童話、「赤い蝋燭と人魚」です。作者は、日本児童文学の父、小川未明です。彼は社会的弱者に寄り添った童話を多く遺しましたので、日本のアンデルセンとも呼ばれています。直江津の隣の高田が、彼の出身地です。彼は雁子浜の人魚伝説に関心を寄せていました。この雁子浜の人魚伝説と、昔、直江津の海沿いで暗躍していた人さらい（拉致）から着想を得て、小川未明は「赤い蝋燭と人魚」を完成させたそうです。

直江津の海沿いで暗躍していた人さらい、と言えば、彼等を登場させた文学作品が、他にもあります。森鷗外が大正四年（一九一五年）に発表した、「山椒大夫」です。人さらいは、主人公の安寿と厨子王を拉致する悪役として登場しています。現在、直江津の船見公園近くには、「安寿と厨子王の供養塔」があります。

では、話を江戸時代の元禄年間（一六八八年～一七〇四年）に戻しましょう。

安寿と厨子王の供養塔（船見公園近く）

「奥の細道」の旅をしていた松尾芭蕉さんは、元禄二年（一六八九年）七月六日の朝、鉢崎の宿を発って、直江津へと向かっていました。その途中の雁子浜で、芭蕉さんと曾良さんはあの比翼塚を見付けたのでした。元禄期、人魚塚はまだ比翼塚と呼ばれていました。芭蕉さんは、このようないわくありげなものに対しては、人一倍好奇心をそそられる性分だったみたいで、たまたま通り掛かった地元の人に、この比翼塚の由来を尋ねたそうです。その人は芭蕉さんに、数十年前に起きた、あの佐渡の娘と直江津の青年の悲恋の顛末《てんまつ》を教えました。芭蕉さんは、その添い遂げられなかった若い二人の悲恋にいたく同情した様子でした。芭蕉さんは、比翼塚と、目の前に広がる日本海と、その遥か彼方に薄青く浮かんでいる佐渡島を、いつまでもいつまでも見詰めていたそうです。そして、同行の曾良さんに促されても、なかなか比翼塚の前から立ち去ろうとはしなかったそうです。

この雁子浜の比翼塚と、織女星と牽牛星の七夕伝説とから着想を得た芭蕉さんは、翌日、七月七日に催された、直江津での七夕の句会の席で、あの句を披露したのでした。

「荒海や　佐渡に横たふ　天の河」

芭蕉さんは、佐渡の娘を七夕伝説の織女星に見立てました。直江津の青年を牽牛星に見立てました。佐渡島と直江津の間に横たわる海、これは又同時に、若い二人の逢瀬を困難にさせていた、恋を妨げていた海で

上越市本町の人魚像

もありますけど、この海を、七夕伝説の天の河に見立てました。芭蕉さんが、海をただの穏やかな海では無く、荒海と表現していたのは、きっと、恋の妨害の大きさを強調したかったからでしょう。その恋の妨害とは、恐らく、自由恋愛を許そうとしない根強い風習、特に、家長が家族を絶対服従させている家父長制を、芭蕉さんは念頭に置いていたのではないか、と思います。

このように、「荒海や――」の句は、どうしても添い遂げられなかった佐渡の娘と直江津の青年の霊を、芭蕉さんが慰めようとして詠んだ句、レクイエム（鎮魂歌）だったのでした――と私はこのように、直江津の歴史文化遺産の観光ガイドをされていたボランティアの方々から教わったのです。

私の話は以上です。聴いて下さってありがとうございました。

下

令和三年（二〇二一年）七月上旬のある日、旅行好きの美咲は、かねてからの念願だった、新潟県の佐渡島を訪れた。彼女は佐渡金山遺跡等を観光して回って、その夜は佐渡島の小木港の海岸近くにある古民家風の宿に泊まった。その宿は、偶然にも、ちょうど二年前に、大学生の麻衣と千夏と優花の三人が宿泊した宿だった。又、ちょうど一年前には、国語教師の詩織と七海が宿泊した宿でもあった。一人旅をしていた美咲は、この古民家風の宿の経営者夫婦から温かく迎え入れられた。

美咲は夕食を済ますと、外出はしないで、ここの共同スペースで休息していた。共同スペースは十二畳程の静かな和室だった。ここで彼女は、窓越しに港の夜景を眺めたり、観光パンフレットを開いたり、オンラインで知人と会話をしながら、一人でくつろいだ時間を過ごしていた。

宿にはこの夜、宿泊客は他に誰もいなかった。新型コロナウイルスによる旅行自粛の影響で、客足が途絶えた状態が一年半近くも続いていた。しかも、この令和三年七月上旬頃は、オリンピック開催さえも危ぶまれていて、四度目の緊急事態宣言が全国規模で発令されそうな時期でもあった。佐渡島の南端近くにあるこの宿も、まだ暫くは、宿泊客の激減に堪えなければいけないようだった。そんな折、美咲のような宿泊客は、この宿にとっては有難かった。

美咲はくつろいでいるうちに、宿のオーナーやおかみさんとも親しくなって、他愛ない雑談なども交わすようになった。そろそろ自分の部屋に戻ろうかしら、と彼女がノートパソコンを小脇に抱えて立ち上がり掛けた時、突然彼女は、この宿のオーナーから全く予期しなかった質問を投げ掛けられた。それは、芭蕉の名句の、

「荒海や　佐渡に横たふ　天の河」

には、いったいどんな意味が込められているのだろうか、芭蕉はどんな状況でこの句を詠んだのだろうか、どんな気持でこの句を詠んだのだろうか——といった質問だった。これは、美咲にとっては突拍子も無い質問

だったが、宿のオーナーにとっては、以前から気になっていた、どうしても解決して置きたい問題だった。

宿のオーナーは、この正解と呼べそうなものを、二年前には三人の宿泊客（麻衣・千夏・優花）から教えて貰っていたし、又、一年前にも、三人の宿泊客（詩織・七海・翔太）から教えて貰ってはいた。ところが、果たしてどれが正解なのだろうかと、後日、突き詰めて考えていると、彼はどうしても頭が痛くなるのだった。あの六人の宿泊客の面々の話は、どれも正解のような気もしていたし、その一方で、どれも間違えているような気もしていた。正解は別にあるような気もしていた。そこで彼は、この頭が痛くなる問題に決着を付けてくれて、これこそが正解だ、これこそが真相だ、と呼べそうなものを、いつか誰かが授けてくれないものだろうか、という期待を募らせていた。そんな折、美咲が久し振りの、何か知っていそうな宿泊客として現れたのだ。

美咲は、質問に答える前に、「なぜ私に、そんな話題を持ち出すのですか？」、と宿のオーナーに尋ねた。美咲にしてみれば、宿のオーナーがどうして芭蕉の「荒海や――」の句の意味などを知りたがるのかが奇妙だったからだ。チャンス到来だと期待を募らせていた宿のオーナーは、「貴女には知っていそうなオーラがあるからです」、とまず美咲をおだてて置いてから、これまでの経緯を掻い摘んで話した。

自分が佐渡島観光協会の役員をしている事。その佐渡島観光協会では、三年程前から、芭蕉が詠んだ「荒海や――」の句碑を、観光用として島内のどこかに建てよう、いや、建てるのには反対だ、と役員間で論争になっていて、未だにこの問題で決着が付いていない事。

ちょうど二年前の七夕の頃と、一年前の七夕の頃に、芭蕉に詳しそうな幾つかのグループが、たまたまこの宿に泊まってくれた事。

これはラッキーな巡り合わせだ、句碑を建てる是非の参考になる話が聞けるかも、と自分は考えたので、思い切ってその人達に、「荒海や――」の句の意味を問うてみた事。

幸い、皆、快諾してくれて、その人が知っている限りを、出し惜しみもせずに話してくれた事。期待していた通り、その人達は相当詳しくて、どの人の話も納得出来る話ばかりで、自分はすっかり感心して聴き入っていた事。

こうして六人から、芭蕉の人物像と、「荒海や――」の句の意味を、懇切丁寧に教えて貰った事。

ところが、その六人が教えてくれた事は、芭蕉の人物像にしても、「荒海や――」の句の意味にしても、三人三様どころか、六人六様各々違っていたから、自分の頭の中がこんがらがって、その挙句、ますます分からなくなってしまった事。

そして、芭蕉の人物像も、「荒海や――」の句の意味も、結局、どれを採用すれば良いのか未だによく分からないままで今日に至っている事。

横合いから宿のおかみさんが、「私が話した事も忘れないでね」、と宿のオーナーに釘を刺した。宿のオーナーは、「そうそう、まだありました」、と宿のおかみさんの話も慌てて追加した。

美咲は、納得した様子で居住まいを正した。次に彼女は、「その七人がいったいどんな話をしたのか、そこのところをもっと具体的に詳しく話してくれませんか」、と頼んだ。宿のオーナーは、七人が話したそれぞれの内容を、覚えている限り、詳しく話した。

宿のオーナーが話し終えると、美咲は、「その七人の方々が話された事は、芭蕉の人物像にしても、『荒海や――』の句の意味にしても、完全に読み誤っていますね。残念ですけど」、と言い切った。

＊　＊　＊

「ど、どれも間違っていますか？」

と宿のオーナーとおかみさんは、二人共顔色を変えた。

「そうです。どれも間違っています。そもそも芭蕉という人物は、その人達が話されたような人物とは、似ても似つかぬ人物なのですよ。一言で言えば、そうですね……彼は運任せの人生を送っていました。それでも彼の人生は、挫折がほとんど無くて、順風満帆で、良い事尽くめの恵まれた人生でした。挫折してばかりの私から見れば、そんな幸運続きの彼の人生は羨ましい限りです」

と美咲は、やや自嘲気味に言った。

「そんな……運任せだった芭蕉とか、幸運続きだった芭蕉とか言われましても……これは困ったなあ……」

と、宿のオーナーは動揺した顔を見せた。

「七人の人達の誰かが言われたように、高みか何かを目指して、日夜自分を磨いていた、そんな芭蕉を想像していましたか？」

と、美咲は微笑しながら尋ねたが、宿のオーナーは、腕組みをしたままで黙っていた。

「それとも、苦境を乗り越えようと奮闘努力していた、凄腕の興行師の芭蕉を想像していましたか？」

宿のオーナーは、それでも黙ったままで、首を垂れた。

「それとも、正義感の強い、理不尽さに果敢に立ち向かう、戦場カメラマンの芭蕉を想像していましたか？」

宿のオーナーは顔を上げた。困惑した表情のままだ。

「意地悪言ってごめんなさい。困らせるつもりでは無かったんですけど……」

と美咲は、含み笑いをしながら言った。「これから私が、根拠に基づいて、きちんとお話しします」

と美咲は、自分のノートパソコンを手元に引き寄せた。

「昔の古い資料の中には、不確かで、事実とは異なっていて、あてにならない資料も混じっています。誤った情報に基づいた資料も混じっています。これは大きな問題ですけど、仕方がありません。過去の資料と合致する、過去の時代にまで遡《さかのぼ》って、その資料の真偽を一つ一つ確かめるのは、現在を生きている私達には不可能な作業です。従って私達には、そうした真偽が混在しているのを承知した上で、それでもやはり、過去の資料をあてにする以外に、この大きな問題の解決策は無いのです。そこで、どうしても歴史の真実に迫りたいのであれば、過去の資料の中から、どれよりも信用出来そうで、何よりも確かな、歴史的価値のある資料を選び出して、そこに着目するのが、最も良い方法だと考えられます。その点では、三百年以上も昔に生きた芭蕉の資料に関しても、同じ事が言えます。数多く残されている芭蕉の資料の中から、最も信用出来そうで、最も確かな資料を選び出して、そこにしっかり着目してみるのが、芭蕉の実像に迫るのに一番良い方法では無いでしょうか」

と美咲は、諭すような口調で言ってから、再び自分のノートパソコンを開いた。彼女はそれを両手で操作したり、その表示画面に見入ったりしていたが、暫くして、落ち着いた声で続けた。

「それでは、芭蕉の実像に迫る第一歩として、そうですね……まず、彼の肖像画に注目してみましょうか。彼の肖像画は数多く現存していますが、その中で、彼の実像に最も近い肖像画は、杉山杉風や森川許六が描いたもの、と言われています。杉風や許六は、蕉門十哲にも挙げられている芭蕉の直弟子です。彼等は師匠の顔を直接間近で何度も見ていましたし、又、二人共、真面目な性格で、描画も上手でしたから、これはかなり信用出来そうです。その二人が描いた何枚かの芭蕉の肖像画の顔の部分を拝見してみますと、それらに共通している彼の顔の特徴は、どれもが、しもぶくれで、目が小さくて、おっとりした感じの、親近感を抱かせる顔です。どうやらこの、癒《い》やし系の顔が、彼の実像にかなり近かったのではないか、と考えられます」

と美咲は、芭蕉の肖像画を映し出したノートパソコンを、宿のオーナーの方に向けた。

「次に、芭蕉の筆跡に注目してみましょうか。今から二十五年前の平成八年（一九九六年）に、『奥の細道』の、芭蕉の自筆本が発見されました。これは当時の大ニュースでした。この時、彼の筆跡鑑定が、コンピュータを駆使して大掛かりに行われましたが、この鑑定の結果、彼の性格がおおよそ分かりました。彼の性格は、温和で協調性に富んでいて、支配欲・出世欲・権力欲は極めて少ない、と出ました」

と美咲は、今度はノートパソコンの画面に、芭蕉のにょろにょろした筆跡を映し出してみせた。

「次に、芭蕉の人物を評した文書も数多く残されていますので、その中から一つ……そうですね……これに注目してみましょうか。『奥の細道』の旅を終えた直後の、元禄二年（一六八九年）九月四日に、彼は大垣藩の家老、戸田如水の屋敷に招かれましたが、この初対面での芭蕉の印象を、如水が日記に、『心底難斗《はかりがた》けれども、浮世を安くみなし、不諂不奢《へつらわずおごらざる》有様也（心の底では何を考えているのかよく分からないが、この浮世をつまらないものとみなしていて、身分が高い人に会ってもへつらったりしないし、又、自らも驕りたかぶったりしない人のようにみえる）』、と書き残していました。この大垣藩の家老には、芭蕉が高姿勢でも無ければ、低姿勢でも無い、封建時代にしては極めて珍しい人物に見えたようですね」

と美咲は含み笑いをしながら、ノートパソコンを閉じた。彼女は改まった口調で更に続けた。

「今、紹介したような特別な資料に頼らなくても、芭蕉がどんな人物だったのかを知る上での、とても重要な手掛かりが、実は、私達の身近にあります。『芭蕉』という、ちょっと変わった俳号です。ここに注目してみましょうか。昔も今も、俳人にとって俳号は大切なものです。俳号には必ず、その俳人の特別な想いが込められています。例えば、蕉門十哲の俳号には、『嵐雪』、『去来』、『支考』、『正秀』、といった、勇ましいものから哲学的なものまで様々あります。でも、芭蕉の俳号は、『芭蕉』です。彼が深川の草庵に移り住んで暫くして、弟子の一人が、たまたま庭に芭蕉の苗を植えました。それが数年で庭に生い茂りました。この草庵はいつしか、芭蕉庵と呼ばれるようになりました。芭蕉という植物は、草丈三メートル以上にもなる多年草です。葉は大きいばかりで、破れ易く、茎（偽茎）は折れ易く、利用出来る部位はほとんど無く、全く人間の役に立たない代物です。その植物名は、見掛け倒しで、頼りない、無用の長物の比喩としても度々使われます。彼は、この植物が随分気に入ったらしくて、この植物名を自分の最終的な俳号にしました。ここは注目すべき点です。『自分はこの植物のようでありたい』、つまり、『自分は、この植物のように、役に立たない代物、頼りない、無用の長物、というレッテルを世間から貼られたって、ちっとも構わないさ』、或いは、『ボーっと何もしないで、役立たずのままで生きていたっていいじゃないか』、と彼は自ら望んで、自分を『芭蕉』と名乗ったのです。芭蕉を敬愛している方々には悪いのですが、はっきり言って、芭蕉は怠け者です。気が長くて、のんびりしていて、おっとりしています。それでいながら、人情味があって、正直者で、と言うよりも自分に対しては正直で、かなりの楽天家で、かなりのお人好しでもあります。又、面倒臭い事が苦手で、自分に興味が無い事には全然やる気が出なくて、困難に直面した時にまず考えるのは、現実からの逃避、つまり、蟄居（引きこもり）しようか、とか、どこか遠くへふらりと逃げ出してしまおうか、といった消極的で意欲に欠けた対応策ばかり。こんなつかみどころの無い、取り柄の無さそうな人ですけど、それでも多くの人の心を惹き付けて止まないのですから、彼は全く不思議な人物です」

美咲はここまで話すと、宿のオーナーに向かって居住まいを正した。宿のオーナーも、慌てて対座して、膝の上に手を置いて、かしこまった顔になって構えた。

第八話　ボーっと生きていたっていいじゃないか

女子一人旅　美咲の話

推理作家アラン・ポーの小説に、「盗まれた手紙」、という作品があります。未解決だった難事件が、名探偵の推理によって苦もなく解決する、という推理小説の古典です。この難事件の答えは、実にあっけないものでした。手掛かりは、多くの警察関係者達の目の前にありました。それなのに、名探偵に指摘されるまで、誰一人気付きませんでした。灯台もと暗し、という諺がありますが、あたかもそれを地で行ったようなトリックでした。芭蕉の謎を解く手掛かりも、実は、この諺のように、あっけないくらい身近にあって、私達の目の前にいつもぶら下がっている……かもしれませんよ。

私に言わせますと、芭蕉の人物像にしても、「荒海や――」の句の意味にしても、一昨年と昨年泊まられた宿泊客の方々は、皆、考え過ぎています。深読みし過ぎています。思い込み過ぎています。イマジネーションを膨らませ過ぎています。芭蕉本人が見た事、聞いた事、言った事、行動した事を、私達はそのまま素直に、彼が書き残してくれた言葉通りに、受け止めてあげても良いのではありませんか？

「奥の細道」という俳諧紀行文は、怠け者で、おっとりしていて、面倒臭い事が苦手だった芭蕉が、それでも旅を回顧しながら、何年も掛けてのんびりと書き綴った作品です。忘れていた部分や勘違いしていた部分も、多少あったでしょう。当然、「曾良随行日記」の記述とは、違う部分もあったでしょう。でも、そこは大目に見てあげて、彼が書き記した内容を、大筋で認めてあげても良いのでは無いでしょうか？　私達がそう腹をくくって、「奥の細道」を読み進めてみますと、単純で、素朴で、明快な答えが、ごく自然に引き出されます。

まず、あの冒頭部分に注目してみましょうか。

「月日は百代の過客にして、行きかふ年もまた旅人なり。舟の上に生涯を浮かべ、馬の口とらへて老いを迎ふる者は、日々旅にして、旅を栖とす。古人も多く旅に死せるあり。予も、いづれの年よりか、片雲の風に誘はれて、漂泊の思ひやまず……

（月日は永遠に旅を続ける旅人のようなものであり、来ては去り、去っては来る年も、又、旅人のようなものである。船頭として舟の上で一生を暮らす者や、馬子として馬のくつわをとって年老いて行く者は、毎日旅をしながら生活しているので、旅そのものが住み処になっている。昔の詩人や歌人の中にも、旅の途上で死んだ人が多くいる。私も何時の年からか、ちぎれ雲が風に誘われるように、旅に出てさまよい歩きたい、という思いが止まなくなって……）」

高校の教科書にも載っている、この有名な冒頭部分で、芭蕉が読者に伝えようとした事は、文面通りに、素直に読み進めれば、容易に分かります。芭蕉は、様々なお手本を並べてから、自分もこのお手本みたいに、旅に出たい、旅に出たいと、子供が駄々をこねるように、旅立ちを強く待ち望んでいるのですよね。更にこの後も、

「そぞろ神の物につきて心を狂はせ、道祖神の招きにあひて、取るもの手につかず、股引の破れをつづり、笠の緒付け替へて……

（そぞろ神が取り憑いて、狂ったようになって、道祖神が旅に招いているようで、もう旅に出たくて、何も手につかず、股引の破れを繕い、笠の緒を付け替えて……）」

と、旅に出たくて我慢出来無いでいる自分の気持を、赤裸々に打ち明けています。これだけ打ち明けられれば、彼が旅好きであるのが嫌でも分かります。新しい股引や笠を買う余裕が無い程、旅の資金繰りに苦しんで

いても、それでも、どうしても彼は旅に出たかったみたいです。それにしても、この後に続く、「住める方は人に譲り」、の記述にはちょっと驚きますね。なんと彼は、「奥の細道」の旅の資金を捻出する為に、深川の芭蕉庵まで売ったそうです。普通、自宅を売り払ってまでして、旅に出ますか？　旅から戻って来た時には、いったい、何処で生活するつもりだったのでしょうね。彼の旅好きは、私に言わせますと、ちょっと異常な域です。

ちなみに、そもそも怠け者で、面倒臭い事が苦手だった彼を、こんなに旅好きにさせたものは、ハレー彗星だった、という説があります。彼が深川へ転居してから二年後の、天和二年（一六八二年）に、江戸でハレー彗星が見られました。七十六年に一度出現する、長い尾を持った妖星の天文ショーを、彼はどんな気持で見詰めていたのでしょうね。同じこの年、江戸は大火に見舞われて、深川の芭蕉庵もこの時に全焼しました。このハレー彗星が引き金となって、彼は漂泊の人生を考えるようになり、又、夜空に特別の関心を抱くようになったのかもしれません。そして後年、「荒海や――」の句を誕生させるに至ったのかもしれません。

ハレー彗星から二年後の、貞享元年（一六八四年）からその翌年にかけて、彼は江戸から伊賀国上野までの、最初の長い旅、「野ざらし紀行」の旅に出ています。彼にとっては、最初の漂泊の旅です。貞享四年には、江戸から鹿島までの「鹿島紀行」の旅に出ています。又、同じこの年、江戸から伊勢・大和・吉野を経由して、須磨・明石までの「笈の小文」の旅にも出ています。貞享五年には、名古屋から長野を経由して江戸までの「更科紀行」の旅に出ています。そして、彼の人生最大の旅が、元禄二年（一六八九年）、百五十日かけて、二千四百キロを踏破した、「奥の細道」の旅です。芭蕉四十六歳の時です。この「奥の細道」の旅を終えてからも、彼は一箇所に留まる事は無く、京都近郊を拠点として、幾度も旅に出ています。それにしても、随分旅を続けたものですね。私も旅好きですけど、とても彼の真似は出来ません。ただただ感心します。

　ところで、この芭蕉の旅には、他の人にはあまり見られない、大きな特徴があります。彼は「奥の細道」の冒頭部分で、「古人も多く旅に死せるあり」、と書いていています。この時、彼が思い描いていた古人とは、李白・杜甫・西行・宗祇といった、古《いにしえ》の有名な文人達だったと考えられます。李白・杜甫・西行・宗祇は、確かに、幾度も旅に出ています。でも、彼等の旅と芭蕉の旅とでは、根本的に違いがありました。彼等の旅は、私と同じで、大抵一人旅でした。たとえ同伴者がいたとしても、それは彼等の身の回りの世話をするだけのお供の者でした。ところが芭蕉は、若い頃の数回を除けば、生涯一人旅というものをしていません。全て、俳諧師の相方を伴っての、二人旅です。或いは三人以上のグループ旅です。これが芭蕉の旅の大きな特徴です。「野ざらし紀行」の旅では、弟子の千里が同行しました。「鹿島紀行」の旅では曾良と宗波が、「笈の小文」の旅では杜国が、「更科紀行」では越智越人（尾張の染物屋）が、といった具合に、何時も弟子の誰かと一緒に旅をしていました。「奥の細道」の旅では、途中の山中温泉（石川県）までは曾良と一緒でした。そして、曾良とはこの山中温泉で別れましたが、入れ替わるようにして、山中温泉から福井までの区間は、弟子の立花北枝（刀研ぎ商）が芭蕉の相方を務めました。更にその後も、福井から敦賀までは等栽が、敦賀から大垣までは路通が、それぞれ芭蕉の相方を務めました。このように「奥の細道」の旅でも、芭蕉は一貫して、二人旅を続けていたのでした。

　大凡《おおよそ》、李白・杜甫・西行・宗祇といった文人達は、思索に耽《ふけ》ったり、景色を満喫したり、創作に没頭したりしたい習性がありますから、一人だけでいる時間を大事にしていましたが、芭蕉の場合はどうも違っていました。彼は孤独が苦手で、誰かがいつも傍にいてくれないと落ち着かなかったみたいです。何よりも人との触れ合いが大好きだったみたいです。

　先程、「奥の細道」の冒頭部分に注目しましたので、ここで結末部分にも注目してみましょうか。

「駒に助けられて大垣の庄に入れば、曾良も伊勢より来り合ひ、越人も馬をとばせて、如行が家に入り集まる。前川子・荊口父子、そのほか親しき人々、日夜訪ひて、蘇生の者に会ふがごとく、かつ喜びかついたはる。

（馬に乗って大垣の町に入れば、曾良も伊勢から来てくれていて、越人も馬を飛ばして来てくれていて、如行の家に、皆集まってくれた。前川子、荊口父子、その他親しい人々が、昼も夜も訪ねて来て、まるで生き返った人にでも会うかのように、無事を喜んだり、労をねぎらったりしてくれた）」

これは、最後の段、大垣の段の一部です。多くの弟子や後援者達が集まって、「奥の細道」の旅を無事に終えた芭蕉一行を、賑やかに歓迎している様子が、活き活きと描写されています。この段でも、一人でいるのが苦手で、人との触れ合いが大好きだった芭蕉が垣間見られます。

ところで、この最後を締めくくる段で、私が強く感じる事があります。この段は、どうひいき目に見ても、推敲して練り上げた文章とは思えません。この段は、彼にとっては、走り書き、備忘録だったように感じられます。誰と会った、誰と別れた、などをメモしておく為の、プライベートな備忘録程度のものだったように感じられます。人名のあまりの多さからも、私はそう確信します。更に、私が感じる事は、彼にとっての、「奥の細道」、という手記は、そもそも、「元禄二年の東北・北陸の旅の備忘録」、程度の軽いものだったのではなかったか、という事です。備忘録だったからこそ、彼は「奥の細道」を世間に公表する気はさらさら無かったし、実際、死ぬまで、いいえ、死後も公表しなかったのです。「奥の細道」という著作物が世間に知られるようになったのは、彼の死後八年も経った、元禄十五年に、京都の出版業者（井筒屋庄兵衛）によって発刊（井筒屋本）されて以降の事です。

一人旅はほとんどしなかった。二人旅や三人以上の旅ばかりしていた——これが、芭蕉の旅の大きな特徴でした。更に彼には、西行や宗祇といった、古の文人達の旅とは大きく異なった、旅の特徴が、もう一つありました。彼の旅は、名所旧跡や歌枕の地巡りを旅の目的にする事が多かったのですが、その旅の途中で、自分の知らない名所旧跡や歌枕の地が近くにある、と地元の人から教えて貰えば、彼は直ぐそこへ行ってみたがったのです。そして実際に行ってみたりする事も度々だったのです。ここが修行僧や伝道師のように、禁欲的に重々しく振る舞っていた、西行や宗祇の旅とは大きく異なっていました。芭蕉はお尻が軽くて、好奇心旺盛でした。彼の旅には小学生の遠足みたいな気分がありました。弥次さん喜多さんのように、物見遊山をしている気分がありました。又、ウォーク・ラリーのようでもありました。彼の旅をウォーク・ラリーに例えれば、そうですね、名所旧跡が観察ゾーンで、歌枕の地がチェックポイントになりますかね。「奥の細道」の旅でも、彼は白河の関や末の松山など五十箇所以上の歌枕の地、言い換えれば、チェックポイントにこまめに足を運んでいました。曾良が「奥の細道」の出発前に事前調査していたメモには、百三十箇所以上もの歌枕の地が書き記されていました。スタンプこそ集めませんでしたが、まるで修学旅行の生徒達のように、チェックポイント大好きの芭蕉でした。

このように無類の旅好きだった芭蕉は、元禄七年（一六九四年）十月十二日、旅の途中の大坂で生涯を閉じます。病で倒れなければ、そのまま、まだ一度も行っていない西国方面へ行く予定だったそうです。辞世の句は、

「旅に病んで　夢は枯野を　駆けめぐる」

でした。死の床に臥していても、旅心を忘れないとは、見上げた心意気ですね。ここでの「病んで」は、「病気になって」、という表向きの意味だけでは無かったでしょう。「病み付きになって」、つまり熱中して止められなくなって、という意味も込められていたのでしょう。彼の旅好きは、もしかすると病的なものだったのかもしれません。

芭蕉の終焉にまつわる話をしましたので、ここで彼の人生を、私なりの視点で少しだけ振り返ってみたいと思います。

芭蕉は十九歳の時、俳諧と出会いました。そのきっかけは、彼の主君、藤堂良忠の趣味が、たまたま俳諧だった事でした。藤堂良忠は、伊賀国上野の領主、藤堂家の嫡男（次期当主）でした。良忠は、近習役として身の回りの世話をしていた、二歳年下の芭蕉を、弟のように可愛がっていました。この良忠（俳号は蟬吟）の趣味のお蔭で、芭蕉は、主君のお供をしながら、北村季吟から俳諧の手ほどきを受けるチャンスを得ました。北村季吟と言えば、当時、京都の貞門派を代表する俳人でした。本来ならば、とても同席させては貰えない雲の上の人物でした。この修業時代の芭蕉（当時の俳号は宗房）の句が今も残っていますが、はっきり言って下手です。俳諧の才能の片鱗さえもうかがえません。

芭蕉が二十三歳の時、それまで芭蕉に目を掛けてくれていた、主君の藤堂良忠が病没しました。この直後、彼は突拍子も無い行動に出ます。これから自分は俳諧で食べて行こう、俳諧師になろう、と決心したのです。藤堂家から暇を貰うと、故郷の伊賀国上野を飛び出して、まず京都へ行きました。そして厚かましく、北村季吟から再度、俳諧の手ほどきを受けて、その五、六年後に、江戸へと旅立ちました。現代に置き換えれば、歌が下手で、ツテもコネもカネも無いのに、歌手を目指して上京するようなものです。無鉄砲そのものです。奇跡のような幸運でも巡って来ない限り、成功は望めません。それでも彼は、先の事まで考えない楽天的な性格と、人を惹きつけて止まない人間的魅力によって、そして運にも恵まれて、江戸で成功を収めました。延宝六年（一六七八年）頃、彼は三十五歳で、めでたく俳諧の宗匠（師匠）になりました。

ここまでの彼の前半生を一言で振り返ってみますと、運任せではあったけど、幸運続きだったな、と言えます。では、彼の後半生はどうだったのかと言えば、これがやはり運任せではあったけど、前半生以上に順風満帆で、幸運続きだったのですから、挫折してばかりの私から見れば、これは羨ましい限りです。全く、彼ほどの神がかり的な強運の持ち主は居なかったでしょう。歴史に名を残す人物になるには、並外れた才能や実力や出生も必要でしょうけど、並外れた幸運も必要なのです。

ところで、幸運続きだったのは結構な話ですが、それでも彼は気になる弱点を引きずっていました。彼は三十五歳で、俳諧の宗匠になりましたが、それでもまだ、世間の注目を浴びるような秀句を詠んでいなかったのです。俳諧師としての経歴は相当長いのに、さすがは宗匠、と世間を感服させるような秀句を詠んでいなかったのです。現代の流行歌手に例えれば、名前はそこそこ売れているのに、ヒット曲が無いようなものです。今日よく知られている芭蕉の名句は、実は彼が四十歳を過ぎてから詠んだ句ばかりです。それでは、彼は遅咲きだった、という事でしょうか？　いいえ、違います。芭蕉を敬愛している方々からの叱責を受けそうなので、ちょっと言い難いのですけど……思い切って言いましょう。早咲きだった、遅咲きだった、も何も……彼の人生で、俳諧の才能が開花した事などは一度もありませんでした。修業時代から晩年に至るまで、一貫して彼は、俳諧の才能の片鱗さえ見せた事がありませんでした。

俳諧の才能だけで白黒を付けるのであれば、蕉門の重鎮の、宝井其角、服部嵐雪、杉山杉風などの方が、師匠よりもはるかに勝っていたでしょうね。

「赤とんぼ　羽をとったら　とうがらし」

これは其角の代表句です。生粋の江戸っ子だった其角は、軽妙洒脱で都会的センスのある句を得意としていました。

「梅一輪　一輪ほどの　あたたかさ」

これは嵐雪の代表句です。嵐雪は上品でソフトな句を得意としていました。

「昼寝して　手の動き止む　団扇かな」

これは、温厚篤実で知られた杉風の代表句です。杉風は幕府御用達の川魚問屋で、芭蕉を経済面で援助し続けた人物です。杉風は仕事柄、深川に広大な生簀を所有していました。これらの生簀に隣接している番小屋で、要らなくなった一つを、住居用として、師匠の芭蕉に供与していました。これが芭蕉庵です。芭蕉が、杉風のような、裕福で、しかも気前が良い弟子を持てたりしたのも、やはり彼が運に恵まれていたからでしょうね。

ここでちょっと、先程の私の説明を補足して置きましょう。芭蕉には俳諧の才能が無かった、と私は問題発言をしてしまいましたが、ここでの才能とは、元禄時代の俳諧師に求められていた才能の事を指しています。俳諧の「俳」と「諧」には、どちらの漢字にも「戯れる」や「おどける」、といった意味があります。これからも推し測れますように、当時の俳諧師に最も求められていたものは、洒落・機知・滑稽・ユーモアなどを含んだ言葉を、自由自在に操れる才能でした。先程の其角・嵐雪・杉風の句は、確かに、こうした言葉を自由自在に操っていましたし、軽妙に使いこなしていました。

このように元禄時代の俳諧は、内情を言えば、お座敷芸の一つとしての、言葉遊戯の域を出ていませんでした。文芸と呼ぶよりも、言葉芸と呼ぶ方が当たっていました。ここが写生や季節感を大切にする、現代の品位ある俳句とは大きく違っているところでした。この言葉遊戯や言葉芸が、田舎育ちで、貧乏育ちで、のんびりしていて、忖度が下手で、つまり人の心を読み取るのが下手で、気が利かなくて、ボーっとしてばかりいる芭蕉には、どうしてもなじめなかったのです。其角や嵐雪や杉風に備わっている、洗練された遊び心というものが、芭蕉には、最初から完全に欠落していたのでした。

それでは、芭蕉が四十歳以降に詠んだ名句の数々は、いったい何だったの？　才能では無かったの？　実力では無かったの？　まぐれ当たりだったの？　――こんな質問をされたとすれば、確かにその通りです、と私は正直にお答えするしかありません。芭蕉を敬愛している方々からのお叱りを、又、受けそうですけど、彼の名句の幾つかは、正直に言ってしまえば、まぐれ当たりでした。強運に支えられての名句でした。具体的に、その例を幾つか挙げてみましょう。

「道のべの　木槿《むくげ》は馬に　くはれけり」

この句は、芭蕉にとっては記念すべき作品でした。世間から高い評価を受けた最初の句だったからです。現代の流行歌手に例えれば、最初のヒット曲だった訳です。

貞享元年（一六八四年）、芭蕉四十一歳の時の作品です。馬上吟、つまり馬上で詠まれた句です。意味は書かれている通りで、道端に咲いていたムクゲの花は、馬に食べられてしまったという、ただそれだけの内容です。物足り無いという人の為に、少し補足説明しておきましょう。

「私は馬に乗ったままで、ぼんやりとムクゲの花を見ていた。すると、私が乗っている馬の口が、いきなりムクゲの花に近づいた。と、次の瞬間、馬はその花をむしゃむしゃと食べてしまった。こうしてムクゲの花は、私の眼前から忽然と消えてしまった」――と、やはりこれだけのシンプルな内容です。旅の途中でのちょっとしたひとこまを、馬が花を食べる事もあるのだなあ、という軽い驚きの気持を込めて、自然体で、さらりと詠んだ句なのです。洒落も無ければ、機知も無ければ、滑稽もありません。ところが、この句は意外にも、大評判となりました。

この句を更に掘り下げてみましょう。この句は、「野ざらし紀行」の旅の道中で、大井川を渡り終えた直後に詠まれています。大井川と言えば、東海道きっての難所。この川を彼は馬で渡りました。流れを読みながら、浅瀬を選びながら、用心して足を踏み出す馬方。その馬方に手綱を引かれて進む馬。その馬の背で左右に揺すられている芭蕉。馬方の腕前は確かなようですが、それでも、どんなアクシデントが起こるか分かりません。乗っている旅人だけが、みっともなく落馬する事だってあります。さすがに芭蕉も、この大井川越えの時は、ひやひやはらはらの連続だったでしょう。でも、どうにか無事に渡り終えました。馬はしばし歩みを止めました。彼はほっとしました。この、ほっとして、馬上で全身の力が抜けて、快い脱力感に身を委《ゆだ》ねていた時に、彼の眼前で、何の前触れも無く、小さな珍事が起きました。その珍事をありのままに素直に詠んだのが、この「道のべの――」の句だったのです。

後年、この句は芭風俳諧、更に下っては、近代俳句のお手本の一つになります。服部土芳は、芭蕉の俳論を忠実に記録した、伊賀蕉門の中心人物として知られています。その土芳が、彼の著書「三冊子」の中で、「見るにつけ、聞くにつけ、作者の感じるままを句に作るところは、即ち俳諧の誠である」、と芭蕉がもっともらしく語った言葉を、そのまま書き記しています。この「俳諧の誠」という考え方は、後年、明治時代の正岡子規の俳論、「写生論」へと発展して、更に大正時代の高浜虚子の、「客観写生論」へと受け継がれます。写生や季節感を尊重する近代俳句の原点は、この「道のべの――」の句にある、と言っても過言では無いでしょう。

では、次の例を挙げてみます。

「おもしろうて　やがてかなしき　鵜舟かな」

この句は、貞享五年（一六八八年）七月、芭蕉が四十五歳の時、美濃・尾張滞在中に、長良川の鵜飼いを見ていて詠んだ句です。元々は、地元の豪商達が鵜飼い見物に招待してくれた際に、彼がそのお礼として詠んだ句です。つまり挨拶句なのです。でも、挨拶句にしては変ですよね。「おもしろうて」、まではいいのですが、「かなしき」と言う一語は、挨拶句としては似つかわしくありません。しかも、「おもしろうて、やがてかなしき」、と言うトーンダウンしている表現では、意気消沈や興醒めを連想させてしまいますので、挨拶句としては、どう考えても、相手に対して失礼です。

でもこの悲しき、という感情の吐露は、彼の全くプライベートな、実体験に起因してのものでした。と言いますのも、彼はこの時、生まれて初めて鵜飼いを見たのですが、鵜が魚を呑み込んだり吐き出したりするのを見ている内に、だんだん気分が悪くなってしまったのです。そして、それ以後、彼は魚を食べられなくなってしまったのです。彼の胃袋がどうしても魚を受け付けなくなってしまったのです。心根が優しい彼は、鵜飼い見物がきっかけで、大変なトラウマを背負い込んだみたいです。

ところが皮肉な事に、この「おもしろうて――」の句は、「かなしき」の使い方が絶妙で、奥深さがある、と世間からの高い評価を受けました。でも、彼としては、ここでの「かなしき」は、本心ではもっと正直に、「悔やまれる」などと、詠みたかったのかもしれません。

「おもしろうて　やがて悔やまれる　鵜舟かな」

この鵜飼い見物以後、彼は、菜食中心の食生活になってしまいました。それでなくても旅続きで酷使していた彼の身体は、これ以降、タンパク質不足、カルシウム不足でどんどん痩せ衰えました。旅好きな彼にとっては、この身体の衰弱は深刻な問題でした。あの鵜飼い見物さえなければ、師匠はもっともっと長生きして、どっさり秀句を詠んでいただろうに、と芭蕉の死後、弟子達は語り合っていたそうです。

次の句に移ります。

「閑かさや　岩にしみ入る　蟬の声」

この名句は、元禄二年五月二十七日の夕方、立石寺（山寺）で詠まれたものです。この句は、元々芭蕉が、亡き主君で、大恩人でもある、藤堂良忠を追悼して詠んだ、これもプライベートな、追悼句でした。良忠が亡くなったのが、その二十三年前の五月二十八日でした。そして良忠の俳号は「蟬吟」でした。霊山として名高い宝珠山立石寺での、この日の夕刻の蟬の声に、彼は万感の思いで耳を傾けていたのでした。この前年の春には、彼は良忠の法要に出席する為に、わざわざ伊賀国上野に帰郷しています。彼にとっての五月二十八日は、このように、毎年忘れられない日なのでした。

ところが、良忠を追悼して詠んだこの句は、なんと、何時の間にか独り歩きして、俳人芭蕉を代表する句となり、更に、近世文学を代表する名句ともなりました。静寂を表現している最高傑作などと、もてはやされました。でも、そもそも彼は、そんな大層な句を詠んだつもりでは無かったのです。ひたすら良忠を偲びながら詠んだ句が、たまたま大ヒットしたのです。この大ヒットは、藤堂良忠が極楽から、芭蕉にこっそり授けていたものかもしれません。

この立石寺参拝の後、彼は、同じ霊山として名高い、羽黒山・月山・湯殿山の出羽三山にも立て続けに登りました。出羽三山の段では、「雲霧山気の中に氷雪を踏んで登ること八里……息絶え身こごえて頂上に至れば(息も絶え絶えになり、身体も凍えて、月山の頂上に立てば)」、と記されています。とりわけ、標高一九八〇メートルの月山登山は、四十六歳の彼の身体には相当こたえたでしょうね。これから先も続きそうな旅の困難さを冷静に考えてみれば、ここで体力を消耗させるのは損だった筈です。それに、「奥の細道」の旅の過程で、月山は絶対踏破しなければいけない場所でも無かった筈です。それでも、本来怠け者の彼を、霊山である月山の山頂へと突き動かしたものは、やはり、亡き主君、良忠に対する慰霊の念だったのでした。

「塚も動け　わが泣く声は　秋の風」

「奥の細道」の後半に収められているこの句も、人間性に溢《あふ》れていた芭蕉をうかがい知れる一句です。彼は、一笑という金沢在住の俳人に会うのをずっと楽しみにしていました。ところが、いざ金沢に到着してみると、彼は半年前に亡くなっていました。一笑を追善する句会の席で、彼は万感胸に迫ってこの句を詠んだのでした。勿論、塚とは、この一笑のお墓を指しています。「泣く」という、俳諧では、乳幼児が泣く時以外は滅多に使用されない一語を、世間体も気にせず、「わが泣く」、と自分自身の気持に寄り添って、ストレートに表現しています。このように彼は、直情的で、他者への思いやりがあって、涙もろいところがありました。彼のそんな性格が、又、彼の大きな魅力となっていました。こうした魅力に惹かれて、弟子や後援者が、彼の周囲にいつも大勢集まっていたのでした。

二年前、このお宿で、ある大学生が、「凄腕の興行師だった芭蕉」と銘打って、芭蕉の話をされていたようですね。その学生さんによれば、芭蕉は人間関係をとても大切にしていた人だったそうですね。又、人間関係で人一倍苦労した人でもあったそうですね。そんな苦労人だったからこそ、蕉門十哲を含む、蕉門二千人の大組織を統率出来たのだ、とも話されていたそうですね。でも、ちょっと待って、それは違うんじゃないの、と私はこれに異を唱えます。

私に言わせますと、その学生さんが思い描いていた芭蕉は、「人間関係」を大切にしていた芭蕉、と言うよりも、「人間関係」に苦労していた芭蕉、でした。もっとはっきり言えば、「対人関係」に苦労していた芭蕉、でした。又、その学生さんによれば、芭蕉は世情に敏感で、世渡り上手で、打たれ強くて、転んでもただでは起きない、したたかな人間だったようです。でも、この程度の器量でしかない人間でしたら、自分の家族を養って、かつ少人数の組織を束ねる程度までなら、どうにかやって行けるでしょうけど、二千人に達する大組織を統率する責務を負う地位ともなれば、これでは不十分……どころか、これでは不適格、の烙印を押されてしかるべきでしょう。

大組織の頂点に立つ指導者として、備わっているべき最も大事なものは、その人物のカリスマ性、つまり、いかにその人物に大勢の人の心を惹きつける資質や能力があるのか、だと私は考えています。私が把握している芭蕉には、こうした資質や能力が、百パーセント備わっているのです。それを今から検証してみましょう。

杜国という弟子がいました。尾張蕉門に属していました。元々は裕福な米穀商でしたが、空米売買の罪で、尾張藩から名古屋追放の処罰を受けて、渥美半島の先端の漁村でひっそり蟄居していました。そんな罪人である杜国を元気付けようと、芭蕉は何度か見舞いに訪れていました。そればかりでは無く、芭蕉はこの杜国をこっそり誘い出して、一緒に旅にまで出ていました。これが、伊勢・大和・吉野・須磨・明石を歩き通した、貞享四年（一六八七年）の「笈の小文」の旅です。この旅で杜国は偽名を使っていましたが、もし、これが尾張藩にばれたりすれば、一大事となるところでした。

又、芭蕉には広瀬惟然という弟子がいましたが、この弟子は裕福な育ちだったのに、やがて没落して、妻子を捨てて乞食同然の格好で諸国を放浪していました。惟然は奇行が多くて、直ぐ泣き出すシャイな性格で、俳諧の決まり事にも無頓着だったので、蕉門の重鎮達から疎んじられていました。それでも芭蕉は、いつも惟然の味方になっていました。芭蕉の人生最後の旅、大坂へと向かう旅には、この惟然が同行していました。ちなみに、惟然を「俳諧の賊」と、厳しく非難した森川許六は、蕉門十哲の一人で、彦根藩の重臣でした。許六は、多芸多才な優等生でした。芭蕉は彼に、六芸を許された者という意味で、「許六」という俳号を与えていました。

又、芭蕉には路通という弟子がいましたが、この路通と芭蕉との出会いが劇的でした。芭蕉は「野ざらし紀行」の旅で、乞食行脚をしていた路通にたまたま行き逢ったのですが、これがきっかけで、路通は芭蕉を慕って、芭蕉の弟子となったのでした。路通も、惟然とどこか似ていて、自分勝手で、師匠を裏切る言動も度々で、弟子仲間からは煙たがられていました。でも、芭蕉はいつも路通には目を掛けていました。「奥の細道」の旅では、敦賀から大垣までは、この路通を相方にして旅を続けました。

「いねいねと　人に言はれつ　年の暮れ」

これは路通の代表句です。あっちへ行け、あっちへ行け、と自分を追い払う、そんな世間の冷たさを詠んでいます。

芭蕉の弟子達には、このように様々いました。大藩の重臣から乞食同然の者までいました。羽振りのよい大商人から借金に苦しむ者までいました。人格者もいれば、ダメ人間もいました。出世する者もいれば、没落する者もいました。でも彼は、どんなに高い地位の人であっても、どんなに苦境に陥っている人であっても、分け隔て無く付き合っていたのでした。別の言い方をすれば、彼は損得抜きで、時には損を承知の上で、いいえ大損を覚悟してでも、人と人との結び付きを大切にしていたのでした。

一昨年、このお宿で、三人の学生さん達が、それぞれ勝手に、芭蕉という人物をイメージされていたようですが……もし、最初の学生さんがイメージされていたように、自分だけが新境地を目指している、自己実現を目指している、そんな芭蕉だったとすれば、どうでしょうか？　或いは、二番目の学生さんがイメージされていたように、自己中心的で天邪鬼な芭蕉だったとすれば、どうでしょうか？　どちらの場合も、恐らく杜国・惟然・路通といった、少しも自分のステップアップや利益にはならない、足手まといになるだけの、社会的弱者との結び付きは、極力避けていたでしょうね。或いは、三番目の学生さんがイメージされていたように、世渡り上手で、したたかな芭蕉だったとすれば、これもどうでしょうか？　上級武士や大商人ばかりに目を向けていて、損得勘定に余念が無かったかもしれませんね。そんな風流とは無縁の、打算的な師匠に反発する弟子も出たりして、蕉門の人間関係はぎくしゃくしていたでしょうね。その結果、蕉門の人数はもっと少なくなっていて、蕉門の団結力も弱くなっていたでしょうね。

弟子達から慕われたり、後援者達から好感を抱かれたりしたのは、芭蕉が、怒ったりもせず、叱ったりもせず、温和で、人情味があって、どんな時でもおおらかな、包容力のある人物だったからなのでした。

ここで突然ですが、本題に入ります。

「荒海や　佐渡に横たふ　天の河」

先程の三人の学生さん達や、昨年このお宿に泊まられた方々は、どなたも皆、この句についても考え過ぎています。深読みし過ぎています。思い込み過ぎています。偏見に基づいてのイメージを膨らませ過ぎています。芭蕉が言い残した言葉を、私達は難しく考えたりせずに、そのまま素直に、彼の言葉通りに、軽く受け止めてあげても良いのではありませんか？

この「荒海や――」の句は、先程の「道のべの――」の句と全く同じなのです。「三冊子」の中で彼が語った、「見るにつけ、聞くにつけ、作者の感じるままを句に作るところは、即ち俳諧の誠である」、をそのまま本人自身が実践していた句なのです。眼前の情景をありのままに、何のてらいも無く、自然体で詠んでいた、客観写生句なのです。

検証してみましょう。この句を詠むに至る少し前の、芭蕉の動向にまで遡ってみます。

芭蕉は北陸道を歩き続けていました。悪路続きと悪天候続きに苦しみながら、歩き続けていました。越後人の不人情にも悩まされながら、それでも歩き続けていました。我慢して歩き続けて、ようやく出雲崎に辿り着きました。海岸近くに宿を見付けた時は、もう日没近くになっていました。彼はほっとしました。もう全身くたくたです。草鞋を脱ぎます。頭陀袋《ずだ》を置きます。板張りに腰を下ろします。首筋の汗を拭います。両足を投げ出して、快い脱力感に身を委《ゆだ》ねます。ふくらはぎを揉《も》みほぐしている内に、幾らか疲れが取れたような気分になります。どうやら雨が止んだようです。膝を立ててから、よいしょと立ち上がります。外の景色を眺めたくなって、押上げ窓に近付きます。両手で板張りの窓を持ち上げます。眼前には、夜空と夜の海が広がっています。そして遥か遠くに、うっすらと見えているのは、どうやら島のようです。

「ああ、あれか！」

と彼は、思わず感嘆の声を上げました。ちなみにですが、一昨年と昨年、このお宿に泊まられた方々の間で、出雲崎から佐渡島は見えるのだとか、いや絶対に見えない筈だ、といった問題で、かなり論争になっていたようですね。昔は見えていたけれど、今日では、大気汚染の深刻化などによって、ほとんど見えなくなった――これが正解です。話を戻しましょう。

「ああ、あれか！」

と芭蕉は、思わず感嘆の声を上げました。念の為にと、曾良に尋ねてみますと、

「あの島影は佐渡島に間違いありませんね、師匠」

と、曾良は答えました。

どうやらあの島は、順徳院・日野資朝・京極為兼・日蓮・世阿弥などの名だたる文人達が流された、島流しの島として、あまりに有名な佐渡島に間違い無さそうです。

「あれが佐渡島か！　ああ、遂に辿り着いたのか！　苦労した甲斐があった……」

と、名所旧跡大好きの芭蕉の胸は、感動で高鳴りました。そして次の瞬間、ごく自然に、彼の口から、すーっと出ました。

「荒海や　佐渡に横たふ　天の河」

「荒海」と「佐渡」と「天の河」を並べただけの句です。洒落もありません。機知もありません。滑稽もありません。ただ眼前に広がっている情景を、感動したままに言葉で並べただけです。ところが意外にも、

「師匠、今詠まれた句はなかなか良いですね」

と、傍にいた曾良が褒めました。いつもは辛口批評の曾良が、このように褒めるのは珍しいので、芭蕉は、

くすぐったい気分になりました。

「でも、横たふ、はちょっと変ですよ。横たはる、に訂正された方が良いのではありませんか？」

「これはうっかりしてたな。疲れている所為かな……」

と芭蕉は、照れ臭そうに苦笑いしました。ここで曾良が助言した通りに、「横たはる」、と文法上の誤りを正すべきだったのでしょう。でも、情景ばかりに目を奪われていた、この時の彼には、ここで完全無欠の秀句を詠んでやろう、との気負いはありませんから、文法上の誤りなど、そんなに気に留めていませんでした。

後年、蕉門の森川許六が、「本朝文選」（一七〇六年）という俳文集を編集しました。その俳文集の中に、「銀河の序」という、芭蕉本人が書き記した俳文が収められています。この「銀河の序」には、「奥の細道」には記載されていなかった、出雲崎辺りで佐渡島を初めて目にした時の、つまり、ちょうどこの時の芭蕉の所感が、生き生きと綴られています。その貴重な文献である、「銀河の序」を読んでみましょうか。

「北陸道に行脚して、越後の国出雲崎といふ所に泊まる。かの佐渡島は、海の面十八里、滄波を隔てて、東西三十五里よこほり伏したり。峰のけん難、谷の隅々まで、さすがに手にとるばかり、あざやかに見渡さる。むべこの島は、黄金多く出でて、あまねく世の宝となれば、限りなきめでたき島にて侍るを、大罪朝敵のたぐひ、遠流せらるるによりて、ただおそろしき名の聞こえあるも、本意なき事に思ひて、窓押し開きて、暫時の旅愁をいたはらむとするほど、日既に海に沈んで、月ほのぐらく、銀河半天にかかりて、星きらきらと冴えたるに、沖のかたより波の音しばしばはこびて、たましひけづるがごとく、腸ちぎれて、そぞろにかなしびきたれば、草の枕も定まらず、墨の袂なに故とはなくて、しぼるばかりになむ侍る。
荒海や　佐渡に横たふ　天の河

（北陸道を歩き続けて、越後の国、出雲崎という所に泊まった。あの佐渡島は、海面十八里の所に、荒波を隔てて、東西三十五里にわたたって、横たわっている。峰の険しさも、谷の隅々までも、手に取るように、鮮やかに見渡される。まことにこの島は、黄金を多く産出する宝の島なのだから、限りなくめでたい島であるのに、その一方で、大罪を犯した人や、朝敵の類いの人が流された島でもあるところから、世間では、恐ろしい島だという、悪い先入観の方がまさっている。これは残念な事だと思いながら、窓を押し開いて、暫く旅の愁いをねぎらおうと努めてみる。太陽は既に海に沈んでいる。月はほの暗い。銀河は中空にかかっていて、星がきらきらと冴えている。沖の方からは、波の音がしばしば聞こえて来て、魂がけずられるようだ。はらわたもちぎれるばかりに、そぞろに悲しみに見舞われる。だから旅寝の夢も安らかでは無い。墨染の僧衣の袂も、なぜか涙に濡れて、絞るくらいになってしまった）」

以上が「銀河の序」の全文です。どうでしょうか？「佐渡島があざやかに見渡せる」、と芭蕉は、このように言い切っています。彼の目には佐渡島がはっきりと見えていたのです。もっとも、「あれが佐渡島か！あ、遂に辿り着いたのか！」と、そこまで彼が言ったのかどうかまでは、定かではありません。私の想像が言わせたのだとして置きますが、それでも、そう言ったに違いない、との自信が私にはあります。それは以下の理由からです。

「奥の細道」は、松尾芭蕉が、元禄二年に東北地方や北陸地方を百五十日かけて歩き通した際の、旅の回想などを書き綴った、旅行記のような著作物です。ではなぜ彼は、この著作物に、「奥の細道」という意味不明の表題をつけたのだろうか、と考えた事がありますか？

「奥の細道」という表題は、宮城野の段の、「かの画図にまかせてたどり行けば、奥の細道の山際に十符の菅有り……」が拠り所になっています。ここに書かれている「奥の細道」とは、仙台市近郊の東光寺という寺の門前に、当時実際に存在していた道の名称です。彼は、この名称がとても気に入っていて、それでこの「奥の細道」を、自分の旅行記の表題として使っていたのでした。

この一例からも分かりますように、彼にとっては、元禄二年の三月から八月にかけての、この長い旅の、主要な目的地は、仙台を中心とした、陸奥国と出羽国、現在の東北地方だったのでした。では、どうして陸奥国と出羽国が、彼にとって主要な目的地だったのか、と訊かれれば、答えは簡単です。ここには名所旧跡や歌枕の地が数多く存在したからです。観察ゾーンやチェックポイント大好きの彼にとっては、陸奥国と出羽国は、絶対に行ってみたかった、歴訪をすごく楽しみにしていた国々だったのです。ですから、その出羽国と越後国の国境にある鼠の関に到達した時の彼は、これで念願が達成された訳ですので、大いに満足感を覚えた筈です。

さて、問題はこの後です。鼠の関を通過して越後国に足を踏み入れた途端、それまでの彼のテンションはぐっと下がります。でも、これは仕方がありません。これから延々と続く、越後から越中にかけての長い海岸線沿いには、親知らず子知らずなどの難所は沢山あっても、彼が大好きな名所旧跡や歌枕の地はほとんどありませんからね。観察ゾーンも無ければ、チェックポイントも無い、そんな名所旧跡の空白地帯が、どこまでも続いているだけですからね。これでは彼のテンションが下がってしまうのも仕方が無いでしょう。

こうしてテンションが下がったままの彼は、越後路をとぼとぼと歩いていました。歩きながら、ぼんやりとこんな事を考えていました。

――今回の「奥の細道」の旅の主な目的地は、仙台を中心とした陸奥国と出羽国だ。すると、鼠の関を通過した時点で、今回の旅の目的は、十中八九達成されたようなものだ。とすると、鼠の関から先の旅は、おまけのような旅なのだ。してもしなくても、どちらでもいい旅なのだ。となれば、これから先の旅は、体力面や気力面、又、懐具合に不安があれば、無理をして予定通りに続けなくてもいい訳だ。こう割り切れば、直江津辺りを「奥の細道」の旅のゴール地点に決めたとしても、そんなに問題にはならないだろう。どうしようか？　当初の予定通り、まだ遠い美濃大垣を目指して、このまま真っ直ぐ北陸道を歩き続けようか？　それとも、直江津から南に折れて、北国街道（善光寺街道）を通って、江戸へ帰ろうか？　西へ向かって旅を続けるか？　旅のルートを縮める事にして、南へと向かうか？――

彼は疲れていました。直江津はもう直ぐです。直江津は北国街道の起点になっていました。北国街道とそれに続く中山道は、北陸道とは違って、佐州御金荷（佐渡の金）輸送の為の重要な街道でしたので、比較的整備されていました。悪路続きの北陸道を歩き続けている、この時の彼は、整備された北国街道、又、江戸への近道ともなる北国街道の誘惑に負けそうになっていました。北陸道か、それとも北国街道か、さあ、どちらを選ぼうか、で彼は迷い続けていました。そしてようやく彼は、直江津で「奥の細道」の旅の幕引きをして、南へと進路を変えて、北国街道を南下して、途中、気が向けば善光寺にでも立ち寄って、それから江戸へ帰ろう、という楽なルートの方に気持が傾き掛けていました。リタイアしたな、とあざ笑う奴がいるかもしれないが、そんなの全然気にしないさ、と彼は開き直っていました。ですから彼が、佐渡島を初めて目にした時、「あれが佐渡島か！　ああ、遂に辿り着いたのか！」、と思わず口走ってしまった訳ですが、その言外には、「佐渡島を臨めるこの場所を、この際、旅のゴール地点にしていいかもしれない」、との彼の気持が込められていました。いいえ、気持と言うよりも、これで苦しい旅は終わりにしたい、という下心が見え隠れしていました。そうして遠くを眺めているうちに、この旅をやり遂げたような気分になってきて、ゴールインしたような気分にもなってきて、彼の口から、すーっと出てしまった句が、

「荒海や　佐渡に横たふ　天の河」

でした。

ところがです。ところが、「師匠、今詠まれた句はなかなか良いですね」、と曾良から褒められてしまって、これがきっかけで事態は一変しました。

芭蕉は、暫くはくすぐったい気分になっていました。言われてみれば、その通りかも、曾良をここまで魅する句を詠めるなんて、俺もまだまだやれるなあ、と妙に嬉しい気分になっていました。曾良は続けて、

「でも、横たふ、はちょっと変ですよ。横たはる、に訂正された方が良いのではありませんか？」

と助言しました。

「これはうっかりしてたな。疲れている所為かな……」

と芭蕉は苦笑いしていました。でもその後、彼は、はっと我に返ったのです。それから彼の心は、彼自身が思ってもいなかった方向へと向いてしまったのです。

「でも、なかなか良い句ですよ。しかも、これは七夕の句ですよね。今度の七夕の句会には、おあつらえ向きではないですか？」

「七夕の句会？」

と彼は、遠くへ視線を向けたまま、ぼんやり訊き返しました。

「今日は七月四日ですよね。七月七日には、直江津の右雪（佐藤元仙）宅で、七夕の句会が催される予定です。その七夕の句会の席で、今の句を披露されてみてはいかがですか？　きっと評判を取りますよ」

「……そ、そうだな。……それもいいだろうな」

と、それでも彼は、うわのそらでした。

この時、彼は全く別の事を考えていました。

――自分にはまだ力があるのではないのか？　自分にはまだまだ、新しい事に挑戦出来る力があるのではないのか？　自分にはまだまだ、これから先も多くの人を惹き付ける句が詠めるのではないのか？――

又、こんな事も考えていました。

――悪路や悪天候に愚痴ってばかりいないで、又、リタイアなんて考えたりしないで、当初の予定通り、美濃大垣を目指して、このまま北陸道を歩き続けてみようではないか。自分はきっと、まだまだやれる――

この時、彼は自分を取り巻いている外の世界を、全身全霊で受け止めていました。そしてこの時に、彼は「俳諧の誠」を開眼したのでした。「三冊子」の、「見るにつけ、聞くにつけ、作者の感じるままを句に作るところは、即ち俳諧の誠である」を、身をもって開眼したのでした。それまでの彼も、おぼろげながら、これを実践して詠んだ句はあるにはありました。でも、この「俳諧の誠」を実践して詠んだのだと、このようにはっきりと自覚した句は、この「荒海や――」の句が初めてでした。そんな意味で、この「荒海や――」の句は、「俳諧の誠」に基づいて詠んだ、第一作となったのでした。

彼は、この「荒海や――」の句に背中を押されるようにして、北陸道を力強く歩み続ける決意をしました。

このようにして、「荒海や――」の句は、彼にとっては、直江津から先の、「奥の細道」の後半の苦しい旅の心の支えとなり続けました。いいえ、それはかりではありません。この「荒海や――」の句は、ともすればへこたれがちになり易い彼を、又、ボーっとしがちの彼を、「奥の細道」の旅以降も励まし続けて、終生、温かく見守り続けてくれたのです。

私の話は以上です。

＊　＊　＊

こうして美咲の話は終わった。この後、彼女は暫く考えてから、宿のマスターとおかみさんにある提案を持ち掛けた。彼女の提案は、二人が予期していないものだった。

こんな提案だった。

――今、私が話した、「ボーっと生きていたっていいじゃないか」、の芭蕉が、本当の芭蕉の姿である、と私は確信している。「荒海や――」の句の解釈も、これで間違い無い、と私は確信している。それでも、絶対にそうなのか、と問い詰められれば、胸を張ってイエスと答えるまでの自信は無い。自分を過信しているかもしれないし、自分の考えだけに囚われ過ぎているかもしれない……。それに……よくよく考えてみれば、句碑を建てるかどうかでお困りの貴方達にとっては、今の私の話はあまり参考にならないと思う。

そこで、助っ人を探してみようと思い付いた。

私には、インターネット上の知り合いが大勢いる。その中には、この芭蕉の問題に精通していそうな友人もいる。そうした人達に質問してみれば、私の今の話とは異なった、目からうろこが落ちるような話をしてくれるかもしれない。その人達の話が、上手く行けば、お困りの貴方達の助けになってくれるかもしれない。どうだろうか？　そんな助っ人をこれから探してみようと思うのだが――

美咲のこの提案に、宿のマスターとおかみさんは二つ返事で了解した。

こうして、美咲は連泊した。

＊　＊　＊

翌晩、美咲は、インターネット上の知り合いとコンタクトを取って、二人から、この件での快諾を得た。一人はコジロウというハンドルネームの人物で、もう一人はムサシというハンドルネームの人物だった。

美咲はオンラインで、まずコジロウと会話を始めた。コジロウは、「悪夢は枯野を駆けめぐる」、という題目で、彼独自の視点からの芭蕉の話を繰り広げた。彼が描き出した芭蕉は、思い通りに行かない自分の人生を、悔やんだり、嘆いたりしていた芭蕉だった。競争や利己主義に重きを置いた芭蕉でもあった。

美咲は次に、ムサシと会話をした。ムサシも、「名句に隠されていた金」、という題目で、彼独自の視点からの芭蕉の話を繰り広げた。彼が描き出した芭蕉は、苦難を上手に乗り切って、充実した人生を送った芭蕉だった。協力や利他主義に重きを置いた芭蕉でもあった。

この間、宿のマスターとおかみさんは、コジロウとムサシが映し出される、美咲のノートパソコンの画面をずっと注視していた。

第九話　悪夢は枯野を駆けめぐる

オンラインによるコジロウの話

そもそも、芭蕉が「奥の細道」を執筆した意図は、どこにあったのでしょうか？　動機は何だったのでしょうか？　実はこれが分かっているようで、よく分かっていません。はっきりしているようで、どうもはっきりしていません。これが今でも難問として立ちはだかっていて、芭蕉の研究者達を悩ませているのです。いったい彼は、何がしたくて「奥の細道」を執筆したのでしょうか？　もう一度問います。彼は、何がしたくて、どんな目的があって、「奥の細道」を執筆したのでしょうか？

芭蕉と同時代を生きた文学者達と比べてみますと、「奥の細道」執筆後の、芭蕉の不可解な行動が際立ちます。井原西鶴は、「日本永代蔵」（貞享五年）や「世間胸算用」（元禄五年）など、数々の代表作を執筆した後は、ただちに原稿を版元に渡しています。これで生計を立てなければいけませんし、またこれが流行作家の宿命なのですから、これはこれで当然の行動です。近松門左衛門は、曾根崎で実際に心中事件が起こった僅か数ヶ月後に、竹本座にて、人形浄瑠璃「曾根崎心中」（元禄十六年）を初演させています。まるで神業です。時機を逃さない事がどんなに大切であるか、世情に敏感だった近松は、充分承知していたのです。おかげで「曾根崎心中」は大ヒットして、その後、近松はこの功績が認められて、竹本座の専属作家となりました。井原西鶴も近松門左衛門も、今日のコロナ対策と同じで、スピード感を最重要視していたのです。

ところが、「奥の細道」執筆後に芭蕉が行動した事は、この西鶴や近松と比べてみますと明らかに異なっています。理解し難い行動というよりも、理解し難い「非」行動、といった言い方が当たっているのです。

まず彼は、柏木素龍という能書家の弟子に、「奥の細道」の清書を頼みました。これが素龍清書本というものです。その跋文の日付が元禄七年（一六九四年）初夏となっていますので、これによって、彼が執筆を終えたのは、元禄七年初頭ではないかと推定されています。ただ実際の執筆作業の時期については、今日でもよく分かっていません。早々に書き上げたものの、何かの理由でいつまでも手元に置いていたとか、何年も推敲を重ねた結果、元禄七年初頭になってようやく完成にこぎつけたとか言われていますが、いずれも推測の域を出ていません。一方で、出版の時期についてははっきりと分かっています。元禄十五年です。完成した素龍清書本は、芭蕉から、伊賀上野にいる実兄の半左衛門に譲渡されました。その後、半左衛門から、蕉門重鎮の向井去来の手に渡りました。この去来が所持していた素龍清書本を、京都の井筒屋庄兵衛という版元が、元禄十五年に出版しました。これが井筒屋本です。芭蕉は元禄七年十月に亡くなっていますから、死後八年もの歳月を経ての出版だった訳ですが、それでも、この出版によって「奥の細道」は、おそまきながら、ようやく日の目を見る事が出来たのです。ちなみに、「奥の細道」には、これ以外にも、柿衛本、曾良本、野坡本などの写本が今に伝えられていますが、どれも個人の秘蔵品だった期間が長かった為、素龍清書本よりも早く世間にこれらが出回る事はありませんでした。

以上をまとめますと、芭蕉は、元禄二年秋に奥州から北陸にかけての旅を終えてから、元禄七年初頭までのある時期に、「奥の細道」を完成させたものの、その素龍清書本を故郷の兄に譲渡したままにしておいて、何もしないで、出版に向けての具体的行動を起こす事も無いままで、約半年後に大坂でその生涯を閉じた。「奥の細道」は芭蕉の死後八年も経過してから、弟子の去来と版元の井筒屋の尽力によって、辛うじて出版にこぎつけた――となります。「奥の細道」を執筆した後の芭蕉は、どうしてこんな、出版に関して何もしない日々を送っていたのでしょうか？

旅を終えたならば、その旅の印象が薄れてしまわないうちに、直ぐに筆を執る。執筆を終えたならば、直ぐにその原稿を版元（出版社）に渡す——これがごく自然な流れですよね。もし西鶴や近松だったら、きっとこうしたでしょうね。二年前に、ある女子大生が、芭蕉は凄腕の興行師だった、と話したそうですが、もしその通りだとしたら、旅を終えた彼は、必ずこのような出版に向けた準備作業に取り掛かっていた筈です。また、一年前に、ある国語教師が、芭蕉は戦場カメラマンだった、と話したそうですが、もしその通りだとしたら、旅を終えた彼は、やはり必ず出版に向けた準備作業に取り掛かっていた筈です。なぜなら、出版にこぎつければ、その著作物は多くの人々の目に触れる機会を得ます。それによって、彼が旅で見聞きしたり感動したりした体験、その折々に詠んだ数々の句、また彼が旅で得た思いの深さというものは、多くの人々の心に伝わります。それこそがまさしく、彼が望んでいた旅の成果なのです。更にそれらによって、最新の蕉風が世間に伝わって、弟子が増えて蕉門（芭蕉一門）が栄えてくれるとなれば、もうこれは一石二鳥の成果があります。また、多少でも本が売れてくれれば、それはそれで、得た収入は今後の生活費や次の旅費の足しにもなるでしょうから、打算的ですが、これもやはり捨て難い魅力です。いずれにしても出版にこぎつければ、それから得られるメリットは大きいのです。それでこそ、苦しい旅をした甲斐があるというものでしょう。また、更に付け足しますと、昨晩、美咲さんが、芭蕉は人々との結び付きを大切にする、一途に旅好きの俳諧師だった、と話したそうですね。もしその通りだとしたら、旅を終えた彼は、旅で詠んだ自信の句を、多くの俳諧愛好者達に披露しないままでいる、俳諧紀行文を出版しないままでいる、彼等と情報を共有しないままでいる、なんて不自然な態度は取らない筈です。人付き合いのいい釣り人が、せっかく苦労して釣り上げた大魚を、釣り仲間に自慢しないで、黙ったままでいられますか？

ところが実際の芭蕉は違っていました。死ぬまで出版に関して何もしませんでした。誰の目にも不自然に映るものでした――これは難問ですね。冒頭で僕は、芭蕉は何の目的で「奥の細道」を執筆したのか、との問いを投げ掛けましたが、どうやら彼の頭の中には、「奥の細道」を出版しようなどという考えはまるで無かった、と認めるしかなさそうです。そして出版しようなどという考えが無かったのであれば、出版によるメリットを享受しようという考えも当然無かった筈だと言えます。結局彼には、旅で見聞きしたり感動したりした体験、その折々に詠んだ自信の一句一句、そして旅を通して得た数々の貴重な情報を、多くの人々に読んで欲しい、知って欲しい、情報共有したいという願望がまるで無かった訳です。こういう願望はごく自然なもので、物書きであれば大抵誰にでも備わっていそうなものですけどね。筆が立つ芭蕉なのに、実にもったいない話ではありませんか。

実は、「奥の細道」の出版に関して芭蕉が何もしなかったのに、意図的な理由はありませんでした。しいて言えば、これを出版しようとの意志が、彼には無かったからでした。出版は彼の関心事では無かったからでした。つまり、執筆後の芭蕉の頭の中は、別のもっと大きな関心事で占められていて、「奥の細道」を出版するとかしないとかはどうでもよかったのです。更に、問題発言をさせてもらえば、「奥の細道」執筆後の彼は、この際、俳諧なんてどうでもいい、蕉門なんてどうでもいい、また漂泊の旅なんかもどうでもいいくらいの、別のもっと大きな関心事を抱え込んでいて、もうその事で頭の中がいっぱいだったのでした。しかもその関心事というのは、絶対に誰にも打ち明けてはいけない類いのものでした。どうやら彼は、とんでもない秘密を抱え込んでいたみたいですね。

それにしても、芭蕉とはいったい何者なのでしょうか？　確かに彼には、凄腕の興行師の一面もあったようです。戦場カメラマンとしての一面もあったようです。人との結び付きを大切にする旅好きの俳諧師の一面もあったようです。でも僕に言わせると、これらはどれも虚像です。では、彼の実像はどんなものだったのでしょうか？　素顔とはどんなものだったのでしょうか？　凄腕の興行師の仮面、戦場カメラマンの仮面、人との結び付きを大切にする旅好きの俳諧師の仮面、そういった仮面を剥いだ後の芭蕉は、いったいどんな顔をしていたのでしょうか？　僕が今からそれを解き明かしましょう。

仮面を剥いだ後の芭蕉の顔は、凄腕の興行師、戦場カメラマン、人との結び付きを大切にする旅好きの俳諧師などとは真逆の男の顔をしています。権力志向に凝り固まった男。野心を抱いてみたものの、最後は挫折した男。挫折してからも、屈辱感にさいなまれ続けた男。更に、死に臨むまで悪夢にさいなまれ続けた男――これが、僕があぶり出す彼の顔です。彼の後半生の素顔です。

「旅に病んで　夢は枯野を　駆けめぐる」

彼の有名な辞世の句です。彼が息を引き取る間際に見た夢って、いったいどんな夢だったんでしょうね？　自由気ままにのんびりと漂泊の旅をしている夢ですか？　自分の俳諧を磨き上げて、新境地を目指している夢ですか？　蕉風俳諧が全国津々浦々まで行き渡って、ますます繁栄している夢ですか？　どれも幸せそうな夢ばかりですね。でも、僕の見方は違います。もっと深刻なものです。彼は本心では、

「旅に病んで　悪夢は枯野を　駆けめぐる」

あるいは、

「大出世の　夢は枯野を　駆けめぐる」

と詠みたかっただろうな、と思っています。夢がかなう事も無く、臨終の日を迎えなければいけなかった彼に、僕は同情します。「奥の細道」の旅を画策してから臨終までの約六年間、彼の心をむしばみ続けていた悪夢……。それはちょうど、あの「マクベス」の心をむしばみ続けていた悪夢によく似ていますので、話がかなり脇道にそれますが、ここで僕が英文学の名作、シェイクスピアの「マクベス」を引き合いに出すのを許して

下さい。

シェイクスピアの四大悲劇が「ハムレット（一六〇〇年）」、「オセロ（一六〇四年）」、「リア王（一六〇五年）」、そして「マクベス（一六〇六年）」です。この有名な四大悲劇は、悲劇のランク付けが可能です。制作年代順に、「ハムレット」、「オセロ」、「リア王」、「マクベス」の順で、悲劇のレベルは一段階ずつ上がっています。すなわち、シェイクスピア悲劇の中でも、最高レベルに到達した悲劇が、「マクベス」なのです。

「ハムレット」の主人公は、叔父のクローディアスに欺かれました。クローディアスは、ハムレットの実父を殺害して、その王位と妻（ハムレットの母）までも奪った男で、ハムレットにとっては憎むべき相手でした。「オセロ」の主人公は逆臣のイアーゴーに欺かれました。イアーゴーは、オセロの妻が不倫をしていると嘘の告げ口をした男で、オセロにとっては憎むべき相手でした。「リア王」の主人公は長女ゴネリルと次女リーガンに欺かれました。彼女達は共謀して、リア王に偽りの愛情を示して、偽りの老後の保障までしておきながら、最後はリア王を国外追放しました。彼女達もリア王にとっては憎むべき相手でした。このように、ハムレットにも、オセロにも、リア王にも、悲劇の主人公ではありながら、彼等には、自分を奈落の底に突き落とした、憎むべき相手が明確に存在していました。対象となる敵がいました。その敵がいてくれたおかげで、彼等三人は、懐疑や憎悪や悔恨などの烈しい感情を募らせて、その感情をそれぞれの個性的な言動へと展開させる事が出来たのでした。また、その敵の縦横無尽の暗躍に助けられて、彼等三人は、自分達の悲劇を、より悲劇らしい方向へと展開出来て、より悲劇らしく完結出来たのでした。ハムレットは、クローディアスを殺して報復を成し遂げました。オセロは、残念ながらイアーゴーを取り逃がしました。リア王は、ゴネリルとリーガンに仕掛けた戦争で逆に敗北した末に、最期は狂死しました。つまり、醜悪なる敵に対して、憎むべき相手に対して、ハムレットは勝利、オセロは引き分け、リア王は敗北、という結果で悲劇の幕を下ろしたのでした。このように、憎むべき相手と主人公との決着の付け方は、三者三様で、この結末の違いが、悲惨さの印象の違いとしても表れていて、これが悲劇のランク付けに一役買っている訳ですが、いずれにしても、この三者三様の悲劇では、憎むべき相手は、演劇に欠かせない存在として大活躍していたのでした。

ところが、マクベスの悲劇は、ハムレット・オセロ・リア王と比べてみますと、全く異質のものでした。マクベスの悲劇は、醜悪なる敵、憎むべき相手が最初から不在であるところから出発していました。マクベスは、誰からも欺かれたりしていません。脇役は皆、善人ばかりです。特にマクベスが命を奪ったスコットランド国王ダンカンは、慈悲深い国王で、臣下のマクベスを重用していました。勇猛果敢なマクベスを全面的に信頼していました。マクベス自身も、もともとダンカン王へ恨みなんか抱いていません。つまりダンカン王は、主人公マクベスが憎むにふさわしい相手ではなかったのです。では、憎むにふさわしい相手は魔女達でしょうか？　確かに魔女達はマクベスに悪事をそそのかしました。でも、マクベスが魔女達から欺かれた、騙された、陥られた、と決め付けてしまうのは早計で、魔女達が発した言葉によく耳を傾けてみますと、実は魔女達は、マクベスに何一つ嘘を告げてはいません。多少まぎらわしい予言はしましたが、決して騙してなんかいません。それに魔女は人間では無く、幻影のような存在です。マクベスとの間に、欺くとか欺かれるとか、騙すとか騙されるとかいった、生臭い人間関係は無く、そもそも憎悪の対象とはなり得ません。では、憎むにふさわしい相手はマクベス夫人でしょうか？　確かに彼女はマクベスに悪事をそそのかしました。でも、マクベス夫人を悪者扱いするのも間違いです。マクベス夫人はひたすら夫の出世を願っていた女性で、夫の出世の為となれば何でもするつもりでいました。そんなマクベス夫人の意見を、マクベスはいつも尊重していました。劇の中で、マクベス夫妻は一度も内輪揉めしていません。ダンカン王殺害を共謀したマクベス夫妻は、このように常に一心同体でいたのです。マクベスとマクベス夫人は同一化してもいい人格なのです。ちなみに、「マクベス夫人」

とは妙な命名です。小説や演劇などを手掛ける作者達にとって、登場人物への命名というのは大切な作業です。悪人にはそれらしい名を、美女にはそれらしい名を、と次々と名前を考え出す作業は、作者達にとっては、大切であると同時に、やりがいがある作業でもあります。シェイクスピアでも、悲劇のヒロイン達に個性的で魅力的な名前を付けています。「ハムレット」にはオフィーリア（ハムレットの恋人）、「オセロ」にはデスデモーナ（オセロの妻）、「リア王」にはコーディリア（リア王の末娘）といった具合です。ところがシェイクスピアは、マクベス夫人には名前を付けていません。シェイクスピア劇では極めて異例です。これは、マクベス夫人がマクベスの分身である事を匂わせようとしたからだ、と僕は考えています。

このように、「マクベス」の主人公の周囲には、最初から醜悪なる敵、憎むべき相手が存在していませんでした。誰もマクベスを奈落の底に突き落とそうとはしていませんでした。マクベスは自分で勝手に自己破滅のシナリオを描いて、自分で勝手に奈落の底に落ちただけなのです。ですから、憎むべき相手を執拗に捜し出そうとすれば、それはマクベス本人に行き当たります。自分を陥れた醜悪なる敵は、自分自身となります。敵は自分なのです。でも、これを結末にされたのでは、なんとも救いようがありません。敵が主人公自身となれば、観ている観客にもやりきれなさばかりが残ります。

でも、この悲劇「マクベス」を通してシェイクスピアが訴えたかった事は、はっきりしています。どんな事態に陥っても、自己嫌悪、自己否定、自己抹殺は止めなさい――と言う事です。他人によってもたらされた災厄は言うまでも無く、たとえそれが自分自身によって引き起こされた災厄、自業自得の災厄であったとしても、自分を放棄するのは止めなさい、自分を見失うのは止めなさい、最期まで果敢に災厄と向き合いなさい、堂々と災厄に立ち向かいなさい、このマクベスのように――シェイクスピアはこう言いたかったのです。悲劇の主人公の、その究極の理想像を追求していたシェイクスピアが、自害したオセロ、つまり自分を放棄したオセロ、発狂したリア王、つまり自分を見失ったリア王、ではどうしても納得出来なくて、ようやく到達した、悲劇の主人公の理想像がマクベスだったのです。マクベスは、シェイクスピアにとって極限とも言える悲劇の主人公だったのです。

話を芭蕉と「奥の細道」に戻しましょう。

芭蕉のケースをこの悲劇「マクベス」に当てはめてみましょう。芭蕉がマクベスだとすれば、ダンカン王に当てはまる人物は、北村季吟でしょうか。そして、魔女達に当てはまる人物は、山口素堂と柏木素龍でしょうか。北村季吟は、芭蕉に貞門俳諧を手ほどきした人物です。芭蕉にとっては恩人とも言える、若き日の俳諧の師匠です。山口素堂も、北村季吟から貞門俳諧の手ほどきを受けていた人物で、芭蕉の古くからの友人です。柏木素龍も、芭蕉の古くからの友人で、「奥の細道」を清書した能書家です。この素龍には、柳沢吉保家に和歌指南役として出入りしていた歌学者、というもう一つの顔がありました。柳沢吉保は、五代将軍徳川綱吉の側用人として、元禄期に権勢をほしいままにした人物です。以上が、芭蕉と「奥の細道」の悲劇に登場する主な顔触れです。

「おもしろうて　やがてかなしき　鵜舟かな」

これは、「奥の細道」の旅に出立する前年の貞享五年（一六八八年）七月、芭蕉が美濃・尾張滞在中に詠んだ句です。この句を詠んだ後、彼は、弟子の越人を伴って、のんびり旅に出ました。名古屋から、信州更科を経て、姥捨山を見て、善光寺を参詣して、浅間山を望みながら、

「吹き飛ばす　石は浅間の　野分かな」

と一句詠んで、中山道を歩き続けて、貞享五年八月下旬頃、江戸に到着しました。これが「更科紀行」と名付けられた旅です。この旅を終えて江戸に帰り着いたばかりの芭蕉の頭の中には、次回の旅の構想なんてまだ

何もありませんでした。「来年の春頃には、奥州から北陸にかけての長い旅に出てみようか」、「その為には今からぼちぼち準備しておかないとなあ」――こんな予定表など、彼の頭の中にはこれっぽっちもありませんでした。そのくらい、奥州から北陸にかけての長い旅、いわゆる「奥の細道」の旅は、彼のあずかり知らないところで、何者かによって唐突に画策された旅だったのです。つまり、ここは大事な点ですが、そもそも「奥の細道」の旅は、彼自身が思い立って、彼自身が企画した旅では無かったのです。

このあたりを、順を追って詳しく説明しましょう。長くなりますが、我慢して聴いて下さい。

貞享五年（一六八八年）九月十日、山口素堂宅で句会が催されました。これは文献では、「素堂亭十日菊」の句会と記録されています。この句会は、久し振りに江戸に戻った芭蕉を、彼の友人や弟子達が歓待するのが名目でした。その前年の貞享四年十月下旬、彼は尾張に向けて、「笈の小文」と名付けられた旅に出ていましたから、彼にとっては約十ヶ月振りとなる江戸でした。其角・嵐雪・越人・路通など貞門の多彩な顔触れが、この句会に出席していました。其角と嵐雪は、当時の江戸俳壇を二分していた、蕉門の重鎮です。越人は先程の「更科紀行」の旅に同行した、尾張の染物屋。そして路通は、放浪していた際に、「野ざらし紀行」の旅の途中だった芭蕉とたまたま出会って、蕉門に入れてもらった男です。この「素堂亭十日菊」の句会の返礼として、三日後の九月十三日、今度は芭蕉庵で句会が催されました。これは文献では、「芭蕉庵十三夜」の句会と記録されています。ちなみに、この九月の末に改元されて、元号が貞享から元禄へと変わります。貞享五年が元禄元年になります。

この「素堂亭十日菊」と「芭蕉庵十三夜」の二度の句会が、その後の芭蕉の人生に大きな影響を与えました。この二度の句会の席で、何者かにこっそり耳打ちされた、ある極秘情報によって、芭蕉の頭の中はパニックとなりました。有頂天になったかと思えば、落ち込んだり、更に苦悩したり、強気になったかと思えば、弱気になったり、更に怯え始めたり、そのうち誰の言葉も信じられなくなって、猜疑心に凝り固まる、といった、かなり不安定な精神状態に陥りました。それは、魔女達にダンカン王暗殺をそそのかされた時のマクベスが置かれた状況とよく似ていました。そして結果的には、この何者かによってもたらされた極秘情報は、芭蕉のその後の行動に大きな制約を課し続けて、その後の彼の人生に黒い陰を落とし続けたのでした。この二度の句会が催されなければ、或いは、この極秘情報に彼が耳を貸さなければ、恐らく彼は、艱難辛苦を伴った「奥の細道」の旅に出る事など無かったでしょう。その後の失意の底に沈んだ苦渋の日々も無かったでしょう。勿論、「荒海や――」の句も詠んだりしなかったでしょう。彼の後半生は、もっと違った、明るいものになっていたでしょう。彼が強く望んでいた西国行脚が、もしかすると実現していたかもしれません。行きたがっていた、愛弟子、向井去来の出身地である長崎まで、もしかすると去来と一緒に行けていたかもしれません。そういった西国の地で、新たな名句が次々と誕生していたかもしれません。今頃は、中国地方・四国地方・九州地方のあちこちに、彼の句碑が建っていたかもしれません。

それから彼は、もっと長生きして、もっと気楽な旅を続けて、安らかな眠りについていたかもしれません……。そして三百数十年後に生まれた僕も、ここでこのように、「荒海や――」の句に関して、あれは違っていて、これも違っていて、実はこういう深い事情があって、と皆さんにいちいち説明しなくて済んでいたのかもしれません……。たられればの話をしていても仕方が無いので、このくらいにしましょう。

さて、句会の席で極秘情報を得る、と言えば、僕達には奇異に聞こえるかもしれませんが、江戸時代の句会は、今日の句会とは様相が異なっていました。今日の句会には、静寂を重んじる、落ち着いた雰囲気の趣味の会といった印象があります。しかし当時の句会は、近年の接待ゴルフや接待麻雀にも似ていて、武士・商人・職人達にとっての、彼等の職責や生活がかかった、熱きビジネスの場でもありました。

江戸幕府が誕生して約八十年、島原の乱が平定されてから約五十年を経た、貞享・元禄年間は、幕藩体制は確立されて、士農工商の身分制度は強固なものになっていました。武士も町人も厳しい統制でがんじがらめにされていました。戦乱の世が遠退いてくれたのは、確かに有難い事でしたが、それにしても、何時も御上《おかみ》の重圧を感じていなければならない、息苦しい世の中になっていました。その息苦しさの中から、人々の娯楽の一つとして誕生したのが、言葉遊びでもある俳諧でした。また、人々の息抜きの場の一つとして誕生したのが、俳諧愛好者の集まりである句会でした。句会は、文学や言葉に関しての幾つかの約束事を守った上で、互いに好き勝手な事を語り合ったり批評し合ったり出来る、封建時代にしては珍しく自由な発言が許容された社交場でした。又、ここが重要な点ですが、句会は、その席においては身分や肩書をはずしてもよい、との約束事によって、厳しい身分制度のあの時代に、武士・農民（豪農）・職人・商人の各階層が、互いに顔見知りになれる、滅多に無い機会でもありました。この互いに顔見知りになれるのは、どの階層にとってもメリットがありました。例えば、藩士は、藩や自分の屋敷のやりくりで、商人に金銭面で便宜を図ってもらったり、一方、商人・職人は、藩士から公儀の様々な仕事を優先的に回してもらったり、といった具合でした。

更に当時の句会には、人脈に長けた人達が集まりがちだったところから、今日のハローワークにも似た、就職斡旋の場の様な一面もありました。例えば、「素堂亭十日菊」と「芭蕉庵十三夜」を清書した蚊足という弟子は、素堂の世話で、ある藩に召し抱えられました。「……蚊足は、素堂の口入にて秋元公にて二百石。和田源助と申し候……」、という当時の古文書が残されています。このように、句会の参列者の中には、風流は二の次で、職探しを目的にしているようなちゃっかり者もいたみたいでした。

蕉門十哲は、芭蕉の弟子達の中でも、特に優秀だったとされる十人の弟子達を指していますが、ここで彼等の本業に注目してみましょうか。森川許六は彦根藩の重臣、服部土芳は伊賀藤堂藩士、立花北枝は刀研ぎ商、杉山杉風は幕府御用達の魚問屋、志太野坡は越後屋（三越）の番頭、そして越智越人は染物屋――このようにさまざまな肩書です。また、宝井其角・内藤丈草・服部嵐雪・向井去来の四人は、既にプロの俳諧師として身を立ててはいましたが、其角は、元御殿医でしたし、丈草は元犬山藩士、嵐雪や去来は、某藩の下級武士の出でした。この四人については、出身が出身だけに、また才覚に恵まれていただけに、もしかすると、俳諧師の地位くらいでは満足出来ないでいて、もっと上を目指していた者、全く違った分野へ進出する野心を抱いていた者もいたかもしれません。例えば、某藩から破格の禄高で召し抱えられるかもしれぬ、という仕官話を聞けば、そちらに活躍の場を移してみようか、そちらに自分の人生を賭けてみようか、と考えてみるような、そんな野心です。

蕉門の弟子達の中には、まあ、そんな考えに囚われた輩《やから》もいたかもしれませんが、蕉門の頂点に立つ、俳聖とまで崇《あが》められた芭蕉が、そんな世俗的なものに惑わされる事は無かったでしょう……と言いたいところですが……ちょっと待って下さい。さあ、どうでしょうかね？

芭蕉だって、元々下級武士である郷士の出です。武家社会の底辺で長く辛酸をなめた男です。ですから、これればかりは分かりません。武家社会の、ずっと上からの抜擢、ずっとずっと上からの大抜擢の話であるとすれば、彼の気持がどう揺れ動くものか、これはちょっと予見出来ませんね。ずっとずっと上からの大抜擢の話とは、単刀直入に言えば、幕府から召し抱えられるかも、といった話です。この眉唾物の、全くあり得ないような仕官話が、「奥の細道」の旅をした元禄二年（一六八九年）の前年に、現実に持ち上がったのです。「素堂亭十日菊」と「芭蕉庵十三夜」の句会で芭蕉が入手した極秘情報とは、この降って湧いたような、芭蕉の仕官話だったのです。

貞享・元禄年間の将軍と言えば、あの五代将軍綱吉です。綱吉は、歴代将軍の中では異彩を放っていた将軍です。徳川の将軍にしては珍しく、独裁的な支配を貫いた将軍であり、また学問好きな将軍でもありました。約三十年の在位期間中の後半は、犬公方と陰口を叩かれてその評価はさんざんでしたが、前半は意外にも、「天和《てんな》の治」と称えられた善政を敷いていたように、元々賢明な将軍でした。

幕府は、三代将軍家光の時代までは、武断政治、つまり軍事力によってその威信を保とうとしていました。それが、四代将軍家綱の頃から、その政治手法に変化が見え始めました。武断政治から文治政治への転換です。文治政治とは、軍事力に頼らずに、宗教（主に儒教）・儀式・法令などによって、時の最高権力者の威信を保とうとする政治手法です。この転換の背景には、幕府に敵対する有力大名がほぼいなくなった事、幕府の軍事力の維持が物心両面から重荷になってきた事、また巷では天下泰平が続いていて、これがどうやら今後も続きそうな事、などの事情が挙げられます。

延宝八年（一六八〇年）、綱吉が将軍職に就くと、綱吉の学問好きな気性にも助けられて、この文治政治に更に拍車が掛かります。綱吉自らが、家臣団や大名諸侯を相手に儒学の講義を数十回も行った、との記録が残されているくらいですから、綱吉の儒学の心得は相当確かだったようです。綱吉の学問好きは、幼少の頃に培われたものです。彼は三代将軍家光の四男です。家光は、次期将軍は長男の家綱でなければならない、と考えていましたので、四男の綱吉には、邪心が芽生えないように、露骨に言えば、将軍の座を狙わせないように、と幼少の彼に徹底して儒学などを学ばせました。また彼の生母、桂昌院（家光の側室）も、彼女の低い身分（町人の娘）を気にしてか、綱吉の勉学を強く後押ししました。こうした教育パパと教育ママの下で育った綱吉に、やがてまさかのチャンスが巡って来ます。病弱だった四代将軍家綱が世継ぎのいないままで世を去った後、思いもかけなかった将軍の座が転がり込んだのです。このような幸運に恵まれて、稀有の学問好き将軍が誕生したのでした。

学問好き将軍綱吉には、もう一つ特記すべき事があります。歴代将軍の中では飛び抜けて、京都の朝廷や公家を大切に扱った将軍だったのです。理由は二つあります。一つは、朝廷や公家によって比較的安定した政治が執り行われていた、古き良き平安時代を、今の文治政治のお手本にしたいと、綱吉自身が考えていた事。そしてもう一つは、生母、桂昌院が、将軍の母としてふさわしい官位を朝廷から授かればありがたいのだが、という親孝行な思いが、綱吉の胸中にあった事です。綱吉のこの思いは実って、やがて桂昌院は朝廷から女性最高位の従一位の官位を賜りました。ちなみに、綱吉のこうした朝廷を大切にしたいとする思いを逆なでしたような、おそまつな不祥事が、元禄十四年、あの松の廊下で突発した刃傷沙汰でした。朝廷の使いを接待するという大事な日を前にして、江戸城内で騒動を起こした赤穂藩主の浅野内匠頭を、綱吉は心底許せなかったのでした。

綱吉は、儒学や漢学は得意でしたが、歌学や国学（和学）の方は得意分野ではありませんでした。歌学とは、王朝古典文学、特に和歌の研究を通して、日本固有の文化・思想・精神を追究する学問の事です。綱吉としては、歌学や国学がいつまでも不得意なままの自分でいては、文治政治を推進するにあたり、なにかと不都合だと感じていました。また、朝廷や公家と親交を深める上でも、なにかと支障があると感じていました。それに何よりも、向学心が強い、学問好きな将軍としてのプライドが許しません。そこで綱吉は、将軍職に就いて七、八年経った頃、自らが率先して歌学・国学を学ぶ決意を固めました。こうして、綱吉じきじきの御声掛かりで、「歌学方《かがくかた》」という新しい役職が幕府に設けられたのでした。「歌学方」は、将軍に歌学・国学の手ほどきをする役職で、分かり易く言えば、綱吉の歌学・国学の家庭教師のようなものでした。この「歌学方」の人選は、松平直矩（家康の二男・秀康の孫）を中心とした幕臣達に任されました。これが、芭蕉が「奥の細道」の旅に出る直前、貞享四、五年頃の、幕府「歌学方」新設に至るまでの経緯です。

ところで、江戸中期以降ともなれば、日本の古典文学の研究が盛んになって、賀茂真淵・本居宣長などの優秀な国学者が多数輩出されるようになりますが、綱吉の時代には、まだそんな著名な国学者は存在していませんでした。それでも、優秀な歌学者・国学者はどこかにいる筈だ、と幕臣達による「歌学方」の適任者探しが始まりました。でもこれがなかなか見付かりません。そこで、著名でなくてもいいから、巷に埋もれている、将軍に歌学・国学の手ほどきが出来そうな学者はいないものか、と「歌学方」の採用基準を少し下げて探し求めているうちに、貞門俳諧の担い手達が注目されるようになったのでした。でも、どうして貞門俳諧が注目されたのでしょうか？

貞門俳諧の創始者は、松永貞徳です。貞徳は、江戸初期の俳人・歌人・歌学者です。承応二年（一六五三年）、八十二歳で亡くなりました。貞徳は、それまで朝廷や貴族によって独占されていた、王朝古典文学の世界を、巷のごく一般の人々にまで広めよう、と心を砕いていた人物です。貞徳は私塾を開きました。子弟教育には特に力を入れました。貞徳は、俳人・歌人・歌学者ですが、その一方で、熱心な古典文学の伝承者・教育者でもありました。いいえ、どちらかと言えば、貞徳は俳人などとしての仕事よりも、古典文学の伝承者・教育者としての仕事の方に生き甲斐を見出していたのかもしれません。古典文学教育の補助教材として、俳諧を活用していたようなふしも見受けられますから。

「花よりも　団子やありて　帰る雁」

貞徳の代表句の一つです。これは平安時代の女流歌人である伊勢の和歌、

「春霞立つを見捨てて行く雁は　花なき里に住みやならへる」（「古今和歌集」所収）

を踏まえています。この和歌の意味は、「もうじき桜が咲く季節になるというのに、それを待たずに雁が去って行く。残念ね。雁は桜がない土地に住み慣れていて、桜には興味がないからかしら？」、です。これを

踏まえて、貞徳は、「雁が去って行くのは、雁の行先には団子があるからではないのかな」、とジョークを飛ばしています。団子は、子供にも分かり易い単語です。このジョークは、私塾の子供達には大受けだったでしょうね。貞徳も満足したでしょうね。これでいいのです。これがきっかけで、子供達が古典文学に少しでも興味を持ってくれれば、貞徳としては一つの目的を果たせたのです。

貞門俳諧の流儀は、このように、古典の教養を不可欠とした点にあります。これは、その後に台頭した談林俳諧との大きな違いです。談林俳諧は、何事にも束縛されずに、自由闊達に句を詠むのを流儀としていました。この談林俳諧は、やがて勢いを増します。逆に貞門俳諧は、古典の習熟をあまりに重視する姿勢が煙たがられて、次第に衰退します。この貞門俳諧と談林俳諧の交代期が寛文十二年（一六七二年）頃です。ちょうど芭蕉が、俳諧師としての栄達を夢見て江戸へ来た頃です。芭蕉は、時流には逆らえないと悟ったからでしょうか、その数年後には、貞門俳諧を見限って、談林俳諧に鞍替えしています。

貞門俳諧は、談林俳諧に押されて勢力を弱めながらも、松永貞徳の直弟子の安原貞室・山本西武・北村季吟などによって、細々と受け継がれました。ここから話の中心は、芭蕉の師匠である、北村季吟に移ります。

北村季吟は、師匠の松永貞徳と同様、俳人・歌人・歌学者でしたが、師匠とは一味違っていたところがありました。貞徳以上に、王朝古典文学そのものの探求に熱心だったのです。「大和物語抄」・「土佐日記抄」・「伊勢物語拾穂抄」・「徒然草文段抄」・「源氏物語湖月抄」・「枕草子春曙抄」・「八代集抄」・「百人一首拾穂抄」・「万葉拾穂抄」――これらは、季吟が刊行した古典の注釈書・解説書の数々です。季吟はこれらの書物を、寛文から貞享年間にかけての、約三十年間、黙々と執筆し続けました。江戸時代とは言っても、当時の人々も現代人と似たり寄ったりで、原文のままの古典文学はなかなか読めません。それでも読みたければ、注釈書・解説書の助けが必要になります。省略された主語・目的語などを示してくれたり、貴族の儀礼・慣習まで詳しく解説してくれたりする、注釈書・解説書の助けがどうしても必要です。季吟はそんな注釈書・解説書を、三十年間骨身を惜しまずに、こつこつと書き続けたのです。地味な裏方作業です。でも、古典に精通している誰かがやらないといけない作業です。季吟は、師匠の貞徳とは別の、こういった地道なやり方で、王朝古典文学を一般の人々に広める目的で、身を粉にしていた人物だったのです。「枕草子春曙抄」は全十二巻、「源氏物語湖月抄」は全六十巻もあります。季吟が生涯で書き上げた古典の注釈書は、二百冊近くにも達します。これは大変な労力です。江戸時代の一般の人々が、難解な古典に親しめたのには、ひとつには、季吟のこうした目立たない働きがあったからとも言えましょう。

北村季吟は寛永元年（一六二四年）、近江国で医師の家系に生まれました。芭蕉よりも二十歳年上でした。十六歳で京都に上って、松永貞徳の門に入りました。学者肌で、世渡りは下手でした。古典の探究や注釈書の刊行だけでは生活出来る筈は無く、公家を相手に古典の講釈をしたり、貞門俳諧を指導したりして、どうにか食いつないでいました。「俳諧埋木《はいかいうもれぎ》」は、季吟がこの時期に執筆した、貞門俳諧の奥義書です。つまり、指導者向けの虎の巻のようなものです。この「俳諧埋木」を、季吟は若き芭蕉に授けました。芭蕉は、師匠の季吟から授かったこの奥義書を懐に入れて、江戸へと出立したのです。俳諧師としての栄達を望んでいた芭蕉にとって、この奥義書はとても心強かったでしょう。実際、季吟直伝の「俳諧埋木」を携えていた芭蕉は、江戸市中で信頼を得る事が出来て、多くの弟子を獲得するに至りました。このように芭蕉にとって、季吟という人物は、俳諧を初歩から教えて、しかも俳諧師としてひとり立ちまでさせてくれた大恩人でした。大恩人の筈……でした。

このように季吟は、貞徳亡き後の貞門俳諧を背負い続けました。もっとも季吟は、俳諧の理論家としては第一人者でしたが、肝心の句作の方は得意では無かったようです。今日、秀句は殆ど残されていません。勿論、直弟子の芭蕉には遠く及びません。俳諧師としては元々向いていなかったのでしょうね。一句だけ挙げておきましょう。

「一僕と　ぼくぼく歩く　花見かな」

それでも季吟は、指導者としては優秀で、芭蕉を筆頭に多くの優れた弟子を育てました。ここで彼の弟子の一人、田捨女の句も挙げておきましょう。

「雪の朝　二の字二の字の　下駄の跡」

言葉の面白さ、文字の面白さを教えようと努めていた、貞門俳諧を代表する秀句です。

貞門俳諧は言葉遊びに偏り過ぎている、と揶揄《やゆ》する者もいましたが、僕はその指摘は的外れだと思います。貞門俳諧の担い手達にとって、俳諧はいわば識字運動の一環でもあったのです。一般の人々に、文字数が少ない文学である俳諧を通じて、まず文字に親しんでもらおう、そして言葉の世界に親しんでもらおう、楽しんでもらおう、更にその先にある、昔の言葉の世界、即ち古典文学にまで関心を向けてもらえれば、との思惑が貞門俳諧の担い手達にはあったのです。

さて北村季吟は、天和三年（一六八三年）、六十歳になってようやく、和歌の神様、藤原俊成を祀っている、京都の新玉津嶋神社の宮司の職を得ました。やっと日々の生活が安定しました。それでも、国学への情熱、古典文学への情熱は衰えません。相変わらず、古典の注釈書・解説書の執筆に没頭していました。こんな真面目にこつこつやるだけが取柄《とりえ》の季吟に、元禄二年（一六八九年）、六十六歳にして突然日が当たり始めたというのですから、世の中何が起こるか分からないものです。

将軍に歌学・国学の手ほどきをする、「歌学方」の適任者探しをしていた幕臣達は、貞門俳諧の担い手達の中に古典に精通している者がいるかも、と目を付けていました。折も折、元禄二年三月、これはちょうど芭蕉が「奥の細道」の旅に出立した頃ですが、季吟は、完成したばかりの「万葉拾穂抄」を将軍綱吉に献上しました。季吟にしてみれば、これは何かを狙っての特別な行為ではありませんでした。十五年前の延宝二年（一六七四年）の春には、四代将軍家綱に労作の「源氏物語湖月抄」を献上していますし、八年前の天和元年（一六八一年）には、伊勢神宮に「伊勢物語拾穂抄」と「枕草子春曙抄」を奉納しています。季吟にしてみれば、成就の証しとして、「万葉拾穂抄」を将軍に献上したいという思いから出たものでしたが、これが結果的に、季吟の人生における殊勲打・逆転打となりました。この献上した「万葉拾穂抄」が功を奏して、季吟は幕臣達から一躍注目されて、「歌学方」候補者の筆頭に躍り出たのです。

北村季吟は当代屈指の歌学者・国学者と認められる――と幕臣達は、季吟の実力と業績を高く評価しました。ただその一方で、季吟を「歌学方」の役職に就かせるには不安材料もありました。季吟を積極的に推挙する幕臣や藩主が殆どいない事、つまりコネが無い事や、知名度も足りない事、そして何よりも季吟が六十六歳という高齢である事です。普通に考えても六十六歳は、仕官するよりも隠居するのに相応しい年齢です。このように幕臣達は、季吟を「歌学方」の最有力候補には挙げてはみたものの、それでもすんなりとはいかず、まだ迷っていました。「歌学方」の適任者探しは終わってはいなかったのです。

この適任者探しが大詰めに差し掛かった、元禄二年の夏から秋にかけて、この人選を推し進めていた幕臣達は、首を長くしてあるものを待っていました。何を待っていたと思いますか？　意外なものです。もう一人の「歌学方」の有力候補者である松尾芭蕉が、出す筈の成果を待っていたのです。具体的に言えば、芭蕉が「奥の細道」の旅を終えて、俳諧紀行文の執筆に着手して、その著作物が完成して、それが将軍に献上される日を待っていたのです。この様な目に見える形での、彼が出す筈の成果を待っていたのです。そうです。俳諧紀行文「奥の細道」という著作物は、実は、「歌学方」として芭蕉が適任者である事を、幕臣達に認めさせる目的で執筆された文書だったのです。それは芭蕉にとっては、夢の大出世が約束されるかもしれない、大切な文書だったのです。変な例えですが、「奥の細道」は、「歌学方」採用試験の小論文での答案みたいなものだったのです。更に付け加えますと、問題になっている「荒海や――」の句には、その答案で点数を稼ぎたい、なんとか「歌学方」に採用されたい、との彼の悲願が込められていたのです。この彼の悲願にまで思いを馳せてあげないと、「荒海や――」の句の謎は、いつまで経っても解き明かせないでしょう。

話がちょっと先走り過ぎましたね。順を追って説明しますね。幕府の「歌学方」に採用されたい、と芭蕉が一念発起するに至るまでには、紆余曲折がありました。話を再び、前年九月の「素堂亭十日菊」と「芭蕉庵十三夜」の二度の句会の時点に戻します。この二度の句会で、芭蕉は、将軍に直接歌学の手ほどきをする役職、「歌学方」が、近々幕府に新設されるらしい、との情報を小耳に挟みました。ここまでは芭蕉もそんなに気にも留めずに聞いていたのですが、その後の情報で、どうやら当の芭蕉がその「歌学方」の有力候補者の一人に推挙されているらしい、との極秘情報に、芭蕉は耳を疑いました。その情報をもたらした張本人は、先程、「マクベス」の魔女達に当てはまる人物として挙げていた、山口素堂と柏木素龍です。

山口素堂は、芭蕉と同じ様に、若い頃、季吟率いる貞門俳諧の門下生だった人物です。

「目には青葉　山ほととぎす　初鰹」

この有名な句が、素堂の代表句です。出身地は甲斐国で、裕福な商家の出でした。芭蕉よりも二つ年上の素堂は、芭蕉の弟子では無く、芭蕉の古くからの友人でした。漢詩・和歌・書道・茶道・能楽などもたしなむ、多芸多才な文人でした。当時の武家社会ではむしろ、漢学者として名が通っていました。一方の柏木素龍は、「奥の細道」を清書した事でも分かる通り、高名な能書家でした。かつては阿波藩士でした。この素龍も多芸多才な文人で、特に和歌には精通していて、先程も触れましたが、和歌指南役として柳沢吉保家に出入りしていました。この柳沢吉保は、芭蕉がこの「歌学方」新設の情報を得た二ヶ月後の、元禄元年十一月に、ついに幕臣のトップである将軍側用人にまで上り詰めています。このように、山口素堂と柏木素龍は、そのどちらにも、幕臣達との強いつながりがありました。

芭蕉が「歌学方」に推挙された理由は、一つには抜群の知名度、また一つには、四十六歳という、季吟よりも二十歳も若くて脂が乗っている年齢である事、そしてもう一つは、コネが無い季吟とは違い、有力な幕臣・藩主の強い働き掛けがあった事でした。有力な幕臣の筆頭は、素龍を介しての柳沢吉保で、有力な藩主の筆頭は、伊勢津藩の藩主、藤堂高久です。伊勢津藩は、かつて芭蕉が仕えていた伊賀上野の藤堂新七郎家の本家筋に当たる大藩です。藤堂高久から見れば、芭蕉は藤堂家の息が掛かった人物なのです。柳沢吉保も藤堂高久も、コネとしては申し分ありませんでした。

ただ、このようになにかと恵まれていた芭蕉でしたが、「歌学方」に推挙されるには、不安材料が無い訳ではありませんでした。芭蕉には、古典文学の習熟を重視する貞門俳諧に身を投じていた時期が、確かにありました。でも、だからと言って、「歌学方」としての実績はこれで十分なのかと問われれば、これはかなり難しいところでした。これだけで彼を歌学者と認めるには無理がある、との難色を示す幕臣達も少なからずいました。つまり芭蕉には、誰もが認めるような、歌学者としての実績がありませんでした。これは見過ごせない問題です。それからもう一つ。肝心の芭蕉本人に、「歌学方」の役職を引き受ける意志があるのかどうかが、今一つはっきりしません。蕉門の大看板を背負っている彼の立場から、辞退する可能性だって十分あり得ました。人選を進める幕臣達にとってみれば、これは懸念材料でした。そこで幕臣達は、山口素堂と柏木素龍を使って、その辺りの芭蕉の意向をこっそり探らせようとしたのでした。

この幕臣達の懸念は当たっていました。「歌学方」に推挙されているらしい、と耳打ちされた芭蕉は、案の定、悩みました。彼は、直接将軍に歌学や国学（和学）の手ほどきをする職務自体については、そんなに心配はしていませんでした。彼には、歌学・国学の知見なら誰にも引けを取らない、という確たる自信がありました。でも「歌学方」に推挙されて、これが実現しそうになった場合、彼には、克服しなければならない幾つかの問題が横たわっていました。真っ先に気掛かりなのは、この自分がいなくなると、せっかくここまで育て上げた蕉門の行く末はどうなってしまうのか、瞬く間に蕉門が瓦解してしまうのではないか、でした。また、気ままな旅や俳諧三昧の生活に慣れている今の自分に、宮仕えのような窮屈な職務が果たして務まるのだろうか、との懸念もありました。そして、それ以上に彼が気掛かりだった点は、自分が「歌学方」に推挙されて、これが確定して、これを自分が引き受けたとすれば、かつての恩師である北村季吟に、道義に反する行為、つまり恩を仇で返すような行為をした事になってしまうのではないか、という点でした。

季吟が「歌学方」の最有力候補者である事を、芭蕉は知っていました。同時に芭蕉は、季吟の、歌学にとどまらない、古典全般に及ぶ知見の広さも知っていました。実力は傑出しているのに、それが報われずにいて、貧乏生活を送っているのも知っていました。季吟にとっての「歌学方」は、喉から手が出る程欲しい地位だろう、とは芭蕉にも容易に想像出来ました。そんな季吟の胸中を察してみると、「歌学方」の役職を巡って季吟と争うのは、かつての弟子であった芭蕉としては、やはり道義的な見地からも避けたいところでした。それに冷静に考えてみれば、「歌学方」の役職は季吟の方が似合っていました。彼の方が適職でした。

それでも「歌学方」は、芭蕉にとっても、正直言って魅力のある地位でした。郷士出身の芭蕉は、武家社会の底辺で辛酸をなめて育ちました。生き難い世の中を、あの手この手を使って、なりふり構わず渡り歩いてきました。それがひょっとして、江戸城に出仕して、将軍様を教育しようと言うのですから、そうなれば元郷士としては破格の出世、これ以上は望めない夢のような大出世です。実現すれば、故郷の兄弟親戚は鼻高々です。

しかも、素堂や素龍、その他の弟子達の中には、師匠のこの大出世は、蕉門にとってはむしろプラスに働く、蕉門の名声を高めて蕉門の宣伝にも繋がる、との前向きな見方をする者もいるようです。

思い切って、「歌学方」の役職に賭けてみるべきか、それとも早々に辞退して、今まで通りの生き方を続けるべきか――と芭蕉は今後の人生の選択に悩んでいます。二人の魔女、つまり素堂と素龍は、そんな芭蕉をますます悩ませるような助言をしています。いいえ、この二人は、芭蕉には仕官する意志があると信じ切っているので、芭蕉を悩ませようという気はさらさらありません。二人共、芭蕉が「歌学方」選考レースで勝つ為には、どんな策が功を奏するのかで知恵を絞りつつ、的を射た助言をしています。それでも、この二人が繰り出す助言は、芭蕉のそれまでの信念を根底から揺るがして、彼の自尊心をも傷付けて、彼の精神を悪い方向へと追い込んでいます。もっとも二人共、そんな芭蕉の心の葛藤には気付いていません。その二人の助言なるものをここで、対面形式で再現してみましょう。

素堂「芭蕉殿、この際ですから、大作を手掛けてみてはいかがですかな？　幕臣達をうならせて、世間をうならせる、御自身の代表作にしてもいいような、そんな大作を、です」

素龍「私も同意見です。噂によれば今、上方では、『日本永代蔵（貞享五年刊）』が売れに売れているそうですよ。作者の井原西鶴は、これこそが自分の代表作だ、なんて鼻息が荒いそうですが、しかし、書かれている内容は金銭の話ばかりで、気品は無いし、どうも感心致しません。それは別としましても、西鶴が、自身の年齢を考えて、ここらで代表作をひとつ、と奮起したその意気込みだけは、私共も買っていいでしょう。師匠も、西鶴とはほぼ同じ年齢で、かつてはライバルでしたよね。師匠が、この西鶴の意気込みに負けてはならじと、御自身の代表作ともなりそうな大作を近々手掛けられるとすれば、それはそれで結構な事です。蕉門の門人達にとりましても、これは大いに刺激となり励みとなりましょう」

素堂「私は前々から感じていたのですが、貴殿の一句一句もさることながら、今までに貴殿が執筆された俳諧紀行文も、地の文の表現が手綺麗で、十分に読み応えもあります。句集としての集大成を目指すというお考えも悪くはありませんが、どうです、この際、俳諧紀行文という分野での大作を狙うという方策も、検討されてみてはいかがですかな？　私が俳諧紀行文をお勧めするのには、もう一つ理由があります。上様は文治政治を推し進めておられますが、これは決して、かつて貴族が統治した『平安時代』の再来を願っている訳ではありません。今天下を統治しているのは、貴族では無く、あくまでも武士です。畏れ多くも上様は、武士らしさをも兼ね備えた、力強い、骨太の文治政治を考えておられるのです。と言う事は、歌学者であっても、これまでのような、なよなよしたイメージの歌学者では無く、骨太の歌学者を望んでおられる事を意味しています。骨太の歌学者とは、端的に言って、漢学の知見がある歌学者です。手前味噌で言う訳ではありませんが、漢学の素養は、武士が身に着けておかなければいけない大切なたしなみです。仕官の際は、武道と並んで重要視される要件です。今回の『歌学方』の選考におきましても、鍵を握るのは、やはり漢学の知見があるかないかです。それを考え合わせますと、句集という形式のみに頼っていたのでは、せっかくの貴殿の漢学の知見を十分に発揮する機会を失うのではありますまいか。ですから私は、貴殿に俳諧紀行文をお勧めするのです。地の文に、幕僚達をうならせる、格調高い和漢混合文を織り込む事によって、これまでの古典文学には無かった、骨太の俳諧紀行文を練り上げて、これを披露されてみてはいかがなものか、と言うのが私の提案です」

素龍「素堂殿、格調高い和漢混合文を織り込んでの、骨太の俳諧紀行文とは、なかなかいいアイデアですなあ。私も大賛成です。そうだっ、師匠。俳諧紀行文を骨太路線で行くのであれば、この際、実践する旅も、同じ様に骨太路線で行くのはどうでしょうか？　つまり、骨太の地を旅する俳諧紀行文、に挑戦してみるのはいかがですかな？　骨太の地とは、そうですな……東海道や中仙道ばかりを行き来している連中を、おやっ、と思わせるような、そんなありきたりでは無い土地です。もう一つ、それに絡めて……和歌に詠み込まれた名所、即ち歌枕の地を巡る旅、という企画も悪くないですぞ。素堂殿は漢学の知見を重視しておられますが、勿論それに異議は挟みませんが、師匠の歌学の知見も、この際しっかりＰＲしておかないと、やはりお話になりません。なにしろ、『歌学方』を目指すのですからな。ここで歌枕の地巡りは、やるだけの価値は十分にあります。この歌枕の地と骨太の地、の両方を考え合わせて、私がお勧めする旅先は、ずばり、東北地方です。歌枕の地が多く分布していて、しかも骨太の地でもある、奥州、みちのくです」

素堂「歌学者である素龍殿の提案は、傾聴に値しますな。奥州か……。ありきたりで無い土地か……。いいですなあ。奥州は確かに骨太の土地柄です。大抵は慣れっこになっている江戸っ子達でも、奥州と聞けば、さぞや好奇心をそそられるでしょう。私も大賛成です。しかし……いや、ちょっと待って下さい。今は九月です。これから出立となれば、奥州は寒くはないですか？　秋から冬にかけては、奥州の旅はまず無理でしょう。出立するとなれば、年が明けて三月頃ですか。奥州路は長く険しいので、歩くだけでも、余裕をみて半年近くかかりそうだ。その後の執筆で二ヶ月か……。そうなると、俳諧紀行文が完成するのは、早くても来年の晩秋か師走頃か……。ちょっと厳しいな……。素龍殿、そんなに悠長に構えていて、例の締切りに間に合いますかな？　むしろ行先は、芭蕉殿の体力面も考慮して、暖かい西国巡りくらいにしておいた方が無難なのではないですかな？　西国にしておけば、もっと早い出立も可能でしょう。西国路は奥州路と比べると、街道はよく整備されております。それに瀬戸内の海路を利用しますと、楽な旅になりますし、日数も大幅に短縮出来ます。いかがですかな？　素龍殿」

素龍「いやいや、西国に肝心の歌枕は殆ど存在しません。西国を行脚していたのでは、師匠の歌学の知見の広さを見せ付ける機会を逸します。歌枕と言えば、近畿一円を除けば、やはり東国。特に白河の関から北の奥州に多い。体力勝負の旅になるかもしれませんが、なんとか師匠には、この奥州を行脚する旅で頑張っていただきたいものです。締切りについてなら、ご心配に及びません。柳沢様には、私が働き掛けて、師匠が旅を無事に終えて作品が完成する日まで、待っていただくとしましょう。それと、今回の旅では、とびきり頼りになる門人を随行させますから」

素堂「頼りになる門人？　誰か心当たりでも？」

素龍「河合曾良が、蕉門の中では一番適任かと存じます。気が利くし、律儀な男です」

素堂「あの生真面目な曾良殿が随行か。結構ですな。それはそうと、私は、芭蕉殿の今回のチャレンジには、大いに期待しておりますぞ。紫式部は、執筆中だった『源氏物語』の評判がきっかけで、藤原道長の眼鏡にかなって、彰子（道長の娘、一条天皇の中宮）の家庭教師として迎え入れられたのでしたな。この昔の例のように、身分を飛び越えて宮仕えなさろうというのであれば、幕臣達をうならせる、御自身の大作が欠かせませんぞ。その点で、季吟先生には悪いのですが、古典の注釈書ばかりの献上では、いかにも物足りない。芭蕉殿、貴殿の今回の奥州路俳諧紀行の出来如何によっては、季吟先生に十分勝てますぞ。頑張って下され」

こんな素堂と素龍の押し付けがましい助言は、かえってこの時の芭蕉を苦しめていました。特に彼を苦しめていたのが、師匠の歌学の知見の広さを見せ付けてはどうか、との素龍の助言でした。この助言は、芭蕉のそれまでの信念を根底から揺るがそうとしていました。芭蕉にとっては、違和感のある、本来ならば受け入れ難い、強烈な皮肉とも取れる助言でした。

二年前に、一人の女子大生が、芭蕉は天邪鬼だった、反骨精神旺盛な男だった、と指摘したそうですが、私も全く同感です。芭蕉はそもそも変革が似合っている男です。それが売りだった男です。既成概念を打破して、新しい美を再発見して、新しい表現を再構築するのを真骨頂としていた男なのです。確認してみましょう。

「古池や　蛙飛び込む　水の音」

彼の代表作の、この短い十七文字の中で、彼は平安朝から続く古典の決まり事を壊しました。蛙という生物は、もともとどこかで鳴いているだけの「モノ」であり、風物の一つであり、情景の添え物の一つに過ぎなかった——これが古典文学の決まり、和歌の常識でした。それなのに、モノである筈の蛙が、生命を吹き込まれて飛び込む、その飛び込んだ水の音が聞こえる、と彼が詠んだものですから、世間はその思い切った発想の転換に驚いたのです。

彼にとってみれば、七百年前から続く日本の古典文学は、この際根底から変革すべきものだったのです。手垢が付き過ぎている表現を見直して、あれはダメ、これはダメ、の硬直した見方を改めて、柔軟な感性、みずみずしい感性をもう一度呼び覚まそうと訴えたかったのです。こういった大ナタを振るった荒療治をしなければ、古典文学は、いつまでもカビ臭いままで、そのうち現世の人々から疎まれて忘れ去られてしまうだろう、と彼は彼なりの危機感を持っていたのです。松永貞徳や北村季吟と同様、彼だって古典文学が再び輝きを取り戻すのを望まなくは無かったのです。ただ彼がこの二人と違っていたのは、その手法です。古典文学をそっくりまるごと無批判に受け継いで、そのまま次世代に渡すのでは無く、現世にも通用する新しい価値観に基づいて、時には荒療治も厭わずに、時には当世風にリメイクしながらの、柔軟性のある手法で、古典文学を再構築するべき、と彼は考えていたのです。

貞徳や季吟は、まぎれもなく古典文学のガチガチの継承者でした。これを保守派と呼ぶならば、芭蕉は革新派と呼べるものでした。彼は本気で荒療治をしそうな男でした。保守派から見れば、異端者の危険を秘めている男でした。古典文学をあらぬ方向へと歪めかねない男でした。もしかすると、自分自身を新たな古典の規範にしてしまおうと企てている男なのかもしれませんでした。そういった彼の表と裏を承知の上で、「歌学の知見の広さを見せ付けてはいかがでしょう」と、さらりと言ってのけた素龍の本音は――「師匠、この際、古典文学の従順な継承者に宗旨替えするか、さもなければ、せめて古典文学の従順な継承者のフリでもしていないと、今回の『歌学方』への任官は覚束無《おぼつかな》いですよ。それともう一つ。任官したければ、また任官と同時に、蕉門も守りたければ、今後刺激的な言動や過激な発句は慎んで下さいね。取り巻きの私共も頑張りますが、肝心の師匠がどっちつかずの態度でいれば、そのうち蕉門は一枚岩では無くなりますよ」――とこのように、助言と言うよりも、脅しでした。芭蕉にきついお灸を据えていました。この素龍の脅しは、芭蕉の主義や信念を無視して、強引に宗旨替えを迫っているようなものでしたから、芭蕉としては到底受け入れられない筈のものでした。

ところがなんと芭蕉は、二人の魔女、つまり素堂と素龍の助言を、結局、何から何まで全部受け入れてしまいます。二人の緩急織り交ぜての脅しや誘惑に負けて、それまでの自分の主義も信念も自尊心もかなぐり捨てて、あっさり宗旨替えしてしまいます。つまり、松永貞徳や北村季吟のような、古典文学の従順な継承者の側に納まってしまいます。革新派から保守派へと転向してしまいます。世情に通じていて、利にさとく、変わり身が早い、そんな彼の一面がここで見て取れます。やはり彼にしてみれば、「歌学方」の役職は、何にも換え難い魅力だったのでしょう。江戸城に出仕して、将軍様の前で教鞭を執るという、夢のまた夢のような仕官話が、野心家の素地があった芭蕉を蘇らせて、奮い立たせたのでしょう。

こうしてあっさり宗旨替えをした芭蕉は、素堂と素龍の思惑通りに、翌年の元禄二年（一六八九年）三月に、奥州路俳諧紀行の旅に出ました。そして同年八月に、無事旅を終えました。その二ヶ月後の十月、彼が満を持して完成させた新作品は、当然の事ながら、それまでの彼の諸作品とは大きく傾向が異なっていました。

百八十度転換したと言ってもいい程の違いがありました。「野ざらし紀行」などに見られた、反骨精神や過激な自己主張は、すっかり影を潜めていました。新作品には、まず書名から「奥の細道」と言う、何とも雅《みや》びで、奥ゆかしくて、まるで京の名庭を連想させるような書名が付けられました。野に晒された頭骨を意味する、「野ざらし」とは、天と地程の開きがありますよね。

この新作品「奥の細道」は、率直に言えば、本来の芭蕉らしさが見られない、反骨精神の欠けらも無い、牙を抜かれたような作品でした。全体を通して、掛詞や縁語を駆使した雅びな文体、いわゆる雅文体を多用しています。王朝古典文学からの引用や典拠も随所にあって、それは古今和歌集・伊勢物語・源氏物語など数十作品に及んでいます。更に歌枕の地は五十八箇所も登場させています。お分かりですね。そうです。これは素龍の助言に素直に従った結果です。また、漢文学からの引用や典拠も随所にあります。和漢混交文も多用されています。言うまでも無く、これも素堂の助言に素直に従った結果です。引用は、大胆にも冒頭から出て来ます。

「月日は百代の過客にして、行きかふ年もまた旅人なり……」――これは、李白の「春夜宴桃李園序」の中の「夫天地者万物之逆旅　光陰者百代之過客（天地は万物の逆旅にして、光陰は百代の過客なり）」を拠り所にしています。また、有名な平泉の段の、

「国破れて山河あり、城春にして草青みたりと、笠うち敷きて、時の移るまで涙を落としはべりぬ……」

――これは、杜甫の「春望」の中の「国破山河在　城春草木深」を下敷きにしています。

中国の著名な詩人達からの引用・典拠ばかりではありません。「奥の細道」には、中国の地誌や伝承が、随所に織り込まれているのです。例えば松島の段での、

「松島は扶桑第一の好風にして、およそ洞庭・西湖を恥ぢず。東南より海を入れて、江の中三里、浙江の潮をたたふ…」――これは形容にぎこちなさがあります。彼は洞庭湖・西湖・浙江などの風景をどの程度承知して

いたのでしょうか？　よく知らないけど風光明媚との評判だから、ですか？　芭蕉ともあろう人が、そんな噂だけを頼りに、軽々しく形容していいものでしょうか？　自分の目を、自分の耳を、自分の感性を大切にしていた芭蕉は、どこへ消えたのでしょうか？　また、象潟の段での句、

「象潟《きさかた》や　雨に西施《せいし》が　合歓《ねぶ》の花」

では、合歓（ネムノキ）の花を、古代中国（春秋戦国時代）の伝説の美女、西施に似ている、と言っている訳ですが、これも取って付けたような比喩表現です。そしてこの句の次が、

「文月や　六日も常の　夜には似ず」

で、その次に登場する句が、問題になっている、

「荒海や　佐渡に横たふ　天の河」

です。「横たふ」という漢文訓読調の表現や、「川」を「河」とわざわざ表記した点に注目して下さい。本来なら「天の川」と書くべきところを、どうして彼は「天の河」の表記にこだわったのでしょうか？　古代中国では、「川」は溝や小川の意味で使われていて、大きな川に使われるのが、「河」なのです。天の川は中国では、天漢、天河などと表記されます。ここでも彼は、さりげなく漢学の素養を誇示しているのです。

素堂と素龍の助言に従って、しゃにむに骨太の俳諧紀行文を目指していた芭蕉。その彼が、更にまた一歩踏み出して、俳風においても、軟弱さを排除して漢文調を織り込んでの、骨太の表現を目指して、それを熟成させたのが、この「荒海や――」の句でした。彼はちょうどこの一年前に、岐阜で、

「おもしろうて　やがてかなしき　鵜舟かな」

と鵜舟での酒席を興醒めさせる、斜めに構えて世間を見るような、いかにも天邪鬼らしい、反骨精神旺盛な句を詠みました。それが、たった一年でのこの変わり様です。芭蕉も人の子だったのですね。人が野望を抱け

ば、こんなにも劇的な変貌を遂げてしまうものなのですね。

「荒海や――」の句は、人生最後の大きな目標を掲げた芭蕉が、渾身の力を込めて投げた一句でした。何としても幕臣達からの評価を得たい、どうしても「歌学方」の役職を射止めたい、との彼の気迫がひしひしと伝わって来る、直球勝負の一句でした。恐ろしい男です。この男が全力投球すれば、漢学の素養や歌学の素養などを遥かに飛び越えて、日本人や中国人の感覚離れした、こんなにもスケールの大きい、こんなにも全宇宙的な、こんなにも気宇壮大な句を生み出してしまうのですからね。それも、たった十七文字で……。

以上が、「荒海や――」の句に封印されている、悲話です。悲しい話です。ここで僕が、秘話と言わずに悲話と言うからには訳があります。この話にはまだ重要な続きがあるのです。聴いて下さい。

「薦を着て　誰人ゐます　花の春（初春の日、薦を着ている乞食僧がいる。高名な人のようだが、誰だろう？）」

これは年が明けて元禄三年（一六九〇年）の歳旦（新春俳会）で、芭蕉が詠んだ句です。おめでたい正月の席で、薦を着る、つまり乞食に身をやつす、なんて詠むとは一体何のつもりだ、非常識ではないか、と参列者を呆れさせた一句でした。酒席を興醒めさせる、斜めに構えて世間を見るような、いかにも天邪鬼らしくて反骨精神旺盛な芭蕉の復活を印象付けた句でした。

更に彼は、同年三月に、

「種芋や　花のさかりに　売り歩く（桜の盛りの中を、花など見向きもしないで種芋を売り歩いている人がいるぞ）」

「蛇食うと　聞けばおそろし　雉子の声（キジの鳴き声は古来哀れなものとされているが、キジに蛇を食べる習性があると聞くと、急にキジが恐ろしくなったよ）」

などの句を詠みました。あの気宇壮大な「荒海や――」の句を詠んでから僅か八ヶ月後です。「荒海や――」

の句は、彼からどんどん遠ざかっています。天邪鬼で反骨精神旺盛な芭蕉の復活は、それはそれでいいのですが……日常を素材にした、ちんまりした句を詠む芭蕉も悪くは無いのですが……それにしてもこの変わり様、いったい彼の身に何が起こったのでしょうか。

順を追って話しましょう。

元禄二年（一六八九年）一月、彼は故郷の兄、半左衛門宛に手紙を送っています。これは「奥の細道」の旅に出立する約二ヶ月前です。頼まれていた金を用立て出来ない理由を書き連ねたこの手紙の最後には、「……金子少しも得進じ申さず候。何とぞ北国下向の節、立ち寄り候ひてなり、関あたりよりなりとも通路いたし、しみじみ申し上ぐべく候……」と書かれています。この文面によって、彼が、「奥の細道」の旅を終えた後に、故郷の伊賀上野に立ち寄る予定だった事がうかがえます。そしてこの文面通りに、旅を終えた彼は、美濃大垣を発った後、伊勢神宮を参拝して、伊賀上野に立ち寄って、最終到着地である京都の去来宅へと向かっています。この「奥の細道」の旅を終えてからの三、四ヶ月間の彼の動向は、ここでは重要ですので、もう少し詳しく追ってみましょう。

芭蕉は、元禄二年八月二十一日、「奥の細道」むすびの地である、美濃大垣に到着しました。ここで暫く、弟子の如行（元大垣藩士）宅に滞在していました。ちなみに、彼が美濃大垣を「奥の細道」むすびの地に決めた大きな理由は、この地には、木因・前川・低耳・季沓・左柳・残香・斜嶺など、美濃蕉門と呼ばれる、裕福で信頼出来る弟子達が多勢いたからでした。奥州路から北陸路にかけての今回の旅で、最も蕉門が栄えていたのは、出発地の江戸を除けば、この到着地の美濃大垣だったのでした。弟子達が多いこの地は、彼にとっては、安心して草鞋を脱げる地でした。又、約六百里（二千四百キロ）の道程を約百五十日かけて踏破した、今回の旅を静かに回顧出来る地でもありました。そして次の段階、即ち紀行文の執筆の準備に掛かれる地でもありました。

元禄二年九月六日、彼はこの大垣の如行宅を発って、水門川、揖斐川と船で下って、伊勢へと向かいました。この時には、曾良と路通が同行していました。伊勢神宮ではちょうどこの頃、二十年に一度の遷宮の祭式が催されていました。九月十三日、彼は曾良・路通・万菊（杜国）・李下・卓袋・才丸などの弟子達を伴って、内宮の遷宮を参拝しています。同じ九月十三日、偶然、北村季吟も伊勢神宮を参拝していたのですが、芭蕉は季吟とは会わずじまいでした。かつての師匠なのに、どうした事でしょう？「歌学方」を巡ってのライバルである季吟を、ことさら無視したのか？何となく気まずくて避けただけなのか？それとも季吟が参拝に来ているのを全く知らなかったのか？それは分かりません。翌、九月十四日に、芭蕉は外宮の遷宮を参拝しています。その後彼は、二見浦まで足を延ばしてから、伊賀上野へ向かっています。この二見浦行きには理由があります。「奥の細道」の最後の句、

「蛤の　ふたみに別れ　行く秋ぞ」

で、蛤の名産地である二見浦へ行きますよ、と読者にほのめかしていたからです。それに、二見浦は歌枕の地でもあります。行ってみる価値はあります。曾良とは九月十五日に別れていたので、この二見浦行きの同行者は路通でした。そして九月二十二日頃、芭蕉は路通を伴って、故郷、伊賀上野に帰り着きました。

一方、九月十五日に伊勢で芭蕉と別れた曾良は、十月五日まで伊勢国の長島に滞在していました。元長島藩士の曾良にとっては、長島は、実弟が住んでいる家もあった事から、故郷のような土地でした。ここでようやく曾良も長旅の疲れを取れたでしょう。もっとも、この滞在中でも、曾良は何度か名古屋へ足を運んでいて、尾張蕉門の重鎮、荷兮・越人などと会っていたようです。まめで律儀な男なのです。十月六日、曾良は長島を発ちました。翌、十月七日に伊賀上野に到着しました。ここで曾良は、約二十日振りに芭蕉と再会しました。

なぜこのように脇役の曾良の動向を追うのかと言いますと、曾良には、奥州路から北陸路にかけての旅を終えた後でも、まだ任務が残っていたからです。それは、芭蕉が俳諧紀行文「奥の細道」を書き上げると直ぐに、それを江戸城の幕僚達へ届ける、それも一日でも早く届ける、という重要な任務だったのです。ですから曾良は、その「奥の細道」が完成する日を、今日か明日かとやきもきしながら待っていたのです

芭蕉は美濃大垣滞在中からこの執筆を始めていました。途中、伊勢参拝などで中断はありましたが、伊賀上野に着いてからは、精力的に筆を走らせていました。伊賀上野は、彼が一番腰を落ち着けて執筆出来る場所でした。曾良が到着した十月七日頃には、彼はほぼ書き上げていました。ただ、もう少し推敲を重ねる必要があったので、更に数日間、曾良に待ってもらいました。そして芭蕉が心血を注いだ、俳諧紀行文「奥の細道」は、元禄二年十月十日に遂に完成したのでした。曾良は、その完成したばかりの「奥の細道」をしっかり携えて、芭蕉や路通に見送られながら、伊賀上野を出立しました。江戸を目指して歩き出した曾良。その後ろ姿を見送っている芭蕉の表情は、どんなものだったのでしょうか……。万事上手く事が運んで、してやったりの表情だったのでしょうか。それとも、重荷をようやく下ろしてホッとした、安堵の表情だったのでしょうか。或いは、約百五十日の過酷な長旅と、その後休む暇も無く執筆に追われた心労によって、もうくたくたに憔悴し切った表情だったのでしょうか……。

彼はこの後、ようやく故郷で骨休めに入ります。それでも彼は郷土出身の有名人ですから、周囲が放っておきません。土芳（元津藩士で伊賀蕉門の重鎮）の御膳立てによって、杉野配力（津藩士）宅、友田良品（津藩士）宅などで句会が催されます。当然、芭蕉は引っ張り出されます。出席者には、土芳・半残・平沖・風麦・百歳・玄虎など、伊賀蕉門がずらりと揃っていました。十一月末、彼は伊賀上野を去りました。気心が知れた路通だけを伴って、奈良へ向かいました。この地で春日若宮御祭を見物してから、十二月の初旬、嵯峨野（京

都）にある去来の別宅、落柿舎に到着しました。ところがです。この落柿舎滞在中の十二月上旬、彼の許に内心恐れていた知らせが届いたのです。

内心恐れていた知らせ――それは、あらかたの予想に反して、「歌学方」の役職に、芭蕉は選出されなかった、との知らせでした。これを伝えたのは、近江国膳所藩の重臣（中老）で、近江蕉門の重鎮でもある菅沼曲翠（曲水）です。この知らせによって芭蕉のその後は一変します。江戸城に出仕して、将軍の前で教鞭を執るという、夢のまた夢のような仕官話は、潰《つい》えてしまいました。彼は落胆しました。悲嘆に暮れました。みるみる失意の底へ沈んでしまいました。そして再び這い上がる事はありませんでした。

ここで仮定の話をするのは気が咎めるのですが……仮に、芭蕉がこの時、「歌学方」の役職に選出されていれば、日本文学史は意外な方向に進展したかもしれませんよ。蕉門は、まるであの御用絵師集団の狩野派みたいに、御用俳諧師集団の松尾芭蕉派へと変貌していたかもしれませんよ。そうなればそうなったで、俳諧というジャンルは、幕府の庇護の下に、全く別種の繁栄を遂げていたかもしれません。その結果、今日の俳句は、大きく様変わりしていたかもしれませんね。

仮定の話はさておいて、ここで、もう一方の当事者、「歌学方」を巡ってのライバルであった北村季吟について話しておきましょうか。

十二月六日、京都の新玉津嶋神社にいた季吟は突然、京都町奉行の前田安芸守直勝から呼び出しを受けました。「公方様御用に付き、江戸へ父子ながら参向せよ」、との仰せ付けでした。これはまさしく、幕府「歌学方」として召し抱えられる旨の吉報だったのです。仰天する程の喜びを覚えた筈の季吟でしたが、これに対する彼の反応は、あたかも予期していたかのように、冷静で手際の良いものでした。季吟は同じ日、京都所司代（京都町奉行所の上部組織）の内藤大和守重頼に、身に余る光栄でございます、とまず謝意を示して、江戸参向を拝受する旨を申し出ました。そして十二月十日には、長男の湖春を伴って、京都を発って江戸へと旅立ちました。新玉津嶋神社の宮司の職は、次男の正立に任せました。

十二月二十日に、江戸到着。京都と江戸の間は、当時は二週間程を要するのが普通でしたので、六十六歳の季吟にしてはかなりの強行軍だったでしょう。直ぐに登城した季吟は、幕府「歌学方」に正式に任命されて、まず禄高二百俵で召し抱えられました。

「歌学方」選考レースで、本命とみられていた芭蕉が敗れた理由は幾つか考えられますが、主なものとしては二つ挙げられそうです。一つは、幕府の役職は世襲制なのですが、季吟には長男の湖春や次男の正立といった跡継ぎがいたのに対して、独身の芭蕉にはそうした跡継ぎがいなかった事です。芭蕉は、桃印（実姉の子、芭蕉の甥）を養子に立てて急きょ届け出たようですが、遅きに失した感がありました。それに、この桃印は身体が弱くて、文才にも乏しかったようです。もう一つの敗れた理由は、幕臣達から見て、季吟と比べると、芭蕉には歌学者（和学者）としての安定感に欠けていた事です。歌学（和学）の知見が不足していたのでは無くて、辛抱強く歌学の本流を継承し続ける器では無さそうだ、と幕臣達は判断したのです。「風雅の誠」や「不易流行」など、彼が次々と繰り出す国文学上の斬新かつ卓越した提言を、幕臣達はただの移り気な性格と見誤ったのです。連歌から派生した世俗的な俳諧を、芸術の域にまで高めつつあった彼の稀代の文学的才能を、幕臣達は最後まで見抜けなかったし、見抜こうともしなかったのです。歌学の従順な継承者であるかないかだけを、最終判断の基準にしたのです。

「歌学方」として召し抱えられた季吟は、翌年の元禄三年には、一等地の神田小川町に屋敷を賜って、禄高三百俵に加増されました。元禄七年には、六百俵に加増、元禄十一年には領地まで拝領、とその後の季吟はとんとん拍子で出世する訳ですが、季吟の話題はこのくらいにしておいて、その後の芭蕉に戻りましょうか。敗れて落ち込んでいる彼の行く末の方が心配ですからね。大丈夫なのかな？

芭蕉は、表向きは短期間で立ち直ったかのように見えました。何事も無かったかのように、「歌学方」の仕官話以前の彼に戻っていました。斜めに構えて世間を見るような、天邪鬼で、反骨精神旺盛な、元の彼らしさに収まった感じでした。いいえ、更にそれに磨きがかかった感じさえありました。

元禄二年という年は、「奥の細道」の体を張った旅と、その直後の心血を注いだ紀行文「奥の細道」の執筆、そして予想外の屈辱的な敗北、と彼にとって様々な出来事が駆け巡った年でした。その年の瀬を、彼は膳所（大津）の義仲寺で過ごしました。曲翠・洒堂・正秀・尚白・乙州など近江蕉門の弟子達が次々と訪れましたが、彼は安心させようとしてか気丈に振る舞いました。彼と弟子達の間では、もう「歌学方」の話題は御法度になっていました。年が明けて元禄三年の歳旦で詠んだ句が、先程も紹介した、

「薦を着て　誰人ゐます　花の春」

でした。おめでたい正月に、薦を着る、つまり乞食に身をやつすなんて、と参列者を呆れさせた一句でした。でも、何を言われようが彼は平気。いいえ、彼はこの句に、新年を迎えての自分の偽らざる気持を吐露していたのかもしれません。これから先、どんな苦難に遭おうとも、乞食に身をやつしてでも、これを乗り越えなければ、と覚悟を新たにして詠んでいたのかもしれません。

元禄三年四月からの約三ヶ月間、彼は石山（大津）にある曲翠の別宅、幻住庵に引き籠もって、内省の日々を送っていました。この頃、彼が執筆したのが「幻住庵記」です。彼の胸中が赤裸々に綴られていますので、その一部を紹介してみましょう。

「つらつら年月の移こし拙き身の科をおもふに、ある時は仕官懸命の地をうらやみ、一たびは仏離祖室の扉に入らむとせしも、たどりなき風雲に身をせめ、花鳥に情を労じて、暫く生涯のはかり事とさえなれば、終に無

能無才にして此一筋につながる……」

　仕官懸命の地をうらやみ、と彼にしては珍しく素直に胸中を吐露しています。仕官の夢が閉ざされた以上、もう自分には俳諧一筋で生きる道しか残されていないのだ、と彼は健気にも自分自身に言い聞かせているのです。

又、この頃入門したばかりのある若い弟子に向かって、

「我に似な　二つに割れし　真桑瓜（ここにある二つに割れたマクワウリは、形がよく似ているが、このマクワウリのように私に似てはいけないよ）」

　と詠んでいます。師匠である私の真似をしなさい、と諭すのが普通です。それを、私なんかに似るなよ、と諭す訳ですから、諭されたこの弟子もさぞ面食らった事でしょうね。芭蕉の自信喪失・自己否定も、ここまでくればかなり重症かも。

「やがて死ぬ　けしきは見えず　蟬の声」

「玉祭り　今日も焼場の　煙かな」

「病雁の　夜寒に落ちて　旅寝かな」

　これらは元禄三年の夏から秋にかけての句です。「死ぬ」とか「焼場」とか「病」とか、まるで死を待ち望んでいるかのような言葉が並んでいます。あの気宇壮大な「荒海や――」の句を詠んでから僅か一年後なのに、俳諧一筋で生きると決意しておきながら、こんな、世を拗ねたようなネガティブな句ばかり詠むとは……。信じられない変わり様です。はっきり言いまして、「奥の細道」の旅を終えてから最晩年までの約六年間の芭蕉は、名句と称賛される句を殆ど詠んでいません。そのくらい彼は、「奥の細道」で力を出し尽くしたのでしょう。又、そのくらい彼には、「歌学方」で受けた精神的ダメージが大きくて、それがいつまでも尾を引いていたのでしょう。

同年九月二十六日、江戸に住んでいる曾良から一通の手紙が届きました。師匠の身を案じていて、師匠の江戸下向を催促する内容でした。でも、うるさい江戸蕉門の弟子達と顔を合わせたくなかったのでしょうか、芭蕉は曾良のこの催促に応じようとはしませんでした。この手紙を受け取った後の彼は、暫く無名庵に引き籠もっていました。この無名庵は、近江蕉門の弟子達が彼に住んでもらう為に義仲寺近くに作っていた草庵でした。その後彼は、去来の別宅の落柿舎（京都）、凡兆宅（京都）、乙州宅（大津）など、琵琶湖畔近辺の弟子達の屋敷に転々と身を寄せました。元禄三年の年越しの際の居場所は乙州宅でした。

明けて元禄四年三月、彼は落柿舎に移り住んでいました。この頃詠んだ句が、

「憂き我を　さびしがらせよ　閑古鳥」

です。相変わらず一人でしょげています。こんな彼の許を、曾良が江戸からわざわざ訪れてくれました。江戸下向を直談判する為でした。この曾良の江戸下向の催促に、彼がしぶしぶ応じたのは、同年九月になってからでした。彼は重い腰を上げて、支考と桃隣を伴って江戸へ下りました。

元禄四年十月二十九日、彼は江戸に到着しました。元禄二年三月に奥州へ向けて旅立って以来の江戸ですから、約二年七ヶ月振りに彼が目にする江戸の町並みでした。この時、彼の胸中にはどんな思いがよぎったのでしょうかね。出発地点に戻って来る事で旅が完結するとすれば、彼にとっての長く苦渋に満ちた「奥の細道」の旅は、この元禄四年十月の江戸到着によって、ようやく完結したとも言えました。

それから元禄七年五月までの約二年半の間、彼は、珍しく何処へも行かないで、江戸市中に腰を据えていました。江戸蕉門の杉風の尽力によって、かつての芭蕉庵の近くに草庵が建てられましたが、彼はこの新しい芭蕉庵（三代目）に殆ど引き籠もっていました。

彼は内省の日々を送っていました。何がいけなくて、こんな自分らしからぬ自分になってしまったのだろう、

と彼は今までの自分を省みました。よく考えてみれば、彼の周囲のどこにも、仇敵などいませんでした。彼を陥れようとした者などいませんでした。憎むべき者などいませんでした。善人ばかりでした。彼の為に一肌脱いでくれる人達ばかりでした。嵯峨野の落柿舎を貸してくれた去来がそうです。石山の幻住庵を貸してくれた曲翠もそうです。新しい芭蕉庵を建ててくれた杉風、義仲寺近くに無名庵を建ててくれた近江蕉門の弟子達など、皆善人ばかりです。魔女のように彼を惑わしたあの素堂や素龍にしてみても、彼の為によかれ、蕉門の為によかれ、と考えた上での助言だったのです。北村季吟や湖春にしてもそうです。元々二人共、仇敵などではありません。彼を陥れたりするような策士でもありません。どちらかと言えばその逆で、愚直で、世渡りが下手な父子なのです。かつて湖春は、芭蕉の句、「山路来て――」を批判した事がありましたが、それは古典の伝統を重視する立場から批判したものであって、私情を挟んでの個人攻撃をした訳ではありませんでした。歌学方の選考に携わった幕僚達にしてみてもそうです。彼等は、金銭や権力になびいたりせず、冷静に任務を遂行しただけなのでしょう。そうでなければ、金銭も、権力の後ろ楯も無い、京都の某神社の宮司に過ぎない北村季吟が召し抱えられる筈がありませんから。

結局、芭蕉にとって、誰が悪かったのでも無ければ、何がいけなかったのでも無く、強いて犯人捜しをするなら、犯人は彼自身でした。悪かったのは彼自身でした。彼に苦渋を味わわせたのは自分であり、彼を奈落の底に突き落としたのも自分でした。全ては彼が、彼の野心が、彼の野望が、勝手に暴走して招いた結果であって、自らが招いた災厄であった訳です。このように悟った彼が、あのシェイクスピア劇の武将「マクベス」のように、毅然と崖っぷちで踏み止まって、自暴自棄に陥らなかったのは、日本文学史にとっては幸いでした。只、崖っぷちで踏み止まってからの彼は、肝心の俳諧の方が、自暴自棄気味、暴走気味、又はいじけ気味、もっと悪い言い方をすれば、やけ糞気味にはなっていたのですが……。

元禄三年七月、弟子の洒堂（珍碩）が俳諧選集「ひさご」を出版しました。その「ひさご」の中で芭蕉は、「俳諧すでに一変す」と宣言して、周囲をうろたえさせます。「精神的漂泊」の旅の開始宣言のようなものです。

二年前に、一人の女子大生が、「芭蕉はさ迷ってばかりいて、『精神的漂泊』の旅ばかりしていた。『わび』・『さび』・『しをり』・『ほそみ』・『かるみ』などと、蕉風俳諧のキャッチフレーズやその基本理念をめまぐるしく変えてみせて、弟子達や多くの芭蕉ファンを右往左往させた。これについて行けずに、離反する弟子達も出て来る始末だった」、と言ったようですが、それは実は、「歌学方」選考レースで敗れた後の、元禄三年以降の彼の言動を評しています。

このように彼は、元禄三年から七年までの僅か四、五年の間に、「わび」・「さび」・「しをり」・「ほそみ」・「かるみ」などと、蕉風俳諧の基本理念をころころ変えました。それらは、元禄三年出版の「ひさご」や、元禄四年出版の「猿蓑」、元禄七年出版の「炭俵」などの俳書によって紹介されました。「ひさご」を編集した洒堂、「猿蓑」を編集した去来や凡兆、「炭俵」を編集した野坡や利牛など、その折々に芭蕉の側にいた弟子達は、それでもどうにか良好な師弟関係を維持したのですが、離れている弟子達にしてみれば、この変遷はたまったものではありません。この時期、江戸蕉門・尾張蕉門・伊賀蕉門の重鎮達と芭蕉との間に、深刻な軋轢が生じてしまったのは、当然の帰結と言えましょう。蕉門の最高指導者が、誰にも相談せずに、こんなに蕉風俳諧の基本理念をころころ変えていたのでは、ついて行くだけでも至難の業ですからね。これでは、「精神的漂泊」の旅では無くて、弟子達までも道連れにした、「精神的自暴自棄」の旅か「精神的迷走」の旅、と言い換えた方が当たっているでしょう。

元禄六年三月、跡継ぎとして届け出ていた甥の桃印が病気で早逝しました。同年八月、長年のライバルで彼の二歳年上だった井原西鶴が病死しました。あのエネルギッシュで鉄面皮な男が、と彼は衝撃を受けました。

この頃になって、彼は老いを自覚します。自分に残された時間もそんなに長くは無いと悟ります。この頃の彼は、持病（痔）の悪化などの健康上の問題もあって、とうとう閉関まで強行しました。閉関というのは、絶対誰にも会わない、極限の引き籠もり状態の事です。そして元禄七年四月、遂に彼は江戸を去る覚悟をしました。行先は近江です。

「行く春を　近江の人と　惜しみける」

と、この頃、句に詠んだくらい、近江は彼のお気に入りの地です。琵琶湖畔近辺にある無名庵・落柿舎・凡兆宅・乙州宅などで余生を送るつもりでいました。

彼は、江戸を去るに当たって、この際やり残していた事を何とか片付けておこう、と思い立ちました。やり残していた事とは、勿論、俳諧紀行文「奥の細道」の件でした。この初稿原稿は四年半前に幕府へ献上したままで、それっきりになっていました。只、その写本は手元にありました。彼はこの写本を手にして悩みます。

いつか自分に何かあったとすれば、心血を注いだ、この「奥の細道」、特にこの中の数々の句は、今後誰にも読まれる事も無く、日の目を見ないままで、この世から永久に消えてしまうのだろうか……。果たしてそれで良いのだろうか……。悔いが残らないだろうか……。出版は、幕府の手前、当然差し控えないといけないだろうが、自分の死後何十年か経過した後だったなら、もしかして、それは出来るかもしれない——と彼は、写本を手にして考えあぐねています。考えあぐねた末に、江戸を発つ前に、この写本を素龍に清書してもらいます。これがいわゆる素龍清書本で、西村本とも呼ばれています。彼はこの素龍清書本を携えて、五月十一日、江戸を発ちます。途中、伊賀上野の実兄、半左衛門宅に立ち寄ります。事情を説明して、この写本を預かってもらいます。その後は先程も触れた様に、この素龍清書本は、芭蕉没後、彼の遺言通りに、半左衛門から芭蕉が最も信頼していた弟子、去来の手に移って、更に去来から京都の版元、井筒屋庄兵衛の手に移りました。こうした経緯で、芭蕉の死去から約八年が経過した元禄十五年に、俳諧紀行文「奥の細道」は井筒屋から出版されたのでした。これが井筒屋本です。ちなみに、素龍は、芭蕉から依頼された通りに清書した後、もう一部こっそり書き写していました。これが今日残されている柿衛本です。又、曾良も、幕府へ献上する前に、道中でこっそり書き写していました。これがいわゆる曾良本です。

さて、素龍清書本を兄の半左衛門に預けてからの、芭蕉の足跡を追ってみましょう。

元禄七年閏五月、彼は近江蕉門の乙州宅（大津）に着きました。それから七月中旬頃まで、乙州宅、落柿舎などに滞在していました。その後再び故郷の伊賀上野に戻ります。伊賀蕉門が芭蕉の為にわざわざ建ててくれた新庵に、ひとまず儀礼的に住むのが目的でした。約二ヶ月間、その新庵に滞在していました。

九月八日、いよいよ彼は人生最後の旅に出立します。伊賀上野から奈良を経て、大坂へと向かう旅です。当時、大坂在住の二人の弟子、之道と洒堂が、大坂での縄張り争いをしていました。その二人の身内の争いを、芭蕉自ら出向いて仲裁するのが目的でした。気が重い旅でした。支考、惟然など数人の弟子達が同行していました。途中、奈良の猿沢池近くの安宿に泊まりました。九月九日、この地で詠んだ句が、

「菊の香や　奈良には古き　仏達」

です。爽やかそうな句です。のどかそうな句です。古都の澄んだ秋空が目に浮かぶようです。何の問題も無さそうですが……。いえいえ、とんでもありません。この句には、実は芭蕉の怨念が込められています。幕府に対する積年の恨みつらみが封印されているのです。「菊の香」・「奈良」・「仏達」の言葉の響きから来る先入観に惑わされてはいけません。「古き」の意味に、もっと敏感に反応しなければいけません。

「菊の香」はここでは九月九日の「菊の節句」をほのめかしています。「菊の節句」は「重陽の節句」とも呼ばれています。古代中国では、基数で一番大きい九という数字は重要な数字で、皇帝の数字とも言われていま

す。王宮の鉄扉の鋲数が九の倍数になっているのは、この一例です。九月九日の「重陽の節句」は、三月三日（上巳）・五月五日（端午）・七月七日（七夕）など五節句の中でも、帝王が最も重視するべき節句とされています。また「古き仏達」は、実は、令和の僕達には想像出来ない、悲惨な姿の「古き仏達」なのです。東大寺・興福寺とその周辺の寺院は、戦国時代の永禄十年（一五六七年）の「東大寺大仏殿の戦い」の戦火で、大部分が焼け落ちていました。そうなのです。この元禄七年当時の奈良の大仏は、屋根が無い、露座仏だったのです。勧進上人に任ぜられた公慶などの尽力によって大仏殿が再建されたのは、芭蕉没後十五年程経った、宝永六年（一七〇九年）だったのです。そうしますと、芭蕉が見た大仏は、百年以上雨ざらしになっている火傷だらけの大仏だった、となります。将軍綱吉が大仏殿再建に乗り出すらしいという噂は、彼も耳にしていました。ただし、実現するのはまだ先の話のようでした。しかも建物を縮小して再建されるという、しみったれた話でした。

そこで、この「菊の香や——」の句の、芭蕉の真意を読み解くと、こうなります。

「中国の帝王が大切にしている重陽の節句に、奈良の大仏様を拝ませてもらったが、露座仏とはお気の毒だよなあ。戦乱の世が去って八十年も経っているのに、この様に戦乱の傷跡は残されたままではないか。日本の帝王はこれが気にならないのだろうか。これで天下泰平の世とは、聞いて呆れるわい」

禁止されている御政道批判に触れるか触れないかの、かなりきわどい句でした。そしてこれが、いかにも天邪鬼で、反骨精神旺盛な芭蕉らしい……最後の句となりました。

九月九日夜、彼は雨に打たれながら大坂に到着しました。まず洒堂宅に逗留しました。九月十日、洒堂宅で悪寒や発熱に襲われました。その後暫く新型コロナウイルスみたいな症状が続いていましたが、大坂道修町の之道宅に逗留していた九月二十九日頃から、今度は激しい下痢に見舞われて、とうとう床に伏してしまいました。彼は日に日に衰弱します。半睡半醒の状態が続きます。十月五日、病身の彼は南御堂前の花屋仁右衛門の裏座敷へと移されました。同日、支考と惟然が手分けして、大津・膳所・美濃大垣・名古屋・伊賀上野などにいる弟子達に、師匠重篤を知らせる急飛脚（手紙）を出しました。十月七日夜、正秀、去来、丈草、乙州、李由、木節などが慌てふためいて到着。なお予断を許さない状態が続いています。

十月八日の深夜、弟子の呑舟に筆録させて、喘ぎ喘ぎ詠んだ句（病中吟）が、

「旅に病んで　夢は枯野を　駆けめぐる」

でした。

十月十日、再び高熱が出ました。この時は自力で、兄の半左衛門宛の遺書を書きました。十月十一日、蕉門の重鎮、其角があたふたと到着。十月十二日、芭蕉は大勢の弟子達に見守られながら、その波乱に満ちた、輝かしい五十一年の生涯を閉じました。ただし、晩年の五年間だけは例外で、芭蕉の思い通りに事は運びませんでした。人生最大にして最後の、途方もなく大きな夢を抱いてはみたものの、結局その夢は破れて、行くべき方向を見失って、世を拗ねたような生き方をした晩年になってしまいました。

十月八日の深夜、呑舟が横を向いて硯箱を片付けていた時に、芭蕉が口の中で呟いた人生最後の句が、

「旅に病んで　悪夢は枯野を　駆けめぐる」

でした。

七浦海岸（佐渡市）

第十話　名句に隠されていた金

オンラインによるムサシの話

「荒海や　佐渡に横たふ　天の河」

この句は、俳人松尾芭蕉の命を救った句です。いえいえ、僕は、この句に何か特別な意味を持たせようとして、こんなインパクトのある言い方をしているのではありません。心境の劇的な変化といった心の内を、抽象的な言い回しでお伝えしようとしているのではありません。実際に彼は、この句によって命拾いしたのです。とっさに機転を利かせて詠んだこの句のお蔭で、彼は命が危ない所を、間一髪、救い出されたのです。その経緯については、これから語る僕の話に最後まで耳を傾けて下されば分かりますから、どうぞ宜しく。

この句には、まとわり付いている、不可解な謎があります。その謎を解く手掛かりは、あれです。人を喜ばせたり、哀しませたり、苦しめたり、惑わしたり、騙したり、狂わせたり……とまで言えば、皆さんうすうす分かりますよね。光り輝いていて、魔力があって、安全なものだけど、同時に危険なもの、そんな矛盾をはらんでいる厄介なもの、と言いますと?……。そうです。金です！「荒海や——」の句の謎を解く鍵は、やはり金なのです。そこで、僕が皆さんにこれから語ろうとする話には、「名句に隠されていた金」、という、あまり心に響かない、感動を呼び起こしそうにも無い、風流とは無縁の、興醒めするタイトルを付けさせてもらいます。

俳句とお金を結び付けるなんて、と眉をひそめないで下さいね。芭蕉は俳諧師です。俳諧師だって人の子ですから、食べる為にも住む為にも、お金を必要とするのは、これは仕方が無い事です。

延宝八年（一六八〇年）五月、四代将軍家綱が死去しました。家綱にはお世継ぎがいなかったので、同年八月、三代将軍家光の四男で家綱の弟（異母弟）である綱吉が、急遽五代将軍に就任しました。そしてその二、三ヶ月後に、芭蕉は、家賃が高い日本橋から、家賃が要らない深川の草庵に、隠れるようにこそこそと移り住みました。この将軍の代替わりと芭蕉の転居とは、どう頭をひねっても何の関係も無さそうですが、どっこい、これが関係大ありだったのです。実は、これにもお金の問題がからんでいたのです。

「荒海や――」の句が芭蕉の命を救ったという、ちょっと信じられないような話。将軍の代替わりと芭蕉の転居とに関連性があるという話。そして、そのどちらにもお金がからんでいるという話。これらの話をよく理解して頂く為に、遠回りになるかもしれませんけど、もう一度ここで、芭蕉の前半生を念入りに深掘りしてみたいと思います。特に、彼の故郷である伊賀上野の関係者達にメスを入れてみます。では早速、始めます。

芭蕉は、正保元年（一六四四年）、伊賀上野（三重県伊賀市）で、郷士（農業も営む下級武士）の家に生まれました。十三歳の頃、伊賀上野の藤堂新七郎家二代目当主、藤堂良精の屋敷に、武家奉公人という身分で召し抱えられました。その後、良精の嫡男である藤堂良忠の身の回りの世話をするようになりました。その良忠が、京都の貞門俳諧の北村季吟から俳諧の手ほどきを受けていたのが縁で、芭蕉も俳諧に親しむようになりました。これが十九歳の頃でした。良忠（俳号は蟬吟）の影響で、俳諧にのめり込んでいた芭蕉（当時の俳号は宗房）でしたが、二十三歳の時、主君である良忠が二十五歳で病没しました。この良忠の死が契機となって、彼は藤堂新七郎家を去りました。但し、彼と藤堂新七郎家がこれできっぱり縁が切れた訳ではありませんでした。当主の藤堂良精は、その後の芭蕉を、金銭面で援助し続けました。この藤堂良精は、芭蕉の前半生の節目では、いつも重要な役割を演じていました。

藤堂新七郎家を去った芭蕉は、京都へ上りました。そして、良忠の師匠だった北村季吟から、それまで通り俳諧を学び続けました。本来なら、郷士出身の彼に、季吟を師匠に仰いでの勉学の日々なんか過ごせる筈がありません。彼のそんな恵まれた修業時代を可能としたのは、藤堂良精の身元保証や金銭援助があったからでした。又、寛文十二年（一六七二年）、彼は二十九歳で江戸へ下りましたが、この時、季吟から貞門俳諧の秘伝書「俳諧埋木」、つまり貞門俳諧の免許皆伝状を授かった訳ですが、これも実は、藤堂良精のたっての要請に、季吟が諸々と応じただけでした。季吟は、俳諧の師匠をしていながら、その一方で、古典の研究者としても傑出した人物でした。古典の研究に寝食を忘れるくらい没頭していました。ただ、そんな学者肌の季吟だからこそ、台所事情は苦しいものでした。宗房（芭蕉）を、何の見返りも無しに助ける程の、精神的余裕も金銭的余裕もありませんでした。それに……もし季吟が純粋な師弟愛に基づいて、芭蕉に「俳諧埋木」を授けていたとしたならば、江戸へ下った芭蕉が、二、三年後に貞門俳諧からライバルの談林俳諧へ鞍替えした際に、それを黙って見過ごしていた筈がありません。芭蕉の方も、師弟愛によって与えられた「俳諧埋木」だったとすれば、その季吟の善意を踏みにじってまで、義理を欠いてまで、談林俳諧への鞍替えを強行していた筈がありません。つまり僕がここで言いたいのは、元々季吟と芭蕉との人間関係は希薄なもので、藤堂良精を介しただけの浅い関係だったと言う事です。季吟は、大事なお得意様である藤堂良精に頼まれたから、貞門俳諧の秘伝書「俳諧埋木」を芭蕉に授けたに過ぎなかったのです。従って、修業時代の芭蕉にとっての真の恩人は、亡き主君である藤堂良忠と、その父、藤堂良精であったと言えましょう。

良精が芭蕉を支援していた動機については、分からなくはありません。若くして逝った嫡男、良忠への追懐の情によるものもあったでしょう。良忠は年齢が近かった芭蕉を、弟のように可愛がっていたようです。身分の差を超えて、二人は仲が良かったそうです。俳諧が好きだった息子の遺志を、芭蕉が継いでくれるとすれば、それもいいではないか、との漠然とした期待感や親心に近い情愛が良精にはあったようです。更に、良精が芭蕉を支援していた動機は他にもあったのですが、それについては後で述べます。

修業時代の芭蕉の恩人、良精の芭蕉への支援にはまだ続きがあります。江戸へ下った芭蕉には、直ぐに弟子達が集まります。その数年後にはあの日本橋小田原町に居を構えます。彼は江戸俳壇でめきめきと頭角を現します。俳諧宗匠としての生活は、最初から調子が良くて、順風満帆です。いいですよね。

二年前に、一人の女子大生が、「コネもない、カネもない、経験も乏しい、伊賀上野の田舎からぽっと出てきたばかりの若者に、世間の風当たりは強かったでしょう。随分辛い体験もしたでしょう。食べて行くだけでも大変だったかもしれません。でもその苦労の末、どうにか世間から認められるようになれたのです」、なんて話していたようですが、これは事実誤認です。苦労すれば直ちに報われる程、今も昔も、世の中そんなに甘くはありません。日本橋小田原町は当時の江戸の一等地です。今で言えば、六本木か赤坂です。本来、田舎から出てきたばかりの若者が住めるような場所ではありません。そんな日本橋に彼が住めたのも、又、杉風・其角・嵐雪といった、裕福で毛並みが良い弟子達を早々と集められたのも、良精による支援があったからでした。それに、彼は延宝五年（一六七七年）からの約四年間、小石川上水の水道工事の現場監督で副収入を得ていましたが、こんな専門的で特殊な仕事に携われたのも、やはり良精のお蔭でした。

修業時代の芭蕉には、もう一人、陰の恩人と言えるような人物がいました。藤堂良精の本家筋に当たる津藩（伊勢津藩）の三代藩主、藤堂高久です。江戸ともなると、伊賀上野からは遠過ぎて、良精の支援のみでは限界があります。大藩である津藩三十二万石の藤堂高久の後ろ楯が加わってくれたお蔭で、芭蕉は、「おいしい」日本橋に住めて、「おいしい」弟子達を集められて、水道工事の現場監督といった、「おいしい」副業にまでありつけたのでした。

良精による支援は分かるのですが、どうして、津藩の藩主、藤堂高久が芭蕉の後ろ楯となったのでしょうか？　芭蕉が江戸へ下った寛文十二年（一六七二年）は、高久が津藩の三代藩主になって三年程経った頃でした。藩主としてやる気満々の時期でした。高久は、分家の良精からのたっての要請を、本家の威信にかけてでもと、見栄を張って引き受けたのでしょうね。それともう一つ。宗房（芭蕉）は、今はまだ海のものとも山のものともつかない男だが、将来、藤堂家の「持駒」になれるかもしれない、何かあった際に、役に立つ男になるかもしれない、との読みが藤堂高久にはあったようです。この時の高久の読みは、後年、見事に的中します。

藤堂高久は、津藩初代藩主、藤堂高虎の孫です。藤堂高虎と言えば、勇猛果敢な戦国武将として知られています。関ケ原の戦いでは、最前線で陣頭指揮を取り、敵の主力部隊と正面から激突して、東軍の勝利に大きく貢献しました。大坂夏の陣での天王寺の合戦では、敵方の真田幸村軍の奇襲攻撃によって窮地に陥っていた家康を、間一髪のところで救い出す、といった劇的な活躍もしました。又、石田光成ら五奉行による家康暗殺計画をいち早く察知して、それを家康に伝えて、暗殺計画を頓挫させたのも、高虎の働きによるものでした。こうした数々の功績によって、高虎は家康から絶大な信頼を勝ち得ていました。

武勇と知略に長《た》けていた藤堂高虎は、又、城普請《しろぶしん》、即ち築城の名人としても知られていました。宇和島城・今治城・篠山城・津城・伊賀上野城・和歌山城・亀山城など、生涯で三十余りの城の築城や改築に携わりました。慶長十一年（一六〇六年）の江戸城大改築でも、高虎はその手腕を存分に発揮しました。高虎の築城の特徴は、幾多の実戦で培われた経験に基づいての、高石垣や堀のめぐらし方にありました。高虎が築城した城は難攻不落と言われました。このように高虎は、戦場での功績は大で、城普請・石垣普請の名人でもありましたから、家康からだけでは無く、徳川家一族や幕閣からも重宝がられて、信頼されていました。

こんな高虎には、もう一つの顔がありました。高虎は、主君を何度も変えた戦国武将としても知られています。浅井家（浅井長政）、織田家（織田信澄）、豊臣家、徳川家といった順番です。徳川家以外はすべて滅亡した主君達です。戦国の世に、よくもまあ巧みに渡り歩いて最後まで生き残れたものです。高虎の得意技は、自分の上に立つ人物の力量や命運を見抜く眼力でした。今仕えている主君に、自分と自分の一族を託せるだけの力量や命運が備わっているかどうかをいち早く見抜くのが、高虎の得意技でした。この技を駆使して、今仕えている主君に、自分と自分の一族を託せるだけの力量や命運が備わっている、と見極めれば、全力を尽くして仕えるものの、逆に、備わっていないと見極めた時には、忠義に悖《もと》るとの誹《そし》りを受けてでも、さっさと見限る——これが高虎の非情で、血も涙も無い世渡り術でした。お家芸でした。天下人の豊臣秀頼から、次の天下人の徳川家康に、あっさり鞍替えしたのも、このお家芸があったからでした。そしてこの高虎には、このお家芸を支える秘技がありました。敵方の情報収集や諜報活動でした。軍事面での優位性を保つ為に、高虎はこの情報収集や諜報活動には特に力を入れていました。伊賀の里の伊賀忍者集団は、この高虎の庇護の下で、勢力を急拡大しました。甲賀忍者がどこまでも忠義を尽くしていたのに対して、伊賀忍者は、非情で、血も涙も無くて、依頼者とは常に金銭契約だけで結ばれていました。伊賀忍者は、藤堂高虎とどこか似通った所がありました。

この様に忠誠心が薄い、風見鶏とまで揶揄された高虎でしたが、それでも家康は全幅の信頼を置いていました。高虎をたぐいまれな逸材だと認めていたからでした。戦時であっても平時であっても、徳川家にとっては役立つ逸材だと認めていたからでした。

この初代藩主、高虎の世渡り術、高虎のお家芸は、津藩（伊勢津藩）に脈々と引き継がれます。三代藩主、藤堂高久も、この藩祖の教えを守り通しました。幕府の最高権力者を見極めて、その権力者にしっかり追従しました。四代将軍家綱の時代の最高権力者は、大老、酒井忠清でした。忠清は、病弱な将軍、家綱に代わって、二十年以上も権勢をふるっていました。下馬将軍、陰の将軍とも囁かれていました。高久は、そんな忠清の娘を正室に迎えて、忠清とは姻戚関係を結びました。これで津藩はまずは安泰かと見られていたのですが、延宝八年（一六八〇年）、事態は悪い方向に急展開しました。五月に家綱が急死して、八月に家綱の弟（異母弟）の綱吉が、新将軍に就任したのです。その直後、酒井忠清が大老職を解任されたのです。高久の思惑は外れました。いいえ、外れただけでは済みません。思惑は裏目に出ました。元々外様大名だった津藩は、安泰とはいかなくなったのです。

酒井忠清は、綱吉の将軍としての資質に疑問を抱いていたので、綱吉の擁立に反対していました。次期将軍には別の人物を推挙していました。この擁立で反対された一件を、綱吉は深く根に持っていました。そこで綱吉は、将軍となって全権力を掌握すると、酒井忠清に対して露骨な報復手段に出ました。まず忠清を失脚させました。でも、綱吉の怒りはそれだけでは収まりません。忠清の勢力下の家臣や親戚縁者にまでも、情け容赦の無い仕打ちに出ました。当然、忠清と姻戚関係にあった藤堂家にも、改易（領地没収）や転封（国替え）の危機が迫りました。こんな時期（延宝八年の冬）だったのです。芭蕉が日本橋から深川の草庵に、逃げ込むように移り住んだのは。

藤堂家の庇護を受けていただけの、一介の俳諧師に過ぎない彼にまで火の粉が降り掛かる事は無かったのでしょうが、それでも用心深かった彼は、万一に備えたのです。また今後、藤堂家の庇護を失えば、これまで通りの生活を維持するのは難しくなる、との悲観的な読みもあったようです。むしろ、こちらの方が、家賃の高い日本橋から家賃が要らない深川の草庵に転居した大きな理由だったようです。なにしろ芭蕉は、金銭に対しては敏感な、現実主義者でしたから。

失脚した酒井忠清は、翌年失意のうちに病没しました。忠清亡き後は、綱吉擁立の立役者だった老中、堀田正俊が忠清に替わって権勢をふるうだろう、と大方予想されていました。ところが、綱吉が将軍職に就いてから四年後の貞享元年（一六八四年）八月、突然、堀田正俊は江戸城内で刺殺されました。下手人は若年寄、稲葉正休でした。この幕閣内の抗争事件の結果、将軍綱吉に次ぐ権力者は、側用人、柳沢吉保へと移りました。これは、堀田正俊から敵視されていた藤堂高久にとっては、幸運な出来事でした。又、酒井忠清の親戚縁者に対する綱吉の怒りが、意外に早く収まってくれたのも、高久にとっては幸運でした。綱吉は、熱し易く冷め易い、気まぐれな性格でした。こうして藤堂家は、辛うじて、改易（領地没収）などの御家の危機を免れたのでした。

藤堂家への御咎《おとが》めが無かったのには、別の理由もありました。藤堂家の初代藩主の藤堂高虎は、家康から絶大な信頼を得ていました。「国家大事の時には、一の先手は藤堂高虎、二の先手は井伊直孝」——これが家康の遺訓でした。家康亡き後も、藤堂家は外様大名でありながら、譜代大名格として扱われていました。綱吉も、さすがに家康のこの遺訓には逆らえなかったのでした。綱吉が藤堂家を処罰しなかったのには、更にもう一つ理由がありました。藤堂家は、城普請・石垣普請の名門です。熟練した多くの石工衆（石垣施工の技術者）を抱えています。加藤清正は、藤堂高虎に勝るとも劣らない城普請・石垣普請の名人でしたが、慶長十六年（一六一一年）に死去していました。豊臣恩顧の外様大名とかねてから警戒されていた加藤家は、清正の死を機に立場が不利となって、寛永九年（一六三二年）、遂に滅亡しました。この加藤家の滅亡によって、清正が育てた肥後の石工衆も散り散りになってしまいました。即ち、加藤家の滅亡によって、城普請や石垣普請を得意とする大名は、藤堂家以外には存在しなくなっていたのでした。こういう事情から、幕府としては藤堂家を取り潰す訳にはいかなかったのでした。これが、藤堂家、津藩に対する御咎め無しのもう一つの理由でした。

藤堂家は、こうして御家の危機を免れました。すると藤堂高久は性懲りも無く、今度は側用人、柳沢吉保に急接近するようになりました。柳沢吉保は、綱吉の文治政治を実務の面で推し進めていた幕閣の頂点にいた人物です。藤堂高久が柳沢吉保の御機嫌取りをしていた様子は、「柳沢家の玄関番」、と他大名から揶揄《やゆ》された程、あまりにも露骨で、見るに忍びないものでした。

こうして綱吉政権誕生から八年程が経って、ようやく綱吉の文治政治が軌道に乗り出した、貞享五年（一六八八年）八月、藤堂高久は、幕府内に「歌学方」という役職が新たに設けられるらしい、との情報を耳にしました。「歌学方」とは、直接将軍に歌学や国学（和学）の手ほどきをする役職の事です。これを耳にした時、高久の脳裏をかすめたのが、藤堂家の「持駒」の一人である芭蕉でした。この二年前の貞享三年春に、芭蕉は「古池や――」の句を詠んでいて、これが巷で大ヒットして、そのお蔭で、この頃の彼はすっかり有名人になっていました。この頃に江戸で流行した古川柳で、「芭蕉翁　ぽちゃんといふと　立ち止まり」、と言うのがあります。「古池や――」の句で一躍有名になった芭蕉が、江戸子達からやっかみ半分でからかわれていた様子が、この古川柳からうかがえます。そこまで有名になった彼を「歌学方」の役職に就かせてみてはどうか、とのアイデアが高久の脳裏に閃《ひらめ》いたのでした。先程も触れましたが、藤堂家には、敵方の情報収集や諜報活動に抜きん出たお家芸がありました。藩祖の藤堂高虎が、軍事面での優位性を保つ為に、これらに特に力を入れていたからでした。「持駒」には、こういった有事の際に使える有能な人材、と言った意味合いがありました。ただし、この時の高久は、芭蕉を「歌学方」の役職に就かせて、情報収集や諜報活動をさせようと、そこまで物騒な事を目論《もくろ》んだ訳ではありませんでした。高久が考えていたのは、もし芭蕉が「歌学方」の役職に抜擢されれば、芭蕉を通じて、自分は、将軍綱吉や柳沢吉保に、これまで以上に取り入り易くなれるのではないか、御機嫌取りをし易くなれるのではないか、と言った程度のものでした。

対する側用人の柳沢吉保は、将軍綱吉に似ていて、学問好きでした。特に儒学に通じていました。又、和歌や漢詩やそれ以外の古典文学全般にも親しむといった、マルチな文化人でした。芭蕉の弟子、素龍が柳沢吉保の和歌指南役だった事は、先程、誰かが指摘した通りです。勿論、吉保は、有名人である芭蕉を知っていました。ですから藤堂高久が、「歌学方の役職には、今、巷で評判の俳人、松尾芭蕉がおあつらえ向きかと存じますので、なにとぞ御吟味の程を……」、と前置きして芭蕉の名前を挙げた時には、吉保は、「あゝ、あの俳諧師か……歌人では無くて、『古池や』で売れた俳諧師か……」、と最初は戸惑いました。それでも高久のこの意外な人物の熱心な推挙に、やがて関心を示す様になりました。この時点で高久は、柳沢吉保は乗り気になっている、これならきっと上手く行く、と判断しました。そこで分家である藤堂良精を通じて、この「歌学方」に推挙した件を、遅まきながら芭蕉側に打診したのでした。この時高久は、芭蕉はこのおいしい話を二つ返事で引き受ける、と信じて疑いませんでした。事後承諾は簡単に得られると見込んでいました。藤堂家の「持駒」である彼が、難色を示したり、辞退を申し出たりする、などとは予想もしていませんでしたから。

対する芭蕉は、この頃（貞享五年八月末）、「更科紀行」（名古屋から長野を経由して江戸まで）の旅をちょうど終えたばかりでした。その前年（貞享四年）には、「鹿島紀行」（江戸から鹿島まで）の旅、「笈の小文」（江戸から伊勢・大和・吉野を経由して須磨・明石まで）の旅、と休む暇も無く諸国を行脚していました。「日々旅にして、旅を栖とす」を、その言葉通りに実践しながら、自己のライフスタイルと俳諧スタイルを確立しつつありました。心身も生業も共に上り調子で、満ち足りた毎日を過ごしていました。又、彼が手塩に掛けて育てていた蕉門も、「古池や――」がきっかけで門人達は増えましたし、蕉門十哲と言われる程の優秀な幹部達が揃うまでにもなり、芭蕉と同様、俳諧の組織としては申し分の無い、上り調子の時期を迎えていました。こんな時でした。俳諧とは全くおかど違いの、幕府の「歌学方」の話が、突然彼に舞い込んで来たのは。

次の旅の計画を立てていた彼にとっては、正直、これは困った話でした。難色を示したり、辞退を申し出たりしたいところでした。これが修業時代からお世話になっている藤堂家からの話で無ければ、彼はきっとお断りしたでしょう。確かに冥利に尽きる出世話でした。俳諧師としては破格の大出世と言える、おいしい話ではありました。元々彼は野心家で、上昇志向の強い男でしたから、深川の草庵に移り住む以前の彼でしたら、この「歌学方」の話には、二つ返事で飛び付いていたでしょう。でも、この時の、「日々旅にして、旅を栖とす」を地で行っていて、それなりに充実した毎日を過ごしていた彼にとっては、あまりにタイミングが悪過ぎる感がありました。

加えて、彼には辞退を申し出たい、別の理由もありました。彼は、綱吉政権誕生を機に、賑やかな日本橋から寂しい深川の草庵へと、びくびくしながら身を隠した、あの八年前の苦い体験を忘れていませんでした。あれ以来、彼は政事《まつりごと》に対しては身構える様になっていました。自分が政事に積極的に関わるのは勿論ですが、自分が政事に利用される事さえも警戒していました。彼はこう考えていました。仮に、自分が「歌学方」に抜擢されたとしましょう。引き受けたとしましょう。厚遇されて、その職務を無難にこなし続けたとしましょう。それでも、政権が交代すれば、元も子もありません。これまでの努力は全て水の泡です。つまり、先の先まで考えてみれば……実は、四代将軍家綱にお世継ぎがいなかったのと同様、今の五代将軍綱吉にもお世継ぎがいないのです。と言う事は、遅かれ早かれ、綱吉政権が衰亡して次の政権が誕生した時に、再び権力争いが起こり兼ねないのです。その権力争いに自分が巻き込まれたりすれば最悪です。元も子も無いどころでは済まされず、厚遇が暗転して、自分の身にどんな災いが降り掛かってくるかもしれないのです。そんな危険が待ち受けているかもしれない、不安定な境遇に身を置くよりも、四十五歳にしてようやく掴み掛けている、自分の力で自分の人生を切り開く、という今の生き方を続ける方が、よっぽど得策ではないのか——こう彼は考えたのです。

政事に利用されないようにする、政事とは出来る限り距離を置く——芭蕉がこのような考え方をするのには、あの西行法師の影響もありました。平安末期から鎌倉初期の歌人、西行は、室町時代の宗祇など、後世の歌人達に大きな影響を与えた人物です。西行は、都での権力争いに巻き込まれるのを嫌って、鳥羽上皇から与えられた高い地位を捨てて、源頼朝からの仕官の誘いも断って、出家しました。出家してからの西行は、東山、鞍馬などの草庵でひっそり暮らしていましたが、その後、奥州・中国・四国などの諸国を、和歌を詠みながら遍歴するようになりました。この西行のライフスタイルや価値観に、深川の草庵に移り住んでからの芭蕉は、ぞっこん惚れ込んでいました。惚れ込むだけでは物足り無くて、西行のライフスタイルを真似するまでになっていました。

充実している今のライフスタイルを手放したくない、という胸の内。又、あの八年前の苦い体験がトラウマになっていて、政事には出来るだけ関わりたくない、という胸の内。そして、政事とは潔く決別して諸国を遍歴していた、西行法師への共感――これらを拠り所として、藤堂家から打診された、今回の幕府の「歌学方」の件は、なんとしても断ろう、と芭蕉は考えていました。

その一方で、彼はやはり悩んでいました。大恩ある藤堂高久や藤堂良精のたっての頼みともなれば、やはり無下に断る訳には行かないような気もします。それでも自分の本心に従うべきなのか、それとも恩返しをするべきなのか……。我を押し通すべきか、情を立てるべきか……。独立自尊が優先か、義理人情が優先か……。彼はなかなか決断出来無くて迷っています。

この板挟み状態の下で、彼は思い付きました。高久と良精にある事を願い出てみようかと……。こうして彼は、二人宛てに願い出書を提出しました。そこには、「歌学方」の推挙の件に対しての丁重な謝意が綴られた後に、「……お願いの儀が御座います。ぶしつけなお願いでまことに恐縮ですが、歌学方に正式に推挙して下さる前に、それがしに今少しだけの時節の猶予を頂きたく存じます。申し上げますのもお恥ずかしい次第ですが、それがしには未だ諸国行脚に未練が御座います。何処かの地の行脚を、今一度限り、悔い無く遣り遂せるまで、時節の猶予を請願したき次第です。何卒よしなにお取り計らい下さいます様お願い申し上げます……」、との要望が記されていました。これを平たく言えば、こうです――歌学方という出世の階段を目の前にしていながら、それでも今の私には、どうしても遣って置きたい事があります。もう一度、旅に出る事です。身勝手ではありますが、どうか今回だけ大目に見て、この私の願いを聞き入れてはもらえないでしょうか？　彼にとっては、迷った挙句の、問題の先送り、返答の引き延ばし、とも言える作戦でした。本音としては、もう少し考える時間が欲しいな、それも、出来れば旅をしながらじっくり考えてみたいものだ、という、ちょっと虫がいいような作戦でもありました。

藤堂良精は、この芭蕉の要望に、ひとまず理解を示して、これを藤堂高久に伝えて、高久も取り敢えず了解して、そのまま知恵者の柳沢吉保に伝えました。

柳沢吉保もこの芭蕉の要望に理解を示して、一応容認はしてくれました。が、その一方で、聞き入れるに際して、芭蕉に一つの条件を突き付けました。「行脚するのであれば、行先を奥州にしてもらえないだろうか」、との条件でした。又、「旅を終えた後に、その旅を記録した文書を差し出すように」、との条件も付け加えました。芭蕉にとっては、元々行先に関してのこだわりはありません。「旅をしながらじっくり考えてみたい」、の時間稼ぎが本来の目的でしたから、この際、行先はどこでもよかったのです。彼は応諾しました。奥州はかつて西行が行脚していた地で、彼も何時かは行きたいと望んでいました。内心しめしめと思いました。更に柳沢吉保は、もう一つ条件を付け加えました。随行員としては、藤堂藩から石垣施工の技術にたけた者一名を付けるように、との条件でした。

こうして元禄二年（一六八九年）三月、二千四百キロの道程を百五十日かけて踏破する、芭蕉と曾良の「奥の細道」の旅は、幕府と藤堂藩の手厚い支援によってスタートしたのでした。

さて、皆さん、ここでよく考えてみて下さい。江戸時代の旅は、交通インフラが発達した今日と比べますと、関所あり、橋の無い河川あり、険しい山路あり、ぬかるむ悪路あり、盗賊の出没ありで、相当困難な旅でした。でも、旅人達にとって、それらに負けず劣らず障害となっていたものがありました。何だと思われますか？——答は、言葉の壁です。正確に言えば、話し言葉の壁です。各地に存在した様々な方言です。幕末、各藩の勤労の志士達が、京都に集結はしてみたものの、最初の頃はお互い何を喋っているのか分からずに、仕方無く、筆談、つまり中世からさほど変わっていない書き言葉によって意思を伝え合った、との逸話も残されているくらい、江戸時代の話し言葉の壁は、難儀な存在だったのです。

この方言という言葉の壁は、異郷から訪れている旅人達にとっては、不安で、心細くて、あらゆる行動の妨げにもなっていました。それでも、旅人の往来が絶えない東海道・中山道・日光街道など主要な街道沿いの場合は、まだましな方でした。旅籠屋などの接客業者達がこれを十分心得ていて、上手く対応してくれましたから、この問題は表面化しませんでした。こうして主要な街道を歩き続ける限りは、旅人達は難無く旅をする事が出来ました。問題は、主要な街道では無い、旅人が滅多に通らない、地方の街道でした。そんな街道に初めて足を踏み入れる旅人にとっては、通訳と言えば大袈裟ですが、江戸弁が分かって、その土地の方言を使いこなせて、ついでに土地勘もあって、地理にも明るい、そんな特別な人間の手助けが欲しいところでした。

「奥の細道」の道程の大部分は、芭蕉と曾良にとっては、初めて訪れる土地でした。それらの土地は蕉門の勢力下ではありません。当然、弟子や知人も殆どいません。後ろ楯となっている藤堂高久や良精にしても、奥州は遠過ぎて、手を差し伸べる手立てはあまり無かったでしょう。それでも二人は、全行程を通じて、こうした言葉の問題や地理の問題に苦労した様子が全く見受けられません。どうしてでしょうか？　例えば「曾良随行日記」の四月二十一日の白河の関では、「コレヨリ白河へ壱里半余。中町左五左衛門ヲ尋。大野半治へ案内シテ通ル。黒羽へ之小袖・羽織・状、左五左衛門方ニ、預ケ置ク……」、と記されています。又、六月十六日の象潟では、「昼ニ及テ塩越ニ着ク。佐々木孫左衛門尋テ休ム。衣類借リテ濡衣干ス………加兵衛、茶・酒・菓子等持参ス。帰テ夜ニ入リテ、今野又左衛門入来ル……」、と記されています。このように、「曾良随行日記」には、全体を通じて、どこそこで誰々を訪ねた、誰々がわざわざ訪ねて来てくれた、と言う記述が各所に見られるのです。姓名だけが簡単に列挙されている滞在地もあります。「曾良随行日記」に記載されていることれらの人名はおびただしい数で、本来の芭蕉や曾良の交友関係、縁故関係や、蕉門の組織力の数を遥かに超えています。

これでお分かりでしょう。これは幕府の手厚い支援があればこそ出来た離れ業でした。「奥の細道」の全道程にわたって、抜かり無く、言葉の問題や地理の問題を解決してくれる案内人を配置しておく、又、各地の有力者に口利きをしておく、なんて離れ業は、幕府以外には考えられないのです。このように幕府が後ろ楯になってくれた御陰で、芭蕉はそんなに危ない目にも遭わずに、険しい山路では案内人も付いていてくれて、関所もスイスイ通り抜けて、「奥の細道」の旅を無事にやり通す事が出来たのでした。更に、旅費の疑問もこれで氷解です。約百五十日の「奥の細道」の旅では、宿泊費・食事代・薬代・馬の借り賃・川の渡し賃などの二人分の合計として、最低でも約四十両を要したのではないか、との試算があります。これは「曾良随行日記」の出費に関する記述を根拠に推計しています。元禄期の一両は約十二万円ですから、四十両は約五百万円に相当する金額です。こういった資金を、あまり裕福でも無い二人の俳諧師がどうやって調達したのかという疑問も、幕府と藤堂藩が全面的に支援していたからだ、と見抜く事によって解き明かせます。

ところで気になります。どうして柳沢吉保は、芭蕉に奥州行きを指示したのでしょうか？　ここは見落とせない重要な点です。実を言いますと、吉保が芭蕉に行かせたかった土地は、出羽国の延沢銀山と、そして佐渡金山でした。吉保としては、芭蕉がこの延沢銀山と佐渡金山に立ち寄ってさえくれれば、その前後に関しては、彼等が何処をどのように行脚しようがしまいが、全くお構い無しだったのです。では、どうして吉保は、芭蕉に、延沢銀山と佐渡金山に行かせようとしたのでしょうか？　この疑問は、この頃、幕府が抱えていた、ある深刻な問題に焦点を絞り込む事によって解き明かせます。ある深刻な問題とは、つまり、お金の問題、財政危機の問題です。この頃、柳沢吉保を頂点とした幕閣は、幕府の財政危機をどうやって乗り切るかの難題を抱え込んでいて、日夜頭を悩ませていたのでした。

徳川幕府は、その成立時には、家康の蓄財術などによって、確かに莫大な金銀がありました。家康の遺産は五百万両とも六百万両とも言われていました。又、幕府の直轄領（天領）の石高は、綱吉の時代には全国に四百数十万石もありました。これは仙台藩（伊達藩）六十二万石、加賀藩百二万石、肥後藩五十五万石、薩摩藩七十二万石などの大藩と比べてみても、その突出振りが分かります。しかもその四百数十万石の大部分は、日本列島の太平洋側、関東から畿内にかけての豊壌な地でした。それればかりではありません。京都・大坂・堺・奈良など上方の主要都市、貿易港の長崎、飛騨・日田などの美林の山岳地帯までも直轄領でした。更に、佐渡金山・石見大森銀山・但馬生野銀山など、日本各地の金山銀山（御公儀山）の多くも直轄領でした。これらの直轄領から産み出される恵みによって、徳川幕府の当初の財政基盤は揺るぎないものでした。ところがその揺るぎない筈の財政基盤が、時が経つにつれて揺らぎ始めます。家康の遺産は二代将軍秀忠・三代将軍家光・四代将軍家綱によって食い潰されてしまいます。そして五代将軍綱吉の時代に入ると、早くも財政危機に直面していたのでした。

この原因は幾つか挙げられます。約百万両もの大金を注ぎ込んだ日光東照宮の大造営。鎮圧するのに約四十万両もの戦費を投じた島原の乱（一六三七年）。明暦の大火（一六五七年）後の江戸大規模再開発に要した費用。そして歴代将軍の大奥での奢侈な生活――こういった諸々が財政危機を招いた主因ですが、ここでもう一つ見落とせない、深刻な問題がありました。幕府の直轄領に配属されていた旗本（将軍直属の家臣）達に統治能力が欠けていた問題でした。

大久保彦左衛門という旗本をご存知ですか？「天下の御意見番」として、講談などではお馴染みの人物です。家康・秀忠・家光の徳川三代に仕えた、筋金入りの三河武士です。滅私奉公の気構えが強くて、武士道精神旺盛な古強者《ふるつわもの》です。この大久保彦左衛門が晩年、自身の回顧録、「三河物語」で、興味深い事を書いています。「礼儀作法を心得ていて勘定が上手い者が出世している。その一方で、忠義一筋に働き、武功を立てていながら、礼儀作法には疎くて勘定が下手な、古参の忠臣は、出世出来ずに、冷や飯を食わされている」――つまり、戦乱の世が遠ざかるにつれて、行政や経済を担う役方（文官）ばかりが重宝されるようになって、その一方で、軍事を担う番方（武官）はぞんざいな扱いを受けるようになった、これはゆゆしき問題である、と彼は嘆いていたのです。

この大久保彦左衛門のように、武士の本分は軍事を担う番方にあり、役方にあらず、と考えていた者が、江戸初期の旗本や御家人の中には数多くいました。役方を軽んじる時代遅れな考えの人達です。彼等がこの考えの根拠にしていたのが、元和元年（一六一五年）、家康が発布した「武家諸法度」第一条の冒頭文でした。「文武弓馬の道、もっぱら相たしなむべき事」――この初代将軍の至上命令が、拡大解釈されて、大久保彦左衛門のような片寄った考え方をする旗本達をのさばらせて、幕府の台所を苦しくさせる元凶になっていました。なぜでしょうか？　旗本の多くは、幕府の直轄領の各地域に、代官・代官頭・郡代・遠国奉行といった、現代の高級官僚のような身分で配属されていました。彼等の多くが、自分の仕事は、年貢米の徴収、領内の治安維持、そして周辺の諸藩（外様大名）に不穏な動きが無いかどうかをしっかり監視する事だ、と決め付けていました。それが自分に与えられた使命だと思い込んでいました。武士の本分は軍事を担う番方にあり、の片寄った考えに凝り固まっていました。ですから、年貢を増やす為のさまざまな施策、例えば新田開発や治水工事や地場産業の育成に励もうとする旗本は、殆どいませんでした。そもそも、先程も指摘したように、役方を軽んじていた彼等です。年貢を増やす為の才覚も無ければ、意欲も無ければ、実行力も無かったのが実情でした。一言で言えば、彼等旗本には経営手腕がまるで欠けていました。

ところで、この五代将軍綱吉の時代には、全国の大多数の諸藩も、幕府に負けないくらいの……いいえ、それ以上の財政危機に直面していました。参勤交代に要する費用。江戸藩邸を維持管理する為の費用（在府賄料）。又、幕府から度々押し付けられる、城普請・石垣普請・堤防普請・日光東照宮改修などの普請役（天下普請）に要する費用――こういった費用は、大藩は大藩なりに、小藩は小藩なりに相当な額でした。これらを捻出する為に、大抵の藩では、荒地を開墾して新田を増やしたり、用水路を引いて干害・水害を防いだり、農産物の品種改良や農具の改良を奨励したり、又、地元特産品の増産や販路拡大に藩自らが率先して取り組んだり――と、あれやこれやの知恵を絞っていました。例えば、仙台藩を例に挙げますと、仙台藩の表高は表向き六十二万石でしたが、新田開発などを推し進めた結果、幕末には実高は百万石に達していました。又、三陸海岸で採れるアワビやサメなどを加工処理して、「長崎俵物」として清（中国）へこっそり輸出していました。そんな目先が利いた藩がある一方で、重税を課す対策だけしか打ち出せなくて、百姓一揆や逃散などの社会不安を引き起こしていた、お粗末な藩もありました。でもこのような藩は、幕府の厳しい処罰によって、大抵滅亡しました。その一例が「島原の乱」の松倉藩でした。「島原の乱」は、松倉藩の失政のツケの側面もありました。幕府にしてみれば、第二第三の「島原の乱」は絶対に避けたいところでしたから、その為にも、キリシタンを弾圧するばかりでは無く、諸藩の統治能力にしっかり目を光らせていました。このように幕府からの圧力もあったので、大抵の藩では、藩の財政健全化には本腰を入れて取り組んでいました。上級藩士の多くは、軍事を担うだけの番方から、行政や経済を担う有能な役方へ、有能な行政官僚へ、と変貌しつつありました。

これら諸藩に比べますと、幕府の旗本・御家人達は明らかに遅れていました。家康の「武家諸法度」の影響もあったでしょう。「戦国時代の最後の勝ち組」の驕りもあったでしょう。幕府の旗本・御家人達の意識改革は全く遅れていました。幕府の財政窮迫に対する危機意識なんて殆ど持っていませんでした。特に、幕閣の目が届き難い幕府の出先機関は、酷い状況でした。直轄領の代官達の多くは、自分達の仕事は、年貢米の徴収、領内の治安維持、そして周辺の諸藩に幕府に敵対する不穏な動きが無いかどうかを監視する事だ、と一貫して思い込んでいました。直轄領の年貢を増やす工夫など、はなから怠っていました。経営手腕が見事に欠けていました。更に、欠けているという自覚さえありませんでした。彼等は相変わらず、武士の本分は番方にあり、役方にはあらず、との錦の御旗を振り回すだけでした。このようなお粗末な代官達は、実はまだましな方で、幕府の直轄領を、まるで藩主のように威張って私物化する、時代劇に登場するような悪代官もいました。

ところが延宝八年（一六八〇年）、綱吉が将軍に就くと、こうした私利私欲におぼれる悪代官達に大ナタが振るわれます。直轄領の統治に、ようやく変革の兆しがみられるようになります。

将軍に就いた綱吉はまず思い切って、錦の御旗である「武家諸法度」の冒頭の文面を、今の平穏な時代にはそぐわないとして、「文武忠孝を励まし、礼儀を正すべき事」に変更しました。続けて、綱紀粛正に取り組みました。綱吉親裁によって、あらゆる不正行為、特に幕府内に巣食っていた不正行為が厳しく糾弾されました。後世「天和《てんな》の治」と称《たた》えられたこの改革は、貞享四年（一六八七年）に「生類憐みの令」が発令される頃までの約七年間続きました。

家康の時代には九十二藩、二代将軍秀忠の時代は六十藩、家光の時代は六十七藩、家綱の時代は三十一藩、綱吉の時代は四十五藩――これは幕府によって改易（領地没収）された藩の数です。この改易となって廃絶した藩の数が、家綱以降減っています。これは、慶安四年（一六五一年）の慶安事件が影響しています。慶安事件というのは、由井正雪を首領とした浪人達によって企てられた、幕府転覆未遂事件の事です。この事件の背景には、多くの藩が廃藩となった結果、徳川幕府への反感を抱く浪人達が江戸市中にあふれたところにありました。改易される藩が増えれば、それだけ浪人が増えて、社会不安が増大して、やがてこれが幕府の屋台骨を揺るがしかねない――こうした反省を踏まえて、家綱の時代には、廃藩・御家断絶という諸大名への厳しい処罰が減少したのでした。五代将軍綱吉も、この家綱政権の対大名政策を踏襲しました。その一方で、お膝下の幕府の官僚機構に対しては鋭いメスを入れ始めました。不正があれば、びしびし取り締まりました。廃藩が社会に与える悪影響に比べれば、幕府内の、身内の大量処罰が社会に与える影響などはたいしたものではない、との読みもあったのでしょう。直轄領の統治に不正や不行届きがないかを監視する、「勘定吟味役」も、この頃に新設されました。「勘定吟味役」の審判によって、三十四名もの直轄領の代官達が、無能・怠慢・乱行・汚職などの罪状で、斬罪・切腹・流罪となりました。これは直轄領の代官の相当数を入れ替えた数でもありました。

全国の諸藩に目を光らせる一方で、幕府の出先機関である直轄領の代官達にも目を光らせる。高級官僚である代官達であっても遠慮無く処断する。彼等を税収増へ向けてひた走らせる。直轄領からの税収増を遂行出来ない、無能な代官と見なせば、これも容赦無く解任して、代官を入れ替える――この厳しい内部統制が、「天和の治」の下で、老中の堀田正俊、側用人の柳沢吉保などが取り組んだ改革の柱の一つでした。これによって直轄領からの税収を増やして、幕府が直面している財政危機を乗り切ろうとしたのでした。ここで念の為に言い添えますと、税収増へ向けてひた走る、と言うのは、単に重税を課す、又は年貢の取り立てを厳しくする、などを意味しているのではありません。こんな短絡的な手段に頼ったりしていれば、「島原の乱」の松倉藩などの失政と同じ失政を、幕府自らが繰り返す事になります。これでは、「天和の治」の名が泣きます。堀田正俊や柳沢吉保が目指していたのは、多くの雄藩が既に着手していたような、新田開発・治水工事・地場産業の育成・測量による従来の石高の見直し（天和検地）など、理にかなった手法、即ち正攻法による直轄領からの税収増でした。

ところで、幕府が保有する多くの直轄領の中で、最も重要な直轄領を一つ挙げるとすれば、これはやはり佐渡でしょうね。江戸時代初期の幕府の財政は、佐渡によって支えられていたと言っても過言ではありませんでした。例えば、慶長十八年（一六一三年）から元和八年（一六二二年）にかけての十年間に、総ての直轄領から集められた年貢米は、年平均二百数十万石でした。これは金に換算して二十数万両でした。これに対して、同じ時期の佐渡での金銀産出量は、年平均で八万数千両でした。つまりこれは、全直轄領の年貢米の三分の一に相当しました。又、この佐渡の産出量は、石見大森銀山や但馬生野銀山など、佐渡を除いた、他の直轄領の金山・銀山の総てから集められた金銀産出量の合計にも匹敵していました。ちなみに初期の佐渡金山では、銀鉱石も採れていました。これらの資料から、この時期、佐渡がいかに厖大《ぼうだい》な富を産み出していたか、又、佐渡の富によって、幕府の財政がどんなに潤っていたか、が納得してもらえると思います。

この幕府を潤していた佐渡金山に、ここで改めて注目してみましょう。

佐渡で金銀の大鉱脈が発見されたのが、徳川幕府が開かれる二年前の慶長六年（一六〇一年）七月でした。これは家康が上杉氏から佐渡を奪い取った直後でした。家康は実に強運の持ち主です。越後の覇者だった上杉謙信も、上杉景勝も、直江兼続も、佐渡で砂金が若干採れるのは知っていましたが、佐渡に金銀の大鉱脈がある事までは知りませんでした。彼等がもっと早くこの大鉱脈に気付いていれば、もしかすると彼等は、これを軍資金にして、もっと強大な戦国大名になれたかもしれません。そして、天下が取れていたかもしれません。

名だたる戦国大名は、大抵優良な金山や銀山をその支配下に置いていました。駿河の今川義元の軍事力は、富士金山など富士山麓周辺にあった金山によって支えられていました。武田信玄の軍費の大部分を賄っていたのが、甲州金として名高い黒川金山や湯之奥金山などの甲斐の金山でした。謙信と信玄の川中島の戦いは、実はあまり知られていませんが、佐久郡と諏訪郡にあった四つの優良金山、「信州黄金山」の争奪戦という側面がありました。又、織田信長と豊臣秀吉の天下取りを軍費面で支えていたのが、但馬生野銀山でした。そして中国地方で、大内氏・尼子氏・毛利氏が三つ巴の争奪戦を演じた末に、最後に毛利氏の手中に落ちたのが、あの有名な石見大森銀山でした。家康は、関ケ原の戦いに勝利した直後に、間髪をいれずに、大軍を西へ差し向けて、この石見大森銀山を毛利氏から奪い取っています。優良な金山や銀山がどんなに値打ちのあるものなのかを、百戦錬磨の家康は十分承知していたのです。その家康がさほど労せずして佐渡金山を手中に収めた訳ですから、この時の家康としては笑いが止まらなかったでしょうね。やはり家康は強運の持ち主でした。

家康が金運に恵まれていた例を、ついでにもう一つ挙げておきましょうか。五百万両とも六百万両と言われた家康の金の蓄財は、当時の世界の金融情勢に助けられていた側面もありました。家康が天下を取る数十年前、インカ帝国やマヤ帝国など新大陸の国々が、スペイン人によって次々と攻め滅ぼされました。スペイン人はここで奪取した大量の金を、本国スペインに持ち帰りました。その結果、ヨーロッパ全体で一時的に金がだぶついてしまいました。金の価格が下がって、相対的に銀の価格が上がりました。こうして金と銀の交換比率が変わった結果、銀を売った際に得る、対価としての金の取り分が通常よりも増えました。銀は当時の日本の主な輸出品でした。家康が朱印船貿易によって銀を売っていたのが、たまたまこのように銀の価格が上がっていた時期でした。対価として得た金が通常よりも増えた分が、そのまま家康の懐に入りました。大量の銀を売りさばいて、もっともっと大量の金を得ていた家康は、やはり時の運に恵まれていた人と言ってもいいでしょう。

家康を大いに喜ばせて、幕府の初期の財政を潤わせていた佐渡金山でしたが、その最盛期は、秀忠と家光の時代、即ち元和期から寛永期にかけての約四十年間、と意外に短いものでした。元和八年（一六二二年）の一年間に、金銀産出量十四万両という気が遠くなるような大記録を出した後、佐渡の金銀産出量は減少に転じました。産出量は年々減り続けて、綱吉の時代にはとうとう最盛期の半分以下にまで落ち込んでしまいました。先程、綱吉の時代に幕府が財政危機に陥った原因を幾つか挙げましたが、実は、この佐渡金山の金銀産出量の急減も、そうした原因の一つとなっていたのです。でも、どうしてでしょうか？　どうして佐渡の金銀産出量が急に減ったのでしょうか？　資源の枯渇でしょうか？　あまりの乱掘でしょうか？　それとも何か他に原因があったのでしょうか？

この疑念は、堀田正俊や柳沢吉保など幕府の最高首脳部、いわゆる幕閣の胸中にもくすぶっていました。家綱や綱吉の時代に金銀産出量が減ったのは、実は佐渡だけではありません。石見大森銀山も、但馬生野銀山も、出羽延沢銀山も、申し合わせたように年々産出量が落ち込んでいました。出羽延沢銀山は寛永十一年（一六三四年）、幕府が鳥居氏（山形藩）に上知させて、つまり鳥居氏からむりやり取り上げて、ようやく直轄領にした、いわく付きの銀山です。鳥居氏統治下での出羽延沢銀山は、石見大森銀山にも負けない産出量を誇っていました。それが直轄領に変わった途端、その期待が外れて減少に転じたのです。これには納得出来ません。そもそもの原因は、任せている代官達の金山銀山の運営が拙いからでは無いのか、代官達の無能・怠慢・乱行・汚職などによって引き起こされた結果では無いのか——と、まあこんな疑念を堀田正俊や柳沢吉保は抱いた訳です。

もっとも、代官一人に全責任を押し付けてみたところで、これで問題の根本的な解決にはならないのかもしれません。金山銀山は、他の直轄領とはどこかが違っています。トップである代官の首をすげ替えれば、それで万事解決、といった単純な問題では無さそうです。実際、各地の金山銀山で代官を次々と替えてはみましたが、それでも幕閣の思惑に反して、産出量が増加に転じた例は殆どありませんでした。

そこで更なる対策を迫られた幕閣は、どうして直轄領の金山銀山で産出量が減り続けているかの原因究明に乗り出しました。そこで、各地の金山銀山に、幕府直参の調査団である諸国巡見使を派遣しました。もっとも巡見使とは言っても、専門知識や現場経験が乏しい旗本や御家人ばかりで構成されていましたので、問題の核心を突いた調査が実施された訳ではありませんでした。特に金山銀山の生命線と言われていた、間歩《まぶ》（鉱石を採掘する為に掘られる坑道）の現地調査が不十分でした。巡見使達は、代官や奉行所の役人達から聞き取り調査をしましたが、役人達の説明がどうも要領を得ません。それもその筈で、落盤などの坑内災害や、「よろけ（石粉が原因の珪肺《けいはい》）」を恐れていた佐渡の役人達は、日頃、間歩に立ち入る事など滅多に無かったのでした。巡見使達も、行動パターンは佐渡の役人達と似たようなもので、率先して間歩に入って徹底的な調査をしようとまではしませんでした。調査の為に入ったとしても、大抵、坑口付近の安全な場所を形式的に見回っただけでした。こんなおざなりの調査では、当然、間歩の奥の実態も、そこで抱えている深刻な問題も、解明出来る筈がありません。金銀産出量の減少の原因究明には程遠い、こんなずさんな通りいっぺんの調査結果をいつも持ち帰られていた訳ですから、幕閣としては、その産出量の増加を目指す為の手立てを講じられる筈がありませんでした。幕閣は有効な対策が打てずに弱り果てていました。

貞享五年（一六八八年）夏、幕閣の頂点にいた柳沢吉保は、津藩の藩主、藤堂高久から、「歌学方の役職には、今、巷で評判の俳人、松尾芭蕉がおあつらえ向きかと存じますので、なにとぞ御吟味の程を……」との上中を受けました。和歌や漢詩に親しんでいた柳沢吉保は、世情にも通じていましたので、勿論、芭蕉の名を知っていました。芭蕉が無類の旅好きなのも聞き知っていました。更に数日後、藤堂高久は恐縮した様子で、「当人はただ……どうも旅にまだ未練がある様子でして、歌学方に推挙していただく前に、もう一度だけ旅をしたいので、その為の時間を頂きたい、などと勝手な事を申し述べておりますが……」、と上申の内容を補足しました。聞き流そうとした柳沢吉保でしたが、この時、吉保の頭にふっとひらめいたものがありました。芭蕉に藤堂家の家臣、それも石垣施工の技術にたけた者数人をお供に付けて、諸国行脚の俳諧師を装って、直轄領のどこかの金山銀山に潜り込ませてみてはどうだろうか――つまり、諸国巡見使に似たような立場で、藤堂家に直轄領の金山銀山の内情を探らせてみてはどうだろうか、公儀隠密のような内偵業務に携わらせてみてはどうだろうか、というひらめきでした。

藤堂家と言えば、城普請・石垣普請の名門です。多くの輝かしい実績があります。熟練した石工衆を多勢抱えています。家臣団には石垣施工のスペシャリストも数多くいます。徳川幕府が成立して約八十年経った貞享・元禄年間、城普請の需要はさすがに減りましたが、石垣普請、正確に言えば、石垣普請の技術を活かした需要、例えば用水普請（水路整備）や河川の堤防普請（築堤）など、今の公共土木工事に似た需要は逆に増えていました。藤堂家は、今の大手ゼネコンみたいな存在でした。藤堂家の建築土木工事の卓越した技術力と実績は、幕臣達も一目置いていたのです。

柳沢吉保のひらめきは、詳しく言えば、こうでした。

藤堂家は金山銀山の運営に関しては門外漢には違いないが、それでも、金山銀山の坑内を探らせれば、建築土木工事の専門家の視点から、何等かの手掛かりを掴んでくれるのでは無いだろうか……。藤堂家ならではの切り口で、これまでの巡見使達が見落としていた問題点を拾い上げてくれるのでは無いだろうか……。改善すべき点を助言してくれるのでは無いだろうか……。その助言などを参考にして、我々幕閣は金銀産出増を目指しての新たな対策が打ち出せるのでは無いだろうか……。それに……そうだっ！　俳諧師の行脚と聞けば、応対する代官や奉行所の役人達の警戒心も緩むだろうから、その虚をついて、芭蕉のお供を装った藤堂家の調査団は、これまで露呈していなかった、奉行所側が抱える諸問題まであばき出してくれるかもしれない。いずれにしても、この芭蕉調査団は、幕府の巡見使達よりも、もっとましな調査結果を持ち帰ってくれるのでは無いだろうか。我々に何か有益な助言をしてくれるのでは無いだろうか。うん、これは我ながら良い考えだ――と、このように柳沢吉保は考えたのです。更にここで吉保は、原因究明したい鉱山に優先順位を付けてみました。そして西日本の石見大森銀山と但馬生野銀山は割愛して、東日本の出羽延沢銀山と佐渡金山に絞り込む事にしました。

こうして柳沢吉保は、藤堂高久を通して、芭蕉に次のように要請したのでした。

「旅に出たいそうだが、それならば折り入って頼みがある。どうだろうか、貴殿の旅の行先を奥州方面にしてもらえないだろうか？　出羽延沢銀山と佐渡金山にまで足を運んでもらえないだろうか？　藤堂高久殿には、石垣施工の技術にたけた者をお供に付けるように頼むつもりでいる。そのお供の者に、延沢銀山と佐渡金山でいろいろ尽力してもらうつもりでいる。その間、済まないが、貴殿はその地に留まっていてもらえないだろうか？」

この要請を芭蕉は快諾しました。

その後、芭蕉と藤堂高久の間で、お供の者として誰が適任かの話し合いが持たれました。高久としては、これには藤堂家の威信がかかっていますから、建築土木工事に精通した人材を選ぼうとしました。芭蕉としては、当然、蕉門からの人選を望みました。芭蕉の息が掛かった伊賀蕉門には、元津藩士の服部土芳を筆頭に、杉野配力・友田良品といった現役の津藩士がいます。土芳は蕉門十哲にも加えられている、芭蕉の愛弟子の一人です。芭蕉は彼等を推薦しました。しかし高久は、彼等については技量不足を理由に難色を示しました。一方で、高久が推挙した、石垣施工に長けた津藩士数名については、気心が知れない人物だから、と芭蕉側が首を縦に振りませんでした。こうして話し合われる内に浮上したのが、元長島藩士の河合曾良でした。長島藩は津藩の隣の藩です。長島藩は洪水に悩まされ続けていた小藩で、堤防普請ではいつも津藩の技術指導を受けていました。その指導を受ける役職に、曾良は長年就いていました。曾良が在籍していた天和元年（一六八一年）、濃尾平野一帯に未曾有の大洪水が発生していました。この後、長島藩は困窮して、曾良はやむなく職を辞して、俳諧師となって江戸へ下りました。この曾良は、俳諧の才能はいま一つでしたが、真面目で几帳面で努力家でした。そんな苦労人の曾良を、芭蕉は気に入っていました。信頼を置いていました。そして更に、曾良選出の大きな決め手になったのは、以前、「鹿島紀行」の旅で、芭蕉は曾良と旅を共にしていた事でした。曾良が一緒なら、初めて足を踏み入れる土地でもやっていけるだろう、どんなに長く苦しい旅となっても、なんとかやっていけるだろう、と芭蕉は考えたのでした。今回の奥州行きは、今まで経験した事の無い苦しい旅になるかもしれない、と芭蕉は密かに覚悟していたのでした。

高久は、お供の者としての曾良には、やや不満がありましたが、結局芭蕉に譲歩しました。高久の最終目的は、芭蕉一行に金山・銀山の内情を探らせる事ではありません。芭蕉を歌学方の役職に就かせる事。それによって、将軍綱吉に上手く取り入る事。綱吉の歓心を買う事――これが高久の最終目的でした。お目当ては柳沢吉保では無くて、将軍綱吉なのでした。芭蕉はその為の大事な「持駒」でしたから、芭蕉に対してあまり高圧的な態度に出たくない事情があったのです。又、芭蕉からのある申し出も、高久の譲歩を引き出す効果がありました。芭蕉は言いました。「この私にも多少は建築土木工事の心得があります。ですから、いざという時には、私も曾良の助っ人となれるでしょう」――と、芭蕉は自ら申し出たのです。これには高久も心を動かされました。芭蕉の建築土木工事の心得とは、延宝五年（一六七七年）からの約四年間、小石川上水の水道工事の監督業をしていた経験を指していました。こうしてお供の者は曾良に決まりました。

元禄二年（一六八九年）三月下旬、いよいよ芭蕉は、曾良を伴って、奥州を目指しての旅に出ました。柳沢吉保が気に掛けていた最初の目的地、出羽延沢銀山は、芭蕉の「奥の細道」では「尾花沢の段」に当たります。まず、この段に注目してみましょう。

尾花沢は幕府の直轄領です。紅花の一大産地であり、一大集積地でもあります。そして直ぐ傍らには、あの延沢銀山があります。陰暦五月十七日（新暦七月三日）、尾花沢に到着した芭蕉と曾良は、五月二十七日（新暦七月十三日）まで、十日間も滞在しました。延沢銀山を管轄する代官所は、万治元年（一六五八年）、銀山からこの尾花沢の地に移されていました。それで芭蕉達は、尾花沢に十日間も滞在していたのでした。「尾花沢の段」の原文をそのまま読んでみましょうか。

「尾花沢にて清風《せいふう》と云《い》ふ者を尋ぬ。彼は富める者なれども、志《こころざし》卑しからず。都にも折々通ひて、さすがに旅の情けをも知りたれば、日ごろとどめて、長途のいたはり、さまざまにもてなし侍る。

涼しさを　我が宿にして　ねまる也《なり》

這ひ出でよ　飼屋が下の　蟾《ひき》の声

眉掃《まゆは》きを　俤《おもかげ》にして　紅《べに》粉の花

蚕飼いする　人は古代の　姿哉《かな》　曾良」

このように「尾花沢の段」は数行の短い段ですが、不可解な点があります。短い段にしては、句を四句も並べているのです。次の「立石寺の段」は、もっと長い説明文の後に、あの「閑かさや――」の一句のみです。

彼が段の中に句を多く並べるのは、大抵、その段が重要な意味を持っている時です。と言う事は、「尾花沢の段」は彼にとって重要な段なのでしょうか？　それに、この短い段の中は、清風（鈴木清風）という人物への褒め言葉や褒め句で埋め尽くされています。元来芭蕉はよいしょの達人、おべっかの達人です。でもそれにしても、この段では度が過ぎています。「富める者」とか「さまざまにもてなし侍る」とか、二人を滞在させてくれた清風を手放しで褒めています。それに挨拶句も多過ぎます。他の段では、こんなに多く挨拶句を並べてはいません。

「涼しさを――」の句は、「お宅のお座敷で涼しさを満喫しています。今、自分の家にいるようなくつろいだ気分で、身体を休めています」、という意味です。「ねまる」は、この地方の方言で「寝そべる」という意味です。芭蕉が句の中に方言を取り入れるのは、極めて珍しい事例です。そしてこの句は、典型的な挨拶句です。訪問先での「涼し」は、接待への感謝の意味が込められているのです。有名な、「五月雨を　あつめて早し　最上川」の句は、元々「五月雨を　あつめて涼し　最上川」、という、川遊びを招待してくれた大石田の豪商達への挨拶句でした。

「眉掃きを――」の句は、「畑一面に咲き誇っている紅花は、眉掃きの形を連想させてくれるよ」と、紅花の大産地、尾花沢の風景を褒めています。或いはより具体的に、清風の紅花畑を褒めていたのかもしれません。眉掃きとは化粧道具の一つです。

「蚕飼いする――」の句は、清風の仕事場風景を詠んでいます。蚕の飼育をしている清風の使用人の古風な服装を見て、古代の姿がしのばれるよ、とこれも清風の家業をさりげなく褒めています。このように芭蕉は、清風を何から何まで褒めちぎっています。

清風は大地主で紅花問屋でした。また養蚕も手掛けていました。芭蕉が訪問した五月下旬は、運悪く、紅花収穫の最盛期でした。清風は、紅花の収穫・集荷・出荷、そして蚕の飼育もあって、超多忙の身だったのです。普段の芭蕉でしたら、ここで場の空気を読んで、気を利かせて、せいぜい一、二泊で暇乞《いとまご》いしていた筈ですが、それがなんと、十日間もずるずると滞在してしまったのです。この長期滞在の訳は、お察しの通り、二人には延沢銀山や尾花沢代官所での内偵の責務があって、それを果たすまではどうしても尾花沢から離れられなかったからでした。でも勿論、こういった事情は清風には打ち明けられません。芭蕉は只々、清風に対して心の中で詫びるしかありませんでした。清風にとっては、俳諧は自分の趣味の領域ですから、本業の方をおろそかには出来ません。ですから、五月下旬の繁忙期に、二人が長期滞在したのは、正直迷惑だった筈です。それでも清風は、そんな素振りを見せずに、快く宿泊させてくれて、句会を開いてくれて、立石寺参詣まで勧めてくれて、一貫して二人を温かくもてなしてくれました。そんな清風に対して、芭蕉は感謝の気持で一杯でした。その感謝の気持が、清風に対しての数々の褒め言葉や褒め句に形を変えて、「尾花沢の段」に書き留められていたのでした。

ところで、褒め言葉の中に、「彼は富める者なれども、志卑しからず」、との文があります。この文を深読みすれば、「金持ちというのは大抵性根が卑しいのに、清風はそんな連中とは違っていて、性根が卑しくありませんよ」、となります。懐が豊かでありながら、同時に豊かな心も持っている者が、世間にはどんなに少ないか、という芭蕉の富裕層に対する厳しい見方が読み取れます。又、ここから、豊かな生活よりも豊かな精神を優先させるべきとする、彼の崇高な人生観・価値観も垣間見られます。更に、その人生観・価値観の呪縛によって、やはり彼の実生活は貧乏続きだったんだろうな、お金にはいつも苦労していたんだろうな、と僕は彼の実人生に同情しています。元々俗人であった彼は、豊かな精神を持ち合わせた人物では無かったし、清廉潔白な人物でも無かったのですが、そんな人物になりたいとの望みは終生捨てずにいて、そうなれるように日夜励み続けてはいたのです。その副産物が貧乏生活だった訳です。成り上がりの知識人によく見られるケースです。晩年の芭蕉は、病床に伏す直前、弟子の去来から二歩（一両の半分）のお金を借りました。去来へ宛てた最後の手紙では、この借金は返せないかもしれない、まことにすまない、と詫びていました。そして本当に、彼はこの二歩の借金を返せないまま、無一文で逝ってしまいました。おびただしい知的遺産や人的遺産は遺しましたけど……。

話を戻しまして、「尾花沢の段」の「這ひ出でよ――」の句ですが、これはちょっと奇異な句です。清風の仕事場を詠んでいます。句の表向きの意味は、「飼屋（養蚕室）の下で、ヒキガエルの鳴き声がするぞ。そんな暗い場所で鳴いていないで、明るい場所へ這い出て来い、ヒキガエルよ」、です。ヒキガエルは蚕を捕食します。蚕にとっては天敵です。養蚕室にヒキガエルがいるのは、飼育者にとっては大問題なのです。芭蕉は句会の席で、おっとりと、蚕の飼育に関しては素人の風を装いながら、ヒキガエルに呼び掛けるという設定で、この句を詠んだのです。この句によって、「飼屋の棚下にヒキガエルが隠れていますよ。紅花でさぞお忙しいでしょうが、飼屋の管理にも注意を払って下さいね」、と同席している清風に、部外者に分からないように、さりげなく伝えていたのです。この芭蕉の粋な情報提供によって、清風はきっと助かったでしょう。芭蕉もほっとしたでしょう。これでどうやら、長期滞在の罪滅ぼしが、ほんの僅かですが出来たかもしれませんから。

このように芭蕉は、十日間もの長期滞在で、清風にかなり気を使っていたようですが、その長期滞在の効果はあったのでしょうか？　肝心の、延沢銀山や尾花沢代官所での内偵では、それなりの結果が残せたのでしょうか？　柳沢吉保や幕臣達が期待していたのは、「土木工事の心得のある二人が、これまで幕府直参の調査団が見落としていた、金山銀山が抱えている問題を洗い出してくれるのではないか」、でしたよね。でも二人は、この出羽延沢銀山の内偵では、柳沢吉保や幕臣達の期待に添えるような成果を挙げられませんでした。成果を挙げられないままで、つまり、延沢銀山での銀産出量の急減の原因究明が果たせないままで、とうとう時間切れとなって、やむなく諦めて、尾花沢を離れて、次の目的地、大石田へと向かったのでした。

弁解になるかもしれませんが、二人は、尾花沢代官所の対応の悪さ、非協力的な態度にてこずらされ続けていました。でもこれは、代官所側の立場から言えば、二人が訪れた時期があまりにも悪過ぎました。尾花沢代官所が統治していたのは、実は延沢銀山だけではありません。この代官所は、幕府直轄地である尾花沢五万石を統治していました。尾花沢の特産品である紅花の物流も管轄内でした。紅花は当時、金と等価で取引されていた、魅力ある換金作物でした。紅花は、染料や化粧料として、元禄の世の華麗なファッションには欠かせないものでした。江戸や上方での需要は、年々増加していました。それに合わせて、尾花沢での紅花の生産量も年々増加していました。紅花は、尾花沢代官所にとっては、銀に取って代わる重要な徴税品目、貴重な収入源になりつつあったのでした。

紅花は品質管理や輸送が難しい商品です。特に梅雨の季節には、川下げ、つまり水上輸送の際に、積み荷を雨や河水で濡らさないように、などの細かい配慮が必要です。この輸送をめぐっては、生産者・仲買人・問屋・運送業者間でトラブルが頻発します。梅雨の季節の最上川は急流ですから、紅花を積んだ舟が酒田へ着くまでに難破する事故も度々あります。こうして水没した積み荷は、たとえ引き揚げたとしても、商品価値はありません。荷主は大損です。この損害を当事者間でどう分担するのかで、これもまたトラブルになります。だからと言って、駄走（陸上輸送）にするには、あまりに高価な商品ですので、山賊に襲われるなどの危険が伴います。降雨が続けば品質低下の心配もあります。運送料も割高になります。それでも、最上川が危険水位にまで増水した時などには、やむなく駄走に変更する事もあります。一方で、京都の紅花問屋からも、不良品や未到着のクレームが発送元の尾花沢に度々寄せられます。こうした紅花取引の際に発生するトラブルを解決させる、最後の受け皿となるのは、決まって代官所でした。抜け荷（脱税）などの不正行為を取り締まるのも、代官所の仕事でした。尾花沢代官所では、そんな種々雑多な仕事が、本来の徴税や治安維持の業務以外にもあって、これら全てが紅花の収穫・集荷・出荷時期に集中していたのでした。

このように、芭蕉が訪れた陰暦の五月下旬は、運悪く、尾花沢代官所内がてんてこ舞いしていた時期でした。ですから、江戸から来た二人の訪問者が、たとえ幕閣が差し向けたかもしれない、警戒すべき人間であったとしても、気を配って相手をしてやる暇は無かったのでした。人手が足りないので、冷遇するしか無かったのでした。

それに、この元禄二年頃の尾花沢代官所は、延沢銀山の諸問題への関心が既に薄れていました。銀産出量の急減の原因究明など、代官所としてはもうどうでもいい事案になっていました。「掘っても出ないものは出ないのだから、どうしようも無いではないか。そんな銀山の不景気にいつまでも振り回されているよりも、好景気に沸く紅花の方に本腰を入れる方が、はるかに現実的で、建設的な策ではないか」、と尾花沢代官所は、前向きに開き直っていました。

「訪れた時期が悪過ぎたか……」、と肩を落として、芭蕉は曾良を伴って、次の訪問地の大石田の河岸で舟に乗りました。折しも最上川は、「ごてん・はやぶさなど云ふ恐ろしき難所あり」、「水みなぎつて舟危ふし」と、彼が「奥の細道」で書き記したような激しい流れの中にありました。

「五月雨を　あつめて涼し　最上川」

芭蕉は激しい流れを体感しながら、先日、大石田の豪商、高野一栄宅での句会で披露した、この自らの句を、懐から出して、もう一度じっと見詰めています。ここでの彼は、本心としては、

「紅花を　あつめて早し　最上川」

と、詠みたかったのではないか、と僕は想像しています。この最上川で、多くの「紅花船」が激流にのまれて沈没しました。積み荷の紅花は……、と彼の脳裏には、早朝の尾花沢の紅花畑で、紅花を収穫していた農婦達の姿が浮かびます。紅花にはアザミに似た鋭いトゲがあります。この鋭いトゲに邪魔されて、素手で摘み取るのに苦労している農婦達の姿が浮かびます。彼女達の傷だらけの両手が、時々指から滲む鮮血が、彼の脳裏にまざまざと浮かび上がります。そうしてまで苦労して集められた紅花が、一瞬にしてこの最上川の川底に沈んでしまう事だってあるのだ……、と彼は人間の営みのはかなさに胸を痛めます。そして又、自分でもどうしてなのか分からない、茫漠とした罪悪感にも囚われます。そう言えば、彼が十日間も世話になった鈴木清風宅は、大豪邸で、尾花沢では屈指の「紅花御殿」でした。芭蕉は、大石田の句会で披露した句の「涼し」の部分を、いつまでも凝視しています。それから、激しい流れの中で矢立を取り出します。彼は筆を手にして黙ったまま、暫くして、その句の「涼し」の部分を削除して、「早し」と書き改めたのでした。

「五月雨を　あつめて早し　最上川」

芭蕉と曾良が尾花沢を立ち去って数ヶ月後、出羽延沢銀山の坑内で大崩落事故が発生しました。坑内の大部分が岩石や土砂で埋まってしまいました。延沢銀山としては致命的な大災害でした。これをきっかけに、数年後、延沢銀山は閉山へと追い込まれたのでした。

六月二十五日（新暦八月十日）、芭蕉と曾良は、最上川の河口の港町、酒田にいました。当時の酒田は、「西の堺、東の酒田」と呼ばれていた程、北前船の寄港地として大いに栄えていました。この日、酒田の豪商達に見送られながら、出立した二人は、庄内藩を通り抜けて、二日後の二十七日には、出羽国と越後国の国境にある鼠の関（念珠関）を越えました。こうして二人は、柳沢吉保が気に掛けていた次の目的地、佐渡島を臨む越後の地に足を踏み入れたのでした。

芭蕉は、延沢銀山での成果を挙げられないまま、つまり、延沢銀山での銀産出量の急減の原因究明が果たせないまま、尾花沢を離れてしまった事を、まだ後悔していました。第二の目的地である佐渡金山では、なんとか延沢銀山での不手際の穴埋めをしなければ、今度こそ柳沢様の期待に添える成果を挙げておかなければ、と決意していました。

二人は、佐渡への渡船場がある出雲崎（佐渡々海之津）を目指して、越後路を急いでいました。ところが、そんな二人に、「奥の細道」最大級と言ってもいい程の、とんでもない危機が迫っていたのでした。越後路は二人の予想をはるかに超えた危険地帯だったのでした。

越後路が危険地帯だったという事は、今迄にも誰かによって指摘されていましたよね。その人は具体的に、「芭蕉が歩いた当時の越後、特に信濃川・阿賀野川の河口一帯、現在の新潟市付近は、どこまでも湿地帯（潟）が広がっていて、難所続きだった。二人は悪路の連続にかなりてこずっていた」、と話してくれていたようです。確かにその通りです。でも彼女が着目していたのは、踏破が難しいという地勢的な面ばかりです。僕がここで使っている、危険地帯という言葉には、越後人以外の部外者にとっては、本当に命取りになり兼ねない、治安の悪い危険地帯、という意味が含まれています。芭蕉が訪れた元禄期の越後は、部外者にとっては、特に越後を通過する旅人達にとっては、危険だらけの地域だったのでした。

ここを詳しく説明しましょう。

村上藩・新発田藩・長岡藩・三根山藩・与板藩——これは何だと思われますか？　実は、芭蕉と曾良が、鼠の関を越えて出雲崎に着くまでのたった七日間に、通り抜けていた藩の各々です。なんと五つもあります。そうです。江戸時代の越後は、小藩が分立していたのです。しかも、移封・転封・改易などで、約二百五十年の間に、多くの大名が入れ替わっていた地域だったのです。又、ころころ変わる領主と、それによってころころ変わる施政に反発しての百姓一揆なども頻発していた地域でもあったのです。

こんなややこしい面倒な越後に仕立てた張本人は、あの徳川家康です。家康は、徳川幕府が開府する前後から、仙台藩・加賀藩・肥後藩・薩摩藩などの雄藩を、将来幕府を脅かす存在になるかもしれないと警戒していました。それと同時に、もう一つ家康が警戒していたのが、滅亡したかつての強大な戦国大名の復活でした。特に越後の上杉家と甲斐の武田家の復活は、江戸から近いだけに、絶対にあってはならない事でした。家康は、謙信と信玄の幻影に怯えていたのでした。何度も関東（上野国・武蔵国）に攻め入った越後の上杉謙信。そして三方ヶ原の戦いで家康軍をこてんこてんに叩きのめした甲斐の武田信玄。この二人の怖さを家康は死ぬまで忘れていなかったのでした。信玄の遺領である甲斐については、幕府直轄地にして、武田遺臣の多くを徳川家が召し抱えて置きましたから、まずはひと安心だったのですが、もう一つの心配の種が、謙信の遺領である越後でした。この越後を、家康は息子（六男）の松平忠輝に統治させていた時期もありましたが、それでもやはり家康の心配は収まりません。慶長五年（一六〇〇年）、会津に移封させられた上杉景勝軍が、突然国境を越えて越後に侵入しました。この合戦の最中、越後の農民が上杉軍に呼応して一揆を起こしました。旧領主を慕ったと言われる、この「上杉遺民一揆」は、家康を震撼させました。謙信の幻影、恐るべし、と家康は決断を急いだのでした。

家康の決断は、越後を大藩のままにして置かない、つまり、いくつもの小藩に分割して、越後そのものを解体してしまう、というものでした。この家康の荒療治によって、越後内に十藩もの小藩が乱立しました。これら小藩は主に、大坂夏の陣で戦功を挙げた武将達に、恩賞として分け与えられて誕生した藩でした。そういった小藩の領主や家臣団は、領民側から見れば、越後の事情をよく知らない、他国出身の余所者でした。しかもそのトップが、その後、移封・転封・改易などで目まぐるしく交代しました。領地の境界線も度々変わりました。これでは領民達は安堵して暮らせません。そして、越後の領地分布を複雑にしていたものが、まだありました。飛地領の存在です。会津藩・佐倉藩（下総国）・高崎藩（上野国）・館林藩（上野国）・白河藩（陸奥国）・桑名藩（伊勢国）など、全国の諸藩の飛地領が、越後には七、八箇所もありました。飛地領に派遣された役人達は、現代の単身赴任みたいなもので、領民の生活を守るよりも、自分と自分の家族の生活を守るのに精一杯でした。桑名藩の飛地領だった柏崎に「転勤」になった、桑名藩の某役人の日記が、近年マスコミで取り上げられて話題になった事がありました。飛地領の問題に加えて、越後の地を更に複雑にしたのが、幕府直轄領でした。佐渡・出雲崎・水原のような直轄領の存在も、越後の領地分布を、ますますややこしくしていました。

こうして家康がもくろんだ越後の解体作戦は、家康が予想していた通り、いいえ、それ以上の大きな効果を挙げました。謙信の遺領である越後がばらばらになったばかりでは無く、時が経つにつれて、越後の領民の心もばらばらになってしまったのです。越後人としての誇りや連帯感は薄まり、結束力は弱まり、時には隣村同士でも反目し合うようになっていたのです。当然の結果として、見掛けない他国者に対しての警戒心が強くなっていました。他国者には隙を見せませんでした。このような越後人の他国者に対する不寛容さが、越後の地は難所続きだ、と江戸時代の旅人達を嘆かせていた最大の理由でした。芭蕉と曾良も辛い体験をしました。七月五日、二人は柏崎で宿泊を断られて、翌日の六日も直江津で宿泊を断られています。どちらもある人の紹介状を持参していたのですが、それでもあっさり断られています。柏崎で門前払いされた二人は、雨が降りしきる中、次の宿場町の鉢崎までの約十キロメートルを歩き通した、と「曾良随行日記」には記されています。

旅人達にとって越後の地が難所であった理由が、もう一つありました。越後の、特に越後の海岸沿いの治安の悪さでした。そこは平安時代から続く、無法地帯と言ってもいい、犯罪多発地帯でした。森鴎外の小説「山椒大夫」で、主人公の安寿と厨子王が人買い船に拉致された舞台が、越後の直江の浦（直江津）です。この時、安寿と厨子王の母親が奴婢として連れて行かれた場所が、佐渡島です。又、小川未明の童話「赤い蝋燭と人魚」でも人魚を狙う人買い達が登場しますが、この童話も雁子浜（直江津）の人魚伝説がルーツになっています。このように越後の海岸は、人身売買が横行していた危険地帯として、江戸時代でも悪名を馳せていたのです。

もしも越後が大藩によって統治されていれば、越後の海岸の治安も多少は改善したかもしれません。でも、今言いましたように、家康の策略によって、越後が幾つもの小藩・飛地領・幕府直轄領に分割されてしまった訳ですから、越後の海岸沿いは、無法地帯で、悪人野放し状態のままでした。小藩の藩主や家臣団は、幕府の意向によって何時取り潰されるかもしれないという不安定な立場に置かれていましたので、海岸沿いの治安維持にまで目を向ける余裕は無かったのでした。

何時取り潰されるかもしれないという不安定な立場は、実は小藩の藩主達に限りませんでした。越後の直轄領を統治する奉行（代官）達も同様でした。いいえ、それ以上でした。例えば、佐渡奉行所では、江戸時代の約二百六十年間に、奉行が約百人も交代しています。在職期間は、殆どの奉行が僅か数年です。佐渡奉行所が開設された慶長六年（一六〇一年）から、芭蕉が越後を訪れた元禄二年（一六八九年）までの約九十年間に限ってみれば、佐渡奉行はこの間、二十人も交代しています。資料によれば、この二十人の奉行の多くが、罷免・不明・病死などの理由で辞任しています。なかには処刑された人もいます。長崎奉行など他の直轄領へ転任（栄転）出来たり、江戸城に無事戻れたりした人は、たった二人です。どうやら佐渡奉行の末路は相当厳しかったようです。

トップがこんな厳しい状態に置かれていては、それも数年単位で次々と交代させられていては、佐渡の統治はなかなか安定しなかったでしょう。佐渡金山の運営も安定しなかったでしょう。治安も保てなかったでしょう。諸々の犯罪への監視の目は十分に行き届かなかったでしょう——と、つい僕は奉行所側の立場に同情してしまうのですが、幕府側の見方は全く違っていました。その逆でした。幕府側は、本家本元である佐渡奉行所そのものを疑っていました。彼等は犯罪に直接手を染めないまでも、犯罪すれすれの行為をしているのではなかろうか、或いは、何かしらの犯罪を黙認しているのではなかろうか——と、江戸城の幕臣達は常々怪しんでいました。その確たる証拠は掴んではいないものの、特に金の隠匿や不正取引に関しては、佐渡奉行所の関与や加担はクロに近いものではなかろうか、との疑いの目を向けていました。そのあらぬ疑いの増幅によって、約九十年間に二十人もの奉行が交代するという悪循環が生み出されたのでした。

幕臣達が疑ったように、佐渡奉行所は本当に、金の隠匿や不正取引に関与、加担していたのでしょうか？　佐渡奉行所には本当に、時代劇に度々登場するような、私利私欲に走る悪代官がのさばっていたのでしょうか？　僕は違うと思います。歴代の奉行は、その多くが清廉潔白で、真面目に職務を全うしていた、と僕は信じています。その証拠はありません。が、在職期間の短さから判断しますと、手練手管にたけた悪代官にまで成長する余裕なんて無かった筈です。皆、何時自分の首が飛ぶかと、戦々恐々としていた筈です。又、その首が飛ぶ口実が大抵、金産出量の減少の責任を負わされて、でした。この減少の言い逃れは出来無かったのでした。佐渡には、紅花がある尾花沢とは違って、金に代わるような地場産業がありません。金産出量の減少はそのまま、奉行所の業績不振に繋がります。遠い江戸城からは、奉行とその取り巻き連中が能無しか怠慢であるとみなされてしまいます。どんなに頑張っていても、です。佐渡奉行とは、本当にお気の毒な役職です。「佐渡の金山　この世の地獄」と、当時、その苛酷な労働環境から、佐渡島は坑夫達から怖れられていたそうですが、幕府内の旗本達にとっても、その置かれる境遇は坑夫達と似たり寄ったりで、佐渡奉行所への転任を告げられた旗本は、それこそ目の前が真っ暗になったのでは無いでしょうか。

冷静に判断しますと、金産出量の増減と、金山の責任者である奉行の手腕とは、殆ど関係ありません。奉行の首をすげ替えてみたところで、殆ど効果はありません。奉行がどんなに優秀であっても、どんなに頑張ってみても、大抵は徒労に終わります。

日本の鉱山の歴史を紐解いてみますと、金（きがね）・銀（しろがね）・鉄（くろがね）・銅（あかがね）といった貴重な地下資源の産出量の増加は、人間の肉体を駆使した、汗の結晶に比例するのでは無く、人間の頭脳が生み出した、知恵の結晶に比例しています。即ち、新たな採掘の道具・機械・装置・設備・工法、そして精錬などの導入をきっかけとして、その産出量は飛躍的に増えているのです。そこで、産出量を増やしたければ、只がむしゃらに坑夫達をこき使うのでは無く、思い切って新しい道具・機械・装置・設備・工法などを導入するのが、最も合理的で最も効果的な方法である、と言えるのです。

そこで金山に焦点を絞ってみますと、金を採取する方法は、室町時代前期までは、河川での砂金すくいや、山の表層での露天掘りにのみ頼っていました。これらの方法で使用していた道具類は、木製や石製のお粗末なものでした。効率は悪かったのですが、これでもある程度までは採取出来ました。平泉の中尊寺金色堂など、金装飾がある古代建築や仏像は、この古い採取方法によって造られました。但し、この方法には限界があります。木製や竹製の道具を使って、地中深く掘り進むのには、どうしても無理があるからです。こうして、地中深くに金鉱脈が眠っているかもしれないとは予見出来ても、只、指をくわえているしかない状況が、古代から室町時代前期まで続いていました。

ところが室町時代中期以降、この状況が一変します。金採掘の技術革命が起こったのです。室町時代中期になって、鉄製の道具がようやく一般に普及するようになりました。鉄製の武器や鉄製の農具が、安価に大量に出回るようになりました。この大量の鉄製の武器によって、各地の豪族は戦闘能力を向上させました。又、この大量の鉄製の農具によって、各地の農民は山林や原野を開墾して農耕地を広げました。そして、金銀の地下資源が豊富な鉱山では、坑夫達が槌《つち》（ハンマー）や鏨《たがね》（大型ノミ）などの鉄製の道具を使えるようになって、それまでの汗まみれの奮闘努力に頼らなくても、地中深くまで掘り進めるようになりました。この結果、巷では更に大量の金銀が出回るようになりました。こうなれば人間の欲に限りはありません。日本各地の金山や銀山では、硬い岩盤を貫いて、更に地中の奥深くまで掘り進む、即ち坑道掘りが一般的になりました。こうして各地の金銀の産出量が飛躍的に増えたお蔭で、各地の豪族は、より多くの軍資金と、より多くの殺傷能力に優れた武器を手に入れました。その豪族間の熾烈なサバイバル・レースの中から、名立たる戦国大名が誕生したのでした。

つまり、室町時代後期の戦国時代は、豊富な鉄・金・銀の魔力によって引き起こされた、稀に見る戦乱の時代だったとも言えました。戦国時代全盛期の頃、戦国大名は戦闘能力を更に向上させようとします。より多くの武器を手に入れようとします。より多くの軍資金を手に入れようとします。こぞって各地の金山銀山の開発に乗り出します。この結果、戦国時代は又、日本史上稀に見るゴールドラッシュの時代とも言えました。このゴールドラッシュを陰で支えたのが、先程の鉄製の道具の普及であり、そして、もう一つ忘れられがちなのが、それまでの日本では知られていなかった、金銀鉱石の中から純度が高い金銀を取り出す技術、即ち精錬技術の普及でした。灰吹法と呼ばれた、鉛を使ったその新しい精錬技術は、室町時代後期の一五三〇年代に、朝鮮半島から伝わりました。灰吹法は急速に全国に普及しました。戦国時代のゴールドラッシュは、この新技術の普及によって更にエキサイトしました。

ライバルに先駆けて新しい武器や技術を獲得する事が、ライバルに勝つ為にいかに重要であるか――これは、長篠の戦い（一五七五年）で鉄砲（火縄銃）を使って勝利した織田信長の例を挙げるだけで、十分かっていただけると思います。鉄砲の伝来は一五四三年でした。実は、この鉄砲の伝来から数年遅れて、ポルトガル人によって伝えられたもう一つの重要な先端技術がありました。アマルガム精錬という、西洋の金銀精錬技術でした。朝鮮半島から伝わった灰吹法は、金銀の抽出に鉛を媒介として使っていましたが、この西洋のアマルガム精錬では、水銀（みずがね）を媒介として使っていました。アマルガム精錬は、灰吹法よりもはるかに優れた精錬技術でした。灰吹法よりも簡便で短時間の工程で、より純度の高い金銀を抽出する事が出来ました。この全く新しい精錬技術が、信長・秀吉・家康など先見の明がある天下人に、豊富な金と豊富な軍資金をもたらしました。特に佐渡金山では、アマルガム精錬技術を積極的に取り入れた家康によって、開府したばかりの徳川幕府に、莫大な富をもたらしたのです。

ところが、このアマルガム精錬には思わぬ落とし穴がありました。当時、辰砂とか丹とか呼ばれていた水銀は、日本国内では殆ど産出されなかったのです。例外として、中世に、丹生鉱山（三重県多気郡）という水銀の鉱山がありましたが、そこも近世には既に掘り尽くされていたのです。それで江戸初期には、水銀は殆ど輸入に頼るしかなかったのです。アマルガム精錬は優れた技術ですが、その泣き所は、水銀の確保にあったと言えます。ここまで話せば、もうお分かりでしょう。寛永十六年（一六三九年）、幕府が断行した鎖国政策が、幕府直轄領の金山銀山に、どんなにダメージを与えたか。特に、佐渡金山に、どんなに大きなダメージを与えたか。これが回り回って、幕府の財政を、どんなに逼迫《ひっぱく》させてしまったか……。皮肉な事に、鎖国政策によって、幕府自体も大きな痛手を受けたのでした。鎖国政策によって、幕府は自分で自分の首を絞めたようなものでした。

このように鎖国によって水銀の輸入がほぼ跡絶えてしまいましたので、その影響をもろに受けて、幕府直轄領の金山銀山、特に佐渡金山での金産出量がどんどん落ち込み始めました。もっとも鎖国後も、長崎の出島を通して水銀は細々と輸入されてはいましたが、そういった水銀は貴重品となってしまって、とても各地の金山銀山でふんだんに使えるものではありませんので、仕方無く、一昔前の灰吹法による精錬に逆戻りしました。水銀の供給が止まってからの佐渡金山では、アマルガム精錬を続けられませんでした。技術の後退によって、金産出量が減少するのは、当然覚悟しなければいけませんでした。これは技術の後退を意味していました。技術の後退によって、金産出量が減少するのは、当然覚悟しなければいけませんでした。ところが幕臣達は、産出量減少の責任を、歴代の佐渡奉行とその取り巻きばかりになすり付けていました。ですから、鎖国が発動されて以降の佐渡奉行は、本当にお気の毒でした。

佐渡島は、「佐渡の金山　この世の地獄」、と坑夫達から怖れられていました。大工や鍛冶屋や行商人など一般庶民からも、当時は恐怖の島として怖れられていました。元和年間の最盛期には、佐渡金山の拠点、相川を中心に坑夫など約五万人が居住していたと言われています。それでも慢性的な人手不足に悩まされていたようです。人気が無かったからです。自ら進んで島へ渡って稼ごうとする者がいなかったからです。それで益々、佐渡の対岸である越後の海岸で、人買いや人さらいが暗躍したのでした。人身売買が横行していたのでした。人買いや人さらいの存在は、佐渡での人手不足を解消する為の必要悪という一面もありました。幕臣達は、金の隠匿や不正取引と、人身売買に関して、佐渡奉行所が関与しているのでは無いのか、と疑いの目を向けていましたが、僕は、人身売買に関しては、佐渡奉行所はある程度まで黙認していたのではないか、と睨んでいます。

ではもう一つの、金の隠匿や不正取引に関してはどうだったのでしょうか？　シロだったのでしょうか？　それともクロだったのでしょうか？　ここが問題です。これは、柳沢吉保を筆頭とする幕閣が最も知りたかった核心部分でもありました。佐渡での金産出量は減少の一途でしたから、もしも佐渡奉行が金の不正取引など幕府を裏切る行為に少しでも関与していると判明すれば、即刻、柳沢吉保は佐渡奉行を厳罰に処する腹積もりでいました。

芭蕉と曾良が越後へ足を踏み入れた時の佐渡奉行は、鈴木重祐という旗本でした。佐渡奉行としては二十代目でした。前職は大和国の代官で、用心深い、警戒心の強い男だったようです。鈴木重祐は、幕臣達の一部に人脈がありましたので、柳沢吉保の動きを早々と察知していました。柳沢吉保が芭蕉と曾良を佐渡へ差し向ける意図も察知していました。越後でのこの二人が、諸国行脚の俳諧師を装いながら、恐らくはその裏で、油断ならない業務に携わるであろう、とうすうす見抜いていました。鈴木重祐は先手を打ちました。配下の者数名を、ひと足早く出雲崎に待機させて、芭蕉と曾良を出迎えさせたのでした。出雲崎は佐渡小木湊行きの佐州御用船が出航する港町です。

その出雲崎に芭蕉と曾良が到着したのは、七月四日（新暦八月十八日）の申の刻（午後三時半頃）でした。その夜、出雲崎の宿で、二人は、鈴木重祐が差し向けた佐渡奉行所の役人達と相対しました。雨が降っていました。役人達は、「奉行のいいつけでお出迎えに参上しました」、と二人に丁重に挨拶しました。わざわざ対岸の出雲崎にまで使いを寄越すとは、と二人は、最初、気を良くしました。あの尾花沢代官所での冷遇振りとは大違いです。悪い気はしません。でも暫くして二人は、これは佐渡奉行が仕掛けたワナではなかろうか、と疑い始めました。相対する役人達の態度に、ただならぬ殺気を感じ取ったからです。芭蕉と曾良はさりげなく席を外しました。別室で二人は額を寄せ合わせました。

――あの連中の手引きで、明朝、佐州御用船に乗るのは、どうも危険だ。もしかすると、あの連中は刺客かもしれない。我々を抹殺する積もりでいるのかもしれない。我々は生きて佐渡に渡れないかもしれない……。

或いは、首尾良く渡れたとしても、今度は無事に生きて島から戻れないかもしれない……。あの連中にとって、我々は招かれざる客なのだから――

と、このように芭蕉と曾良の見方は一致しました。

――我々が死の危険を冒して、佐渡島に渡ってみたところで、何のメリットがある？　死の危険を冒して、金山が抱えている問題に立ち入ってみたところで、何のメリットがある？　命と引き替えにしてまで、柳沢吉保様や藤堂高久様に義理立てする必要など無いのではないか？　我々にはこの先、もっと大切な使命がある。この際、佐渡行きは中止にしよう。一刻も早く、この危険な越後から退散するとしよう。佐渡へ行かなかった言い訳など、後でゆっくり考えればいい事だ――

と、このように、二人は今後の対応策をまとめました。

席に戻った芭蕉は、頃合いを見計らって、自分達は佐渡へは行かない積もりである、と相手方に告げました。その理由として、芭蕉自身の体調不良を挙げました。相手方は一様に驚いて、それから困った顔をしました。でも体調不良と言われれば、佐州御用船に無理やり乗せる訳にはいきません。この突然の、芭蕉の佐渡行き中止の申し出によって、彼等の役目もそこで終わりました。

やられる前にやらねば、と画策していた鈴木重祐の計略は、結局不発に終わりました。やられる前にやらねば、とは不穏当な台詞ですが、それ程鈴木重祐側も決死の覚悟をしていました。鈴木重祐は、何一つ幕府を裏切る行為はしていませんでした。私腹を肥やしたりなどしていませんでした。金の隠匿や不正取引の噂は事実無根でした。只、江戸城にいる幕閣がそれを信じているかどうかは分かりません。諸国行脚の俳諧師を装った、その実体は巡検使として訪れる予定らしい芭蕉と曾良。その二人の報告如何によっては、佐渡奉行としての首が飛ぶ恐れだってありました。ですから、やられる前にやらねば、この招かれざる二人の刺客を、闇から闇に葬り去らねば、という鈴木重祐の計略でした。「柳沢様と懇意の俳諧師二人がそちらで行方不明になっている様子なのだが、一人は著名な俳諧師なのだが、何か心当たりは無いか」、と江戸城から照会されたとしても、「近時、そのような方々の来訪はありません。途中、野盗にでも襲われたのでは」、ととぼける積もりでいました。

芭蕉と曾良を佐渡で抹殺しようとした鈴木重祐の計略は、機先を制して逃げ去った二人によって、結局未遂に終わりました。戻って来た配下の者達は、佐渡奉行の前で、面目無さそうにしていました。鈴木重祐は拍子抜けしましたが、念の為に、部下達に出雲崎の宿での芭蕉と曾良の様子を細かく尋ねてみました。それに対する返答は、鈴木重祐を再び不安に陥れました。

部下達は二人から、佐渡金山の昨今の状況について細々と訊かれた、と答えたのです。又、過去十年位の間に、佐渡金山で発生した事件・事故・自然災害などについてもしつこく質問された、と答えたのです。そればかりではありません。佐渡金山が今抱えている問題や早急に改善すべき課題などがあれば、差し支えない範囲でいいから話してくれないだろうか、とまで頼まれたそうです。

「それで奴等に、正直に話したのか？」と、鈴木重祐が眉をひそめて尋ねますと、「役目柄、言葉には十分気を付けました。そつのない受け答えに徹しました」、と部下達は口を揃えました。その一人が身を乗り出して、

「奴等は只者ではありません。奴等は一見、乞食坊主風の身なりでしたが、それにしては鉱山の心得や専門知識があります。いいえ、あり過ぎです」

と述べれば、更に一人が、

「奴等はくせ者です。油断なりません。御奉行が睨んだ通りです。今までの巡見使の中では、どうやら最強の手ごわい相手と見ました」

と付け加えました。

「我々の意図に感付いたのかどうかまでは定かではありませんが、奴等がこの佐渡を訪れなかったのは、我々にとっても朗報でしょう。御奉行も、これでひとまず安堵なされてよろしいのでは」

と進言した首謀格の部下の言葉を、それでも鈴木重祐は額面通りに受け取ってはいませんでした。鈴木重祐は、少しも安堵していません。逆に漠然とした不安は増すばかりです。

——昨夜、部下達は何か余計な事をしゃべり過ぎたのではなかろうか？　あの二人は、部下達の言質のどこかを取り上げて、それを調書にしたためる積もりでいるのではなかろうか？　その調書には、佐渡金山にとって、佐渡奉行所にとって、極めて不利な内容が書き込まれるのではなかろうか？　その問題の調書が幕閣の手に渡ればどうなる？——

と、鈴木重祐の不安はエスカレートするばかりです。

このまま手をこまねいていてはまずい、と鈴木重祐は、脇息の上で拳を握り締めて、考え込みました。それから彼は部下達に、あの二人は出雲崎を発ってから、何処へ向かおうとしている様子だったか、と問いただしました。部下の一人が、奴等は今夜（七月五日）は鉢崎（柏崎市）に泊まって、明日（六日）と明後日（七日）は直江津（上越市）に泊まるようだ、と答えました。七日夜には、佐藤元仙という商人の屋敷で、奴等を招いての句会が催されるようだ、とも付け加えました。これを耳に入れた鈴木重祐は、又暫く考えた末に、直接行動に出る決断をしました。

——明朝、自分がここ（相川の奉行所）を発てば、七日の夕刻までには直江津に着けるだろう。直江津の句会とやらで、芭蕉という男に直接会ってみようではないか。奴をどのように始末するか、或いは始末しないでおくかは、奴をじっくり観察してから決めたとしても、遅くはあるまい——

これが、鈴木重祐が下した、芭蕉側にとっては物騒極まりない決断でした。

一方、ちょうど同じ頃（七月五日）、鉢崎（柏崎市）の木銭宿で草鞋を脱いだ芭蕉と曾良は、佐渡金山が抱えている諸問題を真顔で話し合っていました。二人は前夜の出雲崎の宿で、佐渡金山の情報収集を僅かながら済ませていました。二人を出迎えに訪れた佐渡奉行の配下の者達が、図らずも、その貴重な情報提供者になってくれていました。二人が佐渡への渡航を断念したと告げた時点で、彼等は一様に拍子抜けしてしまい、安堵してしまい、つい、口の方も軽くなっていたのでした。芭蕉と曾良は、退散しようとする彼等を引き止めました。そして夜更けまで、彼等から佐渡金山の過去の忌まわしい出来事や、現在置かれている困難な状況を上手く聞き出しました。更に、その困難な状況の一つ一つは、克服出来そうなのか、出来そうだとすれば、具体的にどう取り組もうとしているのか、といった内部情報まで、どうにか上手く聞き出しました。佐渡奉行の配下の者達も、二人を幕閣が差し向けた諸国行脚の俳諧師を装った巡見使、と暗黙の了解をしていましたので、話しても支障が無さそうな範囲内の情報を、言葉を選びながらも、二人に提供していました。もっともその大部分は、金産出量の減少についての、あれやこれやの言い訳に終始していましたが……。

佐渡奉行もその配下の者達も、それなりによくやってくれているではないか。金の産出量が減り続けているのは、彼等の怠慢や腐敗が原因では無い筈だ――これが、芭蕉と曾良がまず感じ取ったものでした。では、現場に直接携わっている彼等がそれなりに頑張っているのに、どうして金の産出量が増えないのか？　又、増える兆しも無いのか？

佐渡奉行所の役人達が言い訳として挙げた原因が三つありました。一つ目の原因が、九年前の延宝八年（一六八〇年）、越後一帯を襲った大水害と、その後遺症によって更にその後数年間続いた越後の大飢饉でした。

二つ目が、佐渡金山の間歩《まぶ》（鉱石を採掘する為に掘られる坑道）の大部分が水没するような、深刻な水害が、この延宝八年の年を含めて、過去十年間に七、八回も発生していて、その度に金鉱の採掘を中止せざるを得ない状況が長期間続いた事でした。そして三つ目に挙げた原因というのが、過去十年間に、御金荷を積んだ佐州御用船が五隻も沈没したという、不運な海難事故が続発した事でした。相川の奉行所を出発した御金荷は、佐渡島南端の小木湊まで陸送された後、三百石積みの大型船、佐州御用船に積まれて、対岸の出雲崎湊へと輸送される手順でした。更に出雲崎からは、佐渡三道（会津街道・三国街道・北国街道）のどれかの経路によって江戸まで輸送される手順でした。このような相川から江戸までの御金荷輸送で、最も危険だったのが、小木湊と出雲崎湊の間の海上輸送でした。特に冬の日本海は危険でした。一般に冬の時期には、北前船は運行を止めていました。でも、佐渡と出雲崎を結ぶ、佐州御用船や廻船（民間船）は、生活物資や鉱山で使う資材などを運ぶ必要もありましたので、多少の危険を冒してでも運行を続けていました。過去十年間に沈没した五隻はどれも、その危険な冬の日本海を無理に航海していた船でした。

「それにしても、五隻の沈没船がどれも全て、佐州御用船、それも小木湊から出雲崎湊へ向かう御金荷を積んだ船、と言う話が奇妙だな……。出雲崎から小木へ向かう佐州御用船の方は全く被害が無いのに……だぞ。これはどうも怪しいな……」

　燭台の揺らめく火影の中で、芭蕉は、腕組みしたまま首を傾げました。「そもそも、沈没船の話は奉行所の捏造《ねつぞう》では無いのか？　沈んだと言われても、それを裏付ける証拠は何も無いからな。悪知恵を働かせれば、どの様にでも言えるでは無いのか？」

　芭蕉のこの推理に対して、曾良はすかさず答えました。

「多分本当の話でしょう。和船は、積荷が少なければ、どうしても海上でバランスを崩しがちです。和船というものは、陸揚げ作業を少しでも楽にする為に、つまり入江や湾内の奥深くまで船が入り込めるようにする為に、その船底は平らになっています。船底が平らなのに、帆柱を高くして大きな帆を張る訳ですから、船全体としては、どうしても安定を欠いた構造になっています。米麦などの重い積荷を大量に船倉に載せている場合には、この底荷によって重心が下がりますので、それでも船はどうにか安定しますが、積荷が少ない場合には、極めて危険な航海になります。小木湊から出雲崎湊へ向かう佐州御用船の場合が、まさしくこの危険な航海です。積荷を多くしようとしても、佐渡から運び出すものは、金以外に目ぼしいものは何も無い、ときていますからね」

「佐渡には金以外には何も無い……か。成程、その通りだ」

と芭蕉は、髭の伸びた顎《あご》を撫でながら、大きく頷きます。曾良は続けて、

「だからと言って、冬期の船舶の往来を止める訳にはいきません。なにしろ佐渡金山は、冬であっても、三、四万人分の食糧は必要ですから……」

「三、四万人を食べさせるとなると、これは大変だろうな」

「その通りです。佐渡金山では、この三、四万人分の食糧の確保が何時も大変なのです。島内の農村や漁村からの調達量だけでは、全然足りません。本土の越後からの海上輸送が頼みの綱なのです。命綱なのです。佐渡金山は、対岸の越後の農村民や漁村民によって支えられているようなものです」

「貴公はよく調べたなあ」

「ところが、その越後の農村や漁村が飢饉に見舞われたら、どうなりますか？」

「当然、佐渡も飢饉に見舞われるだろうな」

と芭蕉が言いますと、曾良は険しい表情に変わって、

「いいえ師匠、事態はもっと深刻です。飢饉では無くて、大飢饉に見舞われてしまいます」

と、語気を強めます。

「大飢饉に？　飢饉よりも、もっと悲惨な状況になると言うのか？」

「そうです。これは佐渡金山に限りません。飢饉の時には、国内のどこの鉱山でも同じ様な目に遭います。あの寛永の大飢饉（一六四二〜四三年）の様な、大飢饉に見舞われてしまいます。農村や漁村の飢饉は確かに悲惨ですが、それでも数ヶ月間は、何か食べられそうなものが身近にあります。例えば里山に入れば、野草や木の実などがあります。磯辺では、貝や小魚などが採れます。ですから農村や漁村の飢饉は、じわじわとは迫って来ますが、都市部と比べますとそこまで事態は深刻ではありません。ところが、都市部とよく似た、鉱山のような人口密集地帯になりますと、もういけません。ひとたび食糧が断たれますと、たちまち備蓄の奪い合いが始まって、幾月も経ないうちに多勢の餓死者を出してしまいます。特に佐渡は周囲が海ですから、どこへも逃げられません。全国の鉱山の中では最悪の環境です。延宝三年（一六七五年）にも全国規模の飢饉が発生しましたが、この時、佐渡の浜辺には多くの餓死者が打ち捨てられていたそうです」

「信じられないな……」

「いいえ、これが現実です。ひとたび飢饉が発生しますと、武士も百姓も商人も自衛手段に走ります。皆、食糧を隠してしまいます。益々市場に食糧が出回らなくなります。越後一国だけの飢饉であれば、北前船などで他国から食糧が運ばれて来る手段がありますので、佐渡はそれでも何とか食いつなげますが、全国規模の飢饉となれば、そう都合良く行きません。真っ先に佐渡は見捨てられる運命なのです。いくら金を積んでも、です」

「いくら金を積んでも、か……。これは皮肉だな」

芭蕉は苦笑いしました。

「私が調べたところでは、このように佐渡は、飢饉に対して常に脆弱な島のようです。『一朝飢饉に際せば、この米生産無き山中に多数の坑夫を養う能わず……』、と記された、佐渡奉行の五十年程前の覚書が残されています。『佐渡の金山　この世の地獄』、と佐渡は世間から怖れられていますが、厳密に言えば、佐渡は昔から、地獄は地獄でも、飢餓地獄として怖れられていたのです。佐渡が坑夫達に不人気な本当の理由は、どうやらここにあるようです」

「誰でも飢え死には……厭だからな」

「このように、飢饉は必ず佐渡金山の運営に大打撃を与えます。飢饉となれば、多数の餓死者を出します。その餓死者の背後には、もっと多数の病者や栄養失調者を出している筈です。その殆どは坑夫達ですから、これは佐渡金山にとっては大打撃です。佐渡奉行所にとっても大打撃です。昨夜、奉行所の役人達は、金産出量が減った原因として、真っ先に七、八年前発生した越後の飢饉による後遺症を挙げていましたよね。確かに、彼等が申し述べた通りでしょう。彼等の弁解に少しも嘘は無かったでしょう」

「飢饉による後遺症……つまり、元気な坑夫はどんどん減ってしまうし、新参の坑夫はさっぱり集まらないし……で、佐渡金山は人手不足に陥っていた訳か……」

「人手不足は間違い無く、佐渡奉行所を苦しめた筈です。坑夫が足りないと、金産出量は必然的に落ちます。ですから、寛永の大飢饉、延宝の飢饉（一六七四～七五年）、天和の飢饉（一六八二～八三年）と、近年全国規模の飢饉が続いていますが、これらの飢饉が佐渡金山に与え続けたダメージは大きかったでしょうね」

「すると、柳沢様に提出する報告書には、こう認《したた》めてみてはどうだろう？『佐渡は思いの外、飢饉に対して脆弱な島であります。それ故、佐渡の金産出量を減らさないようにするには、飢饉の際には、幕府からの速やかな食糧援助が欠かせないのではないかと存じます』、或いは、『……飢饉に備えての、日頃からの食糧の備蓄が欠かせないのではないかと存じます』、でどんなものかな？」

「ちょっと待って下さい、師匠。そんな生ぬるい対策では、まだ充分とは言えません。根本的な解決とはなっていませんよ」

と、曾良は慌てて首を横に振ります。

「まだ……何か足りないものがあるか？」

と芭蕉は戸惑った様子で、曾良を窺います。

「金産出量が減り続けている大きな原因は、実は他にあります。それは昨夜の出雲崎での彼等の弁解の中に隠されておりました」

薄暗い燭台を挟んでの、芭蕉と曾良の密談は白熱しています。曾良は更に続けます。

「彼等は、昨夜、佐渡金山の間歩《まぶ》（鉱石を採掘する為に掘られる坑道）の大部分が水没するような、深刻な水害が、過去十年間に七、八回も発生していて、その度に金鉱の採掘を中止せざるを得ない状況が続いた、などと申しておりました。その彼等の話に耳をそばだてていて、気になった事がありました。彼等の口から頻繁に飛び出していた、大水・浸水・出水・山津波・水没、といった、水に絡んだ忌まわしい言葉のあまりの多さです。やれ坑道が水没しただの、やれ溜まり水を排出するのに何ヶ月も費やしただの、と幾度も愚痴っぽく……」

「水の災いに絡んだ愚痴があまりにも多い……と貴公は言いたいのだな？」

と芭蕉が言うと、曾良は腰を浮かせた姿勢で、芭蕉ににじり寄りました。

「近年の佐渡金山には、食糧不足で苦しめられているだけで無く、水の災害でも苦しめられている、という現実があるようです。佐渡金山は、硬い岩盤や、不純物が混在する地層などよりも、どうやら、この水の災害に悩まされ続けている様子です。四方八方に張り巡らされている間歩《まぶ》は、何時もどこかで水の脅威に晒《さら》されている、とみていいようです。これは実は、他の鉱山ではあまり耳にしない問題です。これは一体何を示唆しているると思われますか？」

「なぜだろう？　佐渡にはそれ程大きな山や川は無い筈なのに……。それでも水の災害は避けられないのかな？」

「真っ先に考えられる原因は、山々の立木を切り過ぎた所為《せい》でしょう。鉱山では、坑道の山留め、つまり坑道の天井部分の崩壊を防ぐという目的で、坑道の梁や柱に大量の木材が使用されます。それで鉱山周辺の山々では、どうしても立木が伐採されがちです。又、食糧確保の必要に迫られて、周辺の山林を切り開いて田畑を作る場合もあります。この際にも多くの立木が伐採されます。特に土地が狭い佐渡島の金鉱の場合、この傾向が顕著です。長期的に見れば、これらが大雨の際の洪水の引き金になります。土石流などが、度々坑口から坑道へと浸入してしまう訳です。佐渡金山には約百箇所もの坑口がありますから、その幾つかの坑口から土石流が浸入するだけで、縦横に張り巡らされている坑道の多くが、水浸し、泥浸し、石浸しの悲惨な状況に陥ります」

「山の立木を伐り過ぎると、いずれ痛い目に遭う訳か……」

「立木を伐り過ぎると痛い目に遭うのは、何も鉱山だけに限った問題ではありませんけどね」

「……と言うと？」

芭蕉は少し間を置いてから訊きました。

「話が長くなりますが……」

「構わん。話してくれ」

「神君（家康）が開府されてから、既に九十年程が過ぎました。戦国の乱世は遠退き、誰もが願っていた天下泰平の世となりました。百姓は安心して田畑を耕せるようになりました。諸大名は、戦国時代のような武力に頼った領地拡張はもはや望めませんので、実質的な石高を上げる為に、言い換えれば、領地の生産性を更に高める為に、自国の山林や原野を競って開墾するようになりました。その結果が……近年の飢饉の異常な多さなのです」

「山林や原野を競って開墾すれば、飢饉になるって？　どうしてだ？　逆のように思えるが……。山林や原野を開墾すれば、食糧生産は増えて、飢饉は減少するのでは？」

「飢饉と言えば、日照りによるもの、即ち、猛暑や雨が降らない異常気象によって引き起こされるもの、と考えられがちですよね。或いは逆に、日照不足や低温といった天候不順によって引き起こされるもの、とも考えられがちですよね。ところがこれは先入観によるもので、現実はかなり違っています。近年の飢饉の多くは、河川の氾濫や田畑の冠水などの洪水が引き金になっているのです。九年前、越後一帯を襲った大水害と、それ以降数年間続いた越後の飢饉が、その典型的な例です。山林を開墾すれば、立木の伐り過ぎによって、洪水が多発します。洪水によって一度田畑が冠水しますと、流木や土石の撤去などでその復旧には相当な時間と労力を要します。米麦の収穫ともなれば、更に一、二年先となります。これに比べれば、日照りや日照不足は、さほど重大事ではありません。雨さえ降れば、又、好天にさえ恵まれれば、直ぐに田畑は自然回復しますからね。ですから、日照りや冷害による飢饉はあるにはありますが、そんなに長期化しない、深刻化しない飢饉と言えます。我々が心配しなければいけない飢饉は、餓死者が日を追って増え続けるような長期化する飢饉の方です。田畑に深刻な爪痕を残してしまう災害です。その多くが水害です。そこで諸藩には、本来、水害を起こさないような計画的な国造りが求められている訳です。まず山野をむやみに開墾しない事と、それから」

「治水工事……と言いたいのだな」

と、芭蕉は背筋を伸ばして、我が意を得たりとばかりに、膝をぽんと叩きました。

「その通りです、師匠。さすがですね」

と、曾良は軽く笑いましたが、直ぐ真顔に戻りました。「只、これには困った問題が生じます。格差の問題です。治水工事など、思い切った施策を実現出来る藩がある一方で、実現出来無いでいる藩もある、という厳しい現実があります。大藩には出来るでしょう。財政に余裕がある藩にも出来るでしょう。又、小藩でも賢明な藩主や有能な家臣がいる藩では出来るでしょう。それらに該当しないお粗末な藩が……」

「何もしないで手をこまねいているだけ、か……」

「そうです。何もしないままで放置していて、更に事態を悪化させてしまいます。それで、天にまで見放されてしまいます。そんなお粗末な藩の領民も又、天に見放されてしまう運命なのです。そんな藩は、救い米（米の備蓄）も大抵ありませんから、領民は何時も飢饉に直面していなければなりません。この酷い例が、近年の津軽藩や八戸藩でした。津軽藩は、藩内で飢饉が迫っているのを承知していながら、北前船に米俵を積み込ませていたそうです。領民の命よりも、大坂の大名貸しとの約定、即ち藩の借金返済の方を優先させていたのです。又、八戸藩は、換金出来る良質の大木を無計画に伐採し続けて、藩が率先して山を荒廃させていたそうです。どちらも呆れた話ですよね。そして実は、これらに負けない酷い例が、小藩が乱立しているこの越後の地でも……」

「しーっ、それ以上、言ってはならぬ」

と芭蕉は首を横に振って、曾良の発言を封じました。

「そうでした。御政道に口を挟むのは御法度でした」

と、曾良は声を潜めました。「それに、所詮これは、私達部外者にはどうしてあげようもない問題ですからね……。話を戻しましょう」

「我々は今、越後を通過している旅人に過ぎないのだからな……」

と芭蕉は、燭台の揺らめく火影の中で、首を垂れて溜息をつきました。

「師匠、話を戻しましょう。今、私達が話しているのは、近年、どうして佐渡金山では金産出量が減り続けているのか、の問題でしたよね」

「今、我々が直面している問題がそれだ……それなのだ……」

と芭蕉は、今度は暗い天井を見上げて、又、溜息をついて、「柳沢様への報告書には、こう書き足してみるとするか……。『佐渡金山の金産出量が減り続けている原因は、近年、金鉱周辺の山々の立木を切り過ぎた所《せ》為《い》であります。その悪影響は思いの外、甚大であります。金鉱周辺では山津波が多発するようになりました。坑口から幾度も流れ込む土石流により、坑道や切羽（坑道の先端の採掘場）の多くが、長期間にわたり使用不能となりました。従いまして、金鉱周辺の山々の植林などの対策を、早急に講ずる必要があろうかと存じます』……で、どうだろうか。それにしても……どこか物足りないなあ……。自然破壊だけを、金産出量が減り続けている原因にしていいものだろうか？」

と芭蕉は憂鬱そうな顔で、片膝を立ててゆっくり立ち上がりました。

「もっと詳しく調査してみたい気もするが、しかし、佐渡奉行所にあれだけ警戒されていたのでは、どうにも打つ手が無いしなあ……」

と芭蕉は、破れ障子を引き開けて、板張りの窓を押し上げました。雨が降っています。窓の外は闇に包まれています。打ち寄せる波の音は、直ぐ近くで聞こえますが、海面は見えません。

「このまま、すごすごと立ち去るのか……。まるで敵前逃亡だな。危険を冒してでも、この荒海を乗り越えて、島に渡るべきだったかな……」

と、芭蕉が佐渡島の方向に顔を向けたまま、珍しく悔恨の言葉を口にしました。

「師匠、危険を冒して荒海を乗り越えたりしなくとも、大丈夫ですよ。この対岸に踏み止まったままでいても、必ずや納得してもらえる調査結果が残せますよ」

力のこもった曾良の声に、芭蕉はふっと我に返りました。振り向くと、曾良が自信ありげな顔で芭蕉を見上げています。

「そこまで言い切る以上、貴公に何か良案でもあるのか？」

と芭蕉は尋ねました。この曾良の自信ありげな顔が、今の芭蕉にとっての頼みの綱でした。

「金産出量が減り続けている最大の原因は、昨夜の佐渡奉行所の役人達の弁解の中に隠されておりました」

と、曾良は落ち着き払って言いました。「佐渡金山は水の苦労が絶えないと、彼等はしきりにこぼしていました。やれ坑道が水没しただの、やれ溜まり水を汲み出すのに何ヶ月も費やしただの、と……」

「それは先程も聞いたが……」

と芭蕉は浮かぬ顔をしました。

「彼等の弁解で、気になった事がありました。彼等の口から頻繁に飛び出していた、大水・浸水・出水・山津波・水没、といった、水に絡んだ愚痴のあまりの多さです」

「それも先程聞いたが……。原因は大雨による水害……だったな」

と芭蕉は心許なさそうな顔で、窓際から離れて、再び曾良と向き合って座りました。曾良は相変わらず、腰を据えて構えています。

「坑口への大量の土石流の浸入は、確かにあったでしょう。近年では、延宝八年（一六八〇年）夏と天和三年（一六八三年）夏に、未曾有の水害が発生しています。しかし、冷静に彼等の話を整理してみますと、それらの年を除外しても、明らかに、佐渡の金鉱では水の災害が多過ぎます。他の鉱山と比べても、毎年あまりにも多過ぎます。酷すぎます。これは一体どうしてでしょう？」

「何か……ひらめくものでもあったのか？」

と芭蕉はようやく身を乗り出しました。

「佐渡の金鉱と、他国の名高い金山銀山を比べている内に、私なりに、この原因らしきものを突き止めました。師匠、聞いて下さい」

と、曾良は燭台を横にずらして、破れた畳の上に佐渡島の古地図を広げました。そして指先を、金鉱の坑口が集中している上相川の位置に置きました。

「このように上相川は、海岸から僅か十五町（千六百メートル）程しか離れていません。こんなに海に近い場所で、こんなに低い土地で採掘している金山銀山など、他国にはどこにも無いのです。石見銀山や生野銀山など名高い金山銀山は、どれも海から遥か遠く離れた内陸部にあります。それに、まだあります。他国の名高い金山銀山は、採掘現場は大抵、『〇〇山』と、呼ばれています。奥深い山間地にあるからです。ところが佐渡だけが、『〇〇間歩《まぶ》』と呼ばれています。採掘現場が、山間地では無くて、海岸近くの低地にあるからなのです」

「成程……」

芭蕉は鼻先を古地図に近付けて、顎に手を当てて、大きく頷いています。

「慶長六年から金の採掘を始めた佐渡金山は、既に八十年余りの年月を経ています。地下の坑道は、どこまでも延び続けて、曲がりくねって、幾つにも枝分かれしています。坑道は今、総延長八百町（九十キロメートル）にも達していると言われています。これは一年で十町も掘り進んだ計算になります。一方、総延長八百町の坑道に対して、坑口が集中する上相川の地表面は、海水面から、せいぜい一、二町（百〜二百メートル）の高さ（標高）しかありません。しかも、この上相川は、海岸から僅か十五町（千六百メートル）程しか離れていないのです。これらの事実を突き合わせて、じっくり考えた末に、私が導き出した……」

と曾良は言いながら、懐から手拭いを取り出しました。彼の額には汗が滲んでいます。「私が導き出した結論は……八十年間も地中深く掘り進んだ結果、佐渡の金鉱の切羽は、遂に今では、危険領域である海抜以下の深さにまで達しているのではないか、というものです」

「切羽が海抜以下の深さにまで達していれば、危険……とは？　何か問題でも生じるのか？」

と芭蕉は、食い入るように古地図に見入っています。

「誰も気付かぬ内に、坑道が何時の間にか、佐渡島の海岸線を越えてしまって、海の底深く、詳しく言えば、海底の底深くにまで延びてしまっているのではないか、と私は睨んでいるのです」

と曾良は、今度は、古地図の海の領域を指し示しました。「坑道が陸地内の地下深くに延びているのであれば、何も問題は起こらないのですが、坑道が海底の地下深くに延びているのだとすれば、これはゆゆしき問題なのです。一つ間違えれば、坑道の天井を突き破って、天井から坑道に大量の海水が流れ込むという、最悪の大事故につながりますから……」

曾良は顔を上げました。芭蕉も顔を上げました。どちらの顔も強張《こわば》っていました。

「こう想定するのも忌まわしいのですが……坑道が海底の地下にまで延びている、と想定してみれば、近年の佐渡金山での、水にまつわる災害の異様なまでの多さが、残念ながら説明出来るのです」

「貴公のこの話が間違っていないとすると……あれほど坑夫達を苦しめて、あれほど佐渡奉行所を揺るがしている水の正体は……水では無くて……なんと海水とな？」

と芭蕉は、異様にうわずった声で言いました。

「そうなりますね。海水でしょう」

と答える曾良の声も、たかぶっていました。

「すると……誰も気付かぬ内に、今まさに、坑夫達は海底の地下を掘り進んでいる……という事か？」

「その通りです」

「今まさに、坑夫達は海底の地下で金鉱石を運び出している……という事か？」

「その通りです」

「危険だな」

「危険です」

二人は顔を見合わせたままで、暫く黙り込んでいました。やがて曾良は、膝を進めて、呻くような低い声で、

「師匠……思いますに……佐渡金山が、これ以上金の採掘を続けるのは、もう無理ではないでしょうか？　山から流れ出した水が、坑口から坑道へと流れ込んだ、或いは、大量の地下水が突然湧き出した、といった原因であれば、水抜き作業などを辛抱強く続けていれば、そのうち事態は収拾もするでしょう。しかし、原因が海水では……戦う相手が広い海では、いくらなんでも……」

と言って、膝の上で拳をぎゅっと握り締めました。

「いくら汲み出してもキリが無い……か」

と芭蕉は暗い表情のままで、少し笑いました。

「いくら水抜き作業をしてもキリが無い……全くその通りです。昨夜、奉行所の役人達は、水抜き装置が幾つかある、とか、水抜き作業の人足は大勢いる、などといかにも水の対策は万全であるかのような話をしていましたが」

「最新の水抜き装置を自慢していたよな。水上輪《みずあげわ》とか言っていたかな」

「さあ、これからどうしましょう、師匠？　これを柳沢様や藤堂高久様に報告しますか？　報告するとすれば、一体どのように？　或いは、報告しないで置きますか？」

と、曾良はたたみ掛けて聞きました。

「佐渡奉行所の役人達は、この大問題に気付いているのだろうか？」

「うすうす気付いている者もいると思います。特に佐渡奉行の鈴木重祐殿は、切れ者との噂ですから、既に事態を深刻に受け止めているのではないかと思います。只、事が事だけに、彼等もどう手を打てばいいのか分からずにいるのでは無いでしょうか？　今は只、問題を先送りにしているだけでは無いでしょうか？」

「貴公はどうすればいいと思う？」

と芭蕉は腕組みをしたまま、上目遣いに聞きました。曾良は居住まいを正しました。

「海が相手では、もうどうにもなりません。事態は絶望的です。さっさと諦めるべきです。坑道の天井を突き破って、上から大量の海水が坑道に流れ込むという、最悪の災害に遭遇する前に、危険な坑道を直ちに閉鎖するべきです。師匠のお許しさえ出れば、私はこれを今回の報告書にしたためる心積もりでおります。後は、柳沢様や幕臣の方々の御判断を仰ぎます。定めし、詳しい現地調査に乗り出して下さるでしょう」

「金の産出量を増やすどころでは無いのか……」

「これで私達の面目も立ちましょう。報告書の提出によって、私達の役目もそれなりに果たせたものと信じます」

「閉山するだろうか？」

「恐らくは……」

「結局、佐渡金山は、閉山する以外に道は無いのか……」

「閉山は望ましくはありませんが、止むを得ないでしょう。先程も申しましたように、そもそも佐渡金山の立地が悪過ぎます。確かに、金銀の埋蔵量は豊富でしょうが、これだけ低い土地で、これだけ海岸に近い場所で採掘しなければいけない条件では、優良な金山とはとても呼べません。今後無理に採掘を続けても、災害の危険性が増すばかりでは無く、労多くして功少なし、即ち、ますます採算が取れなくなるのは、火を見るよりも明らかです」

と曾良は言いながら、再び指先を古地図の上相川に置きました。「佐渡島は大きな島ですが、所詮、島は島です。島の鉱山は短命なのが相場です。八十余年も掘り続けただけでも幸運だった、と逆に喜ぶべきです。歴代の佐渡奉行とその配下の者達はよくやってくれた、とむしろ前向きに評価してやるべきです」

「今まで随分佐渡奉行の首をすげ替えたらしいな」

「今の鈴木重祐殿はなんと二十人目です。彼は在職九年目だそうですから、歴代の佐渡奉行の中では長命な方でしょう。ですから彼が、今の時期、柳沢様の息が掛かった私達に対して、疑心暗鬼になったとしても、又、神経過敏になったとしても、その心情は私にもよく理解出来ます」

「だから、我々を極度に警戒したのだろうな」

「ですから、私達が鈴木重祐殿の懐深く入らなかったのは、やはり賢明な判断だったのです。明日はここを発って、出来るだけ早く佐渡島から遠ざかるとしましょう。彼の気が変わって、何時私達に追っ手を差し向けないとも限りません。越後の地を脱出するまでは、決して油断は出来ませんよ」

「三十六計逃げるに如かず、か」

「君子危うきに近寄らず、ですよ」


こうして翌朝（七月六日）、芭蕉と曾良は、鉢崎（柏崎市）の宿を発ちました。二人はその日の内に、今町湊（直江津）に到着しました。ところが、頼りにしていた聴信寺での宿泊をあっさり断られてしまいます。二人は途方に暮れました。でも偶然、聴信寺の前を通り掛かった石井善次郎という人の善意のお陰で、その夜は辛うじて、聴信寺の近くの何某の屋敷に泊まる事が出来ました。石井善次郎はたまたま俳諧愛好者で、芭蕉が有名な俳人である事を知っていました。それもあったので、石井善次郎はその夜、地元の俳諧愛好者達を引き連れて、二人が泊まっている何某の屋敷を表敬訪問しました。二人は彼等を歓迎しました。そして、こうして出会ったのも何かの縁でしょうからと、にわか仕立ての句会が催されました。この句会の席で、芭蕉は、

「文月や　六日も常の　夜には似ず」

と詠んだのでした。越後路での二人は、連日連夜、宿探しで苦労していました。七月二日夜は新潟で厭な思いをさせられました。七月五日は、柏崎で、弟子の低耳の紹介状を持参していたのに、宿を断られました。止む無く小雨の中をとぼとぼ歩き続けて、鉢崎でどうにか木銭宿にありつけたのでした。そして今夜の七月六日も、やはり低耳の紹介状を持参していたのに、聴信寺での宿泊を断られました。芭蕉にとって、こんなにも情けない辱めを受け続けたのは、初めての体験でした。そこで芭蕉は、利害関係者が誰もいない、純粋に俳諧愛好者だけが集まった、急ごしらえの句会の席で、「七月六日の今夜も、いつも通りの夜とは行かない、異常な

夜になってしまったなあ……」、と胸の内を吐露していたのでした。越後路はどうやら、二人の予想を超えた危険地帯のようです。人情と不人情が入り交じっている越後人には振り回されっ放しです。二人を疲弊させる、そんな越後路は今後も続きそうです。そういった胸の内を、遠回しに、越後への軽い皮肉も込めて、この句を詠んでいたのでした。

さて、翌日が問題の七月七日です。夕刻、二人は、同じ直江津にある佐藤元仙宅を訪ねました。ここでは予定通り、すんなりと迎え入れられました。主人の佐藤元仙が快く出迎えてくれて、二人を客間に通してくれました。この夜、直江津の商人達の招きによる、正式な句会が催される運びとなっていました。今夜はどうやら異常な夜にならずに済みそうだな、やれやれ、と安堵した芭蕉でした。が、その安堵したのも束の間、句会が始まる直前になって、主人の佐藤元仙が客間に忍び入って来ました。かなり狼狽している様子です。そして、「珍しい客人が御出《おい》でになっています」、と芭蕉にそっと耳打ちしました。芭蕉と曾良は顔を見合わせました。誰かと問えば、「佐渡奉行の鈴木重祐様です」、という返答。二人の顔色がさっと変わりました。佐藤元仙に促されて、襖の隙間から隣の広い座敷を覗き見してみますと、確かに、二十名程の列席者の中に、如何にも武家風の出で立ちをした三、四人が平然と座っています。佐藤元仙は、どの人物が佐渡奉行であるかをこっそり指差して、「粗暴そうな部下も引き連れている様子ですから、どうぞお気を付けなさって下さい」、と忠告して早々に引き下がりました。さあ、「奥の細道」の旅、最大級の危機の到来です。二人は金縛りに遭ったように立ち竦んだままです。

「一体どういう積もりでしょうか？」

と曾良が、蒼ざめた顔で言いました。

「まさか、ここまで我々を追って来るとは……。しかも佐渡奉行直々の御出座《おでまし》とは、これは全く驚きだな……」

と呟いた芭蕉は、驚いた顔と言うよりも、半ば呆れた顔になっていました。それにしても、あまりに突然の事態なので、この場をどう切り抜ければいいか、という最善の策が、今の二人の頭に全く浮かんで来ません。それ以前に、何食わぬ顔で句会の席に紛れ込むという、鈴木重祐の手の内さえも、今の二人に読み解けていません。

「どうして彼等は、我々に堂々と面会を求めないのだろうか？」

「私達が、彼等にとって好ましくない報告をするのでは……との疑念を拭い切れなくて……それで敢えて風流人を装って、探りを入れに来ているのではないか、と思うのですが……」

と曾良は落ち着かない様子で、まだ隣の座敷を覗き見しています。

「彼等にとって好ましくない報告とは？」

「佐渡金山の閉山を幕閣に勧告するような内容は、彼等にとっては、好ましくない報告になりますよね、やはり」

「すると、やはり、我々の身に危険が迫っている訳か？」

芭蕉は、口に出したくない不安をぽろりと言ってしまいました。

「彼等だって、出来れば事を穏便に済ませたいでしょうから、人が多い句会の最中は、さすがに私達に危害を加える事は無いでしょう。危ないのは、句会が散会してからになりそうですね」

と言っている曾良の視線は、早くも隅に置かれている自分達の旅装束や荷物類に向けられています。「句会が終わってからでは遅過ぎます。みっともないですけど、句会が始まる前に、黙って裏木戸から立ち去るとしましょうか？　今夜は又、木銭宿でも探しましょうか？」

「これから句会が始まるというのに、なりふり構わずこっそり逃げ出すのか。俳諧師として、これはあまりに情けないな」

と芭蕉は自嘲気味に笑いました。

「三十六計逃げるに如かず、と師匠自らが言っていたではありませんか。命あっての物種です。今更、体裁なんか気にしている場合じゃありませんよ」

「いや、ちょっと待て、曾良。敵さんは今、探りを入れに来ている、と言っていたよな」

と思案顔になって、低く呟く芭蕉。

「それとも、何か良案でもありますか？」

と、既に逃げ腰になっている曾良。襖越しの隣の座敷では、佐渡奉行達が平然と構えている気配です。その襖を背にしている芭蕉は、意外にも落ち着きを取り戻しつつあります。

「考えてみれば、鈴木重祐殿もなかなかの御仁ではないか。いや、こちらが思っていた以上の風流人ではないか」

と芭蕉は、はやる曾良をなだめるように言いました。「動機が何であれ、我々の句会に顔を出してみよう、とは敵ながら見上げた心意気だ。そう易々と考え及べるものでは無い。これがたとえ見せ掛けだとしても、只、風流に振る舞っているだけだとしても、まずは敬意を払って差し上げねばならんかもな……」

隣の座敷は、来訪者が増えた様子で、又、開会も近付いているからか、ざわつき始めています。

「風流に振る舞っているから、敵ながらお見事、ですって？　師匠、そんな呑気な事を言っている場合じゃありませんよ。彼等を今更褒めてどうするんです？」

と曾良は、泣き出しそうな顔になっていました。「彼等は、私達の言行如何によっては、この越後の地で私達を抹殺する積もりでいるんですよ。闇に葬り去る積もりでいるんですよ。明日の朝、私達は、越後の海岸近くの波間で、冷たい身体になって浮いているかもしれないんですよ」

「まあまあ、曾良。冷たい身体になる前に、少し落ち着こうではないか。私にも考えがある」

と言っている芭蕉の顔には、何時しか不敵な笑みが浮かんでいます。「彼等が我々を疑っているのだとすれば、正々堂々と、我々らしいやり方で、その疑いを晴らしてやろうではないか。我々は隠密では無い。間者でも無い。刺客でも無い。俳諧師だ。そうだろう？　我々は本業が俳諧師である事を忘れてはならぬ。だから、彼等にとって不利益な報告を、我々がするのではないか、と彼等が疑って掛かっているのだとすれば、我々はここで、いかにも俳諧師らしいやり方で、その疑いを晴らしてやろうではないか。そこでだ。そこで、この場をお借りして、どうすればいいものか……と私は今、知恵を絞っているところだ」

「正々堂々と、ですって？　いかにも俳諧師らしいやり方で、ですって？」

と曾良は呆気にとられた顔で、芭蕉の顔をまじまじと見ました。

「そうだ。だから……いや、待てよ……一句浮かんだかもしれないぞ……」

「俳諧師らしいやり方で、この場をお借りして……と言う事は、師匠はもしかして、襖の向こうで開かれる句会に出席するお積もりでは？」

「その、もしかしてだ。私は今、一計を案じた。今夜の句会で、私は渾身の一句を詠んでみようと思う」

「と、とんでもありません！」

と曾良は血相を変えて、芭蕉の胸元に詰め寄りました。芭蕉はそれでも悠然と構えています。

「首尾良く行けば、我々はその句によって、命拾い出来るだろう。我々は、その句に助けられて、今夜の危機を脱出出来るだろう。そして、この越後路からも、無事に脱出出来るだろう。首尾良く行けば、だが……」

「首尾良く行かなかったら、どうします？」

「その時は、その時だ。人情と不人情が入り交じっているのが越後人だ。私は佐渡奉行、鈴木重祐殿には人情がある方だとみた。人情がある方に賭けてみた」

と芭蕉は穏やかな顔で、襖に手を掛けました。

「師匠、なりません。もっと冷静になって下さい。句に助けてもらおうなんて……あ、あまりに無謀な作戦ではないですか。危険過ぎます」

と曾良は、襖の前に立ちはだかって、両脚を広げました。そして、襖に手を掛けている芭蕉の腕を掴むと、声を押し殺して、

「あの佐渡奉行は風流人を装っているだけです。俳諧愛好者を装っているだけです。俳諧を、ましてや師匠の渾身の一句を、しかと受け止めてくれるような、そんな真っ当な頭の人間ではありません」

「いや、鈴木重祐殿は、人情に厚く、知恵者でもあるとみた。彼なりに知恵を巡らせて、私が詠む句の本意を正面から受け止めてくれるに違いない。まあ、私に任せておけ。もう始まる刻限だ。あの御仁が、襖の向こうで手ぐすね引いて待ち構えておられる。早く顔見せしないと、かえって怪しまれるぞ」

と芭蕉は、曾良をゆっくり押し退けました。

「幸いにも、今夜は七夕だ。ほら、天も味方をしてくれているではないか。心配は無用。きっと上手く行くとも」

と芭蕉は、自分自身をも奮い立たせるように、曾良に力強く言い聞かせてから、一呼吸置いて、ゆっくりと襖を引き開けたのでした。

こうして、佐藤元仙宅での句会を舞台とした、鈴木重祐と芭蕉の直接対決が始まりました。この緊迫した俳

席で、芭蕉が披露した句が、僕達の間で問題になっている句、

「荒海や　佐渡に横たふ　天の河」

でした。ここに到達するまでに、随分長い時間を要してしまいましたね。ごめんなさい。

佐渡島は、条件さえ良ければ、直江津からでも見通せます。又、偶然、この夜は五節句の一つである七夕です。芭蕉はこの「荒海や——」の句の中に、御当地名を織り込んで、年中行事をも織り込みました。一見そつの無い、このおしゃれな叙景句に、事情を何も知らない列席者達は皆、さすがは松尾芭蕉だ、と感服していました。一方、それまで鋭い目付きで芭蕉と曾良の一挙手一投足を見据えていた鈴木重祐は、この句を耳にした途端、口をへの字に結んだまま、目を閉じてしまいました。並んで座っている配下の者達は、顔を寄せ合って囁《ささや》き交わしていました。

芭蕉が満を持して披露した、この「荒海や——」の句には、金鉱山に携わる彼等だけに伝わるように巧妙に仕組まれた、芭蕉からのメッセージがありました。それが芭蕉の思惑通りに伝わっていたからこそ、鈴木重祐は腕組みをしたまま、口をへの字にして黙考していたのでした。

まずこの句で、彼等だけに分かるように仕組まれた強烈なシグナルが、天の河でした。天の河という言葉の裏には、全国の金山銀山にとっても、佐渡金山にとっても、ある特別な意味がありました。

当時、金鉱石を純度の高い金にするには、人の手による幾つかの作業工程が必要でした。採掘したばかりの金鉱石はまず鉄鎚で細かく砕かれました。次に石臼で挽かれました。こうして粉砕された金鉱石は、水に混ぜて液状にされました。その後、「金流し」と呼ばれる装置を使って、金とそれ以外の不純物とに分離されました。「金流し」とは、すくい網が張り巡らされた細長い木枠を、傾斜を少しだけ付けて作業場に設けた、選別装置の呼び名でした。すくい網は、太糸で編んだ木綿の布地を素材としていました。「金流し」の上端から

流された液状の金鉱石は、「金流し」を斜めに流れ落ちて、その流れ落ちる際に、すくい網によってふるい分けられていました。つまり、金を含む粒子のみが長い木綿の布地に付着して、それ以外の不純物は、すくい網の網目から落ちて取り除かれるか、「金流し」の下端まで流れ落ちて取り除かれる仕組みになっていました。元々これは、砂金を採取する際に使われていた技法（比重選鉱法）で、この技法が金鉱石にも転用されたのでした。現場で「金流し」、「銀流し」と呼ばれていたこの装置が、元禄年間の佐渡金山では二百基以上もあったそうです。佐渡金山では誰でも知っている装置でした。ちなみに初期の佐渡金山では、銀鉱石も採れていました。そして、「金流し」、「銀流し」の装置の大事な部分で、ふるいの役目をしている、すくい網、つまり、金や銀が付着する長い木綿の布地は、佐渡の現場では、金帯、銀帯と呼ばれていました。

この呼び名を芭蕉も知っていました。この金帯、銀帯を、金の帯、銀の帯、とも読めるところから、芭蕉は、粋に、これらを銀河、つまり天の河になぞらえようとしたのでした。ですから、「荒海や――」の句で詠んでいた天の河は、夜空に輝く天の河では無くて、金の帯、つまり金が付着して輝く長い木綿の布地、更に言い換えれば、ずばり金そのもの――と、芭蕉は見立てていたのでした。そして芭蕉は、鈴木重祐も、この自分と同じように、天の河を金と見立ててくれないものか、と密かに願っていたのでした。それが、天の河に込めていた、芭蕉の強烈なシグナルでした。この芭蕉のシグナルは、黙考していた鈴木重祐にどうやら伝わってくれたようでした。「今の句で詠まれた天の河とは、金の事を指しているのではないのか……」、「この男は、今の句を通して、金に関係した事で、佐渡奉行の俺に何か訴え掛けようとしているのではないのか……」、と鈴木重祐は読み解き始めたようでした。

更にこの「荒海や――」の句で、芭蕉の思惑通りに、鈴木重祐に読み解かせる上で、決め手となった、ごく短い言葉がありました。「荒海や」の「や」でした。

「荒海や」の「や」は、切れ字の「や」です。切れ字の技法は、江戸時代の俳諧においても、今日の俳句においても重要な技法です。切れ字には、句中にある切れ字と句末にある切れ字とがありますが、句中にある切れ字は、句全体に絶妙の「間」を設ける役目を果たしています。十七文字の句は、この絶妙の「間」によって、何らかの余韻が与えられます。何らかの含みも与えられます。例えば、芭蕉の名句、「夏草や　兵どもが　夢の跡」、では、「夏草」と、「兵どもが夢の跡」の、二つの語句のまとまりに対して、切れ字「や」が、その現在と過去の非情なまでのギャップを強調する役目を担っています。この切れ字の「や」は、更に発展させた使い方も可能です。十七文字を、二つの異質の語句のまとまりに分けて、それを切れ字の「や」で上手く結び合わせれば、思いも寄らない、作者の独創的な世界を組み入れる事も可能です。例えば、「閑かさや　岩にしみ入る　蟬の声」、の芭蕉の名句がそうです。この句では、「閑かさ」という静寂と、「岩にしみ入る蟬の声」という、静寂とは全く逆のうるさいもの、反静寂とでも言えるものとの間に、不安定・不自然・不合理な関係が生じています。でも、この二つの全く異質の語句のまとまりを、わざとぼかして、曖昧にして、不安定・不自然・不合理では無さそうに見せ掛けて、これを独自の世界に取り込んでしまう――これが切れ字「や」のマジックなのです。極意なのです。超絶技法なのです。芭蕉は元来、こうした超絶技法にたけているのです。そして芭蕉は、問題の「荒海や――」の句でも、この超絶技法を使っていたのです。

「荒海や――」の句で、もし切れ字「や」を使わなければ、例えば、

「荒海の　佐渡に横たふ　天の河」

「荒海で　佐渡に横たふ　天の河」

などとなります。これでも句は成立します。でもこれでは、荒海は、単なる情景描写に成り下がってしまいます。佐渡も天の河も、情景描写に成り下がってしまいます。つまり、これでは叙景句の域を出る事が出来ま

せん。ところが、ここで芭蕉は、伝家の宝刀、切れ字「や」で仕掛けます。これによって、「荒海」と、「佐渡に横たふ天の河」という、二つの異なった語句のまとまりに、鈴木重祐と芭蕉だけに共通して読み取れる、特別な意味が仕込まれたのです。

特別な意味とはこうです。「荒海」はここでは、佐州御用船を沈没させる元凶ともなった、荒れた海を指しています。「天の河」はここでは、沈没した船に積まれていた御金荷を指しています。そしてここでの、「佐渡に横たふ」は、佐州御用船の航路である小木湊・出雲崎湊間の海底に横たわっている、という意味です。横たわっているものは、勿論、引き揚げられずにいて、今も沈んだままの御金荷です。そして、これら各々の特別な意味と、切れ字「や」のマジックによって、「荒海や――」の句を表向きにしての、芭蕉から鈴木重祐に向けての、以下のような主旨のメッセージが伝えられたのです。

――小木湊・出雲崎湊間の海は荒れていますね。御金荷を積んだ佐州御用船が、過去十年間に五隻も沈没したとの事ですが、いかにもそうであったろう、と私共も認識を新たにしています。小木湊・出雲崎湊間の海難事故は、それ以前からも頻発していたようですので、これは憂慮すべき事態ですね。この海域の海底には、今も多くの御金荷が沈んだままなのでしょう。これらの海難事故によって、佐渡奉行所が今までに被った損害は甚大なものですね。こういった佐渡金山の実情につきましては、私共も微力ながら、江戸城の幕臣方にきちんと報告する心積もりでおりますので、どうか御心配無きように――

関係者双方だけに分かり合える、こんなメッセージが、「荒海や――」の句には込められていたのでした。これは結果的に、芭蕉に対する鈴木重祐の心証を良くしました。「度重なる海難事故によって、多くの御金荷を失いました」、との佐渡奉行所側のこれまでの表向きの釈明を、芭蕉側もそのまま認めてくれた、巡見使の立場で認めてくれた、と鈴木重祐は確信したのでした。これをきっかけにして、それまで芭蕉を敵視していた鈴木重祐の態度が変わりました。それまでの殺気が消えました。配下の者達の態度も変わりました。皆、表情が穏やかになりました。

こうして七月七日の佐藤元仙宅での句会は、無事に閉会しました。鈴木重祐と彼の部下達は、何事も無かったかのように、悠々と引き揚げてくれました。彼等が立ち去ったのを見届けてから、芭蕉と曾良は、ようやく胸を撫で下ろしたのでした。

「上手く難を逃れましたね」

と曾良の声は、ことの外弾んでいました。

「疲れたな……」

さすがの芭蕉も、精根尽き果てた様子でした。

「お疲れ様でした。感謝この上もございません」

「礼を言いたいのはこちらだ。貴公の卓越した情報収集力のお蔭で、今夜の我々はどうにか救われたのだからな」

「いいえ、私達の窮地を救ったのは、やはり、師匠が詠んだあの一句ですよ」

と曾良は力を込めて言いました。二人は顔を見合わせて、声を出して笑いました。

「柳沢様や藤堂高久様や幕臣の方々へは……どうなされますか？　今夜の出来事一切について、どのように報告書に認《したた》めましょうか？　あの句の扱いについては、どうしましょうか？　直さずにそのままで提出されますか？　それとも」

と曾良は、平素の真面目な顔に戻ると、矢継ぎ早に、芭蕉に伺いを立てました。

「直す必要など無いだろう。七月四日の出雲崎の宿で、貴公は、佐渡奉行所の役人達からの聞き取り調査を手際良くやってくれた。又、一昨夜の鉢崎の宿で、佐渡金山で金産出量が減少している原因の一つ一つについて、貴公は私に、細かく丁寧に語ってくれた。それらに大いに触発されて、私の心の中にあの句が浮かんだのだ。あの句には、巡見使としての任務を全うしていた貴公と、それに触発されて生じた私の思いの丈とが、余すところ無く詰まっている。そうである以上、一言一句たりとも手を加える必要など無かろう」

と、芭蕉も真面目な顔で答えました。「それでも柳沢様に補足説明が要るのでは、と忖度するのであれば、貴公の方で上手くやって置いてくれ」

貴公の方で上手くやって置いてくれ――との芭蕉の謎めいた指令に、曾良は眼を輝かせて、大きく頷きました。この時、賢明な曾良は、芭蕉の意図するところをしっかりと受け止めていました。と、言いますのも、曾良は一貫して、「荒海や――」の句に対して、鈴木重祐達とは違った受け止め方をしていたからでした。彼等とは異なった解釈をしていたからでした。そしてこの自分の解釈こそが、芭蕉の本意に添ったものである、又、柳沢様に報告すべき類いのものである、と確信していたからでした。では、芭蕉の本意に添っているという、曾良の解釈とは、一体どんなものだったのでしょうか？　曾良の解釈はこうでした。

「荒海」も、「佐渡に横たふ天の河」も、やはり単なる情景描写ではありません。只、鈴木重祐達は、「荒海」を、佐州御用船を沈没させる元凶となった、荒れた海、と解釈しましたが、曾良の解釈はこれとは違っていました。「荒海」は、佐渡島を包囲している魔の海。これが曾良の解釈でした。魔の海とは、海底の地下に張り巡らされた坑道の天井を突き破って、坑道に大量の海水を流れ込ませる海、金の採掘作業を不可能にさせている海、更に、佐渡金山の存続さえも脅かしている海、の事でした。又、「佐渡に横たふ天の河」は、鈴木重祐達は、小木湊・出雲崎湊間の海底に横たわっている沈没船の中の御金荷、と解釈しましたが、曾良の解釈では、これも違っていました。海底の地下に張り巡らされた坑道の、更にその前方や、その周辺一帯に、まだ横たわっている金の大鉱脈。これが曾良の解釈でした。その金の大鉱脈は、人心を惑わせながら、人心を狂わせながら、人心を違わせながら、妖しい輝きを放ち続ける、そんな厄介な金の根源となるものです。そして、この「荒海」と、この「佐渡に横たふ天の河」との間には、大きな因果関係があります。その因果関係を暗示させている短い言葉が、やはり、切れ字の「や」なのです。

そこで、曾良から柳沢吉保や江戸城の幕臣達へと、以下のような主旨の、「荒海や――」の句についての補足説明が伝えられる運びとなります。

――この句で詠まれている、「荒海」とは、佐渡島周辺一帯の海域を指しています。又、「佐渡に横たふ天の河」とは、佐渡島周辺の海底の地下に横たわっている、金の大鉱脈を指しています。近年、佐渡金山では、金産出量が減り続けていますが、その最大の原因は、金鉱石の採掘や搬出が、年を追って困難となっているからです。この困難にしている元凶が、「荒海」です。現在、採掘現場の多くは、この海域の海底の地下にあります。それ故、採掘現場の多くは、天井を突き破って、上から大量の海水が流れ落ちる、という脅威に、昼夜晒されている現状にあります。これは、本来あり得ない、前代未聞の脅威です。これが、近年の佐渡金山の金産出量を減少させている最大の原因となっています――

この曾良の書状は、柳沢吉保を筆頭とする幕臣達へ送られる運びとなります。但し、句を詠んだ当人の、芭蕉本人が、この曾良の解釈と全く同一の考えであったのかどうかまでは定かでありません。芭蕉がこの曾良の解釈を全面的に認めてくれるかどうかは、不明なのです。

「私の顔に何か付いているか？」

と芭蕉は、穴のあく程自分の顔を見詰めている曾良に向かって、とぼけたような声で尋ねました。

「いいえ、何でもありません」

と曾良は、顔を赤くして横を向きました。

こんな素知らぬ顔をしていながら、もしかすると芭蕉は、「荒海や――」の句に、どちらとも解釈出来る、異なる二つのメッセージを織り込んでいたのかもしれません。一つは、鈴木重祐とその配下の者達へ向けたメッセージであり、もう一つは、柳沢吉保を筆頭とする幕臣達へ向けたメッセージです。この二つのメッセージの、どちらが芭蕉の本意なのかは分かりません。

――鈴木重祐殿も柳沢吉保様も、各々の異なる立場で、各々の異なる受け止め方をしてくれれば、それで十分だ。解釈は各々違っていようとも、それで各々が納得してくれて、丸く収まるものであれば、まあ、それで良いのではないか――と、芭蕉の顔が語り掛けているように、この時の曾良には見えました。ここで改めて、「荒海や――」の句の本意を師匠に問い質《ただ》すのは野暮だろうし、又、そこまで究明する必要は無いだろう、と曾良は悟りました。


芭蕉が「奥の細道」の旅を終えて約一年後の、元禄三年秋、佐渡奉行が交代しました。鈴木重祐は、江戸城に戻って、御先手鉄砲頭という役職に就きました。後任の佐渡奉行には、それまで勘定組頭だった荻原重秀という人物が就きました。荻原重秀は、歴代の佐渡奉行の中でも秀逸と評された人物です。大改革を断行して、佐渡金山の衰退を、一時的にではありますが、阻止するのに成功しました。即ち、一時的にではありますが、佐渡金山の金産出量を増やすのに成功しました。荻原重秀が就任して直ぐに取り組んだのは、全坑道内の徹底した排水対策でした。荻原重秀が五年の歳月と巨費を投じて完成させた、八町（九百メートル）もの長大な排水坑、南沢大疏水坑は、今もその威容を誇っています。荻原重秀の在任期間は、二十二年という佐渡奉行としてはかなり長いものでしたが、その任期中のほとんどは、坑道内の排水対策に明け暮れていました。荻原重秀をこんな水との戦いに明け暮れさせた動機の背景には、芭蕉と曾良の幕臣達への進言があったからかもしれません。二人の進言が、極言すれば「荒海や——」の句が、次期佐渡奉行の人選や、その後の佐渡奉行所の運営方針にまで影響を及ぼしていたのだとすれば、「荒海や——」の句は、随分、佐渡金山に貢献したようですね。但し、佐渡金山が立ち直れたのも、この荻原重秀の時代まででした。それ以降は、排水にかかる厖大な経費が収益を圧迫し続けて、佐渡金山は衰退の一途を辿《たど》りながら、明治維新を迎えました。佐渡金山の衰退と江戸幕府の衰退とは、奇妙なくらい一致していました。

参考までに、明治維新以降の佐渡金山に少し触れて置きましょうか。

幕府から佐渡金山を接収した明治政府は、佐渡金山の再建に乗り出しました。明治三年（一八七〇年）、外国人技師を招いて、洋式採鉱法による金産出量の回復を目指しました。水平坑道に鉱車（トロッコ）を導入したり、立坑に鉱石巻き揚げ機を導入したりしました。その動力源は主に馬でした。こうした効率化が功を奏して、金産出量は増加に転じました。更に、明治十八年（一八八五年）、鉱業界のナンバーワンと言われた大島高任が佐渡鉱山長に就任すると、佐渡金山は新たな発展を遂げました。大島高任の下で、巨大な立坑（高任坑）を建設したり、最新式の削岩機や揚水機を導入したりしました。又、この頃から火薬類も使用するようになりました。こうして佐渡金山は、明治後期になると、荻原重秀の時代に匹敵する金を産出するようになったのでした。

以上で、僕の「名句に隠されていた金」の話を締め括《くく》りたいと思います。長い時間、僕の話に耳を傾けて下さってありがとうございました。

芭蕉年譜　※年齢は数え年

西暦	和暦	齢	事　項
1644	正保元	1	伊賀上野（三重県伊賀市）に生まれる。
1651	慶安4	8	（3代将軍家光死去。4代将軍家綱就任。慶安事件）
1656	明暦2	13	藤堂新七郎家に武家奉公人として召し抱えられる。
1662	寛文2	19	嫡男の藤堂良忠に仕える。良忠と共に貞門派の北村季吟に師事し、貞門俳諧に親しむ。宗房と号する。
1666	寛文6	23	良忠の死去により主家を辞す。京都へ出奔。
1672	寛文12	29	江戸へ下向。　（貞門派の衰退と談林派の興隆）
1675	延宝3	32	宗房から桃青に改める。談林派の西山宗因に出会う。談林俳諧に親しむ。　（延宝の飢饉）
1677	延宝5	34	小石川上水改修工事の監督を務める。矢数俳諧が流行する。　（井原西鶴「西鶴俳諧大句数」刊）
1678	延宝6	35	日本橋小田原町に住む。俳諧宗匠となる。優秀な弟子達を擁して江戸俳壇に一大勢力を築く。万句興行を催す。
1680	延宝8	37	日本橋から深川の草庵に移り住む。　（4代将軍家綱死去。5代将軍綱吉就任。大老酒井忠清失脚）
1681	延宝9	38	草庵にバショウの株を植える。草庵を芭蕉庵と名付ける。桃青から芭蕉に改める。（磔茂左衛門一揆）
1682	天和2	39	江戸大火（八百屋お七の火事）で芭蕉庵類焼。甲斐国へ移り住む。　（井原西鶴「好色一代男」刊）
1683	天和3	40	芭蕉庵再建。甲斐国から江戸に戻る。 (天和の飢饉。佐渡島大水害)
1684	貞享元	41	「野ざらし紀行」の旅。蕉風（芭蕉の俳風）の確立。伊賀で越年。　（老中堀田正俊刺殺される）
1686	貞享3	43	芭蕉庵にて「古池や ──」の句を詠む。 (近松門左衛門「出世景清」上演)

1687	貞享 4	44	「鹿島紀行」、「笈の小文」の旅。 (生類憐みの令)
1688	貞享 5	45	「更科紀行」の旅。 (井原西鶴「日本永代蔵」刊)
1689	元禄 2	46	「奥の細道」の旅。近江国膳所（滋賀県大津市）で越年。　(北村季吟歌学方として召し抱えられる)
1690	元禄 3	47	膳所の幻住庵にて、「幻住庵記」執筆。「ひさご」出版。大津で越年。
1691	元禄 4	48	嵯峨（京都市）の落柿舎にて、「嵯峨日記」執筆。 「猿蓑」刊。江戸橘町で越年。
1692	元禄 5	49	杉風によって再建された芭蕉庵に戻る。 (井原西鶴「世間胸算用」刊)
1693	元禄 6	50	甥の桃印死去。(井原西鶴死去)
1694	元禄 7	51	妻（内縁）の寿貞死去。旅の途中、大坂にて死去。 義仲寺（大津市）に葬られる。
1702	元禄15		「奥の細道」京都の井筒屋から出版される。

おわりに

言葉というものはとても便利です。人を助けます。人を救います。人々を導きます。でも、その一方で、言葉は、人を傷つけたり、苦しめたり、騙したり、時には人を殺すことだってあります。また、その言葉の魔力によって、人は言葉だけでわかったつもりでいることが往々にしてあります。実は何もわかっていないのに……。

更に言葉には、もうひとつ厄介な問題があります。言葉はその言葉の魔力によって、言葉を発した者の意図を読み違えさせることがあります。とんでもない誤解を生じさせることだってあります。

芭蕉の名句「荒海や　佐渡に横たふ　天の河」も、僕のこの作品の中で、十人の人物が、それぞれ勝手に、全く違った受け止め方をしてしまっています。十七文字の名句は、結果として、十七文字の刺客に変貌しています。

言葉には残念ながら、得体の知れない魔物のような裏面があるようです。言葉は刺客のようなものかもしれません。僕は折に触れて、言葉に対しては気を付けて接しなければいけない時もあるぞ、と自分自身に言い聞かせています。

二〇二三年一一月吉日

徳久和正

徳久　和正（とくひさ　かずまさ）

1948年、福岡県田川郡にて出生
鳥取大学農学部卒業
主に造園関係・林業関係・園芸関係の仕事に従事しつつ今日に至る。有資格は樹木医、一級造園技能士、一級造園施工管理技士。趣味は低山登山、樹木や山野草の観察。

芭蕉外伝
十七文字の刺客

2023年11月26日　初版第1刷発行

著　　者　徳久和正
発 行 者　中田典昭
発 行 所　東京図書出版
発行発売　株式会社 リフレ出版
〒112-0001　東京都文京区白山 5-4-1-2F
電話 (03)6772-7906　FAX 0120-41-8080
印　　刷　株式会社 ブレイン

ISBN978-4-86641-685-4 C0095
Printed in Japan 2023